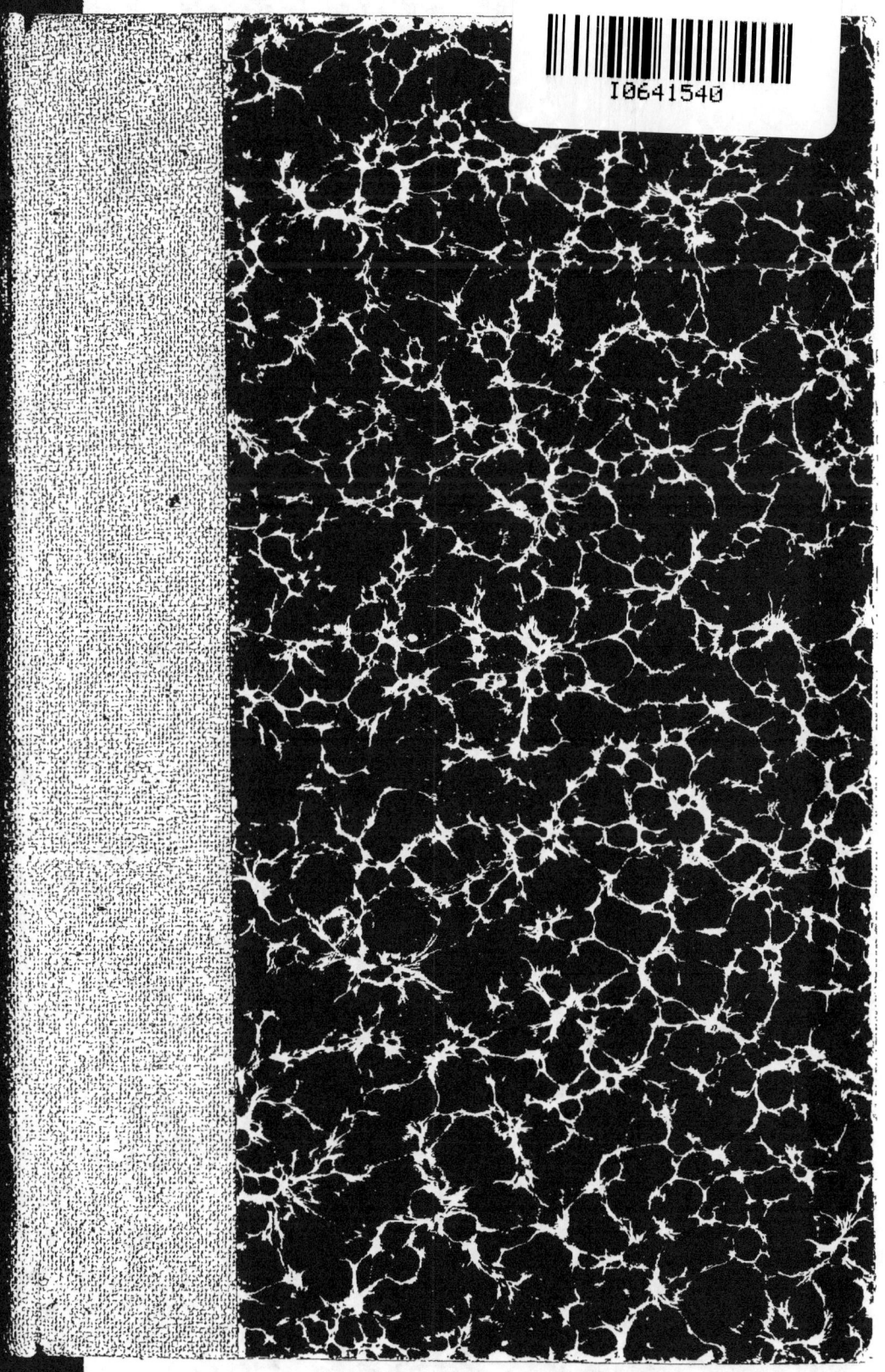

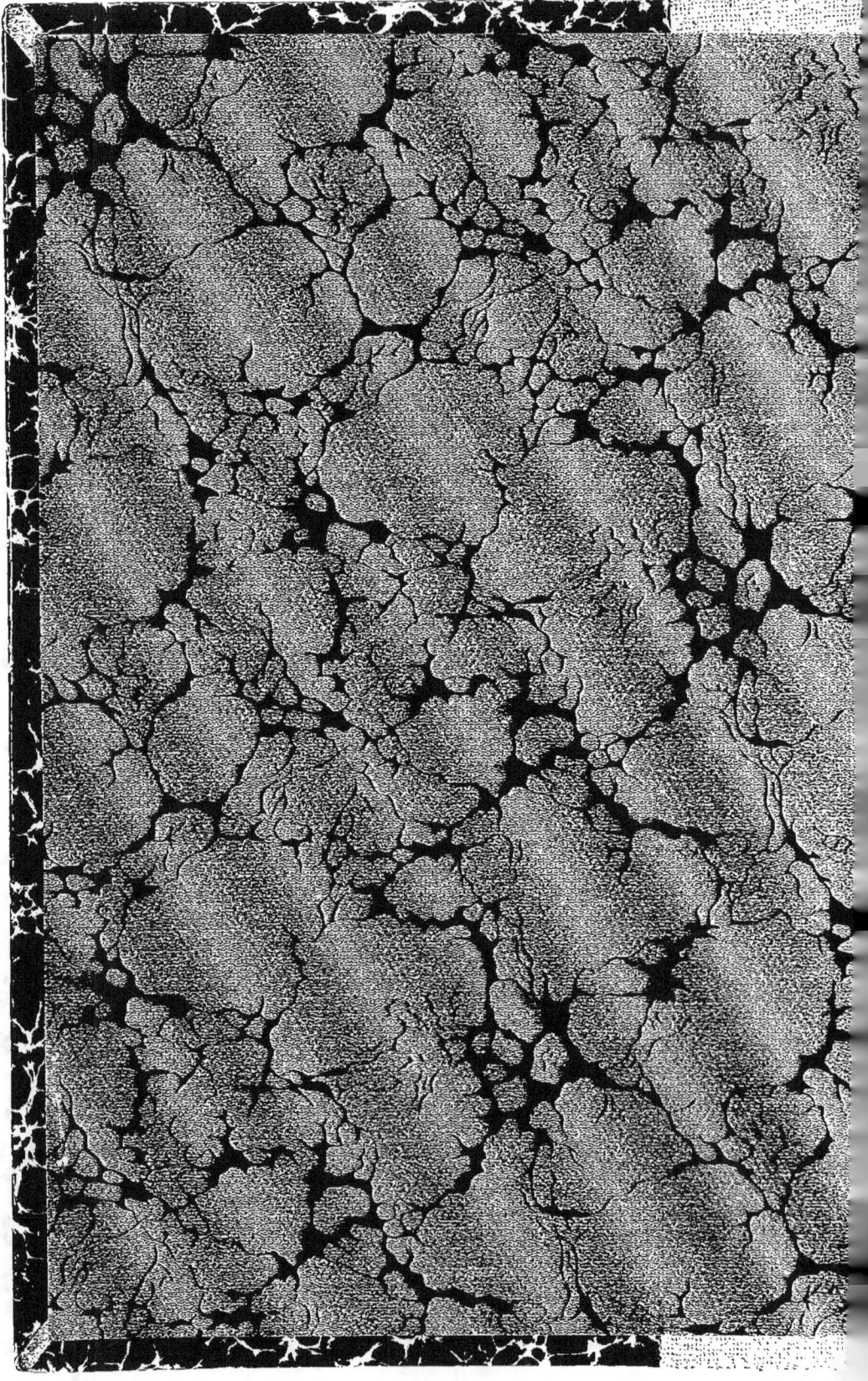

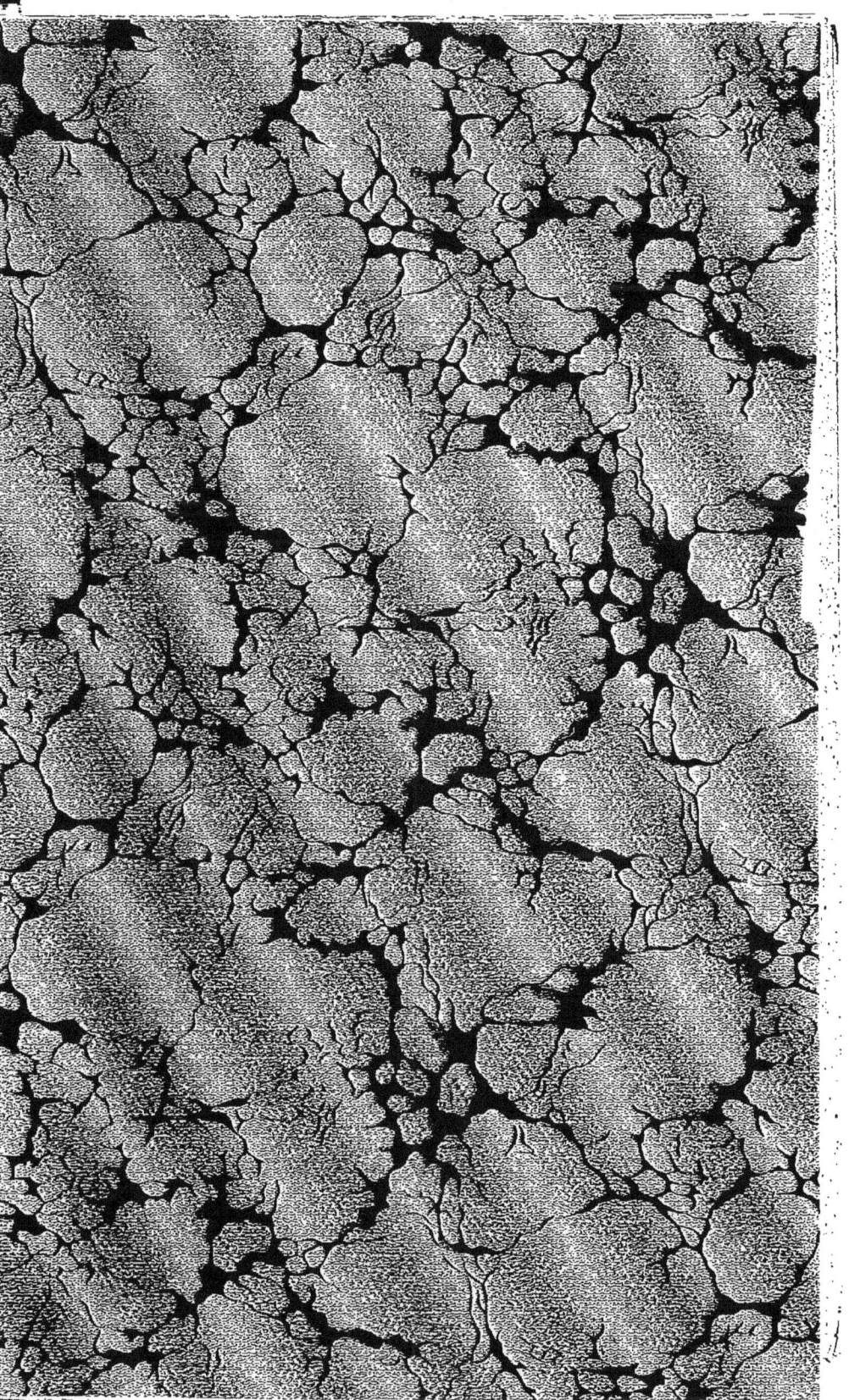

LA FILLE DE CAÏN

Librairie E. DENTU, Éditeur

—

DU MÊME AUTEUR :

LES MARIAGES D'AUJOURD'HUI, 1 vol....................... 3 fr.
SOUVENIRS DE LA TRIBUNE DES JOURNALISTES, 1 vol........ 3 —
LE DRAME DE LA SAUVAGÈRE, 1 vol...................... 3 —
HISTOIRE DE LA RÉVOLUTION DU 18 MARS, 1 vol. .... 3 —
L'ENCHANTERESSE, 1 vol............................... 3 —
CÉSAR BERTHELIN, 1 vol............................... 3 —
LE SECRET DE CHAMBLIS, 1 vol......................... 3 —
LES GASCONNADES DE L'AMOUR, 1 vol................... 3 —
CEUX QUI MANGENT LA POMME, 1 vol................... 3 —
A QUI SERA-T-ELLE ? 1 vol............................ 3 —

En préparation :

Histoire des temps Romantiques.
Les Domestiques de Paris.
Les Fredaines de Jean de Cérilly.
Cinq mots sur un arbre.

Saint-Amand. — Imp. et stéréot. de DESTENAY.

PHILIBERT AUDEBRAND

LA

FILLE DE CAÏN

SCÈNES DE LA VIE RÉELLE

PARIS

E. DENTU, ÉDITEUR

LIBRAIRE DE LA SOCIÉTÉ DES GENS DE LETTRES

PALAIS-ROYAL, 15, 17, 19, GALERIE D'ORLÉANS

——

1884

A PIERRE ZACCONE,

Souvenir des promenades sur le boulevard

P. A.

LA FILLE DE CAÏN

Scènes de la Vie réelle

PREMIÈRE PARTIE

—

I

En 1835, sur la fin d'octobre, une berline peinte en vert s'avançait avec assez de lenteur sur la grande route qui va de Bourges à Clermont-Ferrand. A la suite de cette voiture d'un style primitif, on remarquait deux gendarmes à cheval, silencieux, raides et pensifs. Où allaient ces deux hommes? Ils ne le savaient pas au juste. Pourquoi les mettait-on en campagne? Ils semblaient l'ignorer. Par moments, de cent pas en cent pas, un léger bruit de voix sortait de la voiture et arrivait jusqu'à eux, mais ce n'était jamais assez accentué pour qu'ils pussent rien saisir de la conversation commencée.

Dans ce pays qui, suivant les géographes, forme le point le plus central de la France, l'automne a un

charme sans pareil. Sur les derniers jours d'octobre, le
soleil, encore tiède, a empourpré les nombreuses côtes,
toutes chargées de vignes, mais de vignes déjà vendan-
gées. A mesure qu'on avance sur le ruban de la grande
route, on discerne un certain changement dans le paysage, désormais plus accidenté. Bientôt à la senteur que
le vent apporte des bois, on commence à comprendre
qu'on n'est plus fort éloigné de l'Auvergne, ni du Forez,
ce seuil du Midi. A d'autres endroits, quand il y a tout
à coup dans la bordure du chemin des éclaircies de
trembles ou de chênes, un large cours d'eau déploie à
travers cette contrée si poétique ses longs plis de serpent. C'est le Cher, le plus riche et le plus limpide des
affluents de la Loire. Ce petit fleuve, si cher aux poètes
du temps des Valois, à la reine de Navarre, à Ronsard,
à Clément Marot, promène, comme on le sait, le long
de trois provinces, des trésors de tout genre, mais surtout il offre sans cesse au touriste quelque aspect d'où
naît une rêverie qu'on a toujours beaucoup de peine à
rompre.

Ce jour-là, les deux gendarmes, ainsi qu'on le suppose
aisément, ne se préoccupaient que fort peu de ce qu'il
pouvait y avoir de pittoresque dans le canton qu'ils par-
couraient. On a déjà compris que s'ils suivaient ainsi
pas à pas la grosse berline, c'était afin d'obéir aux devoirs
de leur profession. Au fond de la voiture que dirigeait
un petit drôle de quinze ans, élevé pour la circonstance
jusqu'à la dignité de patachon officiel, un passant, doué
d'un œil bien ouvert, aurait vite aperçu trois hommes,
écartés le plus possible l'un de l'autre pour quelque raison de cérémonial ou de préséance.

Disons tout de suite, qu'en effet, il ne s'agissait pas de voyageurs ordinaires.

De ces trois personnages, l'un, déjà âgé, ayant la tête couverte de cheveux blancs, portait à son habit noir d'une coupe sévère, le ruban de l'ordre de la Légion d'honneur. Toutes les fois que les deux autres avaient à lui répondre, ils prenaient grand soin d'y mettre un temps de repos, en signe de respect. Ils n'oubliaient pas non plus de faire précéder leur réplique de ces mots : « Monsieur le président. » Ce vieillard n'était autre, en effet, que le premier magistrat du ressort ; en d'autres termes, c'était le président du tribunal de première instance de la ville des Cormiers, un arrondissement du Cher.

A sa droite, un grand jeune homme pâle, à visage aigu, sans barbe, affectait plus particulièrement de se montrer plein de déférence pour son vénérable interlocuteur. En lui, il fallait voir le substitut du procureur du roi, ce qui expliquait suffisamment l'attitude humble d'un subalterne en vue de son supérieur. Enfin, l'autre, le troisième, celui qui était assis à la gauche du président, plus modeste encore et muet, était le greffier du même tribunal, appelé par la loi à accompagner les deux autorités susnommées afin de constater, au besoin, par écrit, les divers épisodes qui les appelaient de grand matin en dehors du chef-lieu.

Il y avait une heure environ que la berline et son escorte s'étaient mises en route. Tout le long du chemin, souvent tortueux, souvent montueux, un piéton s'arrêtait brusquement afin de voir passer cette caravane à laquelle le tricorne des gendarmes donnait nécessairement

une couleur mélodramatique. De quoi s'agissait-il donc ?
Ce véhicule, ainsi entouré, conduisait-il d'un département
à un autre quelque coupable frappé par la sévérité des
lois ou bien était-ce là le prélude d'une enquête ?

Dans cette partie toujours sereine du milieu de la
France, les campagnards, semblables à leurs pères du
moyen âge, ont contracté l'habitude de vivre isolés. Ce
n'est guère qu'à propos des foires et des marchés qu'il
s'opère entre eux un peu de frottement. Or, ce jour-là
n'était pas un jour où l'on va faire des achats ou des
ventes à la ville ou au chef-lieu ; c'était un jour comparable à tous les autres. Il n'y avait donc aucune occasion
de parler des événements qui auraient pu se produire dans
les environs. Courbés sur la charrue ou coupant du bois
mort, les paysans jetaient sur le cortège qui s'avançait
un premier coup d'œil dans lequel se peignait un étonnement mêlé d'effroi. Un second regard, un peu plus raf-
fermi, les amenait à méditer sur cette rencontre inattendue. Quelques-uns saluaient plus peut-être par crainte
que par politesse, et quand l'équipage s'était éloigné
d'une centaine de pas, ceux-là se disaient à demi voix :

— Qu'est-ce qui s'est donc passé hier par ici ?

Quant aux voyageurs, à considérer leur manière de
parler, on aurait été en droit de supposer que, contrairement à ce qui vient d'être dit, ils ne s'occupaient de rien
de sinistre. Un analyste aurait peut-être été porté à croire
que cette belle matinée d'automne agissait sur leur pensée
au point de les plonger tous dans une sorte d'extase. Il
est bien vrai qu'à mesure qu'on faisait du chemin, la
lumière du jour devenait plus dorée, les arômes des haies
étaient plus pénétrants, l'air plus pur. Mais il ne faut

jamais se hâter d'attribuer à des hommes, habitués à porter la toge et l'épée, rien de l'ivresse qui s'empare si vivement des poètes Lackistes.

Sans doute, c'était un touchant spectacle que celui du Cher, portant çà et là quelque nacelle, dont le vent du matin faisait gonfler la voile latine. On ne pouvait non plus défaire ses yeux des grands arbres dont la route était bordée de chaque côté. La chanson du loriot, ce rossignol qui se fait entendre de préférence au petit jour, avait de quoi charmer même les oreilles d'un procureur du roi, même celles d'un greffier ; mais, suivant toute vraisemblance, le paysage n'était pas ce qui préoccupait le plus les trois causeurs, pour le moment, du moins. Nous avons constaté aussi qu'ils ne parlaient d'aucun épisode de la vie judiciaire. De quoi pouvaient-ils donc s'entretenir ? Eh ! tout uniment de ce qui intéresse le plus les hommes d'un certain rang dans ces provinces rabelaisiennes, c'est-à-dire du grand art de la cuisine.

— Savez-vous, disait le président tout en puisant avec ses doigts dans une petite boîte d'or niellé une pincée de tabac, savez-vous, messieurs, que c'est dans la contrée que nous parcourons en ce moment que se trouvent les meilleures châtaignes ? Nous voilà justement dans la saison où se fait la cueillette. Permettez ! Il ne faut pas confondre. Il y a châtaigne et châtaigne. Celle de la Creuse est plus grosse, celle de l'Auvergne est moins sujette à se corrompre. Cependant celle du Berry, la nôtre, contient du sucre en plus grande quantité. Un grand chimiste, Chaptal, l'a déclaré dans un rapport célèbre. Ce savant va jusqu'à prétendre qu'en faisant cuire avec soin notre châtaigne et en la réduisant méthodiquement en purée, on peut en tirer un manger hygiénique préférable au chocolat, un potage aussi salutaire pour les enfants que pour les octogénaires. Mais il est affreux de penser que nos populations rurales, ayant éternellement sous les yeux le bandeau de l'ignorance, ne comprennent rien à ce trésor que la Providence leur a si généreusement donné. Sous prétexte que ce fruit est très-commun par ici et d'un très-petit volume, ils en ont négligé la culture. Ils donnent la préférence au marron vulgaire, dit marron de Lyon, plus gros, sans contredit, mais moins sucré, moins délicat et de beaucoup plus indigeste.

Regardez autour de nous ; voici un très-grand nombre de marronniers. Les châtaigniers, au contraire, pourraient être comptés à l'aide des dix doigts des deux mains. Quand on interroge sur cette étrangeté les femmes du pays, elles secouent la tête en disant : « Les châtaignes ? c'est bon pour nos petits ou pour les cochons. » Bref, messieurs, j'ai moi-même toutes les peines du monde à me procurer assez de cette précieuse denrée pour qu'on m'en fasse une semoule du matin, pendant l'hiver.

— Monsieur le président, dit alors le jeune substitut, pressé de faire du zèle, est-ce qu'il ne se trouverait pas quelque part dans l'arsenal de nos lois une disposition législative assez vigoureuse pour forcer à cet égard la main de ces rustres ?

— J'ai bien songé, monsieur, à rechercher l'instrument que vous dites. S'il n'a pas encore été fait, on devrait le forger au plus vite, puisqu'il s'agit très-visiblement d'une affaire d'utilité publique. Qu'en pensez-vous, messieurs ?

Ici, emporté par un égal empressement, le substitut du procureur du roi et le greffier se mirent à répondre

de concert que M. le président parlait d'or et qu'il avait
cent fois raison.

Pendant ce temps-là, toujours bien dirigé par le petit
patachon, le véhicule gagnait de plus en plus de terrain
en marchant vers la destination qui lui avait été assi-
gnée. On avait déjà dépassé le village de Drevant, où les
archéologues patentés affirment avoir découvert un
camp de Jules César, à cause de cinq ou six fragments
de vieille poterie et d'une statuette trouvée dans les
fouilles. A la vérité, le terrain dont il s'agit paraît avoir
été décrit par le général romain lui-même dans les *Commentaires*. Ce camp aurait été une halte au moment où
le futur dictateur poursuivait ce mâle et intraitable Vercingétorix, lequel ne fuyait Bourges, la ville des Bituri-
ges, que pour se fortifier à Gergovie.

Dans la pensée de faire preuve d'un peu d'une érudi-
tion devenue bien commune, M. le président fit sortir de
ses lèvres, en quatre ou cinq mots, cette vérité historique, puis il ajouta :

— Eh ! qui sait, messieurs ! Jules César a probablement passé, il y a dix-huit cents ans, par où nous pas-
sons nous-mêmes aujourd'hui ?

On pense bien que, pour ce trait qui avait l'air d'être
inattendu, les deux auditeurs, de plus en plus bénévoles,
ne manquèrent point de faire entendre un double holà,
ayant pour but de célébrer le savoir du respectable magistrat. Satisfait dans sa gloriole littéraire, le président
se mit de nouveau à puiser au fond de sa boîte d'or, et,
après un rapide sourire, il fit mine de garder le silence.

Au reste, en jetant les yeux en dehors de la berline,
il put constater que, pendant ses diverses tirades, on

avait fait pas mal de chemin. A cinq cents pas en avant, tout au plus, on apercevait les sommets d'une construction passablement bizarre. C'était un gros et grand corps de bâtiment à tuiles rouges qui s'élevait sur le bord de la route, à la manière des anciennes hôtelleries. Quand il n'y aurait pas eu au fronton de ce bâtiment une enseigne, surmontée d'un bouchon, il eût été facile de voir dans l'endroit une auberge pour les passants, quelque chose comme une halte pour les rouliers, encore fort nombreux en Berry, puisque cela se passait avant l'établissement des chemins de fer.

— Messieurs, s'écria aussitôt le patachon en ralentissant l'allure de ses chevaux, messieurs, nous voilà à la Grange Cornue.

Le nom provenait sans doute de l'incorrection de cette *Posada* gauloise, hérissée effectivement de trois ou quatre pignons. Quelques voituriers, le fouet à la main, des muletiers à la figure bronzée comme des Zingari, stationnaient presque sur le seuil de l'hôtellerie en vidant chacun un verre de vin encore plus noir que rouge. Un peu plus loin, sur les marges d'un mare, une servante en coiffe du temps d'Agnès Sorel, servait des pommes de terre bouillies et du son à toute une colonie de canards. Çà et là, autour de l'habitation, des enfants nu-téte, nu-pieds et couverts de guenilles, tendaient la main pour qu'on leur fît l'aumône d'une croûte de pain ou d'une écuellée de soupe.

Du plus loin que tout ce monde eût aperçu la voiture, suivie des deux gendarmes comme d'une double menace, il y eut pour ainsi dire un point d'arrêt dans ce que chacun était en train de faire. Charretiers et bohémiens écartèrent promptement le verre de leurs lèvres afin de mieux regarder les survenants. En même temps, les petits drôles firent une mômerie de mendiants comme pour implorer la charité, mais cela ne dura qu'une seconde. La vue des deux gendarmes eut bien vite pour effet de changer les deux petits vagabonds en deux statues de sel.

— Ah ! doux Jésus ! s'écria alors la servante en relavant sa gamelle de fer-blanc, voilà la Justice et la Gendarmerie qui s'en vont à Prévéranges. Est-ce que décidément il y aurait eu une vilaine affaire hier, au château ?

II

Entre l'auberge de la Grange Cornue et le château de Prévéranges, il n'y avait à parcourir qu'un très-court espace de terrain. Vingt minutes au plus suffisaient au piéton qui avait à arpenter ce chemin. Quand on était en voiture, il fallait peut-être quelques instants de plus à cause de deux petites montées qu'on avait à gravir et à descendre. Cependant la berline, n'ayant pas fait halte à l'auberge, s'avançait lentement, mais sans s'arrêter.

Cela revient à dire qu'on ne devait pas tarder à toucher au but. Déjà les quatre toits d'ardoise en poivrière, surmontés de girouettes héraldiques, se montraient de haut, à travers la ramure des arbres, à demi dépouillée de ses feuilles. Encore une centaine de pas et l'on entendait très-distinctement claquer le bec des corneilles qui, depuis des siècles, faisaient leurs nids dans les combles de la résidence.

— Messieurs, voilà le château ! s'écria tout à coup le président en ayant l'air d'un homme qui retrouve un de ses souvenirs. Tenez, bien que le vent du matin ne souffle que très-légèrement, n'entendez-vous pas le grincement des girouettes ?

— En effet, cela s'entend avec beaucoup de netteté, monsieur le président, s'empressa de répondre le substitut.

— Oui, monsieur le président, nous les entendons aussi bien que si nous étions tout auprès, crut devoir ajouter le greffier.

— Où faut-il que j'arrête ? demanda alors le petit patachon. Est-ce à la petite porte verte qui est là, à cinquante pas, à l'entrée du parc, ou bien à la grande avenue des ormes qui mène tout droit au château ?

— A la grande avenue, répondit le président en reprenant un air solennel. Sans doute la justice a tous les droits, quand il s'agit d'accomplir son œuvre. Si nous en éprouvions le désir, nous pourrions nous faire ouvrir la petite porte verte et nous insinuer ainsi par les sentiers du parc. Mais, si je suis bien informé, dans la circonstance présente, il n'est aucunement question de surprendre des secrets. J'aime à supposer que nous n'aurons qu'une constatation d'accident à faire. Ainsi donc, point de mystère ; c'est par les issues accoutumées que nous allons nous introduire.

— Tout ce que décide monsieur le président est marqué au coin de la suprême sagesse, répartit le jeune substitut qui continuait à faire sa cour.

En ce moment, l'équipage, à la vérité à bout d'énergie, s'engageait sous une épaise allée, plantée partie d'ormes, partie de platanes. Il n'était pas malaisé de voir que cette avenue, ornée d'arbres séculaires, était un vestige des époques seigneuriales. Cette voie, en effet, avait évidemment été formée à plusieurs fins, suivant la variété des époques écoulées.

Au moyen-âge, elle avait eu tout ce qu'il fallait pour servir d'esplanade à une troupe d'archers ou même au petit corps d'armée d'un baron. Pendant la Renaissance, sous François Ier et sous Henri II, les cavalcades galantes, mises à la mode par les Valois, y trouvaient assez d'espace pour faire leurs évolutions sans nul empêchement. Dans des temps plus rapprochés, sous Louis XIV, les arbres dont elle était plantée étaient émondés avec soin, suivant l'art de Le Nôtre et de La Quintinie.

Bien mieux, à mesure qu'on voyait arriver notre âge, c'est-à-dire la mode du confortable et l'amour du bien-être, la chaussée était soigneusement maintenue dans un état carrossable, c'est-à-dire ferrée de pavés de grès et sablée de manière à garantir des grosses pluies ceux qui allaient et qui venaient.

Autre détail que nous ne devons pas négliger : la double rangée d'ormes et de platanes s'arrêtait brusquement à une longue grille en fer, se terminant par des espèces de lances dont la pique était dorée à son extrémité.

Au-delà de cette grille s'étendait la cour d'honneur, nous voulons dire la véritable entrée du château.

— On voit bien que c'est là le berceau d'une vieille famille de gentilshommes, murmurait le président en descendant de voiture.

Il n'y avait assurément rien que de très-simple dans cette dernière remarque.

De vieilles chartes sur parchemin, pas encore effacées par l'aile du temps, racontaient que le château de Prévéranges remontait aux premières Croisades. Les grands manoirs abondaient, du reste, sur cette terre, quand la France, découpée en trois cents petites seigneuries, était ainsi que l'a raconté, Augustin Thierry, *une république de rois.*

La Quiquengrogne, premier asile des sires de Bourbon, se trouvait à quinze lieues de ce canton, au delà de Moulins. Un peu plus loin, en inclinant vers l'Auvergne, on rencontrait Chantelle, autre château de la même race, qui a été l'avant-dernière étape du Connétable, au moment où il partait pour l'Italie afin d'y contrecarrer François Ier, son rival encore plus que son ennemi et son maître. Mais rien ne demeurant en place dans le monde, Prévéranges avait plusieurs fois changé d'assiette et de style.

Il y avait même, au sujet des transformations du manoir, une légende qu'il ne sera pas hors de propos de faire entrer dans ce récit.

Parmi les annexes du château se trouvait une chapelle vouée à la Vierge. Un poète inconnu a retracé en vieux vers romans le drame qu'on va lire. — Nous avons voulu traduire mot à mot, en français du dix-neuvième siècle, ce fabliau qui date du temps de saint Louis.

« Raoul de Prévéranges était en guerre contre les Sarrasins, lui et ses vaillants hommes d'armes.

» Douze mois s'étaient écoulés que rien n'annonçait

son retour, et Blanche, sa belle fiancée, se lamentait, soir et matin, plus qu'on ne saurait dire, ayant grand souci d'un tel retard.

» Toujours quand revenait l'heure d'ouvrer sa tapisserie, elle se prenait à tristement penser ; puis, de grosses larmes coulaient comme des perles le long de ses joues pâlies et l'aiguille s'échappait de ses doigts.

» Or, un matin que l'ennui tourmentait son âme, elle sortit pour prier. Suivie seulement de deux hallebardiers, elle allait au monastère de Notre-Dame-des-Sept-Douleurs.

» Et, pour ce pèlerinage, elle avait vêtu sa mante de velours, sa parure de joyaux et de fleurs, et d'un voile aux franges d'or elle avait recouvert son gracieux visage.

» Elle cheminait à pied, les yeux baissés, et tout le monde se rangeait pour lui livrer passage.

» Tandis que marchait devant elle, en agitant les cordes de sa mandore, le trouvère qui chantait d'une voix pointue un joli refrain du pays de la langue d'Oïl.

» Près de la chapelle s'élevaient trois tilleuls dont la brise faisait, par intervalles, frissonner les rameaux fleuris.

» Un étranger, assis sous leur ombre, dénouait de ses reins la ceinture du voyage. Il reposait à terre ses pieds tout meurtris par la marche et souillés de poussière.

» Si c'était un homme de guerre, nul ne l'aurait pu dire, car il n'avait ni cotte d'armes autour du corps, ni panache sur le front.

» Seulement comme un rosaire pendait à ses côtés, on pensait qu'il pouvait être clerc ou bien moine.

» Et Blanche s'approchait, brillante sous sa mante, sous ses joyaux et sous ses fleurs et sous son voile aux franges d'or.

» Et voilà qu'en se jouant amoureusement dans la chevelure de la jeune fille, le vent fait tomber aux pieds de l'étranger la plus belle rose de sa couronne.

» Et l'inconnu se baisse, se saisit de la fleur et la porte à ses lèvres ; mais un hallebardier s'approche et lui crie : « Chien, oses-tu bien offenser une seule feuille de » cette fleur ? »

Ah ! maudite soit cette rose ! maudits les buissons qui l'ont portée ! maudits aussi les tilleuls qui abritèrent cette fatale querelle ! Les hallebardiers tirèrent chacun le fer sur la poitrine de l'étranger sans armes et ne cessèrent que quand il fut tombé mort sur le sol.

» Maudite ! maudite soit cette rose ! car l'étranger à la ceinture de cuir, c'était Raoul de Prévéranges qui revenait de la guerre seul et fugitif.

» Pâle et mourante, Blanche se laissa choir sur ces débris de chair palpitante qui avait été son promis. Elle y prit la rose toute imbibée de sang, la replaça dans ses cheveux, au milieu de ses joyaux et de ses fleurs et entra dans le saint parvis.

» Alors elle s'agenouilla devant l'image de Marie ; puis, détachant sa couronne : — « Reçois-la, mère des » anges, dit-elle. Jamais fleur n'ornera plus mon front. » Je ne vivrai désormais que pour pleurer celui qui est » mort. »

» Et avant la fin du jour, ses beaux cheveux de la couleur des blés étaient tombés sous les ciseaux du cloître.

» Maudite ! maudite soit la rose ! »

Puisque tout passe ici-bas, la féodalité a passé et le
vieux manoir militaire aussi. Détruit par Archambault Ier
parce qu'il n'avait pas voulu se donner comme vassal à
ce sire de la Quiquengrogne, le château avait été recons-
truit sous Louis XI, mais dans un style moins sombre et
toujours par les Prévéranges, ses anciens maîtres. On
pense bien que la chapelle, sur le seuil de laquelle fut
tué Raoul, avait été rasée comme toutes les autres mu-
railles. Plus tard, on avait cherché à la refaire sur le
même emplacement avec un autel semblable et avec la
même statue de Marie. En tout cas, c'était en partie de
ces reliques sacrées que l'ancienne famille tirait son blason — des ailes d'ange sur un champ de sinople. Tout
autour se déroulait un ruban avec ces mots latins en légende : *Prata virida angelorum.* — Traduction : LES
PRÉVÉRANGES.

Dans l'origine, les comtes de Prévéranges, seigneurs
du mont de la plaine, avaient été les alliés de la plus
haute aristocratie. Ils avaient formé plus d'un mariage
avec les Bourbons, avec les Coucy et avec la puissante
maison des ducs de Berry. Mais, à dater de Charles VII,
leur éclat avait peu à peu pâli ; Enguerrand de Prévéranges, ayant voulu rivaliser de luxe avec Dunois, le
bâtard d'Orléans, avait dû, en raison de ses folles dépenses, renoncer à deux de ses fiefs. Hélion de Prévéranges, son petit-fils, fut un des joueurs des plus effré-
nés du règne de François II ; sous Henri IV, Robert de
Prévéranges, voyant la reine Marguerite, vulgairement
la reine Margot, répudiée et fugitive, chercher un refuge

dans ces contrées, au fond du petit château de Rousson, en Auvergne, vendit ses bijoux et le trésor de sa famille pour offrir un peu d'argent à la souveraineté dépossédée.

Bref, quand se produisit l'avènement de Louis XIV, la famille était aux trois quarts déchue de son ancienne splendeur. De sa baronnie, qui, dans l'origine, avait eu presque l'étendue d'une principauté, il ne restait plus que le château, le parc, deux forêts, un étang et trois ou quatre métairies de mince valeur. Encore tout cela était-il endetté. Néanmoins, tel était le prestige de l'ancienne noblesse dans cette contrée, qu'en s'étudiant à faire bon emploi de leurs revenus diminués, les Prévéranges, dissimulant leur médiocrité de fortune sous l'éclat de leur nom, trouvaient moyen de faire encore belle figure.

Le chef de la maison avait conservé pour tous les siens l'entrée de la cour et pour lui-même le titre de grand-louvetier du Bourbonnais. La Régence passa et aussi Louis XV. Survint 89. Pour fuir l'orage révolutionnaire, Emerand de Prévéranges, le petit-fils du grand-louvetier, suivit l'exemple de tous les gentilhomes, ses voisins, et il émigra en Allemagne. On ne le vit reparaître qu'à un quart de siècle de là, en 1815, à l'heure de la première Restauration. Vingt-cinq ans d'exil sont lourds sur une tête de quarante ans.

Quand il opéra son retour, il était vieux, usé, méconnaissable et absolument désargenté. Fort heureusement le domaine, bien que rangé dans la catégorie des biens à confisquer pour cause d'émigration, n'avait pas été vendu, soit qu'il n'eût pas trouvé d'acquéreur, soit que le temps eût manqué aux officiers municipaux pour le mettre valablement aux enchères. Il résulta de cet état de choses que le revenant eut le loisir de rentrer dans la maison de ses pères ; mais s'il ne la trouva pas tout à fait démolie, ruinée ou dévastée, elle n'en valait guère mieux. Inhabité, jamais réparé, ni cultivé, le domaine ne manquait pas de ressemblance avec un désert.

Pour réparer un si grand désastre, l'ancien officier de l'armée de Condé dut se changer en paysan. Autour de sa personne, la parcimonie fut longtemps une règle. En revenant, il avait amené d'exil deux jumeaux encore enfants, suite d'un mariage contracté à l'étranger. On ne savait ce qu'était devenue la mère et l'on ne s'en inquiétait pas. Mais dès 1823, sachant combien était âpre la situation de l'ancien émigré, le comte d'Artois, dans la pensée de l'aider, lui avait fait demander les deux enfants, songeant à les incorporer dans ses pages pour le cas où, succédant à Louis XVIII, son frère, il serait roi à son tour.

Tout cela poussa jusqu'en 1828, époque à laquelle le comte mourut, mais après avoir rétabli Prévéranges sur un pied à peu près respectable.

En ce temps-là, les deux frères, Régis et Gontran, ayant l'âge d'homme, figuraient dans la garde en qualité de sous-lieutenants. Mais tout à coup le trône des Bourbons fut agité par une nouvelle et dernière secousse ; Charles X tomba sous les pavés du 29 juillet. En serviteurs qui ne pouvaient admettre l'idée d'obéir à un nouveau maître, les Prévéranges donnèrent, le même jour, leur démission ; puis, ils revinrent en Bourbonnais, au château, en ne se donnant pas d'autre visée que celle d'y vivre, côte à côte, loin du monde et d'y attendre les événements.

Un moment, en 1832, lorsque la duchesse de Berry se

jeta en Vendée, ils conçurent la pensée d'aller se placer, l'épée à la main, sous les plis du drapeau blanc ; mais la rapidité avec laquelle Louis-Philippe fit étouffer l'insurrection leur donna à comprendre qu'il n'y avait plus un grand rôle à jouer de ce côté-là. Ils continuèrent donc à vivre sur leurs terres, moitié en agronomes, moitié en chasseurs.

Autour d'eux, dans le pays, on ne pouvait se défendre d'admirer ces deux jeunes gens, qui, dans la force de l'âge et des passions, reliés par une vive affection fraternelle, avaient résolu le difficile problème de se suffire à eux-mêmes. Nés le même jour, n'ayant jamais su même lequel des deux devait être regardé comme l'aîné, chose si importante dans les grandes familles à l'époque dont nous parlons, non seulement ils vivaient sur le pied d'une égalité absolue, mais encore ils ne concevaient point qu'ils dussent avoir jamais à se séparer pour quelque incident de partage ou de préférence. Le cheval de selle de Régis devenait, au besoin, la monture de Gontran ; le lendemain, si l'occasion le demandait, c'était le fusil de Gontran qui devenait l'arme de Régis.

Par suite d'une bizarrerie qui se rencontre souvent chez les jumeaux, une étrange ménechmie avait voulu qu'ils fussent ressemblants entre eux à ce point que les domestiques, les plus assidus du château, les prenaient parfois l'un pour l'autre. Ainsi, le sort s'était complu à les entourer des éléments d'une confusion que rendait encore plus profonde la conformité de leurs goûts et de leur éducation. Mais combien de temps une pareille fraternité pourrait-elle durer? A force d'être assujettie à une règle, qui, en apparence, semblait être logique pour tous les yeux, leur existence finissait par tomber dans l'invraisemblable.

Déjà quelques observateurs à l'œil de lynx, habiles à faire de l'analyse morale, établissaient un calcul d'estime pour prévoir l'instant d'une séparation ou d'un inévitable conflit. Surveiller des exploitations agricoles est bien. Chasser est bien. Boire joyeusement à table avec les Esaüs des environs est bien. Mais il est un forban qui, tôt ou tard, force la jeunesse à lui payer rançon ; c'est l'amour. Chacun d'eux touchait à sa vingt-quatrième année. Qu'arriverait-il le jour où l'un d'eux se sentirait doucement blessé au cœur? Faudrait qu'il se mariât et que, par conséquent, il y eût séparation? Que surviendrait-il si tous les deux étaient amoureux, le même jour, et si, par hasard, étant semblables, ils devenaient amoureux de la même femme?

En vue de cette éventualité, quelques sages hochaient la tête.

— On a vu tout récemment à Paris, disaient-ils, un monstre auquel tout le monde montrait de l'affection. C'était les deux frères Siamois. Ces deux têtes fraternelles, poussées sur le même tronc, se chérissaient aussi au plus haut point. Un jour, ils virent une femme d'une éblouissante beauté. Vous savez la suite. Ils l'aimèrent ensemble avec la même ferveur. Tous deux se prirent, dès lors, en aversion. Ils se menaçaient sans cesse. Eh bien ! attendons-nous, par ici, à quelque grand coup de théâtre le jour où la passion mettra le feu au cœur des deux Prévéranges.

III

En 1835, chacun des deux frères avait vingt-cinq ans. Chacun d'eux portait le titre de comte. Répétons ici qu'il existait entre eux une ressemblance si entière que l'œil le plus subtil s'y trompait.

L'un et l'autre étaient de haute taille, d'une figure agréable, ayant la tête couverte de cheveux châtains clairs et légèrement frisés. La nature, qui sait mettre des nuances ou des signes particuliers à deux feuilles du même arbre ou à deux gouttes d'eau du même lac, n'avait rien voulu marquer entre eux. On n'aurait donc entrevu aucune particularité grande ou petite qui fît songer à une disparité. Ils se tenaient de même, ils marchaient de même, ils faisaient les mêmes gestes. La ménechmie se continuait chez eux jusque dans le son de la voix.

On aurait pu croire, pour le moins, que le jeu étrange de cette reproduction cesserait de se révéler dans les manières ou dans le costume, c'est-à-dire dans ce que l'homme social a de plus particulièrement artificiel ; mais, ainsi que nous en avons déjà fait la remarque, les deux fils de l'émigré ayant été élevés sous l'empire de la même discipline et soumis, dès la première enfance, aux mêmes usages, soit au château de leur père, soit à la cour de Charles X, en cela encore ils formaient un ensemble absolument identique. Ce qu'il y avait encore de plus remarquable dans cette affaire, — c'était de la part de ceux

qui vivaient à côté d'eux une nouvelle cause d'étonnement, — c'était de voir que Régis et Gontran ne s'aperçus-
sent point pas eux-mêmes d'un appareillement si tyran-
nique. Ainsi par exemple, on s'émerveillait en consta-
tant que les couleurs aimées de l'un étaient aussi celles
qu'adoptait instinctivement l'autre.

— Comment donc ! se demandait-on avec une sorte
d'effroi philosophique, auraient-ils aussi, au fond d'eux-
mêmes, le même être moral ?

Cependant, comme ils étaient devenus de fort beaux
cavaliers, ils ne pouvaient manquer d'être recherchés par
le grand monde de la province. En Bourbonnais, les
gentilshommes abondent autant qu'en Touraine. Sur la
lisière du Berry, on en trouve aussi une pléïade. Séparés
de la bourgeoisie, surtout depuis la chute des Bourbons,
les châtelains ne vivaient qu'entre eux ; mais ils vivaient
en gens de loisir le plus possible. On ne se quittait pas,
afin de n'avoir pas d'occasion de se mésallier. Les deux
jeunes comtes avaient carte blanche pour entrer dans
toutes les résidences aristocratiques. Il n'y avait ni
grande chasse, ni belle fête sans eux. Qu'aurait-ce été
qu'un bal où les anciens pages du dernier roi auraient
manqué ?

— Comme ils ont bel air ! disaient les douairières en
remuant les lames de leurs éventails. On voit bien qu'ils
ont eu leur entrée aux Tuileries avant que le vieux palais n'ait été encanaillé par les gens de la Révolution.
Seulement, entre nous, l'embarras des danseuses ne doit
pas être mince. Lequel est Gontran ? Lequel est Régis ?
C'est à s'y perdre, surtout pendant les chassés-croisés du
quadrille.

— Eh ! mon Dieu, répliquait-on, qu'importe qu'on les confonde, puisqu'ils sont aussi beaux cavaliers l'un que l'autre ?

Ainsi l'empressement qui se manifestait autour de leur personne s'accroissait à mesure qu'ils grandissaient. Du jour où ils furent bien visiblement en âge de se marier, on les entoura jusqu'à y mettre de l'obséquiosité. Désormais l'intérêt s'en mêlait ; on voulait les avoir, non plus comme visiteurs, mais aussi comme gendres ou comme alliés. En province, tout châtelain, fût-il le plus chevaleresque des hommes, s'entend toujours à bien calculer. Un hobereau sait à un vol de mouche près l'étendue de sol que possède son voisin.

Durant les quinze années de la Restauration, tout le pays avait vu se reconstruire pièce à pièce la fortune des Prévéranges. Le vieux château, à peu près délaissé pendant vingt ans, avait été insensiblement remis en bon état. Même observation avait été faite pour le domaine entier, pour les près, pour les bois, pour les terres labourables. Depuis quelques années, c'était un plein rapport qu'on citait avec une sorte d'envie. Telle qu'elle était, la terre ne devait pas être évaluée à moins d'un million. Rebroussez un peu en arrière par la pensée et vous verrez qu'il y a quarante ans, c'était une fort grosse somme.

Un million pour le tout, cela faisait cinq cent mille francs pour chacun des deux frères.

— Cela fait deux bons partis sous un seul toit, disait-on dans la noblesse.

Qu'on ajoute, à cet avoir, l'éclat d'un beau nom historique et l'on comprendra qu'il y avait bien de quoi

faire tourner toutes les têtes aux grands parents pressés
d'établir les filles. Point de maman titrée qui n'ambi-
tionnât d'avoir l'un ou l'autre pour gendre.

D'un tel état de choses il résultait que chaque semaine,
les invitations pleuvaient au château. On appelait les
Prévéranges aussi bien à Huriel qu'à Couleuvre, autant
à la Condamine qu'à Cérilly. Mais semblables à ces pas-
sereaux qui redoutent la glu de l'oiseleur, les deux
jeunes gens n'aimaient pas trop à s'écarter du rayon de
leur demeure. Bien mieux, autant par habitude que pour
ne pas trop s'éloigner de Prévéranges, ils ne faisaient
de visites un peu assidues qu'à un petit nombre de voisins. On s'était habitué à les recevoir plus particulièrement dans trois familles brillamment blasonnées. Nous
avons nommé celle du baron Annibal de Chastenay,
celle de la marquise de Trailles et celle du comte Hercule de Vénicourt-Luret.

Le plus souvent, les deux frères faisaient leurs visites
après déjeuner pour ne s'en retourner chez eux qu'après
dîner, c'est-à-dire à la nuit noire.

Or, la surveille du jour dont il est question, la surveille de la descente des magistrats au château, Régis et
Gontran étaient partis au petit jour, à cheval, le fusil
en bandoulière, puisqu'on était en pleine saison de
chasse, mais ils ne s'étaient fait suivre ni de piqueurs ni
de chiens. Arrivés au bout du parc, les deux frères
s'étaient séparés pour se rendre chacun de son côté.
Gontran allait à Chambourcy chez le baron de Chastenay, où l'on avait signalé plusieurs pieds de chevreuil ;
Régis se rendait, un peu plus loin, dans une direction
opposée, chez la marquise de Trailles, où l'on avait

peut-être à commencer une battue aux loups, projetée depuis assez longtemps.

En se quittant, ils s'étaient promis de rentrer en famille au château, à la même heure et en s'engageant dans les mêmes sentiers.

— Il suffira, dit Gontran, de nous rencontrer à dix heures précises du soir, à la Gorge-des-Gerfauts, à cent pas environ en avant de l'étang de la Chesnaye. Ainsi donc, à ce soir. Le premier arrivé attendra l'autre, en fumant son cigare.

— Voilà une chose convenue, répondit Régis en faisant un geste de la main, en guise de salut.

Sur ce, ils piquèrent des deux et partirent au galop, chacun dans la direction qui devait le mener au but.

Or, à onze heures du soir, il se passait à Prévéranges une scène aussi inattendue que lamentable.

Il est juste de noter, avant tout, une circonstance digne de remarque.

Vers dix heures et demie du soir, les chiens de garde s'étaient mis tout à coup à pousser des hurlements sinistres. Dans le premier moment, vu l'absence des maîtres, les gens du château n'avaient trop rien dit, pensant que ce ne serait qu'une fantaisie d'un moment ou une impression que quelques coups de fouet pourraient calmer. Mais en voyant que ces aboiements plaintifs se prolongeaient avec une sorte de redoublement, les serviteurs, les plus zélés, ne purent se défendre d'un peu d'alarme.

— Je ne leur ai jamais vu faire un tel vacarme, disait le vieil intendant.

— Dieu nous pardonne ! ils annoncent quelque. malheur, ajouta un palefrenier.

Mikel, le piqueur, à son tour fort ennuyé de tant de bruit, chercha à les faire taire tour à tour par la douceur et par la menace, et il ne put en venir à bout.

— Voyez-vous, dit alors une fille de basse-cour, c'est comme ça qu'ils s'y prennent pour dire que quelqu'un de la maison vient de mourir.

On lui imposa vivement silence en lui faisant remarquer que, comme le château n'avait que deux jeunes maîtres pleins de force et de santé, ce qu'elle venait de dire n'avait pas l'ombre du bon sens. On ajouta qu'elle eût à retourner à ses chaudrons ; mais, presque au même instant, un bruit étrange qui venait du parc, donna à comprendre que ces chiens, opiniâtrement fidèles, ne gémissaient pas sans une raison malheureusement sérieuse.

— Voyons ! s'écriait alors le jardinier, des falots ! des falots, et si c'est trop long à préparer qu'on allume des torches de résine !

— Qu'y a-t-il donc, Planchat ? demanda l'intendant.

— Vous le verrez assez tôt, répliqua l'autre d'une voix grave.

Deux paysans des environs, attelés par devant et par derrière à une sorte de brancard matelassé de fougère sèche, apportaient dans la direction de Prévéranges un fardeau dont on aurait eu peine, au premier moment, à distinguer la forme. Dès que la lueur des torches eut permis de mieux distinguer les objets, on aperçut, sanglant et sans vie, le corps d'un des deux frères. Lequel des deux était-ce ? On n'osait pas le demander et, du reste,

2

qu'importait lequel des deux, puisqu'on les confondait dans une commune tendresse ? Mais, au bout d'un instant, à deux pas de la funèbre civière, les gens du château entrevirent le survivant, pâle, muet, la tête tristement inclinée vers la terre et trébuchant à chaque pas comme un homme ivre.

— Mes amis, Gontran, mon frère Gontran est mort ! s'écria Régis d'une voix étranglée et sifflante. Vous ne voyez plus là qu'un corps inanimé !

— Mort, M. Gontran ! Comment ? Pourquoi, monsieur Régis ? demandèrent ensemble plusieurs voix.

A ces questions, visiblement affecté de la plus poignante tristesse, le survivant n'avait pas la force de répondre. A la fin, après de pénibles efforts, il parvint à rouvrir la bouche.

— Comment, dites-vous, mes amis ? En revenant de la chasse, le malheureux avait négligé de décharger son fusil. Au moment où, suivant notre mot d'ordre, il me rejoignait dans la Gorge-au-Gerfauts, l'arme a donné à faux sur une souche de vieux chêne et a porté sur lui-même. La balle est entrée dans l'aîne, à gauche. Au bout de dix minutes, mon pauvre Gontran, épuisé, expirait dans mes bras.

Ces paroles, ainsi qu'on le pense aisément, n'étaient point prononcées sans accompagnement des sanglots les plus déchirants. Toutefois Régis ne pleurait pas. Les larmes refusaient de venir, ainsi que cela se voit souvent au milieu des grandes afflictions. Des points d'arrêt, bientôt suivis de mouvements fébriles, accentuaient aussi ce discours de désolation et d'autres que nous ne rapportons pas.

Au spectacle d'une si grande douleur, l'intendant comprit que ce qu'il y avait de plus pressé à faire, c'était de se porter au secours de son jeune maître, déjà si cruellement frappé. Sans oublier ni la distance qui le séparait du jeune gentilhomme, ni la déférence qu'il devait à celui que n'était plus, il alla donc à Régis en lui offrant son bras comme pour lui servir d'appui. Le comte voulait d'abord refuser, mais comme le vieux serviteur insistait, il finit par se rendre à ses prières et se laissa guider comme un enfant qui n'a plus assez de force pour se diriger.

Les incidents qui suivirent cette première scène n'avaient pas une tournure moins dramatique.

A vingt minutes de là, après avoir longé le parc, le funèbre cortège entrait enfin au château. On déposait le défunt sur un lit de sangle, dans une des salles du rez-de-chaussée. En voyant combien la plaie était grande et quelle abondance de sang le pauvre chasseur avait perdu, tous les assistants avaient bien compris du premier coup que tout recours à l'art du chirurgien aurait été une démarche superflue et que, par conséquent, il n'y avait qu'à s'occuper d'autre chose.

En une aussi cruelle circonstance, le premier soin des proches consiste à informer la justice, laquelle ne perd jamais ses droits d'investigation, même quand il ne s'agit que d'une mort survenue par suite d'accident. C'est pourquoi, sur l'ordre de l'intendant, un des domestiques du château fut jeté à la hâte sur le premier cheval venu et envoyé à la ville avec trois lignes au crayon qui réclamaient la présence d'un magistrat.

« Le comte Gontran de Prévéranges, mort par
» suite d'un accident de chasse; venir en toute hâte faire
» la constatation du décès.

« JÉROME DESLAURIERS, *intendant.* »

Régis, tout entier à sa douleur, n'assistait déjà plus à
ces détails.

Après s'être retiré dans son appartement il s'était
jeté tout habillé sur son lit, toujours sanglotant.

Une vieille bonne, qui était plus spécialement préposée
à sa garde, racontait qu'elle avait toutes les peines du
monde à l'empêcher de se briser la tête contre les murs
et qu'il répétait de minute en minute, avec sanglots, les
mêmes paroles.

— Que vais-je devenir? Que faire désormais de ma
vie? Mon pauvre Gontran est mort! Mon pauvre Gontran est mort! Pourquoi la même balle ne nous a-t-
elle pas tués tous les deux en même temps!

IV

On ne l'a pas oublié, au moment où ces choses se
passaient, il était plus de onze heures du soir.

La nuit était sombre, une nuit sans lune et sans
étoiles.

Du château de Prévéranges au chef-lieu, il y avait
une heure et demie de chemin pour un cavalier, quand

il prenait le galop. Sur la fin d'octobre, à travers la brume et les ténèbres, quoique la route n'eût que peu de courbes, on ne pouvait pas aller si vite. Cependant l'exprès, comprenant toute la gravité de la mission qu'on venait de lui confier, faisait diligence le plus possible, éperonnant et flattant tour à tour sa monture afin de la rendre plus agile.

Une heure du matin sonnait au clocher de la paroisse à l'instant où, tout couvert de sueur, le messager faisait son entrée à Cormiers. La ville entière dormait d'un de ces sommeils de province dont nulle langue humaine ne saurait exprimer l'idée. Qu'on n'oublie pas qu'il s'agit d'une époque reculée. Il n'y avait alors sur les places, ni le long des rues aucun de ces réverbères qui servent de phares aux grands centres de population. A peine le paysan apercevait-il çà et là, par les vitres de quelque fenêtre, une vacillante veilleuse de malade qui faisait l'effet d'une luciole au fond des bois. Cependant comme il connaissait la localité, il savait au juste où il fallait se rendre pour faire le dépôt de la dépêche. Il fit donc tourner bride à son cheval de façon à le diriger sur la rue du Cygne, au numéro 3 ; c'était là qu'habitait le procureur du roi.

Sans quitter sa selle, il s'arrêta à la petite porte de la maison. Là, tout en se baissant un peu, il tira sans aucun ménagement le pied de biche d'une sonnette dont les retentissements aigus furent bientôt répétés d'échos en échos.

Trois minutes ne s'étaient pas écoulées qu'à la fenêtre du premier se montra une tête de vieille femme, soigneusement encapuchonnée dans un costume de nuit.

C'était la servante qui s'occupait du ménage de M. le procureur du roi, encore garçon. Tenant un flambeau de cuivre surmonté d'une bougie allumée, elle cherchait à protéger du revers de la main droite la flamme de ce faible luminaire que les premiers souffles du matin menaçaient d'éteindre.

— Qui va là ? dit-elle ensuite d'une voix grondeuse.

— Un homme du château de Prévéranges.

En se penchant un peu, elle aperçut, en effet, le rustre assis sur la selle de son cheval.

— Qui vous amène si tard ?

— Un grand malheur à déclarer à la justice.

— Mais encore qu'est-ce donc ?

— La mort d'un des deux maîtres de chez nous, par suite de l'explosion d'une arme à feu. Voici un papier qui raconte le fait.

Sur cette réponse, la vieille gouvernante vit qu'effectivement il s'agissait d'une affaire grave. Tout en refermant la fenêtre, elle répliquait quelques paroles, non sans grommeler un peu entre ses dents.

— Attendez-moi un instant, l'homme ! Attendez le temps nécessaire pour réveiller monsieur le procureur du roi !

Cependant prompte comme le sont toujours ces sortes de viragos, elle reparut bien vite, ayant toujours à la main son flambeau de cuivre. En une seconde, le verrou fut tiré ; la porte roula sur ses gonds, et madame Brigitte jeta sur le fâcheux visiteur un second regard, évidemment empreint de mécontentement et de mauvaise humeur.

— Monsieur vient de se jeter à bas du lit et il a passé

sa robe de chambre, ajouta-t-elle avec un sourd grogne-
ment. Voyons, descendez de votre bête et suivez-moi.

— Ce n'est pas la peine, répondit le cavalier rustique
en accusant la pensée de ne pas se séparer un seul instant de son cheval. Je vous ai parlé d'un papier que je
suis chargé de remettre. Tenez, le voilà. Pour le
reste, ce n'est pas mon affaire. Ça regarde votre maître.

La-dessus, il tendit le message à la vieille servante
qui le reçut machinalement; puis, il tourna bride et repartit bon train, sans ajouter un traître mot.

— Voilà bien les paysans de par ici, murmura la
vieille Brigitte, tout en refermant la porte. Dans tout
événement qui touche aux choses de la justice, on les
appellerait en vain : ils ont toujours peur d'être com-
promis pour leur propre compte, même quand l'affaire
ne les regarde en rien. En voilà un qui se sauve au
galop au seul nom de mon maître, absolument comme
si le grand diable d'enfer l'emportait.

A son tour, voulant se hâter, elle remonta les escaliers
quatre à quatre.

Il lui tardait de remettre la dépêche à son adresse.

Ce message, ainsi qu'on le sait, ne contenait aucun détail sur le funeste événement. Il n'y avait que trois
lignes, mais trois lignes qui disaient assez combien la
présence de la justice était nécessaire au château.

— Un décès par suite d'accident ! Un simple décès !
S'il n'y avait rien de plus, il n'était pas nécessaire de
venir me déranger à une heure indue, s'écria le fonctionnaire en froissant entre ses doigts crispés le papier
de l'intendant.

Il avait les yeux encore rouges et gonflés, la tête

enveloppée d'un madras noué en marmotte, la figure hâve, inquiète et colère.

— Mais, au moins, il ne s'agit que d'un accident? reprit-il. Je sais bien que, dans tous les cas, ces sortes d'épisodes se reproduisent invariablement dans ces contrées en temps de chasse. Le récit a l'air d'être sincère. Oui, mais faut-il s'y fier? Il se présente tant de cas où l'air n'est plus d'accord avec la chanson! Brigitte, pourquoi n'avez-vous pas retenu l'homme qui a apporté ce message?

— Monsieur le procureur du roi, croyez que j'y ai fait tout mon possible; mais d'abord il était à cheval, ce qui rendait la chose gênante.

— Il fallait lui dire de descendre de sa monture pour venir me parler.

— Je le lui ai dit, monsieur; mais après m'avoir jeté ce papier dans la main, il a piqué des deux et s'est sauvé comme un voleur.

— Il s'est sauvé! Et pourquoi se sauver à une telle heure, quand on se trouve à la porte d'un magistrat qu'on vient de réveiller en sursaut? Mais surtout pourquoi s'échapper avec tant de hâte? Brigitte, vous n'exagérez rien? Il s'est sauvé, sauvé vite, très-vite, cet homme? Dites tout! Il s'est sauvé?

— Comme le vent, monsieur le procureur du roi.

— Qui sait s'il n'y a pas, dans cette rapidité à fuir, l'indice de quelque mystère que la justice aurait intérêt à découvrir? Comment était fait ce prétendu messager, Brigitte?

— Comme tous les paysans, monsieur.

— A première vue, ce billet de l'intendant me paraissait devoir suffire. Dans le fait qui y est rapporté, je ne voyais qu'un de ces malheurs imprévus du genre de ceux dont nos campagnes sont souvent le théâtre. Envisageant donc les choses de cette façon, je croyais qu'on pouvait différer l'examen de l'affaire, du moins jusqu'à demain, jusqu'à ce qu'il fît jour ; mais cet homme qui a craint d'être mis en ma présence, ce paysan qui se sauve à cheval, c'est une image qui tourmente ma conscience et qui me fait changer de projet. Brigitte, mes habits ! mon chapeau ! ma canne ! mon manteau ! Il faut que je sorte sans le moindre retard.

— A une telle heure et au saut du lit, monsieur !

— Le devoir avant tout.

— Mais n'oubliez pas, monsieur, que le docteur Bretonneau vous a défendu de vous laisser atteindre par le serein.

— Il en parle à son aise, le docteur. Et s'il s'agissait d'un crime ? Allons, il faut que j'aille sans retard me concerter avec M. le président.

La vieille servante connaissait son maître. Elle savait que c'était un magistrat impitoyable pour lui-même comme pour les autres. Du moment qu'il était question pour lui d'une affaire professionnelle, ç'aurait été peine perdue que de chercher à se mettre en travers de ses volontés. C'est pourquoi elle ne fit aucune tentative pour l'empêcher de sortir. Loin de là, pour se conformer à l'ordre qu'il venait de lui intimer, elle apporta en une brassée, mais avec les plus grandes précautions, tout ce qu'il était nécessaire pour sa toilette.

Quelques instants après, le procureur du roi était en état de se rendre chez son chef hiérarchique.

Avant qu'il descendît, Brigitte lui demanda s'il désirait
être accompagné, mais un non bien sec fut toute la réponse qu'elle obtint à cet égard.

— En ce cas, reprit-elle, que monsieur n'oublie pas
de bien se couvrir la tête et les épaules des plis de son
manteau.

Paroles perdues : M. le procureur du roi n'écoutait
rien ou plutôt il n'avait plus qu'une chose en tête,
l'affaire de Prévéranges, et il n'était plus capable de
penser à rien d'autre.

Une fois qu'il fut dehors, cet épisode prenait tout à
coup à ses yeux les plus grosses proportions. Dans
sa tête enfiévrée, se formaient pour se défaire et pour se
reformer de nouveau, les romans les plus sinistres et
les plus invraisemblables. Comme c'est le propre des
natures nerveuses de se faire un monstre à propos de
tout, il était aussi fort souvent son propre bourreau.

Le magistrat se l'était dit cent fois depuis qu'il
exerçait. Il s'était fréquemment exhorté à l'exercice de
la réflexion et à l'habitude du sang-froid, mais toutes
les ressources de la logique échouaient auprès d'une
complexion bizarre de nerfs, de curiosité, de crainte et
d'emportement mêlés. Etant jeune, en quittant les bancs
de l'école, il avait pris pour devise cet aphorisme de
l'illustre d'Aguesseau : « Le devoir est le boulet de la
magistrature », et il ne se passait point de jour qu'il ne
se répétât cette parole.

Dès lors, on peut voir dans quelle disposition d'esprit
il se trouvait lorsqu'il se présenta chez le président.

Nous ne parlerons pas des démarches préliminaires
qu'avait exigées cet accès si difficile en une petite ville

telle que Cormiers et à près de deux heures du matin. L'ensemble des faits réclame impérieusement une très-grande rapidité dans les procédés de narration. Ainsi donc ce récit doit être, avant tout, exempt de détails et de digressions qui seraient de mise dans toute autre histoire.

En maintes et maintes choses, le président était l'opposé du procureur du roi. Imaginez un sexagénaire à cheveux blancs, mais encore vert, très-vif, très-déluré et quip ortait en lui comme un reflet de l'épicurisme de ce dix-huitième siècle, à la fin duquel il était né. Issu d'une famille de bons bourgeois, il avait obtenu un siège dans la magistrature assise ; mais, au fond, s'il avait une vocation sérieuse, c'était celle d'un joyeux sceptique, emporté par le désir de bien vivre. A Paris, il aurait été membre du Caveau, où il se fût amusé à boire comme tels et tels et à tourner des chansons. Dans une ville de second ordre, on l'aurait choyé tour à tour chez le général, chez l'évêque et chez le préfet.

A Cormiers, bourgade de sept à huit mille âmes, il avait tenu à être le premier, et il l'était en effet, ne présidant pas seulement le tribunal, mais présidant aussi bien les comices agricoles, les distributions de prix et surtout les dîners qu'il s'entendait à saupoudrer de gaieté et de trait d'esprit. Une autre de ses prétentions, qu'on connaît déjà, consistait à se poser en savant, en érudit et en archéologue. Mais en dehors de ces divers attributs, il était d'une indifférence tout à fait rabelaisienne, estimant qu'il fallait laisser aller le monde comme il l'entend et ne pas se faire de sang noir en s'occupant des affaires du genre humain.

La preuve qu'il ne se dérangeait pas aisément, c'est qu'à l'annonce du visiteur il n'avait pas quitté son lit, au pied duquel se voyait un somno en acajou garni de deux ou trois cordiaux tels que, l'Eau de mélisse des Carmes et l'Elixir de la reine de Hongrie.

Or, après avoir pris connaissance du message de Prévéranges, il ne put s'empêcher de faire entendre une exclamation d'une tournure presque ironique.

— Ah çà ! mon cher Peyrinel, dit-il en s'adressant au procureur du roi, vous avez donc le Code pénal chevillé au corps ? De quoi vous parle-t-on dans ce billet ? D'un accident de chasse ! Et c'est pour cela que vous cassez votre nuit en deux ; c'est pour cette même carte que vous vous exposez à gober les premiers brouillards de l'automne et que vous accourez à mon chevet, dans le but évident de me communiquer un peu de la fièvre qui vous brûle le sang ?

— Je vous assure, monsieur le président...

— Je vous assure, mon pauvre garçon, que vous ne comprenez jamais tout ce qu'il y a de saine philosophie dans le mot de l'illustre roué qui disait à un sabalterne : « Surtout, monsieur, pas de zèle ! » Mon Dieu, je sais ce que vous allez m'objecter. Vous vous dites en vous-même : « Mais, monsieur le président, si, en dépit des apparences, il y avait crime dans cette affaire, de quel poids terrible ne serait pas chargée votre responsabilité ? » Eh bien tenez, je prends les choses au pire. J'entre dans votre conjecture et je dis pour un instant : « Il y a eu un meurtre au château de Prévéranges. »

Ce jeune chasseur a été assassiné. « Il a été assassiné, « si vous voulez, à la suite d'une rivalité d'amour. »

Hein ! n'est-ce pas gentil à moi de prêter ainsi des ressorts romanesques à votre supposition ? Fort bien, mais où serait la raison de courir à travers la nuit pour montrer le glaive des lois ? Il sera assez tôt demain, quand le jour éclairera ce canton. Le coupable peut s'enfuir ? Non, ce n'est pas dans de telles affaires qu'on va s'ensevelir vivant à l'étranger. On reste, nous le voyons assez par les procès en Cour d'assises que raconte la *Gazette des tribunaux*.

Veuillez bien remarquer, au surplus, mon cher Peyrinel, que je ne cherche en rien à persifler votre système, lequel peut être le bon. Seulement je persiste dans le mien qui n'est pas non plus le mauvais. Demain, à l'aube, c'est-à-dire dans cinq heures d'ici, la justice se transportera à Prévéranges, moi en tête. Cela vous suffit-il ?

En entendant son supérieur prendre les choses sur ce ton plein d'enjouement, le procureur du roi s'était peu à peu calmé. D'ailleurs le respect que, par devoir, il professait pour le vieux magistrat lui commandait de se taire, et il s'inclinait sans plus rien dire.

— Ecoutez, mon cher, reprit le président, nous savons tous que vous êtes en proie à une ancienne gastrite, conséquence inévitable d'une grande ferveur dans l'exercice de vos fonctions. Laissez-moi donc m'occuper de cette affaire au point de vous en éviter le tracas. Demain, à sept heures, on attellera la berline du petit Fromenteau. Je prendrai avec moi votre substitut et le greffier. Au besoin, pour donner satisfaction à vos scrupules, la voiture sera suivie de deux gendarmes de notre brigade. Ce sera assez pour aller voir ce qu'il en est.

3

Quant à vous, si vous voulez m'en croire, vous allez de ce pas regagner votre lit, où vous dormirez la grasse matinée, en ne rêvant pas de fusils de chasse qui partent à la corne des bois. Brigitte vous fera un lait de poule bien battu, bien sucré. Autre recommandation aussi importante que si elle venait de l'Ecole de Salerne : faites bassiner votre lit, à cause des brouillards de cette nuit. Allons, bon sommeil, mon cher !

Et il le congédia d'un petit geste de la main.

— Heureux président, de prendre sur ce ton-là les choses de la vie, se dit le procureur du roi.

V

Si le lecteur a bonne mémoire, il peut se rappeler que nous avons laissé la berline et ses voyageurs à l'entrée de la grande avenue qui mène à Prévéranges.

Par déférence pour le nom des habitants du château, le président avait donné ordre aux deux gendarmes de se tenir à la porte du parc, espérant bien du reste qu'ils ne serviraient qu'à l'appareil de la justice. En homme de haute prudence, il avait donc ajouté à la consigne qu'ils n'auraient rien de menaçant dans leur attitude, et que, par exemple, ils ne dégaîneraient sous aucun prétexte.

Quant à lui-même et à son escorte, il entendait bien que la mise en scène à employer serait plus digne que sévère.

— N'oublions pas, messieurs, répétait-il au substitut et au greffier, n'oublions pas qu'il ne s'agit pour nous que de dresser un acte de décès. Il s'agit, paraît-il, d'une mort survenue dans des circonstances affligeantes pour une grande famille, généralement estimée et honorée de siècle en siècle dans cette province. Avant tout, nous devons y voir un fait lamentable qui remplit de deuil l'âme et le cœur d'un frère. Tout cela nous fait presque une loi de nous montrer presque respectueux envers celui des deux gentilshommes qui survit à l'autre.

Au moment où il achevait ces recommandations, la grille de la cour d'honneur s'ouvrit comme d'elle-même afin de lui livrer passage.

Le petit patachon fit alors avancer sa voiture de dix pas ; puis, sur un geste qu'on venait de lui faire, il s'arrêta brusquement.

— Halte, dit-il, c'est ici qu'on descend.

Déjà, au bruit qu'avait fait le véhicule en s'avançant dans la cour, l'intendant, suivi de quelques autres serviteurs, descendit du perron et vint à l'équipage. Tout en tendant la main pour aider les voyageurs à descendre, il s'inclina cérémonieusement, à la suite de quoi il prononça ces paroles :

— Messieurs, vous êtes attendus ici depuis hier au soir.

— Nous savons, répondit le président, que M. le comte Régis de Prévéranges a mis une très-grande hâte à faire savoir au parquet de Cormiers le déplorable accident qui est arrivé hier par ici. Seulement, la nouvelle ayant été apportée à une heure fort avancée de la nuit, il n'a pas été possible de répondre au messager par un envoi immédiat. Mais, au fond, il n'y a rien de perdu, et les formalités légales peuvent être accomplies en leur temps.

Sur ces paroles, l'intendant s'inclina une seconde fois.

— Messieurs, ajouta-t-il, permettez que je vous introduise sans retard auprès du malheureux mort.

Le président marchait naturellement le premier. Après lui, sur une même ligne, venaient le substitut et le greffier, ce dernier naturellement muni de tout ce qu'il fallait pour écrire.

Très peu d'instants suffirent pour qu'ils pussent pénétrer tous les trois dans la pièce où avait été disposé le lit de parade.

En entrant dans cette salle, les officiers de la justice aperçurent au chevet du défunt, la tête douloureusement appuyée sur sa main, un grand jeune homme en habits de deuil et cherchant, mais en vain, à retenir ses larmes.

— Monsieur le comte Régis de Prévéranges, reprit l'intendant comme pour présenter le gentilhomme aux survenants.

Ces paroles dites, Régis, sachant ce qu'il devait aux visiteurs, faisait mine de se lever pour être un hôte poli, même au milieu de la plus vive affliction. Le président le devança d'un geste.

— Non, monsieur le comte, lui dit-il. Restez, je vous en conjure. Nous respectons trop la tristesse d'un frère pour permettre qu'elle s'efface derrière les règles d'une vaine étiquette. En nous présentant chez vous, nous n'avons d'autre désir que celui de remplir une formalité à laquelle nous assujettit la loi. On nous a appris que M. Gontran de Prévéranges, votre frère, a succombé à une mort imprévue et violente. Nous venons constater l'événement ; voilà tout.

— Messieurs, répondit le comte, le deuil que je porte depuis hier ne doit pas m'empêcher de vous faire l'accueil auquel vous avez droit. Cette maison et moi, nous sommes à votre disposition pour tous les renseignements que vous jugeriez à propos de demander.

Ces paroles étaient prononcées d'un ton digne, mais sans trop d'éclat. Régis avait pâli et rougi tour à tour. Mais comment un frère n'aurait-il pas cédé à l'émotion que ne pouvait manquer de faire naître la brusque arrivée de trois hommes, accourant, au nom du Code, pour inspecter en sa présence et en celle de ses serviteurs les restes inanimés de son frère ? Ni le président, ni le substitut ne songèrent à s'arrêter à ce détail, du reste fugitif, et, par conséquent, insaisissable.

Il n'y eut que le greffier, praticien émérite, vieux routier de la procédure, habitué aux descentes de lieux, pour fixer du regard le jeune gentilhomme avec quelque persistance.

— Voilà qui est étrange, pensait-il. On dirait que ce jeune comte est troublé jusqu'à ressentir un mouvement d'inquiétude ; mais, au fait, qui pourrait garder son sang-froid en pareille circonstance ?

Une pensée, vague et indécise, avait donc traversé l'esprit du greffier, mais c'était une pensée qui ne pouvait persister plus d'une seconde.

En ce moment le président prévint ceux qui étaient

présents que la rédaction du procès-verbal allait commencer.

Pour répondre à cette exigence, le praticien prit place
à une petite table sur laquelle il avait placé une plume,
du papier et de l'encre.

Préalablement à cette opération, le président s'était
livré à une inspection lente et réfléchie du cadavre.

Ce que l'intendant avait avancé dans son message se
trouvait réalisé trait pour trait.

C'était bien dans l'aîne gauche que Gontran avait été
atteint par la balle de moyen calibre, une balle à chasser
le chevreuil. Le projectile était demeuré dans la blessure,
où il formait comme un épais bourrelet. En tâtant avec
les doigts, on sentait très-nettement la rigidité de ce
plomb mortel. Si les lèvres de la plaie avaient été lavées
avec de l'eau et du sel, on constatait néanmoins que la
physionomie primitive du mal n'avait dû être en rien
modifiée.

Bref les choses se trouvaient absolument dans l'état
où elles étaient, la veille, à l'heure où l'accident avait
lieu dans la Gorge-aux-Gerfauts.

— Monsieur le comte, dit tout à coup le président,
vous m'excuserez si je vous trouble dans votre recueil-
lement, mais je suis dans la nécessité de vous adresser
deux ou trois questions sur la manière dont s'est produit
ce fait si déplorable. Êtes-vous disposé à me répondre ?

— Oui, monsieur le président, quoiqu'il m'en coûte
beaucoup de soutenir une conversation en un pareil
moment.

Cette fois, la parole de Régis était émue mais très
ferme.

— Où avais-je donc la tête tout à l'heure en le trouvant trop troublé ? se demandait le greffier *in petto*.

Et, en regardant le châtelain à nouveau, le plumitif se dit tout bas :

— Eh bien, à présent, voilà qu'il me semble qu'il n'est plus assez désorienté.

En effet, le comte formulait ses répliques avec autant de résolution que de netteté.

— Monsieur Régis de Prévéranges, dit le président, avez-vous passé la journée à la même chasse que M. Gontran de Prévéranges, votre frère ?

— Non, monsieur le président. Le matin, en quittant le château, nous nous étions portés dans deux directions différentes. Il allait à Vibrage, chez le marquis d'Hermier, un de nos amis. Quant à moi, j'allais à la Roche-Rambert, chez le colonel des Courtilz. Mais il était convenu entre nous que, le soir venu, la chasse terminée, nous rentrerions ensemble à Prévéranges, suivant notre habitude. Le lieu du rendez-vous était précisément cette Gorge-aux-Gerfauts que j'ai déjà nommée, à cent pas du grand étang. Il avait été dit aussi que le premier arrivé attendrait l'autre.

— Qui fut le premier arrivé ?

— Moi-même, monsieur le président.

— A quelle heure arriviez-vous à ce but ?

— A dix heures moins cinq minutes.

— Et votre frère, à quelle heure se montra-t-il ?

— A dix heures sonnantes. Peut-être y avait-il cinq minutes de plus.

— Fort bien. Dites-nous au juste comment est survenu l'accident ?

— Monsieur le président, occupé que j'étais à détacher mon cheval d'un érable sous lequel je l'avais remisé pour attendre, je n'ai pas absolument tout vu. Ayant la tête tournée en sens inverse, je n'ai porté mes regards du côté de mon frère qu'après avoir entendu la détonation.

— Eh bien ! suivant ce que vous avez vu alors, comment vous expliquez-vous que le coup soit parti ?

— Monsieur le président, mon pauvre Gontran portait son fusil en bandoulière, suivant la coutume de tous les chasseurs du pays, qui reviennent d'une battue. Il faut croire que ses guêtres se sont embarrassées dans quelques broussailles et que, dans le désir de les dégager, il s'est baissé avec une certaine précipitation. Ce qu'il y a de sûr, c'est, que, dans un mouvement d'inclinaison vers le sol, l'arme s'est cognée à une souche de chêne ; c'est ainsi qu'elle a parti et qu'en partant elle a causé l'horrible blessure à la suite de laquelle mon pauvre frère a perdu la vie.

— Mais le coup, si terrible qu'il ait été, n'était pas foudroyant, c'est-à-dire instantanément mortel ? Il se peut que votre frère ait été terrassé sous le coup. Il a pu être affaibli par un soudain accablement. Tout cela est fort concevable, mais cependant ni la raison, ni la parole, ni le mouvement n'ont dû l'abandonner en une minute ?

— Il est bien vrai, monsieur le président, qu'il respirait, qu'il pensait et même qu'il parlait encore. Il me criait : « A moi, Régis ! Je me suis tué ! Je suis un homme mort ! » Messieurs, à un tel appel, j'accourus à lui aussi rapidement qu'il me fut possible de le faire. La voix du

sang me faisait bien comprendre qu'il s'agissait d'un
grand malheur. Mon frère tué par lui-même ; mon
frère mourant ! J'appelai au secours de toutes mes forces.
J'espérais que des cultivateurs ou des pâtres pourraient
se rencontrer en cet endroit ou aux alentours. Mais
personne n'accourut à mes cris. Pendant ce peu de
temps-là, il faut bien vous l'apprendre, la situation du
pauvre blessé s'était profondément aggravée. Par la
plaie béante, sous l'atteinte de la balle, une hémorragie
furieuse venait de se déclarer. Que faire ? Je courus à
l'étang où je puisai de l'eau avec mes mains et je cherchai, mais inutilement, à laver la plaie et à arrêter l'é-
coulement du sang. J'avais perdu la tête. Je ne savais
plus ce que je faisais. Je cueillais au hasard des herbes
dont je croyais connaître la secrète vertu et j'en faisais
des sortes de compresses afin de voir si cet expédient
me réussirait. Mais, au bout de quelques minutes, à bout
de forces vitales, Gontran expirait entre mes bras. Je
sentais ses mains se refroidir. Ses lèvres étaient déjà
glacées. Je cherchai à savoir si son cœur battait encore.
Non, il avait fini de battre, messieurs. Mon pauvre
Gontran était mort !

En terminant ce récit fait d'une voix brève, presque
fébrile, avec des hoquets et des larmes, Régis de Prévéranges posa ses deux mains sur ses yeux comme pour
effacer à jamais de sa mémoire le souvenir de cette
heure funeste.

Il y eut alors un petit temps de repos, au bout duquel
le magistrat, cherchant visiblement à ménager les forces
et la sensibilité du jeune gentilhomme, lui demanda de
quelle façon il était parvenu à faire la rencontre des

deux paysans qui l'avaient aidé ensuite à transporter les restes de son frère au château. Régis pria alors le magistrat de vouloir bien interroger sur ce point ces deux hommes eux-mêmes, qui, pour être prêts à tout événement, avaient consenti à passer la nuit au château.

Sur les questions qui leur furent faites, les deux paysans répondirent naïvement que, sortant d'un endroit voisin, c'est-à-dire des bois de la Riffardie, où ils se livraient ordinairement au braconnage, ils avaient fini par entendre des cris plaintifs paraissant venir des bords de l'étang. Après s'être portés sur cet endroit, ils y avaient trouvé les deux messieurs de Prévéranges, l'un cherchant à rappeler l'autre à la vie. Ce fut alors qu'ils apprirent ce qui venait de se passer. Emus de la plus vive pitié, ils s'étaient mis alors à la disposition de M. Régis et avaient improvisé une civière, afin de transporter au château les restes de son frère.

Sur l'ordre du magistrat, ces diverses circonstances furent consignées au procès-verbal avec le soin le plus scrupuleux. Régis y mit sa signature, ainsi que ces deux hommes, pour attester la réalité des faits qu'on venait de recueillir. Le président, reconnaissant qu'il n'y avait rien de plus à faire et, après de nouvelles excuses adressées au châtelain, se disposait à signer à son tour, ainsi que le substitut et le greffier.

— Monsieur le comte, vous allez pouvoir vous occuper des obsèques de votre frère, ajouta le magistrat. Nous n'avons plus qu'à vous plaindre et à nous retirer.

Ces dernières paroles dites, on donnait déjà ordre d'atteler la berline pour le retour, quand un bruit soudain troubla le silence de la cour d'honneur. Une voix perçante faisait entendre des cris et des menaces.

— Non, non, personne ne m'empêchera de parler ! disait cette voix. Je dirai tout, moi, tout ! Maguelonne n'a de ménagements à garder envers personne ! Et ces gendarmes, là-bas, près du parc, qui voulaient me barrer le chemin ! Eh ! qu'on m'arrête, si l'on veut, ça n'en vaudra que mieux pour que je parle !

On regarda alors par une des fenêtres et l'on aperçut une femme en haillons avec de longs cheveux gris épars. Elle courait en désordonnée, évitant ou menaçant les serviteurs du château qui s'efforçaient de lui donner la chasse. A force de courir, elle monta les marches du perron, renversa d'un revers de main l'intendant qui cherchait à s'opposer à son entrée, et, en se présentant dans la salle où l'on achevait le procès-verbal, elle s'écriait, avec des gestes de prophétesse indignée :

— Assassiné, le jeune monsieur ! Je dis, moi, qu'il a été assassiné près du grand Etang ! Est-ce bien clair ? Assassiné ! assassiné !

VI

Pour la seconde fois, l'intendant s'efforça de repousser la nouvelle venue.

— Qui vous a permis d'entrer ici ? lui dit-il d'un ton plein de colère. Voyons, retirez-vous !

— A la porte ! s'écriaient aussi de concert deux do-

mestiques qui accouraient pour repousser l'intruse par
les épaules.

— Rien de mieux, répliqua vivement la pauvresse,
avec un violent éclat de rire. Mordue par les chiens de
garde à la porte des fermes ! chassée du château par les
valets ! c'est dans l'ordre. Eh bien, malgré tout cela, on
ne parviendra pas à me faire taire !

L'intendant se disposait, dans sa fureur, à lui poser la
main sur la bouche afin de la contraindre au silence,
quand Régis, dont cet incident paraissait avoir redoublé
la pâleur, fit signe à ses gens de se retirer.

— Qu'on la laisse faire ! qu'on la laisse dire tout ce
qu'elle voudra, la pauvre insensée ! reprit-il en se relevant.

Il serait plus facile de se figurer que d'exprimer avec
des mots la scène solennelle et bizarre qui se passait en
ce moment.

Celle qui venait de faire ainsi irruption dans la salle
où instrumentait la justice, cette forme humaine,
presque hideuse à voir, était de haute taille, mais pâle,
maigre, déhanchée. De sa tête nue pendaient de longs
cheveux gris, qui, en s'enroulant sur ses épaules, en
haillons, produisaient l'effet d'un chapelet de vipères,
toujours prêtes à siffler. Un petit œil vert, d'une vivacité
peu commune, éclairait sa face, toute sillonnée de rides.
Il n'y avait pas jusqu'aux espadrilles de cuir grossier et
de paille dont ses pieds étaient chaussés qui ne contri-
buassent à lui donner comme un air de Sibylle échappée
de son antre.

En se présentant ainsi, à l'improviste, dans cette demeure aristocratique, en vue d'un cadavre encore san-

glant, au moment où le procès-verbal du décès, tout à fait clos, n'attendait plus qu'une dernière signature, elle fournissait sans contredit l'idée d'une apparition fantastique. Tous les spectateurs n'avaient déjà pu se défendre d'éprouver un certain frisson. Quant au président, on n'a pas oublié qu'il se flattait d'être lettré en tout et partout. Aussi, sans songer d'abord à la gravité de cet épisode, il mit un peu de coquetterie à comparer la nouvelle venue à cette Meg-Merrilies que Walter Scott a si poétiquement placée dans *Guy Mannering*.

Mais ce souvenir classique n'avait fait qu'effleurer sa pensée. En voyant la persistance de l'inconnue à s'introduire de vive force dans l'œuvre de la justice, il se rappela bien vite de quelles fonctions augustes il était revêtu. En même temps, ne voulant pas cesser de se montrer homme du monde, et répugnant à supposer que Régis de Prévéranges pût être pour rien dans la mort de son frère, il hésitait à prononcer des paroles qui auraient pu être prises pour un commencement d'accusation. La perplexité de son esprit redoubla quand il vit que, loin de vouloir que l'on chassât l'importune de sa présence, le châtelain ordonnait, au contraire, à son monde de la laisser se livrer sans aucun obstacle à toutes les fantaisies de sa parole.

— Quelle est cette femme ? demanda le président en prenant un ton sévère.

— Une vagabonde, répondit l'intendant.

— Une mendiante, ajouta une autre voix.

— Une bohémienne qui ne vit que de glane et de maraude.

— Une malheureuse créature, qui, au su de tout le

pays, a perdu la raison, dit à son tour Régis de Prévéranges.

— Que ne m'appelez-vous tout de suite par mon nom ?
riposta la vieille femme en retrouvant son arrogance :
Maguelonne-la-Folle ! Ah ! c'est bien ainsi, en effet, qu'on
me désigne dans ces campagnes ! Une pauvresse, sans
feu ni lieu, vivant d'aumônes, de maraude et de glanes !
Ah ! tout cela est vrai ! cent fois vrai ! Pourtant, on ne
dira jamais de moi ; Maguelonne-la-Menteuse, vous le
savez bien ! encore moins Maguelonne-l'Assassine ?

Cette nouvelle sortie était faite, non sans quelque véhémence, avec un peu d'emphase même et comme si la
femme qui venait de parler se complaisait à prendre des
airs de pythonisse indignée.

— Eh bien, reprit le magistrat, qui ne quittait pas
encore le ton du dialogue familier, mais qui avait pourtant l'air de procéder à un interrogatoire, eh bien
voyons, comment vous appelez-vous, au juste ?

— Le monsieur du château et moi nous vous l'avons
dit tout à l'heure : Maguelonne-la-Folle.

— Avez-vous un domicile ?

— Non, monsieur, je n'en ai pas un, mais j'en ai cent.

— Cent domiciles ! Est-ce déjà de la déraison ou de la
bravade ? Expliquez-vous plus clairement Qu'est-ce à
dire ? Où demeurez-vous d'ordinaire ?

— Vous allez le savoir.

Ici elle s'arrêta quelques secondes comme une personne qui cherche à se recueillir, afin de retrouver le fil
de ses idées tout à coup embrouillées.

— Cent domiciles, monsieur ! Je n'ai rien dit de trop,
je ne me suis pas vantée ! La preuve, la voici : Au vil-

lage des Breffards, il y a une grange abandonnée ; j'y
loge souvent. Quand je suis à Prézançays, j'ai une ca-
hute de pastoure. C'est moi-même qui l'ai construite à
l'époque où je gardais les brebis. A la Bérarde, j'ai une
manière de souterrain, la cave d'un couvent détruit ;
c'est-là que je dépose mes provisions, c'est-à-dire tout ce
que je glane à travers les champs.

En été, j'ai les bois de la Riffardie, où je dors, à la
grâce de Dieu, comme l'oiseau sur la branche. C'est en
cet endroit que les gens du pays viennent me chercher
quand ils ont besoin de moi ; vingt métayers, vingt
fermiers, des bûcherons, des bergers, que je pourrais
vous nommer en rang, ne craignent pas de me donner
une botte de paille sous leurs toits. J'ai d'autres asiles
pour me garantir de la fraîcheur de la belle étoile. Vous
voyez donc qu'en comptant bien je trouverais aisément
cent domiciles pour un. Le roi n'en a peut-être pas
autant que moi.

— Mais votre état ? Vos moyens d'existence ?

— J'ai parlé des oiseaux sur la branche, il n'y a qu'un
instant. Si je dors comme eux, je vis comme eux
aussi.

— La loi ne saurait admettre une telle profession. Ainsi,
vous êtes une vagabonde ?

— Une vagabonde, parce que je ne possède ni sou, ni
maille. Une folle, parce que je suis échevelée, très-
franche et très-bruyante dans mes propos.

— Maguelonne-la-Folle ne vous a pas tout dit,
monsieur le président, dit une voix.

— Eh bien, quoi ! Qu'y a-t-il encore contre elle ?

— Maguelonne fait peur aux petits enfants.

— Si je leur fais peur ! Je le crois bien ! Voilà vingt ans qu'à dix lieues à la ronde, les mères, pour forcer leurs marmots à s'endormir, leur disent, en se penchant sur leurs berceaux : « Petits, ne criez pas ! Dormez ! Si vous ne dormez pas, Maguelonne-la-Folle va venir et elle vous emportera. » Il y en a même pour ajouter que je les mangerais. C'est de cette coutume surtout que vient la terreur qu'excite partout ma présence. De père en fils, les habitants de ce pays sont déjà habitués à me regarder, les uns comme une sorcière, les autres comme une ogresse, tous comme un être qu'il faut s'empresser de fuir.

Tout en l'écoutant, le président ne pouvait s'empêcher de reconnaître qu'il y avait dans les différents termes de son langage un enchaînement tout à fait irréprochable au point de vue de la logique et qui, par conséquent, paraissait exclure toute idée de démence. Cependant il n'ignorait pas non plus que, pour la plupart des cas, la folie se divise à l'infini, surtout dans les sociétés modernes qui sont travaillées par l'extrême civilisation. Il se disait tout bas qu'en fait d'aliénation mentale il y a mille et une variétés entrecoupées d'intermittences et que les monomanes sont presque aussi nombreux que les hommes. Il se disait encore que le bons sens, cet air de la raison, s'abrite de préférence sous les toits rustiques et que ce ne devait pas être sans de sérieux motifs que, depuis vingt années, tous les habitants de la contrée tenaient cette Maguelonne pour une folle. Sous ce rapport, en effet, la commune renommée est et doit être considérée cnmme un témoignage de la vérité. Tout le monde la disait folle. Donc elle était folle. Et puis que venait faire au château cette femme qui n'y avait pas été appelée ?

Tout paraissait indiquer qu'elle venait proférer des menaces ou faire entendre quelque parole d'accusation ou de calomnie. Mais d'abord les investigations auxquelles le président venait de se livrer administraient hautement la preuve que la mort de Gontran de Prévéranges s'était produite par un accident, par un suicide involontaire. Accusant ainsi dans une maison en deuil dont elle avait souvent été éconduite, cette mendiante ne venait-elle pas pour venger de vieilles rancunes ?

Voulait-elle qu'on lui payât le droit qu'elle se supposait de faire du scandale ? Ou bien encore, étant sous le coup du trouble de ses facultés mentales, cédait-elle, à son insu, à la secrète impulsion d'une de ces frénésies du mal auxquelles sont si volontiers enclins les êtres qui vivent dans la solitude ? En criminaliste habitué à faire de l'analyse psychologique, le président remuait l'un après l'autre ces divers points, et, pour conclure, il finissait par se dire qu'il n'y avait pas à s'arrêter à cet incident.

Néanmoins pour l'acquit de sa conscience, il se décida à adresser à Maguelonne une dernière question.

— Eh bien ! en définitive, dit-il, qu'est-ce qui vous amène ici ? Que venez-vous y faire ?

— Le voici, répondit la mendiante. Ce matin, aux environs du hameau de la Girardière, un endroit de là-bas, du côté de l'Allier, j'ai entendu des lavandières qui, en lavant leur linge, disaient comme ça qu'un des messieurs du château s'était tué lui-même, sans le faire exprès, en revenant de la chasse. Une mort par suite d'un coup de feu, c'est toujours grave. Ces femmes ajoutaient que les gens de justice venaient de la ville, accompagnés de gendarmes, afin d'apprendre le fin mot de la chose. Or, moi qui vous parle en ce moment, messieurs, j'ai vu d'un bout à l'autre tout ce qui s'est passé, l'autre soir, près du Grand-Etang.

— Vous, Maguelonne ? demanda le président.

— Moi-même, monsieur. Ayant donc entendu ce que racontaient les lavandières, j'ai pensé que je servirais peut-être à établir la vérité. C'est pourquoi, prenant mes jambes à mon cou, je suis accourue tout d'une course, sans m'arrêter même à me rafraîchir en prenant une prunelle aux buissons du chemin. Mais Dieu sait les peines que j'ai eues à pénétrer jusqu'à vous ! N'importe : m'y voici. Je viens donc, poussée seulement par le besoin de parler et je dis : « Le jeune monsieur de Prévéranges ne s'est pas tué : il a été assassiné. »

— Assassiné ! Par qui donc ?

— Monsieur, c'est justement ce qui me reste à vous apprendre.

Ici Régis, faisant évidemment violence à sa douleur, se leva comme un homme qu'on réveille en sursaut, et d'une voix dans laquelle vibrait un double accent de colère et de désespoir :

— Monsieur le président, dit-il, voilà dix minutes, avant la scène à laquelle nous assistons, je ne supposais pas qu'il pût exister une plus grande souffrance morale que celle qui résulte de la perte d'un être cher. A présent, je vois qu'il y a une torture encore plus grande : celle d'entendre de perfides et calomnieuses paroles à propos d'une telle mort. Cependant il me reste encore assez de force pour protester de toute mon âme contre ce qui vient d'être avancé par cette malheureuse créature. Ce que j'ai révélé à la justice est la vérité pure et il n'y a que cette version qui puisse être la vérité.

— Calmez-vous, monsieur le comte, répliqua le président. D'abord il n'y a rien de juridique dans ce qui se passe en ce moment. Cette femme n'a été ni citée, ni appelée. Ainsi, ce que nous avons entendu ne pourrait donc pas tirer à conséquence. Secondement, Maguelonne étant universellement tenue pour une insensée, ce qu'elle a dit ne pourrait avoir de valeur qu'après un examen réfléchi pratiqué, à la suite d'ordonnance, par des hommes de l'art. Toutefois je ne vous cacherai pas que, provisoirement, vu la gravité de ses affirmations, la justice a le devoir de tenir compte de ce qu'elle rapporte, ne fût-ce qu'à titre de renseignement ; cet incident sera donc une chose à voir dans la suite. Mais, étant sûr de votre conduite comme vous l'êtes, vous n'avez assurément rien à redouter des conséquences d'une enquête prolongée.

Ici le magistrat, se penchant vers le substitut du procureur du roi, lui dit quelques mots à l'oreille.

— Allez, ajouta-t-il, et ne perdez pas un instant.

Pendant ce temps-là, le greffier, se remettant à étaler ses papiers sur la table, préparait une feuille blanche, évidemment destinée à être très-prochainement couverte de noir. En tête de cette feuille de papier, on aurait pu lire en lettres imprimées d'avance ces mots peu rassurants : *Mandat d'arrêt*. Obéissant comme à l'impulsion d'une machine, il remplit donc deux ou trois blancs, puis il donna le tout à contresigner au magistrat.

Ce dernier n'avait pas plus tôt fini de tracer son para-phe que les assistants entendirent tout à coup comme un bruit de pas pesants et sonores.

C'étaient les deux gendarmes que le substitut du pro-cureur du roi était allé quérir à la grille du parc, où ils étaient placés en faction, ainsi qu'on se le rappelle.

Aussitôt venus, sur un geste du magistrat, on les mit en sentinelle aux portes mêmes du château.

— Qu'est-ce que cela signifie? demanda Régis.

— Monsieur le comte, répondit le président sans changer de ton, veuillez ne pas prendre l'alarme en raison de ce que je viens d'ordonner. Puisque vous êtes chez vous, on ne vous mène pas en prison. Il ne s'agit, vous le devinez, sans doute, que d'une simple for-malité.

Regis, voilant aussitôt son visage de ses deux mains, se pencha sur le corps inanimé de Gontran.

— On m'accuse d'avoir assassiné mon frère ! s'écria-t-il en pleurant.

VII

Si le président du tribunal des Cormiers se fût trouvé seul en ce moment à Prévéranges, peut-être aurait-il pris sur lui d'ajourner les mesures qu'il venait d'indi-quer, mais la présence du substitut du procureur du roi et celle du greffier lui liaient les mains, comme on dit vulgairement. Tout jeune encore, c'est-à-dire plein d'ardeur, le substitut ne demandait aux affaires que l'occasion de signaler son talent d'accusateur ou son zèle de défenseur de la société.

A l'âge qu'il avait, avec son désir d'arriver, il voyait un procès sur tous les pavés du chemin. En ce qui concernait le greffier, c'était bien autre chose encore. Vieux routier de la procédure criminelle, ayant blanchi sous le harnais, cet officier ministériel se rappelait avec une netteté désespérante toutes les expéditions du genre de celle-ci, auxquelles il avait eu à assister. Naturellement, c'était pour lui une analogie à mettre en relief; c'était même un à-propos à saisir.

— Voilà, marmottait-il entre ses dents, voilà le mandat d'arrêt qu'on rédige et qu'on signe toujours en pareille circonstance. Ainsi l'affaire peut avoir des suites.

Après que Maguelonne eut fait entendre ses menaçantes apostrophes, le président avait regardé ses deux auxiliaires dans les yeux. Il vit alors, ou crut voir que l'un et l'autre commençaient à le trouver trop indulgent envers le châtelain et trop expéditif dans la marche de l'affaire.

D'un autre côté, la pâleur, les larmes et l'embarras croissant de Régis ne pouvaient que le toucher au plus haut point. Mais que faire? S'apitoyer sur le malheur d'un homme bien né et faire la sourde oreille en présence des cris d'une folle? Au fond, ç'aurait été sa manière de se tenir; mais, encore un coup, il se sentait trop observé, trop serré de près. L'intérêt de la justice devait passer avant toute autre considération.

Ainsi donc il avait à prendre sans retard un grand parti. Il fallait qu'il changeât la constatation de décès en enquête criminelle. Dés lors M. de Prévéranges prenait la situation d'un prévenu. Sur un geste, l'intendant et les autres serviteurs devaient se retirer. Il était de rigueur de laisser les magistrats seuls avec Régis et avec les deux paysans qui avaient apporté le corps de Gontran sur une civière. On admettait aussi, bien entendu, la Mendiante, c'est-à-dire tous ceux qui, d'une manière ou d'une autre, étaient censés avoir joué un rôle dans la nuit du drame.

Il restait, en outre, au président à séparer les uns des autres ces divers témoins, afin qu'il leur fût impossible de se concerter un seul instant sur les réponses à faire.

Ce n'était pas tout.

Il y avait aussi à pourvoir à une nécessité de premier ordre. Nous voulons parler des restes mortels du malheureux Gontran. Ce corps mutilé, pour lequel la décomposition ne devait pas tarder à commencer, ne pouvait pas être inhumé avant de passer par une épreuve légale, formalité à laquelle personne n'avait encore songé. Il s'agissait de la visite d'un chirurgien expert ou du médecin des morts.

Tournant de plus en plus à l'homme grave, le substitut du procureur du roi fit remarquer à son supérieur, non sans y mettre beaucoup de déférence, qu'un examen de cette nature précédait d'ordinaire toutes les enquêtes et qu'on ne pouvait en aucun cas le supprimer.

Il y avait là-dedans ce qu'on appelle un cas de médecine légale.

— Monsieur le président, reprit l'organe du ministère public, puisqu'il vient d'être question d'assassinat, un homme de l'art nous éclairera plus sûrement. Il nous apprendra si la mort du chasseur provient d'un crime ou résulte d'un accident. En conséquence, nous requérons l'appel immédiat d'un chirugien en titre.

— Il va être fait droit à ce que vous demandez, monsieur le substitut, rien de mieux. Mais où trouver un praticien dans les environs, s'il vous plaît ?

— Qu'on aille à Faverdines, à deux lieues d'ici, dit une voix : on y trouvera le docteur Cyprien Bournat, un ancien chirurgien des armées qui exerce son art dans ces campagnes. C'est un homme aussi savant que loyal. Il est très-prompt.

Pour se conformer à ce qu'on venait de lui recommander, le président signa sans retard une cédule à l'aide de laquelle il commettait le docteur Cyprien Bournat, ancien chirugien des armées, à l'examen approfondi du corps de feu Gontran de Prévéranges, ancien page du roi Charles X.

Ici le substitut, toujours aux aguets, crut voir que Régis ne savait pas dissimuler un signe d'impatience et de mécontentement. Mais qu'est-ce qu'un signe ? Qu'est-ce même qu'un geste ? Y a-t-il à s'arrêter à si peu de chose ?

Cependant le jeune comte cherchait à retrouver l'équilibre de son sang-froid.

— Ce que j'ai affirmé touchant la mort de mon frère est la vérité même, disait-il. Est-ce donc parce qu'une femme depuis longtemps folle est venue ici répandre un des contes qu'elle sème autour d'elle toute l'année, qu'on va m'assujettir à toutes ces formalités cruelles qui accompagnent une enquête ? Les paroles d'une insensée feront-elles de moi un criminel, quelque chose comme un nouveau Caïn ?

Ici, le président s'apprêta à répondre, mais sur un ton presque solennel :

— Monsieur le comte, dit-il, vous avez pu voir combien nous avons mis de réserve depuis notre arrivée au château. Évidemment, la justice n'a rien fait pour qu'on vous accuse. Si les choses veulent que vous soyez en cause, nous n'y sommes pour rien ; le hasard a tout fait. Personne n'est allé à la recherche de Maguelonne. Mais puisque vous n'avez rien à vous reprocher, soyez sans crainte. Nous tiendrons bon compte des protestations que vous venez de formuler contre cette femme. J'ajoute que le docteur Cyprien Bournat vous viendra probablement en aide en cette circonstance. Après un examen du théâtre des événements et une expertise sur les restes du défunt, il aura à se livrer à un autre genre d'étude : il sondera l'état mental de la mendiante. J'ose dire que cette troisième prescription devient une garantie pour votre repos.

En parlant ainsi, il fit retirer, comme il vient d'être dit, le comte et les deux paysans ; on assigna à tous les trois divers appartements séparés du château.

De cette façon il n'y avait plus maintenant dans la salle que Maguelonne, d'une part, et de l'autre, les deux magistrats et le greffier.

Ajoutons que les restes du défunt n'avaient pas été changés de place.

Aussitôt que la mendiante se vit seule, elle fit entendre, suivant son habitude, un long et violent éclat de rire.

— Qu'avez-vous ? lui demanda le président d'un ton sévère. Qui vous pousse à vous livrer à un signe d'hiralité en présence de la justice et de la mort ?

— J'ai, répliqua la pauvresse, qu'à mon tour je fais trembler ceux qui m'ont tant insultée, tant raillée, tant bafouée depuis vingt ans. Au fait, chacun son tour. Il est juste que les grands soient de temps en temps à la merci des petits qu'ils ont l'habitude de molester ; c'est un prêté pour un rendu.

— Mauvaises paroles, inspirées par un sentiment de basse vengeance, reprit le magistrat.

Et en la fixant dans les yeux :

— Voyons, Maguelonne, expliquez-vous. Ce que vous venez de dire ferait croire que c'est à une pensée de haine que vous obéissez en parlant et en criant, ainsi que vous le faites ?

Pour toute réponse, la mendiante se remit à rire, mais toujours bruyamment, à la façon des hyènes.

— Monsieur le substitut, reprit le président à demi-voix, vous devez commencer à voir que les gens du pays ne se trompent guère lorsqu'ils prétendent que cette créature est folle.

Puis en se tournant du côté de la vagabonde :

— Maguelonne, provisoirement et vu l'état de votre santé intellectuelle, vous tombez sous le coup de la suspicion légitime. C'est pourquoi vous ne pouvez être admise à prêter serment. Nous ne vous entendrons donc qu'à titre de renseignement. Néanmoins, je vous engage à dire la vérité le plus possible, toute la vérité. La circonstance est des plus graves. N'oubliez pas que vous avez prononcé le mot d'assassinat. En le faisant, si vous

4

n'avez pas cédé à la pression d'une idée folle, si vous
avez obéi à celle d'une vengeance à assouvir, vous avez
commis une très-grande faute contre autrui ; vous avez
fait un crime. Voyons, persistez-vous dans cette première déclaration ?

— Mais oui, sans doute, j'y persiste, monsieur le président.

— Ainsi, suivant vous, le comte Gontran de Prévéranges aurait été assassiné ?

— Sûrement, oui.

— Quand donc ?

— Hier au soir, sur le coup de dix heures.

— Où ça ?

— Un peu plus loin que le parc de ce château.

— Précisez mieux. Où ça ?

— Dans la ruelle appelée la Gorge-aux-Gerfauts, à
quatre-vingts ou cent pas du Grand-Etang.

— Comment donc savez-vous cette particularité ?

— Parce que je me trouvais moi-même à cette heure-
là, au même endroit.

— Vous voulez dire aux environs de l'étang ?

— Non, à l'endroit même.

— Auprès des arbres ?

— Oui, tout auprès.

— Mais, en ce cas, comment n'y auriez-vous pas été
vue ?

— Parce qu'en entendant des gens venir, je m'étais
cachée dans le creux du gros chêne contre lequel le pauvre monsieur s'est appuyé un instant.

— Le pauvre monsieur ? Vous voulez dire M. Gontran
de Prévéranges ?

— Oui, celui-là même dont voici le corps étendu là, sur ce lit de parade.

— Prenez garde, Maguelonne-la-Folle, tout ce que vous dites là est bien affirmatif.

Et après un petit temps de repos :

— Je dois vous faire remarquer que la loi est très-sévère contre ceux qui portent un faux témoignage.

— Monsieur, j'ai dit la vérité, toute la vérité.

— Mais, voyons, est-ce que M. Gontran de Prévéranges, arrivant de loin tout essoufflé, ne portait pas un fusil en bandoulière ?

— Si fait bien, monsieur.

— En descendant de cheval, a-t-il gardé ce fusil ?

— Oui, monsieur.

— Est-ce donc avec cette arme, partant par suite d'un choc avec une souche d'arbre, qu'il a été blessé et tué ?

— Non, monsieur, c'est avec le fusil d'un autre.

— De quel autre ?

— D'un autre qui était là.

— Parlez-vous du fusil de M. Régis de Prévéranges, son frère ?

— Non, monsieur.

— Alors cela n'a pas de sens.

— J'ai dit le fusil d'un autre.

— Eh bien ! nous n'y comprenons plus rien. Il faut vous expliquer plus clairement. Qui a tué M. Gontran ? Est-ce M. Régis ?

— Non, ce n'est pas M. Régis.

— Qui donc est-ce, alors ?

— Cherchez ! Devinez !

— La justine ne devine pas ; on l'éclaire. Parlez plus nettement. Qui donc a tué ?

— Pardine, le plus mauvais sujet du pays.

— Nommez-le. Qui donc est-ce ?

— Claude Pescheux, donc !

— Qu'est-ce que c'est que Claude Pescheux ?

— Ah ! vous êtes président et vous ne connaissez pas Claude Pescheux ! Est-ce croyable ça ?

Et elle fit entendre pour la troisième fois un strident éclat de rire, dont toute la salle retentit.

— Attendez donc ! objecta ici le greffier en faisant faire à la plume un léger temps d'arrêt. Claude Pescheux ? Il me semble me rappeler ce nom-là !

Et après s'être frappé le front du poing :

— Eh oui, ce nom figure, en effet, sur les sommiers judiciaires de l'arrondissement. Monsieur le président, veuillez donc demander à Maguelonne si ce Pescheux n'est pas un vagabond ?

Maguelonne s'empressa de répondre :

— Pardieu oui, monsieur, c'est le plus vagabond de tous !

Et elle sautait de joie en frappant dans ses mains.

— Un braconnier, condamné plusieurs fois à la prison et à l'amende pour délits de chasse sur les propriétés d'autrui ?

— Oui, monsieur !

Et elle riait à se tordre.

— Un vaurien qui vole les poules des pauvres gens et le poisson des riches ?

— C'est ça ! c'est ça ! Ah ! comme c'est ça ! Vous voyez bien : vous le connaissez !

Et, de contentement, elle frappait encore dans ses mains décharnées.

— Eh bien, reprit le président, cet homme aurait tué le jeune comte ? Comment s'y serait-il pris ?

— En sortant de la Gorge-aux-Gerfauts, en l'ajustant avec son fusil à lui et en tirant presque à bout portant.

— Tout cela est bien sûr ?

— Bien sûr, ce qu'il y a de plus sûr, monsieur.

— Mais le coup fait, qu'est-il arrivé ?

— Claude Pescheux s'est enfoncé dans les taillis et l'autre monsieur est accouru aux cris ; mais au bout d'un instant, son frère était déjà à l'agonie. Il se tordait par terre sur l'herbe.

— Mais vous, où étiez-vous ?

— Toujours dans le creux du gros chêne.

— Pourquoi n'être pas sortie de votre cachette ? Pourquoi ne pas vous être montrée ?

— Parce que, Claude Pescheux et moi, nous n'étions pas une paire d'amis, au contraire, et que, s'il m'avait vue, il m'aurait fait mon affaire à mon tour. Un second coup de feu, na !

Et, en finissant, elle s'accompagnait d'un nouvel éclat de rire, toujours mêlé d'hébétement, de stupeur et de joie.

— Greffier, écrivez tout cela, dit le président, emporté par les habitudes de sa profession.

Puis, en s'adressant au substitut :

— Ma foi, voilà, dit-il, un drame étrange ; c'est une incompréhensible histoire et dans laquelle je ne vois goutte.

4

— Ecoutez, Magnelonne, dit-il, nous ne savons pas ce que va devenir cette information. Cela déprendra du rapport que fera le docteur Cyprien Bournat sur votre état mental. Il se peut que vous ayez dit la vérité. Il se peut aussi que tout ce que vous venez de nous raconter ne soit qu'un tissu d'inventions et de mensonges. Dans tous les cas, comme, de votre propre aveu, vous êtes comparable à un oiseau sur la branche ; comme vous êtes aujourd'hui là, demain ailleurs, jamais à la portée de nos recherches, il est de notre devoir de vous tenir en lieu de sûreté afin qu'on puisse vous trouver à première réquisition, quand il s'agira d'éclairer la justice. Ainsi, en vertu de mon pouvoir discrétionnaire, je vais vous faire conduire aux Cormiers, non en prison, rassurez-vous, mais au Dépôt de mendicité, où, du reste, vous serez logée, couchée et nourrie aux frais du département jusqu'à ce qu'il en ait été autrement ordonné.

Maguelonne ne répondit rien.

Sur ce, le magistrat fit appeler les gendarmes et leur dit :

— Vous vous ferez suivre par cette femme-là.

— Faut-il l'attacher, monsieur le président ?

— Non, c'est inutile. Bornez-vous à la conduire.

La mendiante ne l'entendait pas ainsi.

— Suivre les gendarmes !

Les archers ! Les exempts ! les gendarmes, s'écriait-elle. Pourquoi ne me met-on pas tout de suite les menottes ? Comment ! ce sont les autres qui assassinent, et c'est moi, l'innocente, que les gendarmes emmènent ? Ah çà ! il n'y a donc plus de bon Dieu ?

VIII

Il s'écoula cinq minutes.

Maguelonne, emmenée par les gendarmes, le président avait fait appeler Régis.

Ainsi le comte reparut.

Le prenant ensuite à part dans l'embrasure d'une fenêtre, le magistrat lui dit, en affectant une grande douceur dans la voix :

— Monsieur le comte, laissez-moi vous le répéter, vous n'avez pas à vous mettre martel en tête pour ce qui vient de se passer ici. Cette information incomplète ne nous permet de rien préjuger. Une pauvre folle accuse un chenapan de ce pays d'un fait que vous avez présenté d'une autre façon qu'elle-même. Tout le monde, paraît-il, s'accorde à reconnaître que cette mendiante est une tête fêlée, dont les visions ne sauraient jamais passer pour vraies. Aussi ce qu'elle vient de dire ne compte-t-il point. Je ne vois donc pas là-dedans une raison suffisante pour qu'on attente à votre liberté même par voie de détention préventive. Les expertises vont venir. Nous espérons qu'elles ne changeront rien à l'état de choses actuel. Toutefois, il est de mon devoir strict de vous prévenir que la justice aura sans doute à vous appeler, mais seulement en qualité de témoin. Ainsi, dès à présent, vous devez vous tenir prêt à toute réquisition.

Ces paroles eurent pour effet d'adoucir l'amertume

qui se peignait déjà sur les traits du jeune gentilhomme. Régis y répondit en remerciant le magistrat d'avoir mené les choses en homme du monde, qui s'entendait à ne pas aggraver la douleur d'un frère si cruellement éprouvé.

Il ajouta que sa conscience n'ayant rien à lui reprocher, il était sans inquiétude sur les suites que l'intervention de la vagabonde pourrait donner à l'affaire. Il avouait que ce qui le préoccupait le plus, en ce moment, c'était le soin à donner aux obsèques de son frère. Il lui tardait donc que le chirurgien Cyprien Bournat vînt se livrer à l'examen qui avait été ordonné.

— Ce ne peut être qu'une question d'horloge, une affaire de quelques heures, répartit le vieux magistrat en prenant congé du châtelain.

Régis fit encore une observation, mais sans avoir l'air d'y attacher une grande importance.

— Puisque M. le président a jugé à propos de faire mettre la vieille mendiante en lieu de sûreté, M. le président a bien fait. Cependant s'il ne s'agissait que du tort que pourrait me faire la pauvre insensée avec sa langue, il n'y aurait pas à se préoccuper de si peu de chose. Dès lors je serais le premier à demander qu'on la remît en liberté.

— En cela encore, il faut attendre l'examen du docteur, répliqua le magistrat.

Et, en s'adressant au substitut et au greffier :

— Inutile d'interroger aujourd'hui les deux paysans, puisqu'on pourra toujours les retrouver dans le canton. Tout à l'heure j'avais pensé qu'il devait y avoir enquête ; à présent, je suis d'avis que tout doit être ajourné jusqu'à ce qu'on sache à quoi s'en tenir sur la raison de la vieille sorcière. Nous n'avons donc plus rien à faire ici, du moins pour aujourd'hui. Allons, partons, messieurs.

— Mais le mandat d'arrêt? demanda le greffier à voix basse.

— Mais si Maguelonne avait dit vrai? — objecta le substitut de même.

— Partons, messieurs, riposta le président en jouant l'homme affairé et en s'efforçant de faire voir qu'il n'avait pas entendu.

Quelques instants après les trois voyageurs, étant remontés en voiture, avaient repris le chemin des Cormiers.

Pendant cinq minutes encore, Régis de Prévéranges suivit des yeux la berline, ne cessant de fixer la route que lorsqu'elle eût disparu au tourne-bride. Il était ensuite rentré afin de s'enfermer de nouveau dans sa chambre.

— On ne me dérangera sous aucun prétexte, avait-il dit.

A quoi pensait Régis? Pourquoi s'enfermer seul?

La tête appuyée sur ses coudes, il venait de tomber dans une profonde rêverie. Peu à peu, il arrivait jusqu'à croire qu'il n'était pas bien réveillé. En moins d'une journée, sa vie, d'ordinaire si calme, du moins en apparence, était devenue le jouet d'un trouble étrange, d'un mouvement plein de menaces qui lui paraissait devoir encore augmenter. Etait-il bien vrai que Gontran fût mort? Ici sa mémoire et sa raison s'épaississaient sous des ténèbres qu'il ne pouvait parvenir à secouer.

Mais qui donc avait tué son frère et pourquoi l'avait-

on tué ? D'où venait cette femme qui s'érigeait tout à
coup en accusatrice ? Si elle avait parlé, elle parlerait
encore. Qu'allait devenir cette sinistre histoire ? Etait-il
bien vrai qu'on pût parvenir à faire de lui un coupable ?
Sur quelles preuves s'appuierait-on pour parvenir à cet
horrible résultat ?

Vers midi, un homme d'assez modeste apparence se
présenta au château, une cédule à la main ; c'était
M. Cyprien Bournat, l'ancien chirurgien aux armées. Il
venait, disait-il dans son langage, « afin d'obéir à Justice ».

— Un jeune chasseur est mort de mort violente,
ajouta-t-il. J'ai mission de voir de près sa blessure. Qu'on
m'y mène donc sans perdre une minute.

Introduit dans la pièce où se trouvaient les restes de
Gontran, il y demeura une demi-heure environ, exami-
nant la plaie sous toutes ses faces. Pour que rien ne lui
échappât, il se fit ensuite conduire près de la Gorge-
aux-Gerfauts, à l'endroit précis où les taches de sang,
encore toutes rouges sur le sol, racontaient que l'accident avait eu lieu l'autre nuit. Bref, il visita tout ; il
étudia avec un soin scrupuleux les tenants et les abou-
tissants de l'aventure et, après s'être recueilli, il rédigea
son procès-verbal très-sincèrement et très-succinctement.

Ce document, dont personne au château ne connaissait le contenu, fut ensuite envoyé à la ville pour être
remis au parquet.

Il était environ deux heures de l'après-midi quand
cette tâche fut terminée.

— Peut-on maintenant procéder aux obsèques du
mort ? avait demandé l'intendant.

— Je n'y vois aucun inconvénient et je n'y mets aucun obstacle, répondit l'homme de l'art.

— Alors ce sera pour demain matin.

— Comme vous voudrez.

Le surlendemain donc la cérémonie funèbre eut lieu. Elle fut faite avec l'assistance du curé de la Riffardie, mais sans grande pompe.

Suivant l'usage des Prévéranges, Gontran fut enterré dans le caveau de la famille, sous les dalles de la chapelle du château.

Régis, en grand deuil, marchait en tête du cortège, suivi de quelques voisins et de tous les serviteurs du château.

On ne manqua pas de remarquer l'air profondément attristé du jeune comte.

M. de Prévéranges était triste, pâle, tout en larmes.

Pour tout le monde, les choses paraissaient devoir s'arrêter là. Il n'y aurait pas de procès.

— Voilà ce que c'est, disaient les voisins, on aura pris à la ville les récits de Maguelonne pour des contes bleus. La folle va être relâchée, un de ces soirs. Et tout finira par là. Le château reprendra sa vie accoutumée.

Ces excellents voisins ne savaient ce qu'ils disaient.

Tout devait recommencer de plus belle au contraire.

Grâce aux clameurs de Maguelonne, l'affaire, d'abord assoupie, s'était peu à peu ébruitée.

D'un autre côté, le rapport de M. Cyprien Bournat, le chirurgien, n'était pas fait pour qu'on n'ouvrît point les yeux et les oreilles sur le fond du drame.

Ce procès-verbal, au contraire, paraissait appuyer sur des assertions si graves qu'on avait dû en référer au

procureur général, à Bourges, chef-lieu du ressort. Dès
lors, les choses s'aggravaient d'heure en heure.

Bref, après un examen plus réfléchi, il fut décidé que
l'instruction recommencerait.

L'opinion publique, ainsi réveillée en sursaut, publiait
partout que ce n'était plus d'un accident de chasse qu'il
s'agissait, mais bien d'un assassinat.

Un crime nocturne ! un frère tué à côté de son frère !

— Qu'on arrête Claude Pescheux, s'était écrié le procureur-général. Il est inconcevable que les premiers magistrats instructeurs n'aient point commencé par là. Du
moment que le nom de cet homme avait été prononcé
dans l'interrogatoire du principal témoin, que ce témoin eût, ou non, la tête troublée, l'arrestation était de
règle. Qu'on y procède donc, et sans une minute de retard !

M. le procureur-général en parlait bien à son aise.
Claude Pescheux, le *chétif gars*, comme on l'appelait
dans la contrée, n'était pas un gibier facile à attraper.

A dater du jour où partit l'ordre qu'avait donné le
haut fonctionnaire, la gendarmerie départementale fut
mise en mouvement. Injonction était faite d'appréhender
au corps le mauvais garnement partout où on pourrait
le rencontrer. Mais, jusqu'à ce jour, toutes les recherches
qu'on avait faites étaient demeurées infructueuses.

En temps ordinaire, le vagabond allait volontiers d'un
village à l'autre, soit pour y vendre du poisson volé dans
les étangs, soit pour se défaire de son gibier. On le rencontrait même parfois sur le champ de foire des grosses
communes, où il se faufilait parmi les paysans et les ma-
quignons, mais s'il avait les instincts de vagabondage

du loup, il avait aussi la finesse du renard. Depuis qu'il se savait recherché par les gendarmes, il était devenu tout à fait invisible.

Sur ces entrefaites, Régis fut mandé aux Cormiers par le président du tribunal.

— Monsieur le comte, dit le magistrat d'une voix émue, mes prévisions ont malheureusement été déjouées. En dépit de tous mes efforts, on fait peser sur vous des présomptions sans doute bien injustes, mais qui exigent néanmoins que vous figuriez au procès relatif à la mort de votre frère. Ah! c'est la langue de vipère de cette vieille folle qui aura causé tout ce remue-ménage! Veuillez bien comprendre ce que j'ai l'honneur de vous dire : des préventions, des soupçons, des conjectures, des probabilités même en matière de droit criminel, ne valent pas une certitude. Mais vous le savez, la loi est jalouse. Il nous est venu de Bourges une communication en vertu de laquelle notre procureur du roi, toute affaire cessante, devait vous faire arrêter, hier au soir, à Prévéranges même. Il m'a semblé plus convenable de vous faire venir ici en vous prévenant officieusement qu'on va vous tenir en prison provisoire. L'instruction, déjà commencée, se poursuit. Vous aurez tout moyen d'y prendre part et de faire entendre vos protestations. Mais je répéterai ce que je me suis déjà fait un devoir de vous dire : ne regardez ce qui arrive que comme une épreuve dont il vous sera facile de venir à bout, le jour où vous comparaîtrez en cour d'assises.

— En cour d'assises! s'écria le jeune gentilhomme, abattu sous le coup de la tristesse et de l'étonnement.

— En cour d'assises, monsieur le comte, répéta le

président. Il n'est pas possible de vous dérober à
rigueur. Ainsi vient de le décider la chambre des
en accusation, souveraine dans l'espèce.

Régis était devenu pâle et immobile comm
statue de marbre.

Toute cette attitude d'accablement et d'insen:
était-elle un signe de lâcheté morale ou bien un in
culpabilité ? Le président examina un moment son
interlocuteur, qu'il aurait souhaité de trouver plus
Pour un peu, il était sur le point de l'exhorter à m
plus de fierté à la vue de ce nouveau combat de
En philosophe de la vieille école du Portique, il s
parait à remâcher devant lui quelqu'une de ces s
ces des stoïciens qui sont devenues des rengaine
siques : « Etre accusé, ce n'est rien : il n'y a que la
» tude de mériter le châtiment qui fasse quelque cl
Il ouvrait même la bouche pour dire : « Etre ac
» faux, c'est une sorte de volupté, quand on est inno
Mais, en fixant ses regards sur le gentilhomme,
tarda pas à voir qu'il n'était en rien imbu des m
d'Epictète. Tout au contraire, l'état de prostration
dans lequel il se produisait en ce moment, trad
français vulgaire, semblait vouloir dire :

— Eh bien ! puisqu'on va jusqu'à vouloir me co
de la prison à la cour d'assises, qu'on fasse de
qu'on voudra. Je me livre pieds et poings liés.

Un moment le président, homme de son siècle,
tout, se laissa aller à de rapides et amères réflexio

— Allons, pensait-il, on ne trouve plus mêm
pensée de hardiesse chez les rejetons de race histo
Quand on menaçait Biron du billot, il souriait et n

lait pas s'humilier. Un Montmorency a eu la tête coupée
par ordre du cardinal de Richelieu, mais cette tête n'a
pas cessé un instant de se tenir droite à l'aspect des mi-
nistres du terrible prélat. Et Biron et Montmorency
étaient coupables, du moins aux yeux de la raison d'État !
Mais nos jeunes hobereaux n'ont plus de ces magnifiques
colères.

En voilà un qui porte un des plus beaux noms de cette
province. Il est jeune. Il est beau. Il a très-belle apparence. On lui parle d'aller s'asseoir sur les bancs de la
cour d'assises, d'où l'on revient toujours, quand on sait
prouver qu'on n'a rien à se reprocher : et il s'abat in-
glorieusement comme une bête de somme qui s'affaisse
sous le poids d'un fardeau trop lourd ! Mes paroles n'ont
pu parvenir à le redresser. Allons, il faut qu'il soit ou
indigne de son nom, ou coupable de ce dont on l'accuse.
Pardieu, peu m'importe, après tout : je m'en lave les
mains.

Et, après avoir sonné, le vieux président reprit :

— Monsieur le comte, voici un huissier qui est chargé
d'aller vous écrouer à la maison d'arrêt de notre petite
ville. Donnez-vous la peine de le suivre. En vous quittant je donne un ordre formel ; c'est qu'on ne cesse point
de vous traiter avec tous les égards qui sont dus à votre
rang.

Et il le salua galamment de la main.

Régis de Prévéranges obéit en baissant la tête.

— Toute la France va me traiter de fratricide, se
disait-il en allant en prison.

IX

La cellule dans laquelle venait d'être jeté Régis ét
une chambre oblongue, non parquetée, sordide, b
différente des lieux que le jeune comte avait toujo
habités. Sur les murs assez mal blanchis au lait de cha
se trouvaient tracés au charbon des mots cyniques et
images obscènes que le crime et le vice se complaise
dessiner partout où ils vont. Une table de chêne,
chaise de paille, une sorte de lit de camp, tel était l'an
blement de cette chambre si peu faite pour la vie a
tocratique.

A peine entré, le châtelain s'y sentait comme g
jusqu'à la moelle des os.

Aussitôt que le geôlier eut refermé la porte sur lu
se laissa tomber plutôt qu'il ne s'assit sur la chais
paille.

— En prison ! murmurait-il, me voilà en priso
très-prochainement, on me conduira en cour d'assis

Il avait la tête brûlante. Sa langue s'était coll
son palais. Il cherchait à rassembler deux idées,
ne pouvait pas y parvenir.

— Mais que s'est-il donc passé? demandait-il avec
peur.

En même temps qu'on l'avait écroué, on lui avai
mis une feuille de papier timbré.

— Qu'est-ce que c'est que ce grimoire? reprenait-il de plus en plus affaissé.

Comme il faisait encore jour, il s'approcha de la fenêtre grillée par où lui venait un peu d'une lumière tremblotante et blafarde. Il chercha alors à lire. Mais tout le monde sait en quoi consistent ces horribles paperasses dont la justice fait ses premiers et ses principaux organes. A très-peu d'exceptions près, ils sont, graphiquement parlant, très-mal exécutés et, au point de vue du style, conçus dans un vieux langage, souvent inintelligible pour les gens du monde.

Toutefois, en y mettant un peu d'application, le jeune gentilhomme finit par comprendre que ce qu'on lui avait remis était la copie d'un mandat d'arrêt, motivé par les faits qui s'étaient passés près de la Gorge-aux-Gerfauts. Sans doute, il savait bien que c'était à la suite de toute cette affaire qu'il était incarcéré; mais ce qu'il cherchait, ce qu'il tenait à comprendre, c'était la part de responsabilité qu'on mettait à son compte. Or, il n'était rien exprimé de précis à cet égard.

Il froissa le papier avec une sorte de colère et se remit sur sa chaise, absorbé dans une méditation des plus douloureuses.

En novembre, la nuit descend vite d'en haut; Régis avait demandé une bougie ou une lampe.

— Monsieur, répondit le geôlier, ce n'est pas l'usage de donner aux détenus ni l'une, ni l'autre. Au reste, dans le cas de Monsieur, c'est inutile.

— Inutile, pourquoi?

— Parce que Monsieur ne doit faire qu'un très-rapide séjour dans cette maison. Dès demain matin, au chant

du coq, Monsieur partira pour Bourges où définitive-
ment s'instruira l'affaire qui le concerne. Par conséquent, si Monsieur veut être en bonne disposition pour
faire la route, une fois son souper fait, il se mettra au
lit.

Il restait au prisonnier trop de fièvre dans la tête et
trop de tristesse dans le cœur pour qu'il se sentît en
état de souper.

Il se jeta tout habillé sur le lit de camp, mais pour ne
pas dormir.

Le lendemain matin, au petit jour, ainsi que le geôlier
le lui avait dit la veille, on vint le réveiller.

— Allons, Monsieur, préparez-vous à partir pour
Bourges.

Régis n'eut qu'un effort à faire pour être au même
instant sur pied.

— Est-ce qu'on va me faire conduire, à pied, par les
gendarmes? demanda-t-il.

— En bonne règle, cela devrait être, Monsieur. C'est
ce qui se fait tous les jours pour les inculpés qui sont
dans votre cas. Non seulement ils sont menés à pied, par
les gendarmes, mais parfois même, quand il y a ombre
de culpabilité, on leur met aux mains les poucettes.

— Les poucettes ! s'écria le prisonnier hors de lui, les
poucettes !

— Rassurez-vous, Monsieur, se hâta de répliquer le
geôlier. Il ne s'agit, ce matin, de rien de semblable. Bien
mieux, sur la recommandation expresse de M. le président, on vous dispensera tout à la fois du voyage à pied
et de la présence des gendarmes.

Régis respira.

— Nous n'avons pas encore de voiture cellulaire,
ajouta l'homme de la maison d'arrêt, c'est pourquoi nous
avons retenu à vos frais une voiture à volonté. Vous n'y
aurez que deux compagnons de route : l'huissier Gorju,
un causeur fort agréable, ainsi que tout le monde le sait,
plus un petit patachon, le même qui a déjà conduit la
justice à Prévéranges.

Il finit par ces paroles :

— Je le répète, c'est à M. le président que Monsieur
doit tout cela. M. le président a tant de considération
pour les nobles !

Si Régis n'eût pas eu l'âme si oppressée, pour sûr
il aurait fait transmettre au vieux magistrat les plus vifs
remerciements ; mais, depuis la veille, c'est-à-dire depuis
qu'il avait quitté le château pour venir se constituer
prisonnier aux Cormiers, le jeune comte n'avait plus sa
liberté d'esprit. L'avenir lui paraissait désormais sous
des couleurs de plus en plus sombres, c'est-à-dire que
sa pensée était tout entière au noir lendemain de la cour
d'assises, et point à autre chose.

Sur la fin de la journée, la patache arrivait à Bourges.
Ainsi de la petite maison d'arrêt des Cormiers, Régis se
trouva transféré dans l'ancien palais des ducs de Berry
qui, depuis 89, sert de prison départementale.

A très-peu de chose près, la cellule dans laquelle on
le plaça ressemblait à celle qu'il venait de quitter. C'était
le même ameublement ; c'étaient les mêmes murs zébrés
des mêmes souillures. Mais le langage des gens de la
geôle avait déjà moins de déférence. Il comprenait,
sans qu'on le lui dît, que la protection du vieux président de la petite ville allait lui manquer dans la grande.

Au bout de quarante-huit heures, Régis comparut devant un juge d'instruction assisté d'un greffier. Cet homme était sec, rogue et délié tout ensemble. Des Prévéranges il ne savait ni le renom d'autrefois, ni l'importance présente. Il poussait l'amour de la domination jusqu'à la torture. Ne cherchant à prendre aucun ménagement avec le jeune gentilhomme, il commença par lui dire que, de l'ensemble des faits constatés par l'enquête, il résultait contre lui, Régis, une charge des plus graves.

— Qu'était-ce donc, au juste?

On l'accusait d'avoir été, soit l'auteur, soit le complice du meurtre de Gontran de Prévéranges, son frère. — Pourquoi il se serait évertué à supprimer ce frère? Il y avait plus d'un motif probant. L'accusation ne faisait pas mystère de son système. Elle soutenait d'abord que c'était par haine personnelle. En second lieu, elle prétendait que cela provenait d'un vif sentiment de cupidité. Quelqu'un avait bien ajouté qu'il devait, en outre, y avoir là-dedans quelque inimitié de jeune homme, probablement une rivalité d'amour, les deux frères, très-ressemblants, aimant la même femme, mais faute de preuves, on n'insistait que faiblement sur ce troisième point.

Au surplus, en même temps que lui, sur le banc des prévenus, devrait s'asseoir un garnement de la pire espèce, le nommé Rémy Pescheux, maraudeur et braconnier bien connu. Suivant les témoignages produits jusqu'à ce jour, cet homme avait probablement fait le coup, mais c'était dans l'intérêt de Régis qu'il avait agi. Des preuves! on avait cherché à arrêter le vagabond pour en avoir, mais, averti sous main, il s'était enfui dès le jour même de la visite de la justice au château de Prévéranges. Une sourde rumeur affirmait qu'avant de disparaître du canton, ce Rémy Pescheux avait été vu, dans un cabaret de la Riffardie, étalant sur la table une pile d'écus de cent sous. D'où pouvaient provenir ces pièces d'argent, si ce n'est d'un riche complice?

En tout cas, ajoutait le juge d'instruction, M. Régis de Prévéranges était passible de l'article du Code pénal qui prononce la peine de mort contre les assassins. Pour le moins, au cas où, en raison de sa haute position sociale, il obtiendrait le bénéfice des circonstances atténuantes, on se bornerait à le frapper de la peine qui porte l'application des travaux forcés à perpétuité.

En entendant cette longue et révoltante sortie, Régis sentit s'arrêter tout à coup les battements de son cœur. Ses yeux s'étaient voilés et ne voyaient plus. Sa langue était inerte, sa bouche muette. Pour sûr, s'il eût été debout, il serait tombé de son haut sur le parquet, tant ce qu'il venait d'apprendre faisait entrer d'effroi dans ses veines.

— Voyons, prévenu, remettez-vous, reprit le juge d'instruction. Demain, quand vous serez plus en possession de vos esprits, nous donnerons suite à votre interrogatoire. Provisoirement, nous vous permettons de réclamer l'aide d'un avocat. Le greffier va vous donner la liste de ceux qui sont inscrits au tableau. En cela, vous avez liberté absolue; vous appellerez donc celui qui vous conviendra le plus.

Régis entendait ce qu'on disait, mais étant de plus en plus abattu, il ne comprenait toujours pas.

5*

On le reconduisit à sa cellule.

Si bien trempé qu'il pût être, il se sentait défaillir comme un enfant ou comme une femme en voyant que l'orage s'accumulait sur sa tête. Aurait-il la force d'aller jusqu'au bout de l'affaire ? Il ne le croyait pas. Lui qui se sentait à l'étroit dans le château de ses pères et qui, pour ne pas y étouffer, devait se répandre en chasseur ou en sportman à travers les bois et les prairies, pour se retremper dans la fraîcheur du Cher ou de l'Allier, il fallait qu'il demeurât maintenant, immobile, entre les quatre murs d'une prison qu'un trappiste eût trouvé trop funèbre !

A Prévéranges, vingt domestiques des deux sexes obéissaient même à ses gestes ; ici, dans cette chartreuse d'infamie, il ne pouvait adresser la parole qu'à un porte-clefs, homme grossier qui ne lui répondait que par de sourds grognements ou par des menaces. Ne pouvant dormir sur la dure couchette en fer creux qu'on lui avait donnée, il cherchait, pour ne pas mourir de chagrin, à revenir sur sa vie passée, étant enfant et jeune homme.

Il se revoyait donc parmi les pages de Charles X, à la cour de France. Il se retrouvait, étant homme fait, dans le haut pays, dans dix châteaux amis qui luttaient tous à qui se montrerait le plus empressé à le recevoir. A présent qu'il était arrêté comme complice du plus méprisé des vauriens, qu'allait-on penser de lui chez tous les gentilshommes du canton ? Que diraient les de Gorges, les d'Olbreuse et les Marcilly ? Que diraient les femmes qu'il avait courtisées ?

Régis n'osait pousser cette rêverie plus loin de peur de devenir fou sur place.

Par moments aussi il se révoltait. Il se disait alors qu'il fallait être homme et réagir contre la mauvaise fortune. Etait-il une femmelette ou bien un descendant de vieux routiers et de capitaines illustres ? Il repousserait énergiquement l'accusation. Il réagirait. Il se soulèverait. Le mouton lui-même sait se trouver assez de colère pour bêler avec fureur quand le boucher lui met son couteau sous la gorge.

— On l'avait arrêté. Une vieille folle l'accusait. Des magistrats allaient s'entendre pour demander sa tête. C'est l'histoire de mille êtres courageux et innocents ; c'est un fait qui se répète depuis le commencement du monde.

Régis se dit donc encore qu'il se défendrait et que, pour sûr, il y mettrait tant de puissance qu'il parviendrait à se faire acquitter. Est-ce que le jury pourrait ne pas le croire sur parole ?

Le soir même, au moment où le geôlier lui apportait son dîner de la cantine, le comte parla de la recommandation que lui avait faite le juge d'instruction relativement à sa défense.

— Quel avocat dois-je appeler pour plaider en mon nom ? demanda-t-il machinalement à cet homme.

Le porte-clefs le regarda fixement et lui dit :

— Me demandez-vous un conseil, Monsieur ?

— Mais sans doute, répondit le prisonnier.

— Eh bien, écoutez.

— Dites.

— Monsieur, vous êtes jeune ; vous êtes noble, vous êtes riche. La vie doit avoir encore de riantes promesses pour vous. Mais, par votre faute ou par le fait du hasard, — je ne sais pas le fin mot de votre mystère, mais — vous voilà placé sous le couperet de la guillotine ou, pour le moins, sur le seuil du bagne.

Ici Régis de Prévéranges ne put se défendre de laisser voir un certain mouvement d'épouvante, quelque chose comme un frisson.

Le geôlier reprit :

— Puisqu'il en est ainsi, il vous faut un avocat. Or, à votre place, je ne me ferais pas faute de faire venir à mon aide, dès demain, Me Everard, le plus huppé de tous.

Jusqu'à ce jour, le gentilhomme n'avait entendu parler de l'avocat que comme d'un tribun redoutable, ennemi-né de tous ceux de sa race. Le nom de ce Gracque, hostile à tous les membres de l'aristocratie provinciale, ne pouvait faire naître en lui qu'un sentiment de répugnance ou d'aversion. Cependant le conseil du geôlier n'étant pas une chose à dédaigner, il eut l'air de réfléchir un instant.

— Mais, reprit-il, on assure que Me Everard est ennemi des hommes de mon monde. Croyez-vous qu'il ne fasse aucune difficulté de me défendre ?

— Me Everard aime les affaires comme un joueur aime les cartes. Plus un procès est noir, plus il est de son goût. Je suis sûr que votre cas lui plaira.

— S'il en est ainsi, donnez-moi donc une plume, de l'encre et du papier. Je vais écrire à Me Everard.

— Voilà, monsieur le comte.

Dix lignes, d'un ton des plus pressants, furent vite faites.

L'avocat était donc mandé à la prison où le prévenu se morfondait dans une sombre et froide cellule.

— Quand ce billet sera-t-il remis à son adresse? reprit Régis.

— Dans un quart d'heure, répondit le geôlier.

Il avait pris le papier des mains de M. de Prévéranges, et il l'emportait pour le faire envoyer sans retard. Puis, tout en se retirant, il murmurait dans sa barbe:

— Dame! si quelqu'un peut le sauver, celui-là le sauvera.

X

Bourges est une ville à part.

Ce chef-lieu de l'ancien Berry n'oublie pas son histoire. Suivant le mot du pays, il vous dira que la cité est aussi vieille que le sol qui la porte. Là était la capitale des Gaules avant la domination romaine, c'est-à-dire avant même qu'on songeât à fonder Paris. Bourges n'a pas oublié que Jules César l'a assiégé et que Vercingétorix l'a défendu. Plus tard quand l'Anglais, profitant de nos divisions, nous avait envahis, Bourges a été le dernier rempart de la nationalité française; Charles VII y a résidé avec sa cour galante et guerrière.

Ainsi, dans ses murs moisis, s'étaient réfugiés comme dans une forteresse La Trémouille, Xaintrailles, La Hire, le bâtard d'Orléans, La Pucelle, Jacques Cœur l'argentier et cette blonde et belle Agnès, la plus belle fille de France. Ce fut à Bourges, dans une chambre de dix pieds carrés, que naquit Louis XI, un roi niveleur, l'ennemi de la noblesse, le précurseur de Richelieu et de la Convention Nationale.

A quelques années de ces grands événements, Bourges a été une ville d'étude après avoir été une ville de guerre. Ce fut donc une ruche d'abeilles, où les Alciat et Jacques Cujas enseignaient à faire le miel des lois ; où Jean Calvin, le Luther français, prononçait son premier prêche. Encore de nos jours, les rues étroites et tortueuses de la vieille capitale, ses grandes maisons féodales qu'habite le silence ; ses cours frappées d'armoiries ; ses promenades, où l'herbe pousse comme au milieu des prés, tout cela fait voir à l'observateur que la ville est une relique du passé qui répugne à se mettre au diapason du présent.

Sous Louis-Philippe, Bourges avait la physionomie encore plus sévère que de nos jours. On ne pensait pas encore hardiment à y établir une fonderie de canons. Ce n'était donc pas encore le Lemnos où la France forge ses foudres. Un parfum de moyen âge s'échappait de ses vieilles rues, jamais animées. La cathédrale, qui porte à l'ascétisme, des séminaires, des couvents de moines et de nonnes, on ne voyait rien autre chose. Il était si bien convenu qu'on y dormait au lieu d'y vivre que c'était là qu'on remisait les réfugiés provenant des révolutions européennes comprimées, celles d'Espagne, de Pologne et d'Italie.

— Il y a cent fois plus de mouvement dans le dernier village de la Manche, disait Espoz-y-Mina lorsqu'il y fut interné avec Il Pastor.

Cependant, si cette vieille ville avait été réduite par les siècles à l'état de momie, ni plus ni moins que Thèbes et que Memphis, une chose la ranimait tout à coup, deux ou trois fois par an. Nous voulons parler du mouvement qui se faisait autour de son palais de justice.

La Cour de cet endroit a toujours passé pour un collège de juristes célèbres. Installée majestueusement à l'hôtel de Jacques Cœur, une sorte de château de la Renaissance, elle était, dès ce temps-là, très-renommée pour les arrêts qu'elle rendait. On citait partout le nom du premier président, vieux magistrat qui passait pour un oracle, peut-être parce que c'était un sage, passionnément épris des petits dîners arrosés des meilleurs crus. Quatre ou cinq de MM. les conseillers, derniers desservants de l'autel des Muses classiques, jouaient au bel esprit en faisant de temps en temps, soit une brochure, soit des vers galants, particularité toujours remarquée au fond de la province.

Mais par dessus tout, Bourges s'enorgueillissait de la présence d'un avocat illustre. Un avocat, ce n'est peut-être pas le mot. Il faudrait dire un tribun écouté, un grand orateur. En vertu de la parole dite par le fils du Charpentier, que nul n'est prophète en son pays, l'homme était venu un jour, du fond du Midi dans ce coin obscur des Gaules, et il y avait si merveilleusement réussi que, par suite d'une convention unanime et tacite, on lui avait laissé le privilège d'accoler le nom de la ville au sien propre. On disait donc : Mᶜ Everard (de Bourges).

Mᶜ Everard était un homme d'une taille moyenne, mais à base carrée, *quadrato corpore*, comme on dit à l'école. Il avait la poitrine large, la voix sonore, ton-

nante même. Sa tête, d'un très-fort volume, indiquait
une origine plébéïenne et les instincts d'un penseur. Étant
encore jeune, il était déjà chauve, peut-être pour s'être
trop adonné à l'étude. Chauve, il laissait voir un crâne
qui ressemblait à un globe d'ivoire, frappé des protubé-
rances les plus généreuses.

Il aurait été difficile de trouver de plus beaux yeux
que les siens. — « Junon avait des yeux de bœuf ; quant
» à moi, j'ai les yeux d'un chien », disait-il en riant. La
bouche, grande, mais bien meublée de dents blanches,
très-serrées, avait des sourires pleins de séduction ou
de moquerie, suivant les exigences du discours. Il se
montrait passablement fier de sa main, petite et potelée
comme celle d'une femme.

En dehors du Palais de Justice, c'est-à-dire dans le
monde, sans sa toge, il avait une mise d'une grande
simplicité, mais qu'il trouvait moyen de rendre originale
comme tous les artistes et tous les hommes noûveaux de
la poétique époque à laquelle il appartenait. Un jour,
afin de fêter l'anniversaire du 14 Juillet, se mettant à la
tête d'un groupe de deux cents hommes de son parti, il
avait planté sur la place publique un arbre de la Liberté,
et, pour ce fait d'une si grande hardiesse, il avait été
jeté un moment en prison ; or, ce n'avait pas été par un
vulgaire gendarme, mais bien par un général historique
qu'il avait voulu être *empoigné*, et ce général était celui
qui, dans les *Adieux de Fontainebleau*, est représenté
comme ayant reçu l'accolade de Napoléon. Un jeune
peintre espagnol, qui passait par là, fut frappé de cette
scène et il la reproduisit dans un dessin qui est une toile
devenue une belle page d'histoire.

Par le peu qui précède, on a deviné qu'il était le chef
du parti républicain de la province.

Il faut ajouter ici que le hasard s'était arrangé pour
faire de fort bonne heure de M° Everard un des soldats
de la Révolution. Né dans le Midi, il était le fils d'un
charbonnier du Var, d'un homme du peuple, auquel ses
opinions bonapartistes avaient été funestes. En effet, en
1815, pendant la Terreur blanche, dans le temps même
où le maréchal Brune et le général Ramel étaient assas-
sinés par les verdets du Comtat et du Languedoc, il en
était de même pour le charbonnier de la Provence.
L'enfant avait vu rapporter au logis le corps inanimé de
son père.

Mêlant alors les idées de la piété filiale à celles de la
vengeance, il avait imprimé ses lèvres sur la plaie béante
et il s'était écrié : « Plus tard, je ferai payer cher aux
» royalistes le crime qu'ils viennent de commettre au-
» jourd'hui. » Isolé, mais volontaire, pauvre, mais d'une
sobriété de Spartiate, il alla étudier le droit à Aix. Là,
il s'affilia vite à une vente de *carbonari*. La main étendue
sur un poignard, selon la règle des frères, il prononça
contre les Bourbons un autre serment d'Annibal. Il avait
donc fait partie de cette jeunesse militante du temps de
la Restauration qui, par tous les moyens possibles et impossibles, conspirait la perte des rois.

Au lendemain de la révolution de Juillet, l'avocat
s'était révélé comme un orateur de premier ordre. Pour
faire sa fortune, il s'était résigné à plaider dans la plus
calme des villes, mais il y vivait par soubresauts, avec
des rugissements de révolte, semblable à un lion qu'on
aurait mis en cage. Aussi le bruit de son nom était déjà

venu jusqu'à Paris, où le tribun était souvent appelé
pour prêter l'appui de sa parole à ceux qui commençaient à battre en brèche le trône de la branche ca-
dette.

La Tribune, le plus osé des journaux, l'avait choisi
pour défenseur.

Après le soulèvement de Lyon, quand le roi Louis-Philippe commit la faute de laisser organiser cette formidable affaire, dite le *procès-monstre*, où l'on vit comparaître devant la Cour des pairs trois cents accusés,
accompagnés de trois cents avocats, Me Everard occupa
le premier rang parmi ces derniers, et, afin de donner
plus d'autorité à sa parole, il revendiqua l'honneur de se
faire condamner lui-même. L'histoire a conservé un de
ses exordes d'alors, non moins hardi qu'un de ceux de
Démosthènes et de Mirabeau. « Je sue en me levant,
» disait-il, mais c'est de colère et d'indignation. » Voilà
le grand art, celui qu'on n'enseigne pas dans les col-
lèges.

Une de ses prosopopées n'avait pas moins frappé son
noble auditoire, les trois cents pairs de France assis en
grand costume pour l'écouter. Faisant une allusion di-
recte à l'impopularité de cette cour composée d'aristo-
crates, il montrait du doigt les murs du Luxembourg, et
il s'écriait : « Vous vous croyez des demi-dieux, vieillards
» chamarrés de croix. Encore quelques années et le
» peuple en haillons rasera ce palais, et l'on sèmera du
» sel à la place. » Au reste, dans ce même temps, un
des plus grands écrivains du siècle a esquissé cette curieuse physionomie, une des plus originales qu'on ait
signalées en cent ans.

On l'a déjà deviné, la politique n'était pas tout dans la vie de Mᵉ Everard. Les affaires proprement dites captivaient aussi sa pensée. A trente lieues à la ronde, on venait le consulter pour les plus graves intérêts. On accourait surtout quand il s'agissait d'enlever un coupable à la main du bourreau.

C'était pour ce motif, on se le rappelle, que le geôlier de la prison de Bourges avait conseillé à Régis de Prévéranges de le choisir comme devant porter la parole en son nom.

— Puisqu'il vous faut un avocat, prenez le premier de tous, — avait dit cet homme au jeune comte.

Un certain sentiment de défiance avait d'abord paru animer le prisonnier. Jusqu'à ce jour, dans les châteaux historiques où il avait vécu, il n'avait entendu parler de maître Everard que comme d'un successeur de Robespierre et de Saint-Just. Or, en sa qualité d'ancien page de Charles X, il lui déplaisait de se trouver en contact avec un des plus rudes ennemis de la royauté.

Fallait-il donc se courber devant un tel homme et implorer l'appui de son talent ? La fierté du gentilhomme souffrait à cette seule pensée. De son côté, l'avocat républicain pourrait se rappeler son père assassiné en 1815 par des verdets qui portaient la cocarde blanche à leur chapeau. Dès lors, il sentirait toutes ses passions de démocrate gronder au fond de sa poitrine à la seule idée qu'il allait prêter aide à un noble de race.

— Ce client est un ennemi-né des miens, se dirait-il tout bas.

Mais, après tout, ainsi que nous l'avons déjà dit, l'amour des choses de sa profession l'emportait sur ces

antipathies déjà fort atténuées par la marche du temps.
Le tribun savait, au surplus, que, dans cette affaire, il
n'était pas question de politique. Evidemment il ne s'a-
gissait là-dedans que d'un crime de droit commun, et,
par conséquent, il devait l'appui de son ministère à quiconque l'invoquait.

Ces diverses circonstances expliquaient donc suffisamment pourquoi, le lendemain, Régis de Prévéranges
recevait dans sa prison la visite de M⁰ Everard, de
Bourges.

Après un premier examen du dosssier, l'avocat crut
devoir interpeller le prévenu.

— Monsieur le comte, lui dit-il, vous voulez que je
plaide l'innocence, n'est-ce pas?

— Mais sans doute, Monsieur.

— L'innocence absolue, sans aucune immixtion dans
les faits reprochés?

— Oui, Monsieur.

A cette réponse, M⁰ Everard prit tout à coup un nouveau maintien.

En entrant dans la cellule de son client, il s'était présenté d'une manière frivole, presque souriante. Au bout
de dix minutes de conversation, il s'était un peu rem-
bruni. Après avoir feuilleté le dossier, il avait tout à
coup changé de visage. Enfin, quand Régis eut répondu
à sa question ainsi qu'on vient de le voir, l'avocat regarda le prisonnier avec une fixité étrange.

— Voilà qui est bien entendu, monsieur le comte,
reprit-il, vous désirez que je plaide que vous n'êtes pour
rien dans le crime?

— Mais évidemment, maître Everard.

— Eh bien, écoutez, riposta l'avocat en baissant un peu la voix, il en est d'un avocat comme d'un confesseur et d'un médecin, il faut tout lui dire. Il faut n'avoir pas de secret pour lui.

Régis était devenu pâle.

— Or, m'avez-vous tout dit franchement ?

— Oui, Monsieur.

— Non ! non ! répliqua vivement l'avocat, vous ne m'avez pas tout dit, mais j'ai tout deviné.

— Maître Everard !

— Les pièces du dossier et le tremblement de vos paroles m'ont tout appris.

— Que voulez-vous dire, maître Everard ?

— Pardieu, monsieur le comte, je veux dire que l'habitude et le temps m'ont armé d'un instrument étrange, d'une sorte de seconde vue.

— Parlez plus clairement.

— Ne vous inquiétez pas : je ne veux rien vous cacher. Tenez, je lis clairement dans le cœur humain. En feuilletant le dossier de l'affaire et en suivant des yeux les mouvements de votre âme, j'ai dit tout à l'heure, en me parlant à moi-même : « Voilà un frère qui est coupable de la mort de son frère ! »

— Maître Everard !...

Régis, pâle et pantelant de rage, venait de se lever de sa chaise de paille. D'un geste dans lequel il y avait tout à la fois de la menace et de la bienveillance, l'éloquent parleur le fit se rasseoir.

— Oui, coupable, répéta-t-il, d'une voix ferme, mais après s'être assuré toutefois qu'il ne pouvait être entendu que de son client. Monsieur le comte, l'accusa-

tion a contre vous trois ou quatre arguments terribles
et d'une allure pour ainsi dire victorieuse. Par exemple,
il existe au dossier du ministère public — j'ai pu l'apprendre par hasard — un billet de femme, cinq lignes,
qui sont la clef de l'énigme.

Pour la seconde fois, le prisonnier se leva.

— Ne perdez pas votre énergie en vaines manifesta-
tions ; veuillez donc vous rasseoir, reprit l'avocat avec
douceur. Vous comprenez bien que le défenseur qui
prête le secours de sa parole ne doit pas être dans les
ténèbres. Il est donc de toute nécessité que vous ne me
céliez rien.

— Ainsi, répliqua Régis en ayant l'air de se lancer
dans un *a parté*, ainsi, à votre sens, je risque d'être condamné à la guillotine ou au bagne ?

— Monsieur le comte, c'est pour m'opposer à l'un et
à l'autre de ces genres d'opprobre que je suis ici. Tout
ce qu'un homme peut faire pour en arracher un autre
à la honte, je le ferai.

— Me sauverez-vous, maître Everard ? Prenez-vous
l'engagement de me sauver ?

— En une telle matière, on ne peut s'engager à rien,
vous le devinez. Mais je puis vous dire que je suis venu
à bout de délier avec succès des nœuds gordiens plus
embrouillés que le vôtre. Croyez que je ferai l'impossible. Pourtant, ajouta-t-il, j'ai à vous poser une condition.

— Est-ce la moitié de ma fortune que vous demandez ?
Elle est à vous.

Ici ce fut au tour de l'avocat de se lever avec colère
afin de protester contre l'indignité du mobile que venait

de lui prêter son client ; mais, réfléchissant tout à coup à
l'état de prostration morale dans lequel se trouvait l'accusé, la pitié fit vite place dans son esprit à l'indignation.

— Non, monsieur le comte, lui dit-il, non, il ne s'agit
pas de ce que vous me dites, mais bien plutôt d'une
promesse à me faire.

— Laquelle donc, maître Everard ?

— C'est qu'à dater du moment où nous sommes, vous
ne direz pas un mot, vous ne ferez pas une réponse que
tout cela ne vous ait été dicté par moi-même. Est-ce convenu, Monsieur ?

— Oui, maître Everard, c'est entendu.

— Et, après une prochaine entrevue dans laquelle
vous aurez tout à me dire, vous me laisserez carte
blanche pour la défense.

— Oui, carte blanche, répondit machinalement
Régis.

XI

Dans l'origine, l'affaire de l'étang avait paru être des
plus simples, mais, par suite des divers événements
dont il vient d'être question, les choses s'étaient tout à
coup aggravées. A mesure qu'il s'écoulait vingt-quatre
heures, la situation du prévenu semblait s'assombrir.
Dans le fait de la mort de Gontran, il y avait désormais
un mystère d'où naissait un drame des plus compliqués.

D'instant en instant, des particularités menaçantes sortaient de l'ombre une à une. L'œil de lynx du savant avocat avait bien vite pénétré l'existence d'un redoutable secret. Ce n'était plus un accident de chasse; c'était un assassinat.

Entre quatre murs, ou plutôt, comme on dit, entre quatre-s-yeux, Régis ne combattait que faiblement la conjecture soulevée par Mᵉ Everard. Il n'avouait rien, il ne niait rien non plus. Cependant le soin qu'il prenait de se tenir sur la défensive accusait déjà un accès de précaution qui aurait dû passer pour ce qu'on appelle une semi-preuve. Qui donc avait commis le meurtre? Était-ce lui-même, le frère du mort? Était-ce un autre? Mais quel était cet autre? Maguelonne avait fait entendre le nom de Claude Pescheux, le plus mauvais drôle du canton, mais Maguelonne, on le sait, était une folle qui ne disait jamais rien de sensé et elle était elle-même, en raison de ses paroles désordonnées, l'objet des défiances de la justice.

En observateur subtil, habitué à étudier le jeu des passions, maître Everard s'était mis d'abord à pousser les choses au pire. Telle était sa méthode quand il voyait qu'un client hésitait à lui confesser toute la vérité. Usant donc de ce système, il s'était demandé d'abord si les deux Prévéranges vivaient en parfait accord. Il avait, sous ce rapport, invoqué le témoignage de la commune renommée, et la voix de l'opinion publique lui avait répondu que, dès la première enfance jusqu'à la veille des événements, personne n'avait vu les deux anciens pages de Charles X se quereller une seule fois. Mais, en philosophe plein de défiance, le juriste se rappelait l'adage des anciens : *Rara concordia fratrum*. Il est rare que les frères soient d'accord.

Poursuivant son analyse, l'avocat cherchait à apprendre quel avait été au juste le train de vie des deux jeunes châtelains. Il put donc savoir qu'à très-peu de chose près, ils faisaient de leur temps le même emploi. On les voyait chasser sur les mêmes terres, fréquenter les mêmes familles, se livrer aux mêmes loisirs. En un mot, ils obéissaient à leur insu à la loi de ménechmie que la nature leur avait imposée. Mais l'âge arrivait pour l'un et pour l'autre, où la passion parle à l'homme et l'enivre presque toujours au point de lui faire oublier ou rompre les liens du sang.

MM. de Prévéranges étaient journellement reçus dans cinq ou six châteaux. Au milieu de ces résidences, il se trouvait des jeunes filles ou de jeunes femmes ; on y dansait ; on y faisait de la musique ; on y causait. Si séparée du reste du monde qu'ait tenté d'être la noblesse d'alors, elle ne pouvait pourtant pas supprimer le besoin de s'aimer qu'éprouvent les jeunes gens et la nécessité de faire des mariages qu'entretient la société. Fort bien, mais les frères avaient-ils une préférence marquée ? Aimaient-ils et aimaient-ils au même lieu ?

— Il faudra bien qu'il me dise tout sur ce point délicat, reprenait maître Everard en se parlant à lui-même.

Au reste, en même temps que l'avocat s'efforçait de voir clair dans ces ténèbres, un autre personnage se préparait au même labeur et celui-là y mettait moins de ménagements.

Vers le troisième jour de sa détention à la prison de Bourges, Régis vit venir à lui le geôlier commis à sa

6

garde. Tout en jouant avec l'une de ses clés de l'air d'un rustre qui baguenaude avant d'exprimer une chose difficile ou embarrassante, cet homme commença à lui apprendre que, dans quelques heures, il aurait à recevoir la visite du juge d'instruction, suivi de son greffier.

— Comment ! il va venir ici-même, dans la prison ?

— Oui, monsieur le comte, dans la prison.

En règle générale, on ne prenait jamais la peine d'avertir les prévenus de ces sortes de visites. Même dans nos temps d'incrédulité, la Justice, se complaisant à être mystique, a toujours aimé à se donner pour une émanation d'en haut. Il lui plaît d'apparaître dans un coup de surprise auprès des coupables, afin de ressembler le plus possible à la foudre des Dieux. Mais cette fois, le rang de l'accusé, le grand nom qu'il portait, ce nom si fortement mêlé, pendant des siècles, à l'histoire de la province, la richesse dont il jouissait, le haut monde qu'il fréquentait, tout cela faisait qu'on s'écartait un peu des rigueurs usitées. Tant il est vrai que, dans le pays qui se flatte de pratiquer le plus le principe de l'égalité devant la loi, il y a toujours un secret penchant en faveur de l'aristocratie.

Il était deux heures de l'après-midi quand des bruits de pas se firent entendre tout près de la cellule de Régis. Au même instant, un tour de clé fut donné à la serrure et la lourde porte, toute bardée de fer rouillé, tourna sur ses gonds. Deux hommes entraient aussitôt l'un après l'autre : le juge d'instruction et le greffier.

Du greffier il n'y a rien à en dire si ce n'est que c'était un scribe de profession ressemblant à tous les autres. Mais il faut absolument nous arrêter quelques minutes à décrire le magistrat qu'il accompagnait. Cet autre sortait évidemment du commun à tous les points de vue.

M. Jean-Félicien Frappaz était un homme de haute taille, long, maigre, sec et, comme on dit, tout d'une venue. En ce temps-là, il frisait la cinquantaine. Habillé de noir, pâle, ayant une figure en lame de couteau, il aurait plutôt suggéré, à qui le voyait, l'idée d'un croquemort que celle d'un magistrat institué pour administrer la justice. En lui, tout était d'une sévérité farouche. On n'avait jamais entrevu l'éclair d'un sourire sur son visage aussi macéré que celui d'un chartreux.

La bouche, close par deux lèvres minces et très-serrées, ne s'ouvrait que pour livrer passage à une parole brève ou tranchante. La main, des plus sèches, ne faisait jamais aucun geste. Tout le sommet de la tête était couvert de cheveux d'un blond jaunâtre, parsemés de quelques fils d'argent, mais tout cela était broussailleux, incorrect. Bref, un tel ensemble aurait bien plus annoncé un automate qu'un être vivant sans deux petits yeux gris très perçants, deux yeux d'ours, le seul point animé de cette étrange figure.

Suivant l'usage, M. Jean-Félicien Frappaz était entré dans la carrière en faisant office de substitut du procureur du roi. Dès son premier réquisitoire, on avait pressenti en lui un sujet d'avenir. Il avait de l'âpreté, une ardeur endiablée, l'esprit souverainement retors. Mais c'était tout. Une voix criarde, sifflante, sans nulle inflexion douce, formait un organe ingrat s'accordant trop avec toute cette disgracieuse physionomie pour qu'on songeât à faire avancer le débutant dans ce qu'on appelle la magistrature debout. C'est pourquoi on avait pensé à en faire un juge instructeur au criminel. Etant chargé de débrouiller le chaos des affaires ténébreuses, il serait là dans son rôle et il y rendrait d'importants services.

Depuis vingt ans qu'il exerçait, il avait été à même d'étudier, de *viser* à peu près tous les cas qui tombent sous le texte du Code d'instruction criminelle. Tant de pratique lui donnait naturellement du relief. A la longue, il était devenu une manière de bouledogue, préposé à la défense des lois, jouant, selon la circonstance, du flair, de la voix, des griffes et des dents. C'est dire qu'il avait fini par être un dilettante, aimant le Code pénal pour le Code pénal, comme il est des peintres qui aiment l'art pour l'art.

La seule vue d'un mandat d'arrêt réjouissait l'âme de ce zélé. Sitôt qu'une ordonnance de président l'avait commis pour instruire une affaire, il s'y donnait tout entier ; il y mettait une passion de fanatique. Dès lors, il ne se permettait plus ni repos ni trève : il fallait que tous les fils du drame fussent rassemblés dans sa main sèche et nerveuse. Peu lui importait de mettre en mouvement cent personnes à la fois, pourvu qu'il y trouvât une parcelle de renseignements, réduite même aux proportions d'un globule homéopathique.

Dès le début de l'affaire, cet infatigable chercheur n'avait pu se défendre de hocher la tête en signe de doute ou de mécontentement. A son gré, on s'était montré trop facile ; on avait trop temporisé. Voilà, du moins, ce qu'il n'hésitait pas à dire tout haut. Si les ménagements, dont les premiers juges instructeurs avaient fait une si ample dépense en faveur de Régis,

paraissaient tendre à ce que le prévenu fût mis sur-le-
champ hors de cause, diverses circonstances, au contraire, ordonnaient de faire du jeune comte l'accusé
principal, sinon l'accusé unique.

Cependant, il ne s'avançait dans l'enquête qu'à pas de
tortue. Un point lui échappait. S'il y avait fratricide,
où était la cause du crime ? Puisqu'il n'y avait jamais
eu entre les deux frères l'ombre d'un dissentiment, il
était peu concevable que l'un eût conçu la pensée scélérate de se défaire de l'autre. Mais la cause ! le motif !
le prétexte ? Etait-ce la cupidité ? Les deux Prévéranges
étaient également riches. Une question de préséance résultant du droit d'aînesse encore en honneur à cette
époque-là dans les grandes familles ? Nés le même jour,
ils n'étaient primés ni l'un ni l'autre. Une querelle d'intérêt au jeu ou d'amour-propre à la chasse ? L'écho ne
rapportait rien de pareil.

Encore un coup, c'était à se casser la tête aux murs.

Un soir qu'il examinait le dossier à la lueur de sa
lampe, M. Jean Félicien Frappaz, à force de feuilleter
toutes ces paperasses, mit la main sur un chiffon du
format d'une carte à jouer. Il n'y avait là-dedans que
dix lignes, suivies d'une initiale en guise de signature,
mais évidemment ces dix lignes avaient été tracées par
la main d'une femme. Aussitôt le magistrat tressaillit
d'aise. Il rappelait le cerf altéré de la Bible rencontrant
tout à coup une eau vive dans le désert, pendant une
brûlante journée d'été. Ce billet, — car c'en était un,
— le juge d'instruction n'en connaissait pas encore le
contenu. Comment se faisait-il qu'une chose de cette importance lui eût échappé ? Mais, grâce au ciel, il n'y

6*

avait rien de perdu. Il allait pouvoir suivre l'affaire jus‑
que dans ses moindres détours.

— Ah ! s'écria-t-il, j'aurais dû m'en douter plus tôt :
il y a une femme là-dedans !

En ce moment, ses petits yeux à pointe de diamant pouvant être embrouillés par la fatigue, il jugea à propos
d'avoir recours à un instrument d'optique ; c'est pourquoi il fouilla au fond de ses tiroirs, afin d'y prendre
une de ses loupes à verres grossissants si bien faites pour
faciliter le travail de celui qui veut déchiffrer une écriture inconnue. Son cœur battait avec force ; le sang
gonflait les artères de son front. Dix lignes d'une écriture de femme ! Une révélation d'alcôve se mêlant à une
sanglante aventure, ce n'était pas pour lui l'appât d'un
intérêt romanesque.

Que pouvait lui faire un épisode d'amour ? Il ne voyait
dans cette rencontre qu'une énigme dont il aurait le mérite d'avoir trouvé le mot. Jusqu'à cette heure, tout
avait paru invraisemblable ou inexplicable dans ce
procès. Grâce à la découverte qu'il venait de faire, on
n'aurait plus le moindre doute sur le mobile du forfait ;
on finirait par tout comprendre. Autre résultat : par
suite d'une si heureuse trouvaille, son habileté non plus
ne serait plus contestée de personne. M. Jean-Félicien
Frappaz passait pour un magistrat plein de zèle ; à l'a-
venir il serait considéré comme le plus clairvoyant des
dénicheurs.

— Le jour où M. de Prévéranges sera condamné, se
disait-il *in petto*, le garde des sceaux n'aura plus aucune
raison de me refuser la croix d'honneur.

La croix d'honneur ! le ruban rouge ! Ah ! c'était le

rêve de toutes ses nuits, la préoccupation de tous ses jours. Assurément, il n'aurait pas mis en œuvre moins d'ardeur à diriger cette instruction s'il n'y avait pas eu ce secret appât ; néanmoins, il redoublait d'activité en pensant à cette récompense tant convoitée. Il s'empara donc du papier et l'approcha de ses yeux.

Voici ce qu'il y lut :

« Santérac, le 5 octobre 1835.

« Monsieur le comte,

» Peut-être savez-vous que nous avons un bal, sa-
» medi soir, au château de la Rochenave. J'ai pu ap-
» prendre qu'il existe dans les serres de Prévéranges de
» fort beaux lilas de Perse. Voulez-vous me permettre
» de vous en demander une branche pour compléter ma
» toilette ? J'enverrai quérir l'objet vendredi prochain,
» vers deux heures de l'après-midi.

» Veuillez agréer, monsieur le comte, les excuses et
» les remerciements de votre servante.

» F. D'O***. »

Dans le premier moment, le magistrat ne se sentait pas de joie. Sur l'enveloppe du message, il avait vu cette adresse : *à Monsieur le comte de Prévéranges, à Prévé-ranges.* En sorte qu'il ne pouvait exister aucun doute sur la destination du billet. C'était bien un des personnages de l'affaire que cet écrit concernait.

Toutefois, ce mouvement d'ivresse ne devait pas résister à un examen plus réfléchi. *A monsieur le comte de Prévéranges.* Rien de mieux. Mais auquel donc ? Suivant l'usage des familles historiques d'aujourd'hui, les deux frères s'emparaient ensemble de la même qualification. Régis n'était donc pas moins comte que Gontran, et c'était déjà la raison d'un embarras ou d'une difficulté. Tous deux fréquentaient le château de Santérac ; c'était encore là un fait de notoriété publique. Mais auquel des deux s'était adressé l'auteur du billet et quelle était cette personne ? Il l'ignorait. L'aurait-il su qu'il n'en eût pas été plus avancé ; car, enfin, de quel poids aurait pû être une branche de lilas de Perse dans la balance de l'accusation ?

Il n'y avait qu'un moment, ce billet était quelque chose comme la pie au nid. Après réflexion il ne paraissait pas avoir plus de valeur qu'une feuille de chêne jaunie par le vent d'automne. Aussi, après qu'il eut éprouvé cette déception, quelque chose comme un mouvement de colère sortit de la poitrine du juge instructeur.

— Allons, se disait-il, laissons ce papier, puisqu'il n'a pas de sens précis. Rabattons-nous sur la complicité incontestable de Claude Pescheux, le vagabond, et sur les témoignages de Maguelonne. C'est encore ce qu'il y a de plus sûr dans l'affaire.

Nous avons dit que ces scènes se passaient à la fin de l'automne, dans un cabinet de travail, à la lueur d'une lampe solitaire. A force de méditer sur cet incident, il avait fini par tomber dans une sorte d'abattement moral. Cet accablement le porta ensuite à un mouvement de rêverie, et, après quelques minutes d'un demi-sommeil, une idée nouvelle le réveilla en lui donnant un surcroît d'énergie.

— Fou que j'étais tout à l'heure, reprit-il. Eh ! quoi !
je ne m'entendrais pas à tirer parti de ce billet ! Que
diraient donc de moi Laffémas et Laubardemont, mes
deux ancêtres, s'ils revenaient tout à coup à la vie ? L'un
d'eux ne demandait qu'une ligne d'un homme pour le
faire pendre. J'ai, moi, dix lignes d'une femme se rapportant directement ou indirectement à l'accusé, et je ne
sais qu'en faire ! En vérité, une telle faiblesse serait de
nature à me perdre dans l'esprit des contemporains, s'ils
étaient témoins de ce qui se passe ici ! Mais, par
bonheur, je ne suis pas homme à jeter le manche
après la cognée. Réveillons-nous et revenons à la
charge !

Là-dessus il se remit à réfléchir sur le précieux chiffon
qu'il venait de replacer en bon rang, dans le dossier de
l'affaire. Que de questions à poser à propos de ce billet !
En premier lieu, qu'était-ce que la personne qui écrivait
pour demander une branche de lilas ? Son âge ? Sa position dans le monde ? Elle parlait d'un bal. Dansait-elle
d'habitude avec l'un des deux frères ou bien indifférem-
ment avec les deux ? Y avait-il quelque engagement de
cœur formulé à l'époque où s'étaient passés les événements ?

Ces divers points d'interrogation furent ensuite méthodiquement fixés au crayon rouge par M. Jean-Félicien
Frappaz sur un petit carnet dans lequel il consignait ses
notes secrètes. Pour la seconde fois, un air de triomphe
rayonna sur la figure si peu souvent illuminée du magistrat. Evidemment toutes les difficultés n'étaient pas
résolues, mais pour sûr, les choses étaient en bon chemin. Des réponses qu'on ferait à ces diverses questions

il résulterait toute une gerbe de lueurs propres à éclairer la marche du procès.

A la vérité, il s'agirait de procéder avec une certaine habileté et même en y mettant quelque délicatesse. A qui conviendrait-il de s'adresser pour obtenir des renseignements sur l'auteur du billet? A ceux des magistrats du ressort qui se trouvaient dans le voisinage du château de Rochenave? Suivant le juge d'instruction, ce ne serait pas trop la marche à suivre, parce que ces.messieurs étaient plus que suspects de mollesse. On se rappelle la douceur inexplicable du président. En ce qui concernait une femme, et une jeune femme encore, fort bien née sans doute, la galanterie les désarmerait jusqu'à leur faire négliger ce qu'il y avait à faire. Il fallait donc songer à un autre moyen.

— Eh! pardieu! que je sache seulement son nom, je la ferai assigner en qualité de témoin. Ah! je sais, dans le monde des châteaux, on trouverait le procédé insolite et même brutal! Je ne me dissimule pas que l'envoi d'une feuille de papier timbré choquerait au plus haut point la famille de la belle personne. Une immixtion même lointaine dans un procès criminel entraîne toujours un peu de scandale, surtout pour une jeune fille. Dans les mœurs d'aujourd'hui, on s'arrange de manière à glisser là-dessus ou à masquer l'absence du témoin par un certificat de médecin.

Mais qu'importe? L'intérêt de la justice avant tout. Et puis, être ferme, c'est la seule chose à faire pour que j'aille au cœur du garde des sceaux.

Ce fut dans ces dispositions d'esprit que le magistrat se transporta à la prison, suivi d'un greffier.

XII

— Monsieur le juge d'instruction, dit le geôlier en ouvrant avec fracas la porte de la cellule.

Par déférence autant que par effroi, Régis se leva vivement de la chaise de paille sur laquelle il était assis.

Quant à M. Jean-Félicien Frappaz, il entra d'un air grave, en saluant à peine d'un petit geste de la main.

Deux sièges nouveaux avaient été disposés près de la petite table en sapin sur laquelle le prisonnier était accoudé d'ordinaire.

Le greffier y mit machinalement ce qu'il lui fallait pour écrire.

— Monsieur Régis de Prévéranges, dit tout à coup le magistrat, une signification par huissier vous a appris de quelle mission je suis chargé. J'ai à diriger l'instruction relative à la mort de M. Gontran, votre frère. Reconnaissez-vous avoir reçu copie de l'ordonnance qui m'a commis à cet effet ?

— Oui, monsieur le juge. J'ajoute que je suis prêt à répondre à toutes les questions qu'il vous plaira de me faire.

— Permettez. N'allons pas si vite. En me présentant aujourd'hui dans votre prison, je ne viens pas me livrer à un interrogatoire à fond et dans les formes. Pour le moment, il ne s'agit que d'une simple visite.

— C'est me faire beaucoup d'honneur, repartit le prévenu avec un peu d'ironie.

— Nous n'en sommes, Monsieur, qu'aux prélin
naires. Un événement sinistre s'est produit. Tout f
supposer qu'il est le résultat d'un crime, mais la just
ne possède pas encore assez de lumières pour rien
firmer. Les paroles d'une mendiante ont pu faire su
poser qu'il y a eu assassinat, mais cette femme, para
il, n'est pas en possession de toute sa raison et s
témoignage est suspect. C'est pourquoi vous n'êtes qu'
prévenu, pas encore un accusé.

— Bien obligé, monsieur le juge, reprit Régis tout
ayant l'air de railler doucement.

— Ainsi, poursuivit M. Jean-Félicien Frappaz, ai
de l'examen des faits il résulte clairement que, pour s
tuer, nous avons besoin d'un supplément d'informatic
Ces renseignements, notre devoir est de les ramas
partout où ils seront ; notre droit est de le faire dans
forme et dans le délai qu'il nous plaira de choisir. A
ne suis-je venu aujourd'hui vous voir que pour caus

— En ce cas, monsieur le juge, pourquoi vous fa
accompagner d'un greffier ?

— Pour prendre des notes, si l'occasion le deman
mais il se peut que mon aide n'ait rien à faire.

Régis s'inclina.

— Veuillez remarquer, du reste, monsieur le con
que la démarche à laquelle je me livre en ce moment
entreprise autant dans votre intérêt propre que dans
pensée d'empêcher la justice de commettre une erre
Plus nous rassemblerons d'éléments propres à établi
vérité des faits, plus, dans votre système de défen
vous rencontrerez le moyen de sortir indemne de l'
cusation qui pèse sur vous.

Régis se leva alors pour la seconde fois.

— Je vous remercie, monsieur le juge, dit-il, de supposer que je puisse être innocent de l'horrible imputation dont on me poursuit ; mais je me demande pourquoi on passe par tant de préambules. Ces lenteurs sont d'abord une injustice profonde, puisqu'elles prolongent un emprisonnement auquel je ne suis pas condamné. Elles sont, en second lieu, un ennui des plus amers, parce qu'elle m'obligent à entendre répéter pour la centième fois depuis trois semaines que je suis le plus odieux des scélérats. Je désirerais donc vivement qu'on m'exemptât de si rudes épreuves. Trois semaines devaient suffire pour qu'on sût à quoi s'en tenir sur un fait qui n'a été entouré d'aucune circonstance mystérieuse. Si je ne suis pas coupable, qu'on me mette en liberté ; si j'ai tué mon frère, qu'on me frappe sans retard, mais qu'on en finisse.

— Monsieur de Prévéranges, reprit le magistrat, j'ai déjà eu l'honneur de vous dire que nous ne voyions pas encore assez clair dans les faits. Nous n'avons qu'un gage, c'est vous-même. Evidemment, nous devrions en avoir deux. Vous êtes ici, sous les verrous ; c'est bien. Mais où est Claude Pescheux, le vagabond, celui que Maguelonne charge le plus ? Cet homme, du reste, sans feu ni lieu a pris la fuite, ce qui peut passer de sa part pour un aveu de culpabilité. En dépit de toutes les recherches, il n'a pu être retrouvé. Je le répète : nous n'avons que vous. Il faut donc que nous nous renseignions auprès de votre personne le plus qu'il nous sera possible. Et, encore un coup, vous n'avez pas lieu de le trouver mauvais.

7

— Eh bien, monsieur le juge, si vous venez pour vous éclairer, interrogez donc. Je répondrai.

— Non, vous dis-je, je ne veux que causer.

— Soit, monsieur le juge ; parlez, je vous écoute.

Cette attitude résolue du jeune comte avait manifestement pris au dépourvu M. Jean-Félicien Frappaz. Ce dernier, pour sûr, était habitué à se trouver en face d'interlocuteurs moins prompts à la riposte. Néanmoins, il se remit vite. Avant d'attaquer le point qu'il avait le plus à cœur, celui du billet de femme saisi à Prévéranges lors de la visite domiciliaire, il cherchait, par des circonlocutions captieuses, à fatiguer ou à endormir la vigilance de Régis. C'est pourquoi il se mit à parler du canton, de la province où le prévenu avait passé son enfance. De là il arriva aux châteaux environnants. Y en avait-il un grand nombre ? Par qui étaient-ils habités ? Y allait-on souvent, soit seul, soit de compagnie ? Quelle vie y menait-on ? Une vie mondaine et raffinée, avec des fêtes ? Assurément, on y voyait des femmes, et peut-être même des jeunes filles ?

Ici le prisonnier se fit répéter la question.

— Etant jeunes, tous les deux, M. Gontran et vous, probablement on vous mettait en regard de jeunes filles de votre monde et de votre âge ?

— Mais, monsieur le juge, quel rapport un tel détail peut-il avoir avec les faits reprochés ?

— Peu vous importe, monsieur le comte. Je ne vous demande qu'une chose : c'est de répondre.

— Oui, très-volontiers, Monsieur, je répondrai, mais seulement sur ce qui concerne les faits de La Roche-aux-Gerfauts.

— Ecoutez, dit ici M. Jean-Félicien Frappaz d'un ton plein de solennité, cette conversation n'est que de pure convenance. Cependant la présence du greffier doit vous donner à comprendre qu'à l'instant même, si je le juge à propos, cela peut devenir tout à coup une formalité de procédure. Mais je vous engage à ne pas me pousser à cette extrémité. Répondez donc sans détour aux questions posées.

Et, après un petit temps d'arrêt, il reprit :

— Qu'est-ce que le château de Rochenave ?

— Un domaine, situé à trois lieues de Prévéranges.

— Qu'est-ce que le château de Santérac ?

— Une autre résidence de gens de bon ton, à deux lieues seulement, mais du côté d'Ainay.

— Nommer ou taire les noms de ceux qui habitent ces châteaux serait chose indifférente, puisque nous aurions toute facilité de nous procurer par nous-mêmes ces renseignements, mais il vaut mieux que vous nous y aidiez.

En ce moment, avec des airs de chattemitte, le juge d'instruction fit une légère pause, puis il reprit :

— Au château de Santérac, que nous venons de nommer, il existe une jeune femme dont on vante partout la distinction et la beauté ?

Régis eut l'air de n'avoir pas entendu.

Quoique le magistrat eut donné à ses paroles la forme interrogative, sa phrase pouvait, à la rigueur, passer pour n'être pas une question.

— Monsieur le comte, reprit le juge, y a-t-il à Santérac une jeune personne assurément fort honorable, mais bien faite pour attirer l'attention de deux jeunes gens du grand monde ?

Si le jour sombre qui descendait des fenêtres grillées eût permis de voir tout ce qui se passait sur le visage du prisonnier, le juge y aurait distingué un soudain nuage de rougeur, marque de colère et d'indignation.

— Mais, monsieur, je ne comprends pas pourquoi vous vous obstinez à vouloir faire intervenir dans ce procès des voisins qui y sont étrangers. Souffrez donc que je demeure bouche close là-dessus.

— Monsieur le comte, il y a une raison majeure pour que j'y mette tant d'opiniâtreté. Le nom de la jeune fille de Santérac, s'il vous plaît ?

— Demandez-le à d'autres. Pour moi, je n'ai pas à vous le dire.

M. Jean-Félicien Frappaz comprit à la fin qu'il ne viendrait pas à bout de cette opposition. Fallait-il se fâcher ? Nous avons dit qu'il était retors. Il réfléchit et décida *in petto* que le moment était venu de recouvrir sa peau d'inquisiteur d'une peau de renard. Il eut donc recours sur-le-champ à un mouvement de ruse, qu'il avait, du reste, machiné chez lui, pendant ses méditations.

Tirant donc du dossier un chiffon de papier, il en fit sortir, d'abord une odeur de benjoin qui alla droit aux narines du prisonnier, puis, il l'étala tout entier comme pour le lire ou pour le faire lire :

— Connaissez-vous ça ? dit-il après avoir tendu l'objet à Régis.

— L'écriture de Frédérique d'Outrepont ! s'écria le jeune homme avec une précipitation involontaire.

— Il vient de laisser échapper son secret ! pensait, de son côté, le juge d'instruction.

Ce qu'il souhaitait tant de savoir, il venait de l'apprendre. Dès lors, le but de sa démarche était atteint. S'il prolongeait sa visite, c'était afin de garder les apparences et pour mieux cacher son jeu. Non seulement le cri de Régis était une révélation sérieuse, l'aveu d'un amour refoulé et peut-être combattu, mais encore l'attitude du prisonnier, sa pâleur si rapide, le ton de sa voix ; tout cela faisait voir que quelque roman de jeunesse formait le fond du drame qui s'était passé près de la Roche-aux-Gerfauts.

L'habitude de noter ses avantages faisait qu'il ne savait plus dissimuler son contentement. Il riait presque bruyamment. Il ne se sentait pas de joie. Encore un peu, et il allait commander au greffier de dresser procès-verbal de ce qu'il avait vu et de ce qu'il venait d'entendre ; mais, par bonheur, son sang-froid lui étant revenu assez vite, il se contint pour remettre la conversation sur un autre sujet.

Un autre sujet, et que pouvait lui faire celui-ci ou celui-là ? Tout ce qui pourrait se dire désormais dans cette entrevue serait oiseux. Il y avait au château de Santérac une femme nommée Frédérique d'Outrepont dont le prisonnier était épris ; c'était la même qui avait écrit le billet qui se rapportait à la branche de lilas. Avait-elle été aimée de Gontran comme il était sûr qu'elle était aimée de Régis ? Ce point serait éclairci, plus tard, par l'enquête. En attendant, un très-grand résultat était obtenu. Il y avait anguilles sous roche. Le crime prenait sans doute sa source dans l'amour d'une femme.

M. Jean-Félicien Frappaz se donna bien garde de laisser

entre les mains de Régis le chiffon de papier dont il
venait de tirer un si grand parti. A peine le comte avait-
il été à même de reconnaître la manière d'écrire de la
jeune châtelaine qu'il le lui arracha des doigts pour le
remettre au dossier. A la fin, le sourire de triomphe que
le magistrat faisait voir éclaira le prévenu ; Régis comprit qu'il venait de commettre une faute impardonnable.

Un instant auparavant, il protestait avec l'indignation
d'un homme de cœur contre la pensée qu'on lui suggé-
rait de prononcer des noms de voisins. Avant tout, il ju-
rait de taire un nom de jeune fille ; or, voilà que, par
la manœuvre d'un praticien habile, lui, gentilhomme de
race, il faisait le contraire de ce qu'il s'était promis de
faire : il désignait en toutes lettres une jeune fille qu'il
ne voulait voir figurer en rien ni pour rien dans ces tris-
tes débats.

— Pourquoi donc tient-il tant à compromettre
Mlle d'Outrepont ? se demandait-il.

Mais, en ce moment même, le visiteur, prétextant du
besoin où il était de se retirer, fit signe au greffier de se
lever. Il quitta aussi la chaise qu'il occupait, salua le
comte, non sans y mettre un peu d'arrogance, et s'é-
chappa par les longs corridors.

— D'où vient le billet de Frédérique que cet homme
m'a mis sous les yeux ? se demandait le prisonnier en
proie à l'émotion la plus vive. N'est-ce pas celui par
lequel elle annonçait à Gontran le désir d'aller au bal de
Rochenave ? Il me l'a enlevé avec tant de brusquerie
que je n'ai pas eu le temps d'y lire deux mots de suite.
Mais comment cet écrit serait-il tombé entre leurs
mains ?

Un soupir de tristesse et de colère s'échappa alors de sa poitrine.

— Comment! reprit-il, cet homme est-il donc un Satan pour deviner que...

Mais, suffoqué par l'un de ces sanglots que fait naître un noir chagrin, il n'en put pas dire davantage et se jeta tout habillé sur la couchette de fer creux qui meublait la cellule.

Oui, M. Jean-Félicien Frappaz était un être à part, une personnalité diabolique. Dès le lendemain de sa visite à la prison, il donna à l'enquête une allure inaccoutumée. Dix ou douze lettres furent lancées par lui dans trois ou quatre directions diverses. Chacune de ces épîtres demandait des renseignements sur la famille qui habitait le château de Santérac et, en particulier, sur la jeune fille de la maison. Par le retour du courrier ou, à peu de distance près, il lui arrivait des tronçons épars, des détails brisés, des informations émiettées. Tout autre eût jeté ces informations tronquées au panier. Mais le juge d'instruction, doué de la patience de Georges Cuvier, rassembla ces éléments sans liens et finit par en former un corps.

Bien entendu, cela se rapportait à l'affaire de l'Etang.

— Eh bien, ce n'a pas été sans peine, mais je suis parvenu à tout découvrir et à tout comprendre. Que mes confrères du Palais de Justice en disent ce qu'ils voudront, mais pas un n'aurait si bien illuminé cette nuit d'octobre. Un de nos illustres chefs, le président de Belleyme, à tout référé qu'on introduit devant lui, s'écrie, dit-on : « Où est la femme ? Cherchez la femme ! » Je l'ai cherchée et je l'ai trouvée !

Il relisait alors les réponses faites à ses lettres ; il les confrontait ; il les reliait par quelques points de chronologie ; puis, il ajoutait :

— Voyons, le fait n'est-il pas clair comme de l'eau de roche ?

Dans le nouveau système de l'accusation, Gontran et Régis de Prévéranges, nés, le même, jour des mêmes parents, élevés de la même façon, traités avec la même bienveillance, avaient toujours manifesté une très-vive amitié l'un pour l'autre. Cela avait duré jusqu'au commencement du dernier mois d'août.

A cette époque, les deux jeunes gens, invités à une fête hippique en Bourbonnais, s'y étaient trouvés dans un cercle d'hommes et de femmes de leur condition. Tous les assistants leur avaient fait fête. C'est ce qui ne manque jamais d'arriver pour de jeunes châtelains partout où il y a des filles à marier.

De leur côté, les deux frères avaient distingué dans ce milieu une jeune personne, sortie de la veille du Sacré-Cœur de Nevers, pensionnat des familles aristocratiques du centre de la France. Il faut nommer sans retard Mlle Frédérique d'Outrepont, une merveille de beauté.

MM. de Préféranges, épris le même jour, peut-être à la même heure, cherchèrent quelque temps à dissimuler ce qu'ils éprouvaient. Mais l'amour ne peut pas plus se cacher que la toux, dit un proverbe. En voulant, chacun de son côté, faire leur cour à la belle personne, ils se devinèrent vite et dès lors ils cessèrent d'être les inséparables amis que le pays avait toujours reconnus en eux.

Deux frères qui cessent de s'aimer en raison d'un intérêt de cette nature, l'amour d'une jeune fille, sont deux frères qui vont s'armer l'un contre l'autre, comme Caïn contre Abel, comme Etéocle contre Polynice, comme don Pedro, du Brésil, contre don Miguel de Portugal.

La lutte était d'autant plus probable que Mlle Frédérique d'Outrepont avait fini par afficher une préférence. Dans l'origine, les deux frères étant d'une ressemblance absolue, elle n'osait se prononcer ; mais, un soir, elle avait clairement donné à entendre que, si elle devait en aimer un c'était Gontran qu'elle aimerait.

Régis, brûlé jusqu'à la moelle des os, ne s'était pas vu dédaigner sans en éprouver un vif ressentiment. Un intendant de Rochenave et des valets de Santérac affirmaient lui avoir entendu tenir des propos terribles à ce sujet. Froissé de voir que la belle danseuse encourageait de plus en plus son frère et qu'il était déjà question d'un mariage, il aurait dit à la fin du souper :

— Si Frédérique ne doit pas être à moi, elle ne sera pas non plus à Gontran.

— Voilà l'âme de l'acte d'accusation, s'était alors écrié M. Jean-Félicien Frappaz, le juge d'instruction.

XIII

Au bout de quinze jours, l'enquête étant finie, le juge d'instruction fit son rapport. Ce fut sur ce document qu'on établit l'acte d'accusation, c'est-à-dire un récit net et succinct de l'assassinat.

7

Quand ce travail fut soumis à une lecture d'ensemble, en présence des membres du parquet, M. Jean-Félicien Frappaz, poussé par un mouvement superbe, s'approcha du procureur général.

— Eh bien, lui dit-il, que pensez-vous de ce morceau ?

— Monsieur le juge, c'est un chef-d'œuvre de patience, de précision et de clarté. On croirait lire dix pages d'histoire.

— Monsieur le procureur général, puisque tel est votre sentiment, oserais-je vous adresser une prière.

— Laquelle, monsieur le juge ?

— Celle de signaler l'affaire à l'attention de Son Excellence le garde-des-sceaux, en lui indiquant par une note la part que j'y ai prise.

— Soyez sans crainte, monsieur le juge. Ce que vous demandez aura inévitablement lieu, l'affaire finie, après succès, c'est-à-dire après que le jury aura prononcé un verdict de condamnation.

Un verdict proclamant sur tous les points la culpabilité de Régis de Prévéranges, le magistrat instructeur y comptait bien. A son gré, il était de toute impossibilité qu'on ne reconnût pas dans le prévenu, l'auteur principal du crime qui avait été accompli sur les bords de l'étang.

L'acte d'accusation ne roulait que sur huit ou dix pages, mais ces pages étaient de la logique la plus serrée.

On y décrivait d'abord la vie de château, telle qu'on l'avait menée à Prévéranges pendant un grand nombre d'années. Les deux frères étaient alors deux amis inséparables. Plaisirs et peines, ils mettaient tout en com-

mun. Où l'un allait, on était sûr de voir l'autre. C'était
un seul cœur en deux personnes. Mais la voix des passions, si impérieuse passé vingt ans, devait tout à coup
troubler cette harmonie.

Un jour, au milieu d'une fête donnée dans un château des environs, une jeune femme se montra, parée
de tous les attraits de son âge ; Mlle Frédérique d'Outrepont parut, et les deux frères en furent amoureux au
même moment. Tous deux lui firent la cour. Ainsi
qu'on le pense bien, un seul fut agréé ; c'était Gontran.
Aussitôt que Régis eût vu qu'il était dédaigné, la haine
entra en lui et lui suggéra la pensée de supprimer par
un crime le frère qu'on lui avait préféré. Ce projet se
retrouve dans des propos qui ont été retenus par plusieurs personnes, et notamment par l'intendant de
Roquefeuil.

— « Si Frédérique n'est pas à moi, elle ne sera pas
non plus à lui, » aurait dit Régis.

Il y avait alors dans les alentours de Prévéranges un
vagabond de la pire espèce, un homme sans feu, ni
lieu, ni Dieu, redouté de tous les honnêtes gens. On le
nommait Claude Pescheux. Vivant de maraude, de braconnage et de rapine, ce mécréant a eu plus d'une fois
maille à partir avec la justice pour des délits de peu
d'importance sans doute, mais qui suffisaient pour faire
savoir à quel point ce réfractaire de la société affichait
le mépris des lois. Il paraît que, méconnaissant la dignité de son rang, Régis de Prévéranges n'a pas craint
de s'aboucher avec ce vaurien, un soir qu'ils s'étaient
rencontrés dans la forêt des Buffards.

Que se dirent-ils alors ? Quel contrat fut arrêté entre

eux ? Cela est demeuré un mystère, puisque Claude Pescheux a pris la fuite et n'a pu, par conséquent, être interrogé ; mais ce qui résulte de tous les renseignements fournis par l'enquête, c'est qu'ils ont fait route quelque temps ensemble, c'est qu'ils ont causé familièrement et que, suivant toute apparence, ils se sont partagé les rôles dans le drame sinistre qui s'est joué, une nuit d'octobre, près de la Gorge-aux-Gerfauts.

On sait déjà de quelle manière les choses se sont passées, le jour du crime. En partant de leur demeure les deux frères ne se rendaient pas au même lieu.

Tandis que Gontran allait à Chambourcy pour une chasse au chevreuil, Régis se dirigeait, un peu plus loin, chez la marquise de Trailles, où il devait passer une partie de la soirée. Seulement il avait été convenu qu'on se retrouverait sur le coup de dix heures, à l'étang de la Chesnaye, afin de rentrer ensemble au château comme de coutume.

Quelques instants après avant l'heure dite, et comme s'il y avait sur ce terrain des dispositions à prendre et des ordres à donner, Régis se présentait, le premier, au rendez-vous. Y était-il seul ? S'y rencontra-t-il avec Claude Pescheux ? On prétend qu'un coup de sifflet a servi de signal aux deux inculpés. La femme Maguelonne, que la Providence avait poussée sur les lieux et que la peur excitait à se cacher dans le creux d'un arbre, ne peut rien dire de bien précis à cet égard. Cependant elle se montre très nette, très-affirmative quand il s'agit d'expliquer de quelle façon a été accompli le meurtre.

S'il faut l'en croire, à l'heure où Gontran revenait de

Chambourcy, Claude Pescheux, rôdant comme une âme
en peine, paraissait se tenir aux aguets et aux écoutes.
Étendu à terre derrière une touffe de roseaux, il ne
remuait pas plus qu'une pierre. Le témoin ne le vit se
relever que lorsque le jeune gentilhomme, s'étant arrêté pour descendre de cheval, il alla en rampant,
s'emparer de son fusil, le mit en joue et le tua presque
à bout portant. Quand le forfait fut commis, l'assassin
se disposa à fuir, mais non sans avoir fait vingt pas du
côté de l'autre frère qui attendait, embusqué à quelque
distance, près d'un taillis.

Suivant Maguelonne, il y eut alors, entre les deux
complices, un échange de paroles qui ne dura pas
moins de trois minutes. Tremblante d'effroi, sachant
bien que, si elle se laissait aller à l'imprudence de sortir de sa cachette, c'en était fait d'elle, la mendiante
avoue qu'elle n'a pu tout voir, ni tout entendre, mais
elle insiste sur ce qu'elle a déclaré, et elle le main-
tient avec une énergie qui ne s'est pas démentie un
seul instant pendant toute la durée de l'information.

Ce même témoin ajoute que Claude Pescheux, après
cette scène, s'est mis à courir à toutes jambes vers la
Celle afin d'être plus vite à couvert sous les bois de
Noirlac qui sont de ce côté-là. Lui avait-on remis de l'argent de la main à la main ? C'est ce que tout semble indiquer, car enfin, dénué de ressources par lui-même, il
fallait bien qu'on lui procurât le moyen de disparaître.
Toutes les fois qu'il a été interrogé sur ce point délicat,
Régis de Prévéranges a toujours refusé de répondre ou
bien il n'a répliqué que par une négation absolue, en

se fondant sur ce fait que Maguelonne est une folle avé-
rée, sujette à toute sorte d'hallucinations.

Mais, d'un autre côté, des paysans du Coudray rapportent que, le lendemain même des événements,
Claude Pescheux a été vu à Saint-Bresme, sur la route
de Nevers, attablé à l'auberge de la Tête-Noire, où il
étalait en plein jour une pile d'écus de cinq francs. Où
donc un vagabond de sa sorte, plus paresseux qu'une
couleuvre, plus gueux qu'un rat d'église, aurait-il pu
trouver une telle somme, s'il ne l'avait reçue comme
prix de sa participation à l'attentat ?

Mais revenons au récit des faits.

Aussitôt que le vagabond fut parti, et parti pour
devenir introuvable, Régis de Prévéranges avait paru
sur la scène du meurtre.

Il se portait enfin au secours de son frère, mais le
sang qui s'échappait à gros bouillons par la blessure
faite en pleine poitrine avait déjà affaibli Gontran à
un tel point qu'il ne pouvait plus articuler une parole.
Au bout de quelques instants, vu la force de l'hémorragie, le gentilhomme assassiné mourut entre les bras
de son frère. Ce fut alors que des braconniers, attirés
par les cris hypocrites de ce dernier, sont sortis de l'endroit où ils étaient à l'affût, et l'ont aidé à transporter sur une civière les restes du mort au château.

Tel était, en substance, le récit fait par l'acte d'accusation.

Ainsi qu'on peut le voir, d'un bout à l'autre de ce
document, Régis, présumé coupable, était représenté
comme ayant agi sous l'impulsion de la jalousie et
comme ayant conçu la pensée de combiner la mort de

son frère. C'était lui qui avait embauché Claude Pescheux. Dans l'affaire, le vagabond ne jouait plus que le second rôle, puisqu'il avait été seulement le bras, chargé d'exécuter le projet d'un autre. On insistait plus spécialement sur cette particularité que le rôdeur ne s'était comporté là-dedans qu'en bravo, tuant moyennant salaire, mais que le véritable assassin était celui qui avait machiné le meurtre, qui l'avait payé de ses deniers, avec cette aggravation que l'homme qu'on devait sacrifier était son propre frère.

Enfin on tirait un dernier argument de cette circonstance que Régis, voulant expliquer aux premiers magistrats instructeurs de quelle manière s'était produit le fait, avait parlé du fusil de Gontran, lequel aurait lâché son coup comme cela arrive si souvent dans les accidents de chasse. Or, un homme de l'art, le chirurgien commis à l'effet d'aller inspecter les lieux et d'étudier la blessure, avait déclaré formellement qu'il n'y avait pas eu d'accident. Selon lui, la blessure annonçait clairement un assassinat. C'était donc un renseignement nouveau et terrible.

Ainsi, cette autre révélation faisait voir tout à la fois et que Claude Pescheux avait tué Gontran, et que Régis s'était efforcé de donner le change à la justice en s'échappant dans un mensonge.

Il faut l'avouer, tout ce récit paraissait être des plus vraisemblables. Même avant le jour fixé pour l'audience, ce qu'il contenait avait transpiré dans le public.

Deux camps s'étaient alors formés en ville, l'un stipulant contre, l'autre s'escrimant pour le prévenu. Mais

ceux qui parlaient de l'innocence de Régis étaient bien
moins nombreux que les autres.

— Comment Me Everard va-t-il se tirer de là? disaient
les curieux.

On était en décembre, en plein hiver, quand les
débats s'ouvrirent.

Qu'on imagine une journée sans soleil, grise, froide,
un peu saupoudrée de neige.

La cause étant une des plus importantes qu'on eût
vues depuis longtemps, le procureur-général avait
voulu porter lui-même la parole.

On connaît le cérémonial usité en ces sortes d'affaires.

Aussitôt la cour entrée et placée sur ses sièges, le
président ordonne de tirer les jurés au sort.

Ceux-ci prennent place à leur tour dans l'enceinte ;
après quoi, l'on introduit les accusés.

Dans la circonstance, on le sait, il n'y avait qu'un
prévenu assis à la barre ; c'était Régis de Prévéranges.

Depuis longtemps, mise au courant de ce qui se
passait, autant par les journaux que par les commérages, l'opinion publique savait que Claude Pescheux
était en fuite et qu'il ne comparaîtrait pas.

Cette absence d'un des deux accusés ne laissait d'être
pour la foule une sorte de déconvenue. En France, on
est ainsi fait : dès qu'il s'agit d'un drame judiciaire, on
veut avoir la pièce en son entier. Cette fois, d'ailleurs,
on ne comprenait pas suffisamment, ou bien on affectait de ne pas comprendre comment la main de la justice n'avait pas su trouver celui qui avait tiré le coup
de fusil près de l'étang de la Chesnaye et qui, aux yeux

du plus grand nombre, passait pour l'auteur le plus
réel de l'assassinat ; on se demandait pourquoi la gendarmerie avait laissé circuler le malandrin sans l'appréhender au corps, car on n'ignorait pas que près de
deux cents personnes l'avaient rencontré, vu et entendu
parler, le lendemain et le surlendemain du meurtre.

A ce sujet, les groupes de causeurs se livraient, suivant l'usage, aux commentaires les plus bizarres. —
Était-ce donc que la fugue de Claude Pescheux avait été
favorisée ? — Par qui et dans quel but ? — Si le vagabond avait pu s'échapper du point le plus central de la
France, comme il allait à pied, pourquoi ne s'était-on
pas transmis son signalement de commune en commune,
de brigade en brigade ? Par quelle provision d'habileté
était-il parvenu, sans papiers, avec un peu d'argent, à
gagner une frontière, la Suisse ou la Savoie ? Et, dans
ce cas-là, comment ne demandait-on pas l'extradition ?
— Décidément, il n'y avait rien de clair dans cette disparition.

Quelques causeurs répondirent alors que, si le complice de M. Régis de Prévéranges s'était échappé, il n'y
avait pas à s'en prendre aux autorités du jour. Celles-ci,
sollicitées par le parquet de Bourges, s'étaient livrées
aux recherches les plus minutieuses et les plus actives.
Mais que faire ? D'abord, ce mauvais sujet était un
homme habile dans le mauvais sens du mot, et il était
habitué à se dérober à l'action de la justice. En second
lieu, on avait tâtonné dès le commencement de l'enquête ; il y avait eu une perte de temps, et Claude Pescheux avait profité de ce demi-sommeil des magistrats
et des gendarmes pour se sauver à Genève ou à Cham-

béry, et, de là, dans quelque bourgade d'Italie, où sous un déguisement de berger, il aurait pu se mettre à l'abri de toutes les poursuites.

Il y avait une troisième interprétation, mais celle-là, à la vérité, ne s'exprimait qu'avec beaucoup de timidité et, pour ainsi dire, à voix basse. Elle consistait à dire que l'absence du vagabond était plus profitable que nuisible à la position du comte de Prévéranges et que l'on s'était arrangé, sous main, pour que l'homme qui aurait pu faire des révélations terribles disparût et ne vînt pas gêner la défense. Est-ce que nous ne sommes pas dans un temps où l'on arrange tout avec de l'argent? Eh bien! des membres ou des amis de la famille, agissant dans l'intérêt d'un grand nom historique, auraient multiplié les sacrifices et fait jouer toutes les influences pour que Claude Pescheux fût soigneusement caché en un coin lointain et mystérieux du pays ou de l'étranger, afin qu'on eût plus de chance d'obtenir un acquittement.

Le lecteur peut voir combien de rumeurs étranges et contradictoires se mêlaient sur cette affaire, déjà si emmêlée. En réalité, au moment de l'ouverture des débats, un fait subsistait; c'est que Régis de Prévéranges se trouvait seul sur le banc des accusés.

En ce moment, le comte avait vingt-cinq ans. Etant de haute taille, il annonçait, par sa mise et par son maintien, un véritable gentilhomme, paraissant avoir un ressouvenir de la cour où il avait passé une partie de son enfance. La figure était grande, uu peu pâle, avec d'assez beaux yeux noirs et un nez aquilin. Il la portait fièrement sur ses épaules.

La main était blanche, petite, fuselée, une main de style aristocratique. Au moment où il fit son entrée dans la salle, flanqué de deux gendarmes, tous les yeux se portèrent sur lui. Peut-être aurait-on pu démêler sur son visage un certain mouvement de trouble, mais il s'était vite remis, et il paraissait être bien vite redevenu maître de tout son sang-froid.

— Il n'a pas trop l'air d'un scélérat, disait un curieux au fond de l'auditoire.

— L'air ne signifie rien; attendons un peu la chanson, répondait une autre voix.

Un greffier donna lecture de l'acte d'accusation.

Pendant ce temps-là, l'accusé, en apparence fort attentif, croisait les deux bras sur sa poitrine; on aurait dit une statue de marbre.

— Accusé, lui dit le président, vous venez d'entendre l'énoncé des charges qui pèsent sur vous. Qu'avez-vous à répondre?

— Avant tout, monsieur le président, s'écria Régis, en se levant, j'ai à protester avec toute l'énergie dont je suis capable contre l'odieuse imputation d'avoir causé volontairement la mort de mon frère. Ai-je besoin de le dire? Ma vie entière s'élève contre une pareille supposition. Pour le moment, je me borne à ces paroles. La suite des débats et la parole de mon défenseur feront assez voir que l'accusation ne repose que sur un tissu de conjectures et d'erreurs.

Un geste de maître Everard, compréhensible sans doute pour le seul accusé, fit entendre au comte qu'il ne devait aller au delà, et, en effet, se croisant de nouveau les bras sur la poitrine, il dit au président:

— Veuillez maintenant m'adresser des questions. Je répondrai à toutes celles qui me seront faites.

L'interrogatoire de Régis de Prévéranges continua donc et ne dura pas moins d'une demi-heure. On connaît assez les faits sur lesquels il roulait pour qu'il soit inutile de les reproduire. Il nous suffira de noter que, pendant ce temps-là, le gentilhomme ne se troubla pas un seul instant, du moins tant qu'il ne fut question que de ce qui avait pu se passer près de la Gorge-aux-Gerfauts.

En ce qui concernait les relations avec Claude Pescheux, les choses allaient d'elles-mêmes ; Régis exposa très-simplement qu'il avait, une fois, engagé une conversation avec cet homme, qu'il venait de rencontrer. Mais c'est là ce qui arrive, chaque jour, dans le même pays, où, de temps immémorial, les châtelains ne craignent pas d'adresser la parole aux derniers des paysans. Au reste, ce colloque avait été des plus insignifiants. Régis avait vu, la nuit de l'accident, un homme qui s'échappait de derrière les roseaux de l'étang, mais c'était tout. Il ignorait qui cet homme était et il avait manifesté beaucoup d'étonnement en entendant dire que c'était Claude Pescheux, le vagabond.

Bien entendu, il repoussait avec indignation le passage dans lequel on prétendait qu'il avait donné de l'argent au même individu. Tout cela n'était qu'une folle invention de Maguelonne, une mendiante, la plus insensée des créatures. En fin de compte, quel motif aurait-il eu de tuer ou de faire tuer son frère, lequel était aussi le meilleur de ses amis?

Sans doute, il comprenait les susceptibilités de la

justice à la vue d'une mort violente qui pouvait inté-
resser l'ordre social tout entier ; mais il avait été le premier à souffrir de ce fait, et il répétait hautement, devant Dieu et devant les hommes, qu'il était innocent du
crime qu'on lui imputait.

Quand il eut fini de parler, quand il se fut rassis, on
commença à procéder à l'audition des témoins.

L'huissier précéda alors de quelques pas Maguelonne-
la-Mendiante.

En ce moment, maître Everard demanda la parole.

— Monsieur le président, dit-il d'un air théâtral, nous
nous opposons formellement à ce que cette femme soit
entendue.

— Pour quel motif ?

— Parce que de notoriété publique, Maguelonne est
folle ; parce que les insensés sont considérés par la loi
comme des mineurs et que les mineurs ne sont pas admis à déposer en justice.

Un débat allait s'engager à ce sujet entre l'avocat
et le procureur-général, quand une voix claire comme
le chant du coq rompit vivement le silence.

C'était Maguelonne elle-même, qui, en se retournant
du côté de maître Everard, prenait sur elle d'intervenir
dans ce conflit.

— Hein ! que dites-vous là, le monsieur habillé tout
de noir ? s'écria-t-elle en s'inquiétant peu de l'injonction
qu'on lui faisait de se taire. « Maguelonne est folle ! » Oui,
à peu près comme un chien qu'on dit enragé quand on
veut le tuer. Folle ! ils aimeraient mieux pouvoir dire :
« Elle est aveugle, elle n'a rien vu ! Elle est sourde, elle
n'a rien entendu ! » La vérité est que je passe pour être

folle pour deux raisons : d'abord parce que je suis toujours mal peignée; la seconde, parce que je ne mets
jamais de bride à mes paroles.

Dire tout ce qu'on voit, rapporter tout ce qu'on entend, c'est de la folie, ça, suivant le monde. Mais il n'en
est pas moins vrai, de toute vérité, que j'étais dans le
creux d'un chêne, aux bords de l'étang, la nuit où ils
ont assassiné un des messieurs du château, et ça, je le
jure, je le jure, messieurs, par mon chrême et par mon
saint baptême. Dites donc que je suis une folle, le monsieur à la robe noire.

Il avait été impossible même au président d'arrêter ce
torrent de paroles.

Au moment où probablement fatiguée, Maguelonne fit
une pause, ce magistrat dit :

— Huissier, reconduisez cette femme dans la salle des
témoins.

XIV

Il y eut donc une suspension d'audience, mais pendant
quelques minutes seulement.

Dès le début de l'enquête, les magistrats avaient eu
grand soin de n'interroger Maguelonne qu'à titre de renseignement. A la longue, croyant remarquer que la
mendiante ne divaguait pas et que, par conséquent, elle
était en possession de toutes ses facultés mentales, ils
l'avaient soumise à l'examen de plus d'un homme de

l'art. Trois médecins aliénistes, résidant à Bourges, avaient tour à tour visité la mendiante; tous les trois s'étaient ensuite réunis et ils avaient été unanimes à déclarer qu'elle n'avait pas, un seul instant, donné des signes de déraison.

Leur rapport à cet égard était des plus catégoriques. On pensait qu'il devait suffire au défenseur de Régis pour asseoir sa conviction sur le caractère du témoin. Mais il n'en était rien, puisque maître Everard venait de faire entendre une protestation formelle, en disant:

— Est-ce que MM. du jury pourront s'en rapporter à une folle?

Le président voulant donc démontrer jusqu'à quel point on respectait les droits de la défense, dit que les mêmes médecins aliénistes, présents à l'audience, étaient prêts à interroger encore une fois Maguelonne et à faire sur elle un rapport oral, à mettre en regard de leur rapport écrit. Comme ils étaient tous les trois gens d'honneur, nul ne suspecterait la sincérité de leur décision. Seulement il fallait savoir si cette nouvelle expérience serait agréée par M. Régis de Préveranges et par son conseil.

— Très-certainement, oui, monsieur le président, nous l'acceptons, répondit l'avocat.

Après une réquisition dans la forme usitée, faite par le président, trois hommes d'un âge déjà mûr sortirent de l'auditoire et se rendirent dans une pièce du Palais où se trouvait le témoin. Il s'écoula un nouvel entr'acte, mais de peu de durée; après quoi, une porte latérale s'étant ouverte, on vit apparaître le docteur Paul Raymonencq, le plus âgé des trois docteurs et aussi celui qui passait pour avoir le plus de savoir.

— Monsieur le docteur, dit le président, veuillez nous
dire dans quel état de santé morale, vous et vos deux
confrères, vous avez trouvé la femme Maguelonne, témoin au procès qui s'agite devant nous ?

— Monsieur le président, nous n'avons pas varié un
seul instant. Aujourd'hui, comme il y a un mois, comme
il y a quinze jours, il nous a été démontré à tous les
trois que la femme en question jouissait de la plénitude
de ses facultés mentales.

— Mais à Prévéranges et à dix lieues à la ronde, cette
mendiante passe aux yeux de tout le monde pour avoir
perdu la raison ?

— Monsieur le président, cela prouve que tout le
monde se trompe, voilà tout. Au reste, une réserve est
à poser. Maguelonne est une exaltée, une exaspérée, une
extatique même, mais ce n'est point une folle. Elle dira,
si l'on veut, qu'un œuf peut être aussi gros qu'un bœuf,
mais elle ne prendra jamais un œuf pour un bœuf, ni un
bœuf pour un œuf.

— Fort bien, monsieur le docteur : il était impossible
de mieux faire comprendre ce qu'est le témoin. Vous
pouvez vous retirer.

Le président reprit, en s'adressant à la défense :

— Je ne pense pas que l'avocat du prévenu s'oppose
désormais à l'audition du témoin ?

— Assurément non, répondit Mᵉ Everard.

Presque au même instant, Maguelonne était ramenée
dans l'enceinte.

— Femme Maguelonne, dit le président, persistez-
vous dans les dépositions que vous avez faites devant le
juge d'instruction ?

— Cent fois plutôt qu'une, répondit la mendiante. —
Et avec une très-grande volubilité : — Pourquoi tant de
cérémonie ? Est-ce que je sais dire autre chose que la
vérité, moi ! On me chasse de partout, on me repousse
à coups de fourche, on lâche les chiens de garde sur
moi ; qu'importe ? je ne dis que ce que je vois et que ce
que j'entends. Voilà le monsieur du château assis là, entre deux gendarmes. Entre nous, il ne l'a pas volé ; non,
Monsieur, non, je vous jure.

— Témoin, reprit le président, renfermez-vous dans
le récit de ce que vous avez vu.

— Ça, c'est juste. Et d'ailleurs, il est assez à plaindre,
le monsieur, n'est-ce pas ?

Pour lors, écoutez. Je me trouvais la nuit du 5 octobre, au bord de l'étang, là où sont trois chênes, dont un,
le plus gros, est assez creux pour qu'on s'y mette à l'a-
bri pendant la pluie. Seule comme toujours, je me demandais si je passerais la nuit là ou bien si j'irais à la
ferme de la Bonneville où il y a de bonnes âmes qui me
donnent à coucher dans leur grange et quelquefois à
souper. Pendant que je me consultais sur ça, j'entendis
un bruit de cheval ; c'était un des deux messieurs du
château, celui qui est là. Comme il n'a jamais été bon
pour moi, je me cachai derrière un des arbres, ne voulant pas passer près de lui. — « Il va s'en aller et je re-
prendrai mon chemin, que je me disais ; en attendant,
ne bougeons pas. » Mais, dans le même moment où je me
parlais comme ça à moi-même, voilà un nouveau bruit
et bientôt un nouveau cavalier. Celui-là, galopant
comme un homme en retard, vint précisément aux trois
arbres, là où j'étais.

Au clair de la lune je reconnus l'autre monsieur, l[
frère. Mais, tremblante comme la feuille, sur le premie[
moment, je me blottis dans le chêne creux, en me di[
sant : « Ils vont se rejoindre et décamper ensemble[
Alors je filerai, moi, sur la ferme. » J'en étais là quand[
à vingt-cinq pas, j'entendis un autre bruit, quelqu[
chose comme une bête qui marchait à petits pas su[
l'herbe. Le renard ne fait pas autrement lorsqu'il va sur[
prendre les poules dans le poulailler.

J'ai un défaut, je suis curieuse. En même temps qu[
j'avais peur, je voulais voir ce qui se passait ; c'est pour[
quoi je tendis un peu la tête hors du creux.

— Eh bien, que vîtes-vous ? demanda le président.

— Ce que je vis ? Un homme, sauf votre respect, Mon[
sieur, marchant à quatre pattes, à la manière d'un loup[
et se glissant sur l'herbe jusqu'au monsieur qui venai[
d'arriver le second. M. Gontran l'avait-il vu ou entendu[
Je ne le crois pas, et, d'ailleurs, il s'était emberlificot[
dans les harnachements de son cheval. Moi, j'ouvrais l[
bouche, je voulais crier : « Prenez garde ! Sauvez[
vous ! » Mais à cette heure, en regardant mieux, je re[
connus Claude Pescheux, un vaurien, le plus mauvais[
gas du pays, Monsieur, un chétif drôle qui m'a menacé[
cent fois de me faire passer le goût du pain en m'étran[
glant ou en me jetant à l'eau. Vous pensez bien que j'eu[
grand'peur. Mon sang se glaça dans mes veines. Je n'a[
vais plus de voix dans le gosier.

— Un seul cri poussé par vous, et qui sait ? le crim[
n'avait peut-être pas lieu.

— Ou encore il y en aurait eu deux au lieu d'un, Mon[
sieur. Mais pendant que j'étais comme ça plus mort[

que vive, Claude Pescheux se redressa, ramassa le fusil du monsieur, le mit en joue et fit partir l'arme. Un corps tomba par terre comme une masse. J'entendis ces mots : « A moi ! au secours ! on m'assassine ! » Je voulais sortir et courir au brigand, mais non, j'étais pétrifiée, sans voix, sans mouvement.

— Pendant combien de temps Maguelonne a-t-elle été dans cet état-là ? demanda maître Everard.

— Pendant trois bonnes minutes, Monsieur.

— C'est bon, reprit le président, continuez. Que se passa-t-il ensuite ? Que fit Claude Pescheux ?

— Je ne sais comment cela se fit, mais quand je retrouvai mes yeux, ma langue et mes oreilles, il était près du second monsieur. Dans le premier moment, je croyais qu'il voulait aussi tuer celui-là, mais il me sembla, au contraire, qu'ils étaient d'accord, car ils se parlaient bas. Et autant qu'on peut voir de loin pendant une nuit d'octobre, j'ai vu que le monsieur tendait quelque chose au gredin, une bourse, et, je crois même un papier. Alors Claude Pescheux revint sur ses pas, mais en courant ; il courait comme si le diable était à ses trousses, et si bien que je ne vis et je n'entendis bientôt plus rien de ce côté-là.

— Est-ce tout ce que vous savez ?

— Ah ! que non, Monsieur. — Le brigand parti, l'autre monsieur, celui qui est là, vint, mais pas trop vite, à l'endroit du crime. Ça, comme c'était tout près de moi, je n'en ai rien perdu. — Le monsieur frappé répétait d'une voix étranglée : « A moi ! à moi ! au secours ! On m'assassine ! »

— Que ne sortiez-vous alors de votre cachette ?

— Dame, comme je me disais que c'était un complot avec Claude Pescheux et que je courais autant de danger avec le monsieur que voilà qu'avec le mauvais gars, je n'osais pas me montrer, je me faisais petite, au contraire, et c'était une grande faute, car enfin, quand ils m'auraient tuée, qu'est-ce que ça ferait, une mendiante de plus ou de moins ? Et leur gredinerie aurait encore fait plus de bruit, n'est-ce pas ? Non, j'avais trop peur pour ma peau, que je vous dis. Mais voilà que le second monsieur arriva près de son frère, celui-là n'avait plus à rendre que quelques gouttes de sang ; il râlait, il ne parlait plus, il allait finir, quoi. Je puis me vanter d'avoir entendu son dernier soupir. Un sanglot, un petit cri, et puis plus rien.

— Mais M. Régis de Prévéranges, que faisait-il en ce moment-là ?

— Il jouait la comédie ou, si vous voulez, il faisait semblant de se désoler. — « Ah ! mon frère ! Ah ! mon » pauvre frère ! Ah ! mon seul ami ! est-il possible qu'on » t'ait tué ainsi ! Et quel est le scélérat qui t'a frappé ? » Celui-là ne mourra que de ma main ! Va, je te venge- » rai ! »

— Sur quel ton étaient dites ces paroles?

— Sur un ton des plus élevés, de manière à être entendu à cent pas, si cela se pouvait.

— Vous êtes bien sûre de ce que vous rapportez là, Maguelonne ?

— Sûre comme je le suis de mon existence, donc ! Vous pensez si j'étais étonnée et ensuite hors de moi ! Mais, attendez, vous allez voir ce qui a suivi. Après que le blessé fut bien mort, M. Régis, celui qui est là, s'en alla à l'étang pour y prendre de l'eau dans ses mains, sous couleur de laver la blessure. Moi pendant ce temps-là, je me penchais un peu sur le corps, et je plaçai, une seconde, sur la plaie, le chiffon de cotonnade qui me servait de mouchoir. Histoire de recueillir un peu du sang du pauvre mort. Dans nos campagnes, on assure que ça porte bonheur. Mais ça ne fut qu'un petit coup de temps, je me remis vite dans mon arbre quand le monsieur revint et se rejeta sur le corps de son frère, toujours se lamentant. — Au bout d'un petit quart d'heure, deux braconniers des Bressolles, qui étaient à l'affût dans le voisinage, attirés par les cris, sortirent et vinrent. Ils l'aidèrent alors à ramasser le corps mort et à l'emporter sur une civière.

— Mais, dit le président, ces paysans étant là, vous n'aviez plus rien à craindre. Que ne sortiez-vous donc ?

— Mon bon monsieur, vous dites que je n'avais plus rien à craindre. Eh bien, je pensais tout l'opposé, moi. Savez-vous ce qui aurait pu se passer, si je m'étais montrée comme ça tout d'un coup aux yeux des gens des Bressolles en racontant ce que je venais de voir une demi-heure auparavant ? C'est que le monsieur que voilà se serait pris à dire. — du moins, je le supposais : — « Mes amis, c'est cette coquine-là qui a fait le coup ! » Et vu la réputation qu'ils m'ont faite dans le pays, les deux hommes l'auraient cru ; ils m'auraient attachée, emmenée de force au château, dénoncée à la justice, et, vous-même sans doute vous m'auriez trouvée criminelle. — Ah ! que mon Dieu, non ; je n'étais pas pressée de me montrer !

— Ainsi, tout a fini là pour ce qui vous concerne ?

— Pas précisément tout, Monsieur. Je viens de vous

raconter que j'avais placé mon mouchoir sur la blessure du pauvre monsieur. Il s'y trouvait donc du sang. Quand l'autre monsieur fit emporter les restes de son frère par les deux braconniers, lui me tournant le dos, je me levai et je lui lançai ce sang à la tête, en disant : « Ça criera toujours contre toi et contre ceux de ta race. » Et je me reblottis dans ma cachette.

— Voilà tout ce que vous savez ?

— Oui, sur le fait même. Et je dois ajouter que le lendemain, au moment de la descente de justice, tous les gens du château, redoutant ma langue, m'ont repoussée comme si j'avais apporté la peste avec moi, mais toute la nuit, je m'étais fait les plus amers reproches et je me disais : « Ils me couperont par morceaux, s'ils veulent, mais ils ne m'empêcheront pas de parler. » Effectivement j'ai tenu bon ; j'ai crié, j'ai effrayé ceux qui étaient là et, en définitive, j'ai fait ce que j'avais à faire, j'ai dit la vérité.

Bien entendu cette déposition causa sur le jury et sur l'auditoire la plus vive émotion. Nous ne nous flattons pas, on le pense bien, de la reproduire ici dans la forme exacte où elle a été faite. Le langage de la mendiante était plus agreste, plus imagé et aussi plus brusque ; mais nous avons pris un soin extrême d'en exprimer le sens. Lorsque Maguelonne eut fini de parler, le président la fit asseoir. S'adressant ensuite à Régis, il lui dit :

— Prévenu, vous venez d'entendre le témoin. Qu'avez-vous à dire à ce sujet ?

— Rien, monsieur le président, si ce n'est qu'il n'y a pas là-dedans un mot de vrai. Au surplus, je m'en rapporte sur ce point à ce que dira Mᵉ Everard.

L'audience continua par l'audition des autres témoins, mais tout ce qui suivit n'était plus que d'un intérêt secondaire. Que pouvait faire le récit effacé des choses qui ne regardaient pas directement la mort de Gontran ? L'attention ne se réveilla un peu qu'au moment où l'on eut à entendre l'intendant et les domestiques sur le propos attribué au prévenu touchant l'amour de Frédérique. On sait que, dans le système de l'accusation, l'idée du meurtre prenait son point de départ en cet incident.

— Si Frédérique ne m'appartient pas, Gontran ne l'aura pas non plus.

En homme passé maître dans l'escrime de la parole, maître Everard fit remarquer au jury que chacun des trois témoins produisait sur ce point une version différente. L'un des valets disait la phrase telle qu'on vient de la lire. Un autre la présentait sous cette autre forme : « Si je n'ai pas Frédérique, Gontran ne l'aura pas non « plus. » Enfin l'intendant disait : « Frédérique ne sera « pas plus à Gontran qu'à moi », — ce qui était un sens tout différent. Tant de variations rendaient évidemment l'assertion suspecte et faisaient qu'elle était sans valeur.

Mais ici le ministère public intervint brusquement. Tout plein des idées du juge d'instruction, le procureur général avoua qu'il lui en coûtait de mettre en scène en une telle affaire une jeune fille de grande famille, irréprochable à tous les points de vue ; cependant l'intérêt de la société exigeait qu'il en fût ainsi. Il ajouta que, de notoriété publique, Mlle d'Outrepont était recherchée en même temps par les deux frères, mais que ses préférences la portaient à pencher du côté de Gontran. Ce fut alors qu'il donna lecture du billet que nous avons déjà fait connaître à nos lecteurs et il en tira tout le parti possible.

— Voilà, ajouta-t-il, l'origine de ce drame : un accès de jalousie, un amour refoulé.

Tout cela n'avait demandé qu'un très-petit nombre de paroles et en un instant seulement.

L'effet produit par cette partie de l'audience fut très-grand et donna une force nouvelle à la déposition de Maguelonne.

— Décidément, dit un des curieux au fond de l'auditoire, M. le comte Régis de Prévéranges me paraît filer un mauvais coton : le jury a l'air de préparer un verdict de condamnation.

XV

Nous avons omis de dire que l'acte d'accusation se terminait par une menace terrible, mais on l'aura certainement devinée. Cette menace consistait à demander l'application de l'article du code pénal qui prononce la peine de mort.

Pour Claude Pescheux, contumace, la chose allait de soi ; le procureur général, siégeant en robe rouge, requérait sans hésitation la même condamnation pour Régis de Prévéranges, atteint et convaincu de complicité dans le meurtre de son frère.

On en était là lorsque le président donna la parole à
Mᵉ Everard.

L'avocat se leva de son banc, mit la main à sa toque
pour saluer tour à tour les magistrats de la cour et les
jurés et, de sa voix si sonore, il prononça la plaidoirie
dont nous offrons ici les principaux passages.

« Messieurs les jurés,

» En voyant ce qui se passe dans cette enceinte, en
entendant les choses incroyables qui s'y sont dites, je me
suis demandé si nous étions réellement en plein dix-
neuvième siècle ou bien si nous n'avons pas cessé d'être
à ces époques naïves où les fables les plus enfantines
usurpaient la place de la vérité. En effet, cette cause,
telle que de graves magistrats la présentent, n'est pas
moins merveilleuse qu'un des contes de Perrault. Les
incidents y sont arrangés de main de maître, absolument
comme dans Barbe-Bleue ou dans Riquet-à-la-Houppe.
On y a donc mis du romanesque à haute dose. Mais c'est
au tour du prévenu de se faire entendre. Souffrez donc
que je vous ramène au sentiment de la réalité.

» En deux mots, je vais vous dire l'affaire, toute l'affaire.

» Deux jeunes gens de famille noble vivaient ensemble
à Prévéranges, dans un château historique de ce pays.
Nés des mêmes parents, ils étaient doublement frères,
puisque la nature paraissait s'être appliquée à les faire
semblables en tout. Ayant même taille, même visage,
même voix, j'ajouterai même cœur, ils avaient été élevés
avec une sollicitude égale. Jumeaux, ils ne s'étaient

jamais quittés un seul jour, ce qui était une raison de plus pour qu'ils fussent attachés l'un à l'autre par les liens de la plus vive tendresse. L'accusation est la première à reconnaître qu'il n'a jamais existé entre eux l'ombre d'un dissentiment. Non, ni parmi leurs voisins, ni dans leur intimité, personne n'a pu signaler le soupçon même de la querelle la plus futile.

» Dans cette calme province où les gens de bel air, un peu refoulés dans leur demeure par l'envahissement de la démocratie, ont contracté l'habitude de se voir journellement entre eux, MM. Gontran et Régis de Préveranges fréquentaient les mêmes châteaux. Une fois, par exception ou par hasard, au commencement d'octobre dernier, ils se séparent pour quelques heures, à la sortie de leur parc. Tandis que l'un va à Vibraye, chez le marquis d'Hermier, l'autre se rend à la Roche-Rambert, chez le colonel des Courtils. Mais il était convenu entre eux, que, le soir venu, la chasse terminée, ils rentreraient ensemble, suivant leur habitude. Le lieu du rendez-vous était précisément cette Gorge-aux-Gerfauts, qui est à cent pas du grand étang. Il avait été dit aussi que le premier arrivé attendrait l'autre.

» Le premier arrivé, ce fut M. Régis. — Quand son frère, M. Gontran, se présenta au lieu convenu, il était en arrière de cinq minutes. Tous deux étaient séparés par un intervalle de deux cents pas, entrecoupé de bouquets d'arbres. En ce moment, le nouveau venu portait son fusil en bandoulière, suivant la coutume de tous les chasseurs du pays au retour d'une battue. Il faut croire que ses guêtres se sont embarrassées dans quelques broussailles et que, dans le désir de les dégager M. Gon-

tran s'est baissé avec une certaine précipitation. Bref,
dans un mouvement d'inclinaison vers le sol, l'arme s'est
cognée à une souche de chêne : elle a parti, et, en partant, elle a causé l'horrible blessure à la suite de laquelle
l'un des deux frères est mort, à quelques instants de
là.

» Tels sont les faits. Vous voyez, Messieurs les jurés,
qu'ils sont d'une simplicité agreste. Est-ce que, à la connaissance personnelle de chacun de vous, des épisodes
de cette nature ne se passent pas, par malheur, tous les
ans, dans les zones que vous habitez ? Est-ce qu'il y a là-
dedans, dans mon récit, rien d'invraisemblable ? Non, je
le répète, je n'ai mis ni un mot de trop, ni un mot de
moins. J'ai dit la vérité. Cette vérité, c'était déjà un très
grand malheur pour Régis de Prévéranges, le plus grand
malheur qui pût le frapper, puisque cet accident de
chasse lui enlevait l'ami le plus cher qu'il eût au monde,
son frère. Or, cette infortune de premier ordre, on a
trouvé moyen de l'aggraver encore en en faisant tout à
la fois un roman et un procès au criminel.

» Le procès au criminel, M. Régis de Prévéranges
n'en redoute pas le résultat, parce qu'il compte sur votre
bon sens, s'accordant, dans la circonstance, avec le sentiment de la justice, mais ce qu'il a lieu de craindre, je
ne veux pas le cacher, c'est le roman qu'on a eu l'habileté de coudre pour ainsi dire à cette affaire. Je viens
de vous dire de quelle façon les choses se sont passées
près de l'étang de la Chesnaye, mais dans ce pays, où
l'on raffole des contes, où les fables auront toujours du
succès, quelques esprits crédules seront bien plus portés à s'en rapporter aux inventions sorties de la bouche

de Maguelonne. — Qu'est-ce que c'est que Maguelonne ? Vous venez de la voir, vous l'avez entendue. C'est une mendiante, une femme sans domicile, une irrégulière qui ne s'est soumise à aucune des lois de notre ordre social, une créature à part ; tous ceux qui la connaissent, tous les paysans des cantons qu'elle parcourt, car elle vit en chien errant, tous les habitants des Cormiers la désignent sous la même dénomination : Maguelonne-la-Folle !

« — Tout beau, va me dire peut-être le ministère public, ne vous servez pas de cette expression-là. Toute la province l'emploie et l'on ne s'est pas récrié. Vous, si vous l'invoquez, on dira que vous commettez une offense, une injure. Il n'y a qu'un instant, un savant médecin, pour lequel je professe beaucoup d'estime, parlait ici de Maguelonne. Résumant l'opinion émise par deux de ses confrères et par lui-même, il disait aux pieds de la Justice, que cette femme ne peut être taxée de folie et qu'elle a toute sa raison. Eh bien ! j'en demande bien pardon aux trois savants docteurs, mais je m'inscris formellement en faux contre l'assertion qu'ils ont émise. Pas folle, Maguelonne, parce qu'il y a un certain enchaînement logique dans les réponses qu'elle a à faire ! Est-ce bien sérieusement qu'on est venu, messieurs les jurés, vous tenir un tel langage ?

» Sans être en rien docteur et ne sachant même rien du savoir des aliénistes, j'ose soutenir tout haut devant vous que la vie de cette malheureuse n'est qu'un tissu d'extravagances. Tout en elle est marqué au coin de l'insanité. Comment ! à l'âge où toutes les femmes de cette contrée travaillent à la ferme, au champ, au bois, à la vigne ou à l'usine, Maguelonne, très-valide, mendie, et ce n'est pas là une preuve certaine du dérèglement de son esprit ! Elle n'a ni feu, ni lieu ; elle est sans cesse par voies et par chemins, à telles enseignes que, pour être bien sûre de l'avoir ici, l'accusation a dû la faire conduire par la gendarmerie dans un dépôt de mendicité. Et ce n'est rien ; elle est venue elle-même vous conter comment elle se trouvait en pleine nuit, en rase campagne, entre un bois et un étang, allant elle ne savait où, pour se cacher, en définitive, dans le creux d'un chêne ! Voyons, à qui essaiera-t-on de faire accroire qu'un tel être jouit de la plénitude de ses facultés mentales ?

» Pour moi, me défiant de la science, qui, elle aussi, a si souvent un bandeau sur les yeux, je m'en rapporte à la commune renommée et je dis avec elle : Maguelonne-la-Folle ! Au reste, il suffit d'entendre cette excentrique parler cinq minutes pour comprendre qu'elle est sujette à des hallucinations ou à des visions, comme on voudra. Cependant cherchons à prendre pour réel le conte qu'elle fait. Cette femme qui parcourt les bois, les vallons, les chemins détournés, seule, la nuit et le jour, à travers le vent, la pluie, le soleil ou la neige, cette coureuse, si habituée aux ténèbres, s'est blottie, un soir, par peur, dans un chêne creusé par le temps. Par peur ! est-ce croyable ? Par peur ! elle qui, depuis qu'elle existe, est habituée à converser avec les chouettes et rencontrer les loups ? Par peur ! elle qui regarde face à face les juges et les soldats et qui tient tête au premier venu ? Est-ce encore une chose qu'elle vous fera accepter, messieurs les jurés, qu'elle ait pu se cacher par peur. quand

c'est elle, au contraire, on le sait bien, qui fait naître
frisson sur ses pas !

» Maguelonne accuse deux hommes à la fois. Celui s
lequel elle appelle surtout les coups de la vindicte p
blique, c'est Claude Pescheux. Ah ! celui-là, je ne si
pas ici pour le défendre. Claude Pescheux nous est to
à fait étranger, mais il est poursuivi avec tant d'ach
nement par cette mendiante que, pour un peu, il exci
rait en nous quelque chose comme un sentiment de co
misération. Qu'est-ce donc que cet homme ? Toutes
fois qu'elle entend prononcer son nom, Maguelonne
peut demeurer en repos ; elle se relève d'une mani
théâtrale et s'écrie qu'il est le dernier des vaurie
Pourquoi ça ? Entre ce vagabond et cette vagabon
n'y aurait-il pas quelque chose comme une rivalité
métier ? Ce sont des choses dont nous n'avons pa
nous soucier. Renfermons-nous dans ce que dit l'accu
tion. Maguelonne prétend que, dans la nuit d'octob
Claude Pescheux rampait dans l'herbe, sur les bords
l'étang.

» Eh bien, qu'y faisait-elle donc elle-même ? A l'ent
dre, quand M. Gontran de Prévéranges est arrivé au l
du rendez-vous, aussitôt qu'il a eu laissé s'échapper s
fusil, Claude Pescheux s'est trouvé là pour s'emparer
l'arme et pour tuer le jeune gentilhomme. Il ne s'a
pourtant que de raisonner. Si M. Gontran était revo
sans son fusil du château où il avait chassé, et o
pouvait être, où seraient la préméditation et le crim
Évidemment, il n'y aurait ni l'un ni l'autre. J'ajoute q
ce fusil du jeune comte aurait dû n'être pas chargé. I
lors, comment Claude Pescheux s'en serait-il servi po

viser et pour tuer le jeune comte? Mais Maguelonne ne se soucie guère de savoir si ce qu'elle dit est, je ne dis pas dans la vérité, mais dans la vraisemblance. La folle des champs et des clairières parle et l'on doit la croire sur parole.

» Ce qui, dans la déposition de cette femme, se rap_porte plus particulièrement à M. Régis de Prévéranges, c'est que le coup de fusil parti, M. Gontran couché par terre, Claude Pescheux serait allé droit à M. Régis pour lui demander, en lui tendant la main, le salaire de ce crime. A qui fera-t-on accroire que rien de pareil puisse se passer entre deux hommes alors qu'un troisième, blessé à mort, mais encore vivant, peut tout voir et tout entendre? Et ce prix, pour la vie d'un frère, qu'est-ce donc? Quelques pièces de cinq francs données à la hâte! Voilà le conte affreux qu'a forgé l'imagination de cette hallucinée, laquelle, comme vous le savez, n'a jamais vécu qu'à l'écart du monde et en dehors de tous les mouvements de la conscience humaine.

» Mais continuons à côtoyer ce récit d'une invention si bizarre. Suivant Maguelonne, après un court colloque avec M. Régis de Prévéranges, qui lui a donné de l'argent, que fait Claude Pescheux? Il s'enfuit à toutes jambes du côté du bois, afin de n'être pas découvert comme étant l'auteur du meurtre. La mendiante met ici une certaine complaisance à exprimer le mouvement de terreur de celui qu'elle regarde comme un assassin. Mais, voyons, est-ce encore bien sérieux ce qu'elle dit là? Nous autres, nous nous en tenons à notre invariable version, laquelle est l'expression de la vérité. Nous maintenons, par conséquent, qu'il y a eu accident, parce qu'une souche de chêne a frappé le chien du fusil ; le coup a parti, il a été mortel.

» Après l'explosion, voyant un homme tomber baigné dans son sang, Claude Pescheux qui, par hasard, se trouvait là, tout près, absolument comme y était le témoin, Claude Pescheux a eu peur d'être pris pour avoir commis un crime dont il était innocent. On avouera que, vu sa réputation de vagabond, il n'aurait pas manqué d'être en butte à cette supposition. Il a eu peur ! Et pourquoi pas ? Est-ce que Maguelonne elle-même, Maguelonne qui n'est pourtant qu'une femme, ne vient pas de déclarer qu'elle a eu peur, elle aussi, d'être accusée d'avoir tiré le coup de fusil ? N'a-t-elle pas ajouté que c'était pour cela qu'elle était demeurée au fond de sa cachette ? Elle a eu peur de l'imputation ; Claude Pescheux a éprouvé la même crainte et voilà comment il a gagné les bois. Qu'est-ce qu'il y a de plus concevable ?

» Je laisse là Claude Pescheux, messieurs les jurés. Pourquoi cet homme a-t-il disparu ? Ce n'est pas à nous à le dire, puisque nous n'avons pas eu de rapports avec lui et que nous ignorons sa manière de vivre. Pourquoi n'a-t-il pas été retrouvé ? Adressez cette question à l'autorité que cela concerne, c'est-à-dire à la police et à la justice. Il a disparu et c'est un grand dommage pour M. Régis de Prévéranges, car enfin, s'il était ici, à cette audience, sous le coup d'une accusation capitale, il se défendrait des inventions de Maguelonne et, à son insu, il confirmerait ce que nous avançons. Il a disparu, il est contumace, ce qui nous donne à supposer qu'il est, quelque part, caché, en Suisse ou en Savoie, mais, au fond, peu nous importe. Je viens de dire très-nettement, très-franchement qu'entre M. Régis de Prévéranges et lui il n'y avait jamais eu aucun rapport d'intimité d'aucun genre, et il me semble l'avoir victorieusement prouvé. J'ajoute donc qu'il ne sera plus question de Claude Pescheux ; du moins, nous n'aurons plus à prononcer son nom.

» Ici, messieurs les jurés, se présente le point le plus délicat du procès. Pour expliquer le meurtre, le ministère public, ne se contentant plus du roman de Maguelonne, a imaginé de son côté, une autre fable. Les deux frères n'ayant jamais cessé d'être unis à tous les points de vue, excepté à propos d'une question d'amour, il a supposé que l'affaire avait pris son point de départ dans la préférence d'une jeune femme pour Gontran. Est-ce vrai, cela ? Le prévenu m'a donné la clef de son cœur et il ne pouvait se dispenser de le faire, puisqu'il me chargeait du soin sacré de défendre sa vie et l'honneur de son nom. Il m'a donné la clef de son cœur et j'ai pu, tout à mon aise, lire dans ses pensées.

» Qu'y ai-je vu, messieurs les jurés ? Ce que l'opinion publique vous raconte de tous côtés, c'est-à-dire la persistance de la plus religieuse tendresse pour ce frère dont on l'accuse d'avoir machiné la perte. En cent occasions, les deux frères ont été aussi deux amis inséparables. A la cour où ils ont passé leur enfance, au château où, après la chute du roi Charles X, ils sont venus retrouver leur père, dans le monde où ils étaient environnés d'une égale considération, y a-t-il jamais eu, entre eux, un mot plus haut que l'autre ?

» Oui, dit-on, mais il s'agissait d'une affaire d'amour et l'amour est une sorte d'incendie qui réduit en cendres

tout ce qui l'entoure : la parenté, l'amitié, les convenances sociales, tout ce qu'on voudra. Convenons de ces
effets désastreux d'une passion souveraine dans son action, j'y consens. Je vais plus loin que l'accusation, je
suppose les deux frères posés en rivaux déclarés, ce qui
n'a jamais été établi.

» Je veux aussi que Gontran ait été visiblement préféré à Régis et même d'une manière blessante, ce que
rien ne fait voir. L'envie, dites-vous, viendra alors à
Régis de supprimer son frère. — Très-bon moyen pour
se faire détester d'une femme de cœur, mais j'entre pour
un moment dans votre système : Régis veut tuer Gontran. — Eh bien, mais ils sont gentilshommes l'un et
l'autre ; ils ont vécu à la cour où, de bonne heure, ils
avaient une épée au côté. Pourquoi une querelle ne
serait-elle pas intervenue ? Pourquoi ne se seraient-ils
pas battus dans les règles ?

» Ah ! je sais bien ! Un duel entre frères serait un fait
sacrilège et odieux ! On n'ose pas même en soutenir
l'idée. D'accord. Mais encore un duel entre frères, si
haïssable que vous le supposiez, sera cent fois préférable
à un assassinat et surtout à un assassinat médité lâche-
ment, accompli de nuit, entre une forêt et un étang,
avec la complicité et par la main d'un vagabond. Le
monde aurait déploré un duel ; mais, voyant les chances
égales il aurait fini par l'excuser. Ne croyez-vous donc
pas, dès lors, Messieurs, que si Régis de Prévéranges
eût, une seule minute, songé à cette extrémité infâme,
faire disparaître Gontran, il n'eût pas opté pour un
combat à deux plutôt que pour un guet-apens nocturne ?

» Ce que j'en dis, messieurs les jurés, je le répète, c'est afin de faire voir combien est fragile le tissu de l'accusation. Encore une fois, il n'y a pas eu assassinat. Tout proteste contre cette invention du ministère public. Il y a eu accident, chose toujours fréquente dans ces provinces boisées, de septembre à mars, c'est-à-dire à l'époque de la chasse. Les deux braconniers qui ont pu voir Régis de Prévéranges couché sur le corps sanglant de son frère et qui ont été témoins de sa douleur, vous ont dit que ce deuil n'avait rien que de vrai, rien que de sincère. On ne joue pas à ce point la tristesse.

» Mais à ces angoisses qu'il a souffertes auprès de l'étang de la Chesnaye, le frère de Gontran a vu, dès le lendemain, s'ajouter mille maux imprévus et d'une allure surhumaine, des visites domiciliaires, les imprécations d'une folle, un mandat d'arrêt, la prison, une enquête, une comparution en justice et en fin de compte, un magistrat requérant contre lui l'application de la peine capitale. N'est-ce pas assez de rigueurs après l'infortune d'avoir perdu le compagnon de sa vie? Messieurs les jurés, vous ferez cesser un si cruel état de choses. En rendant un verdict d'acquittement vous rendrez au domaine de Prévéranges un maître qui n'y a jamais fait que le bien, à la société un de ses membres les plus éminents et un gentilhomme qui n'a jamais cessé d'être un honnête homme. »

Me Everard se tut et se rassit. Cette parole chaleureuse et sonore, ces arguments très-serrés, cet accent d'un orateur convaincu avaient vivement ému tous ceux qui étaient là. On n'était pas éloigné de prévoir un acquittement, lorsque le procureur général redemanda la parole.

— Je n'ai, dit-il, messieurs les jurés, qu'un mot à dire. La plus belle plaidoirie du monde ne fera pas que la vérité ne soit la vérité. M. Gontran de Prévéranges a été assassiné d'un coup de fusil, le 5 octobre dernier, à dix heures cinq minutes du soir, par le nommé Claude Pescheux, non comparant, poussé, soudoyé et payé par M. Raoul de Prévéranges, frère de la victime. Le crime a eu pour mobile une préférence de Mlle Frédérique d'Outrepont. Voilà tout ce que nous disons. Voilà tout ce qu'a démontré l'enquête. Je n'ajouterai rien à ce que je viens de répéter; seulement, dans l'intérêt de l'ordre social, je vous demanderai de déclarer Claude Pescheux et Régis de Prévéranges coupables, ainsi que tout prouve qu'ils le sont.

Et, après avoir dit ces paroles froidement, sans autres phrases, le procureur général se rassit. Cette autre allocution avait beaucoup frappé à cause de sa concision même.

On s'attendait à une réplique de maître Everard. Déjà même le célèbre avocat se disposait à reprendre la parole, quand le président fit signe de la main qu'il avait lui-même quelque chose à dire.

— Messieurs les jurés, dit le magistrat, il n'est pas dans les usages que l'on interrompe la marche des débats, surtout lorsqu'ils sont arrivés au moment le plus solennel, mais le jury, la cour, le ministère public et la défense comprendront assurément le motif qui me fait agir en demandant à maître Everard d'ajourner de quelques instants sa réplique. Un incident d'une très haute gravité nous oblige à entendre sans retard une personne particulièrement intéressée dans l'affaire, puisque son nom a été prononcé plusieurs fois. Cette personne, — c'est une jeune femme, — demande à faire des révélations. Or, en vertu de notre pouvoir discrétionnaire, nous ordonnons qu'elle soit introduite dans l'enceinte de la cour par l'huissier audiencier et qu'elle soit écoutée avec tous les égards qui lui sont dus.

On pense bien que ces paroles produisirent une très-grande sensation dans la salle.

Les jurés et les magistrats n'étaient pas moins intrigués que l'auditoire.

Quant à Régis, fortement troublé, il faisait de visibles efforts pour contenir son émotion.

Un coup d'œil de maître Everard venait de le reconforter.

— En tout état de cause, comptez sur moi, avait l'air de dire l'avocat. Surtout pas le moindre signe de crainte !

XVI

Qu'on se figure le coup de théâtre qui suivit cet incident inattendu.

— Huissier, reprit le président, allez sans retard au-devant de la personne annoncée ; exécutez les ordres de la cour.

Dès ce moment, tout le monde fit silence.

9

Une porte latérale s'ouvrit, celle par laquelle se présentaient les témoins.

Cinq cents paires d'yeux se tournaient de ce côté.

On ne parlait pas, mais on s'égarait en mille conjectures.

— Une jeune femme! Que peut être cette jeune femme?

— S'agit-il d'une envoyée de Claude Pescheux?

— Est ce un témoin inconnu, capable de donner de nouveaux détails sur ce qui s'est passé dans la nuit du 5 octobre, sur les bords de l'étang?

Pour se conformer aux ordres qu'il avait reçus, l'huissier sortit, et une minute ne s'était pas écoulée qu'il se représentait, précédant seulement de quelques pas une femme, en effet, fort jeune.

C'était une personne d'une très-grande distinction, vêtue de noir et ayant la figure couverte d'une voilette de deuil.

A peine l'avait-on entrevue que les questions de voisin à voisin recommencèrent de plus belle.

— Quelle est cette jeune fille et que veut-elle?

— Pourquoi se présente-t-elle au moment où les débats vont être clos?

— Est-ce qu'on a encore le droit de l'entendre?

— Ah! dame, le président a tous les droits.

Cependant l'inconnue, après s'être avancée jusqu'au pied du tribunal sur lequel siégeait la cour, leva tout à coup son voile et laissa voir le charmant visage de M{^lle} d'Outrepont.

— Frédérique! dit Régis de Prévéranges en étouffant un cri de surprise.

Et, en effet, c'était cette jeune fille, qui, suivant l'acte d'accusation, avait été la cause involontaire du meurtre.

— Monsieur le président, dit-elle d'une voix d'abord émue jusqu'à être tremblante, monsieur le président, il est juste que je vous apprenne d'abord qui je suis. Je me nomme Frédérique d'Outrepont.

— Êtes-vous majeure de façon à pouvoir témoigner en justice ?

— Oui, monsieur le président : j'ai vingt-et-un ans depuis quinze jours.

— C'est bien, Mademoiselle. Où résidez-vous ?

— Au château de Komâcre, chez le marquis d'Outrepont, ancien capitaine de la garde royale, mon père.

— Fort bien. Continuez.

— Monsieur le précident, j'ai été citée à comparaître dans cette affaire en qualité de témoin. Fort chagrine et même malade en raison du bruit que mon nom avait pu faire, même indirectement, à l'occasion des faits de ce procès, j'ai dû me faire excuser par certificat de médecin.

— Il est vrai, Mademoiselle. Nous l'avons dit à MM. les jurés; la Cour a reçu à temps un certificat signé du savant docteur Désaubiers, attestant qu'il ne vous est pas possible d'assister aux débats.

— C'était ce que je croyais, monsieur le président.

— Au reste nous avons fait donner lecture de votre déposition écrite, recueillie, suivant le vœu de la loi, par une commission rogatoire. Avez-vous donc quelque chose à y ajouter ?

— Monsieur le président, cette déposition naturellement peu importante, n'a dû et n'a pu rouler que sur le billet de moi, qu'on a produit, billet qui se rapporte à un incident de la vie mondaine, une branche de lilas blanc demandée par moi à l'un des deux frères pour compléter une toilette de bal. Ceux qui sont au fait des relations d'amitié qui existent dans cette province de château à château, comprendront que l'intimité peu excuser de pareilles demandes. Mais comme cet épisode d'une nature si simple, a fait naître dans le public de commentaires souvent allongés par la malveillance, l jury et la cour me permettront de m'expliquer là-dessu avec autant d'indépendance que de franchise.

— Parlez en toute liberté, Mademoiselle ! Tout l monde, ici, est disposé à vous entendre avec toutes l marques d'estime qui vous sont dues. Est-ce bien M. Gontran de Prévéranges que le billet à la branch de lilas a été adressé ?

— A M. Gontran lui-même, monsieur le présiden et, Dieu merci ! je n'ai pas à taire le motif qui m'av portée à m'adresser à lui de préférence.

Ici la belle personne prit un petit temps de rep comme pour rappeler à elle ses forces et son sang-froi

— La raison que j'ai à donner, c'est que M. Gontr et moi nous étions promis depuis environ trois mois.

En entendant ces paroles, le procureur général pa exalter de joie.

Un autre magistrat, caché dans l'ombre et assis n loin de lui, sur une estrade, partageait évidemment vif contentement.

On l'a deviné, celui-là n'était autre que M. Jean-F cien Frappaz, le juge d'instruction.

— Le prévenu est pris comme un rat dans une souricière, semblait-il dire dans sa cravate.

Régis était immobile et muet de surprise.

Par contre, maître Everard, en observateur de première force, se montrait tout à la fois attentif et souriant.

— Eh bien, Mademoiselle, reprit le président, est-ce là tout ce que vous avez à dire à la cour ?

— Non, monsieur le président, ce n'est pas tout.

Elle parut s'arrêter une seconde fois, puis elle reprit :

— Nous étions promis depuis trois mois et c'était naturellement au gré des deux familles. J'insiste sur ce point, monsieur le président, et l'on comprendra qu'il a son importance. Quoiqu'il fût maître absolu de ses actions, M. Gontran de Prévéranges, ayant toujours vécu en union parfaite avec M. Régis, son frère, avait cru devoir lui demander si ce mariage lui agréait. En un mot, il voulait son consentement.

— Eh bien, mademoiselle, qu'arriva-t-il à ce sujet ?

— Il arriva que M. Régis s'empressa de sanctionner le choix de son frère, et il le fit avec un empressement qui excluait de sa part toute idée de rivalité hostile.

Mlle d'Outrepont n'avait pas plus tôt prononcé ces dernières paroles, que quelque chose comme une détente se manifesta dans toute la salle.

Cette fois, le procureur général baissait la tête et le juge d'instruction s'arrachait les cheveux.

— Mais, Mademoiselle, reprit le président, qui vous fait dire que le prévenu ait vu avec plaisir une promesse de mariage entre son frère et vous ?

— Deux choses me font vous tenir ce langage, monsieur le président. La première, c'est le ton qu'a pris en me complimentant M. Régis lui-même. La seconde, c'est le besoin que j'éprouve de repousser les assertions émises à ce sujet par quelques domestiques de ma maison.

Pour le coup, Régis sortit de son immobilité. Cette dernière réponse et un signe presque imperceptible, venant de maître Everard, lui disaient qu'il n'avait plus de condamnation à craindre.

— Mademoiselle, avez-vous quelque chose à ajouter à cette déclaration ?

— Non, monsieur le président.

Tout en lui montrant du doigt un banc, il la pria d'aller s'asseoir.

— Messieurs les jurés, ajouta le magistrat, nous allons maintenant reprendre les débats au point où ils en étaient avant la venue du témoin. Si vous avez bonne mémoire, c'était à maître Everard à prendre la parole afin de répliquer, mais la déclaration que vous venez d'entendre ayant pu modifier la pensée du ministère public, mon devoir est, avant tout, de demander à M. le procureur général s'il a quelques observations à faire.

— Monsieur le président, dit alors l'organe de l'accusation, nous sommes loin de révoquer en doute ce qui vient d'être dit par Mlle Frédérique d'Outrepont, mais nous sommes portés à croire que sa démarche, si généreuse envers le prévenu, est surtout une concession faite aux usages du monde auquel le témoin appartient. Ces paroles ne modifient donc en rien notre manière de voir. Ainsi nous sommes d'avis qu'il y a eu assassinat dans la nuit du 5 octobre, auprès de l'étang de la Chesnaye, et nous demandons au jury de punir les auteurs du crime conformément à la loi. Voilà tout ce que nous avons à dire.

— Maître Everard, reprit le président, la parole est à vous pour la réplique.

Le célèbre avocat se leva, mais d'un air dégagé et souriant.

— Messieurs les jurés, dit-il, M. le président vient de m'accorder la parole pour la seconde fois, mais, en vérité, parler encore sur l'affaire est une chose bien inutile. Avant la venue du témoin, vous étiez unanimes à penser qu'il n'y a pas eu de meurtre à la Chesnaye et, par conséquent, pas de coupable. Depuis cinq minutes, c'est-à-dire depuis qu'une chevaleresque jeune fille a quitté le château de ses pères exprès pour venir se faire entendre, aucun doute d'aucun genre ne saurait subsister dans votre cœur. L'acte d'accusation tirait uniquement sa force d'une supposition, à savoir qu'une rivalité d'amour avait suggéré au prévenu la pensée de supprimer son frère préféré et de le supprimer en le faisant tuer par autrui.

«Eh bien, voilà que la femme même pour laquelle le fait aurait eu lieu se lève et donne à cette assertion le plus éclatant des démentis. Dès ce moment, l'acte d'accusation n'existe plus; ce frêle édifice s'écroule comme un château de cartes sous les doigts d'un enfant. C'est au point que ce serait abuser des instants du jury et de la cour que de vouloir parler plus longtemps. Je me tairai donc, étant fort assuré que vous ferez ce que je vous demande, c'est-à-dire que vous prononcerez l'acquittement de M. Régis de Prévéranges. »

Ayant dit, il se recoiffa et s'assit, toujours en souriant.

Immédiatement après, le président fit, en termes graves, le résumé des débats, disant, sur le même ton, le pour et le contre, c'est-à-dire se montrant impartial le plus possible.

Le jury entra dans la salle des délibérations.

Dix minutes s'écoulèrent au bout desquelles, on vit les jurés revenir avec un verdict d'acquittement rendu à l'unanimité.

— Gardes, dit le président, M. Régis de Prévéranges ayant été déclaré non coupable, remettez-le en liberté.

Le prévenu quitta à la hâte son banc et félicita vivement Me Everard sur l'appui qu'il lui avait prêté. En même temps, il cherchait des yeux Mlle d'Outrepont, mais Frédérique avait déjà disparu. Une calèche, qui l'attendait dans la cour du Palais, venait de la remmener au galop de deux vigoureux alezans.

Cependant, tout n'était pas fini dans l'enceinte de la cour d'assises.

Il restait à statuer sur Claude Pescheux.

Le procureur général se leva.

— Claude Pescheux étant contumace, dit-il, je requiers condamnation contre lui, aux termes de la loi.

La cour, après en avoir délibéré, suivant la loi, déclare Claude Pescheux, non comparant, condamné par contumace à la peine de mort, et dit que, provisoirement, il serait arrêté et appréhendé au corps partout où la main de la Justice pourrait le rencontrer ; mais, on l'a deviné, l'intérêt de la cause n'était pas du côté du vagabond. Toute la ville de Bourges ne s'était préoccupée que du gentilhomme.

En sortant du Palais côte à côte avec son défenseur,

Régis de Prévéranges coudoya, sans le vouloir, un personnage qui regagnait son domicile.

Ce n'était pas un curieux, c'était M. Jean-Félicien Frappaz, le juge d'instruction, plus long, plus amaigri, plus sinistre que d'habitude.

Le magistrat considérait cette journée comme une défaite.

— Me voilà désormais en mauvaise posture auprès du garde-des-sceaux, murmurait-il. Qu'est-ce que Son Excellence va penser de moi ? Et pourtant, ajoutait-il tout bas en regardant Régis de travers, et pourtant !

Pour maître Everard, ce procès fut un triomphe ajouté à tant d'autres.

— Il est décidément sorcier, disaient les gens du peuple, le soir au cabaret, en parlant de cette affaire : il fait voir blanc ce qui est noir.

— Entre nous, disaient les autres avocats, le comte de Prévéranges lui doit une fameuse chandelle.

La vérité était que si le tribun avait eu deux ou trois mouvements d'éloquence, c'était bien moins son talent que le hasard qui venait d'opérer. En se présentant à la barre pour déposer, en faveur du prévenu, Mlle d'Outrepont avait cent fois plus coopéré au succès.

Au reste, maître Everard était le premier à convenir de la réalité de ce fait.

Régis de Prévéranges aussi partageait ce sentiment, mais, en même temps, il se mêlait à sa pensée un mouvement de surprise qu'il ne pouvait pas maîtriser. Pourquoi Frédérique avait-elle, un jour, quitté sa famille afin d'affronter l'insultante curiosité d'une cour d'assises ?

Qui l'avait poussée à se montrer généreuse jusqu'à l'héroïsme ?

Régis, on le sait, avait gardé au fond de son cœur un restant d'amour pour Mlle d'Outrepont. Sans doute, il n'avait pas ignoré, naguère, que Frédérique avait eu plus de goût pour Gontran que pour lui-même ; mais un jeune gentilhomme a aisément la tête tournée. Qui aurait empêché la belle jeune fille de reporter sur le frère l'affection qu'elle avait d'abord vouée à Gontran ? On touchait encore aux temps romantiques à cette époque ; c'était l'âge des Antonys et des Laras. Le crime se mariait un peu partout à l'amour, dans les romans, au théâtre et en peinture ; et cette frénésie, cette débauche de l'art, avait déteint sur la vie réelle. Pourquoi une jeune châtelaine n'aurait-elle pas été touchée du byronisme tout comme une Parisienne ? Pourquoi n'aurait-elle pas vu dans un jeune accusé un héros à aimer ?

— Cela se peut, se disait Régis, puisque tout se voit de nos jours. Au fait, je tirerai ça au clair lors de mon retour à Prévéranges.

Dès le lendemain de l'acquittement, le comte, en effet, se mit en route pour revenir à son château.

Deux mois d'incarcération, de nuits blanches, de menaces, d'angoisses l'avaient nécessairement changé. Il était amaigri et pâle. En redevenant libre, redevenait-il alerte et gai ? Dès qu'il revit, de loin, sur la route, les toits en ardoise de sa vieille demeure, quelque chose d'étrange se passa en lui. Qu'entendait-il donc ? Etait-ce la voix du souvenir ou celle du remords ?

Jadis, il avait eu un grand nombre d'amis. Tous les voisins de Prévéranges fraternisaient avec lui. Il supposait donc que, le sachant acquitté, tous ces châtelains s'empresseraient de venir lui serrer la main. Non seulement il n'en fut rien, mais encore, le premier jour de sa rentrée, comme il se promenait un peu en dehors du parc pour revoir les sentiers qu'il avait si souvent parcourus, il rencontra les deux frères d'Orbigny, deux anciens camarades, qui, détournant la tête avec affectation, firent semblant de ne l'avoir pas rencontré.

— Est-ce que je ne serais pas acquitté par tout le monde ? se demanda-t-il.

Cependant l'affaire de Frédérique était ce qui le préoccupait le plus.

Un matin, il fit un peu de toilette et s'en alla à cheval au château afin de présenter ses hommages au marquis d'Outrepont et accessoirement à sa fille.

Au milieu de la cour d'honneur, Régis aperçut l'ancien capitaine de la garde royale.

— Monsieur le marquis, lui dit-il, j'avais hâte de venir vous faire une visite. En même temps, je viens adresser à Mlle Frédérique les remerciements que je lui dois.

— Monsieur le comte, répondit le vieux soldat en le regardant avec hauteur, venir ici est un soin que vous auriez dû ne pas prendre. Entre nous vous ne devez pas commettre de méprise sur le sentiment qui a dirigé Mlle d'Outrepont, quand elle est allée porter la parole à la Cour d'assises.

Et comme Frédérique, rentrant du parc, arrivait en ce moment et qu'elle avait entendu les dernières parole-prononcées par son père, elle dit à Régis :

— Monsieur le comte, mon père, a raison. Ne vous y trompez donc pas. La démarche que j'ai faite se rappor tait à l'honneur de votre famille. J'ai voulu garantir d'une tare ineffaçable le nom de celui que j'ai dû avoir pour mari. Quant à vous-même, je suis renseignée : vous avez causé la mort de Gontran. C'est pourquoi vous me faites horreur. Ne reparaissez jamais devant moi.

Et après un salut ironique, elle se retira.

Régis était aux cent coups, comme on dit.

En rentrant au château, il portait la main à sa tête. Sa tête ! elle était en feu.

— Il est impossible que je demeure plus longtemps dans le pays, dit-il.

Et, avec toute la diligence possible, ses affaires arrangées, un intendant sûr pourvu de ses instructions, il partit pour le Havre, et du Havre pour l'Amérique du Nord.

L'exil volontaire du comte dura quinze ans.

En 1850, on vit tout à coup revenir à Prévéranges un homme vieilli avant l'âge, chauve, brisé, mais encore fier ; c'était Régis.

Il était accompagné d'une enfant de trois ans, charmante à voir : sa fille.

— Je n'ai pu y tenir, disait-il en rentrant au château, il me fallait revoir Prévéranges.

— Monsieur, lui dit l'intendant, pendant votre absence, le domaine a doublé de valeur.

XVII

Si le domaine de Prévéranges avait doublé de valeur, d'un autre côté, Régis s'était encore enrichi, et enrichi, comme un homme d'aventure.

On se rappelle que, peu de jours après son acquittement, le comte, se voyant rebuté par ses voisins, avait pris le parti de quitter tout à coup le château et de s'éloigner même de la province.

Un mot de Frédérique d'Outrepont avait suffi pour le pousser à fuir la France.

Après s'être muni d'une lettre de crédit de cent mille francs, il partit pour le Havre et de là pour New-York.

Pour les tristesses cachées au fond de ce cœur tout meurtri de secrètes blessures, il n'y avait plus d'autre refuge que la libre Amérique.

En effet, ce descendant des croisés, cet ancien page du roi Charles **X**, ne commença à respirer que du jour où il mit le pied sur cette terre de proscrits, où nul ne vous demande qui vous êtes ni d'où vous sortez, où les grands fleuves servent de pendant aux grandes forêts, où le mouvement, le travail, l'intérêt, la lutte sont la loi de la vie pour tout le monde.

Jeune, robuste, suffisamment lettré, riche, volontaire, Régis ne pouvait pas choisir un meilleur lieu d'exil.

De New-York, qui n'est qu'une sorte d'avant-poste de la civilisation européenne, il se jeta dans le West-End, c'est-à-dire plus loin que le pays des Mormons, dans des zones encore inexplorées et où l'or coule par ruisseaux.

Avait-il à faire taire cette voix du remords qui se fait entendre, nuit et jour, à ceux qu'elle poursuit de l'aiguillon de ses reproches? Avait-il seulement à oublier la brillante société d'oisifs qui venait de le repousser de son sein?

Ce qu'il y avait de certain, c'est que, dès le premier jour de son arrivée dans le Nouveau-Monde, il paraissait être surtout devenu un homme d'action. En France, dans sa province, il n'avait pas eu d'autres passe-temps que le jeu, la chasse et les soupers. Ajoutez-y le bal, si vous voulez. Dans le nord de l'Amérique, il fit bien vite ce qu'il voyait faire à ceux de son âge, il se jeta dans mille entreprises hardies ; il fut d'abord un trappeur, parcourant les montagnes Rocheuses, le fusil à la main ; une autre fois, il était l'un des premiers chercheurs d'or de la Californie, convoitant des trésors, lui qui possédait déjà le superflu. Un jour, il se trouvait dans la Sonora avec le comte Raousset Boulbon et ses compagnons si téméraires ; une autre fois, il fondait à Chicago une maison de commerce ayant pour objet de vendre les peaux de buffles, lui si peu préparé à l'exercice de l'industrie, et il y mettait une activité sans pareille.

On l'a déjà deviné, bien que l'or s'accumulât autour de lui en monceaux assez élevés pour faire des montagnes, quoi qu'il eût, en quelques années, amassé la masse de trois millions, ce n'était pas l'amour du lucre qui le sollicitait. Avant tout, il courait après la conquête du repos. Il cherchait à vivre, le jour, au milieu du calme et à dormir, la nuit, sans être assiégé par des rêves sinistres. Voilà, du moins, ce qu'un observateur froid et assidu aurait sans doute démêlé dans sa manière d'être.

Dix ans s'étaient écoulés depuis le jour où il avait quitté la France ; on était à la veille de la révolution de Février dont vingt signes précurseurs faisaient pressentir la prochaine échéance.

Régis parcourait alors le Canada, cette ancienne colonie française qu'on appelle encore parfois la Nouvelle-Orléans.

Un vieux marin de Brest, avec lequel il avait fait connaissance, lui dit alors, à souper après boire :

— Mon cher comte, à force de courir du Sud au Nord, je me suis amassé un capital assez rond pour me faire vingt-cinq mille livres de rente ; c'est de quoi mener une vie de prince à Saint-Malo ou à Lorient. Je vais donc m'arranger de manière à partir, la semaine prochaine, pour ma vieille Bretagne.

Et après avoir vidé un verre de vin de Bordeaux, le loup de mer ajouta :

— Pour vous, qui avez gagné six fois plus que moi, est-ce que vous ne voulez pas m'imiter ?

— Mon Dieu, non, pas encore, répondit Régis. En arrivant à New-York, jadis, je me suis imposé un programme, celui de demeurer quinze ans pleins en Amérique. Vous voyez donc que j'ai encore cinq ans à faire.

— Allons, pensa *in petto* le marin, je l'avais toujours
supposé, mon ami le comte Régis de Préveranges est
un repris de justice. Il est clair qu'il ne veut et qu'il ne
peut rentrer dans le pays de ses pères, qu'après un long
délai, qui fasse l'oubli autour de sa personne et qui lui
donne le bénéfice de la prescription.

Dans ces paroles du marin, il y avait du vrai et du
faux. N'ayant subi aucune condamnation judiciaire,
Régis n'était pas un repris de justice : il n'avait
donc pas besoin qu'un délit ou un crime à sa charge
fût prescrit. Mais cherchait-il à se faire oublier ? Demandait-il à faire peau neuve ? Voulait-il effacer l'ancien gentilhomme français, sous la couche d'une sorte
de Yankee ? Qui aurait pu lire ce qui se passait en lui,
n'aurait pas manqué de répondre : « oui, » à chacune de ces questions.

On vient de le voir, il était devenu riche ; il avait le
trésor d'un homme plusieurs fois millionnaire, mais,
en même temps il ne retenait presque plus rien de sa
jeunesse. Le fait de se multiplier, d'agir sans cesse, de
lutter, de compter, d'amasser, avait dessiné des rides
nombreuses sur son front. Ses cheveux étaient tombés,
la peau de ses joues avait pris le ton de l'ivoire. Il
était toujours robuste, toujours vert, toujours alerte,
mais il n'avait plus rien d'un homme du monde.

Un jour en se mirant dans une glace, il regarda son
propre visage et eut quelque peine à se reconnaître soi-
même. Sans doute il avait gagné une fortune de nabab,
mais la belle avance, si, en même temps, il avait perdu
l'élégance, l'air superbe et ce qui fait le charme de la
vie pour un homme bien né ! Depuis dix ans, il vivait

en héros de Fenimore Cooper, en chasseur, en navigateur, en joueur, en conquérant, en aventurier.

Ce genre d'existence avait sa poésie, et il s'y était un moment complu, mais était-ce tout? Régis de Prévéranges approchait de la quarantaine et il n'avait pas encore vécu un seul jour par le cœur. De faciles et grossières orgies ne sont pas de l'amour. Des femmes inconnues, enlevées ou violées dans un assaut de pirates, ne donneront jamais l'idée de l'amour, et voilà que tout à coup il éprouvait le besoin d'aimer.

— Décidément, se disait-il, je suis assez riche, je suis même trop riche, puisque je n'ai que moi-même à satisfaire. Dès aujourd'hui, finissons-en avec la vie d'action. J'ai réussi, une première fois, à dépouiller le vieil homme en changeant l'Européen en Américain. A présent que je possède assez de poudre d'or pour contenter tous mes caprices, le trappeur n'existe plus; c'est l'homme de loisir qui va ressusciter.

En effet, volontaire comme il s'entendait à l'être, du matin au soir il rompit brusquement avec les habitudes de la veille. Non seulement il ne s'occupa plus d'expéditions lointaines, mais encore il congédia les dix ou douze chenapans dont il se servait quand il faisait des affaires ou des coups de main. Il s'éloigna des ports où il avait coutume de se montrer en compagnie de ses hardis coopérateurs. Au bout de trois mois, on ne l'aurait plus reconnu. Le boucanier était redevenu un fashionable, habillé suivant les dernières modes apportées de Paris, par le paquebot. Chose curieuse, cet expédient lui avait presque rendu ses airs de jeunesse.

1.)

Régis habitait alors Québec, vieille ville française, tout à fait propre à cette métamorphose.

Arrivé depuis peu, il y étalait un luxe éblouissant.

— Qu'est-ce que c'est que ce fastueux étranger? se demandait-on dans la ville haute.

— Un seigneur fraçais qui a la fortune de trois lords.

Il y avait dans le vieux quartier un cottage qui, en réalité, avait l'étendue d'un hôtel d'Europe; il l'acheta et le meubla à grands frais.

Dès ce moment-là, on y entendait, tout le long du jour, le piaffement des chevaux et le bruit que fait le va-et-vient des domestiques dans une grande maison.

Sous ces remises se voyaient des voitures de très-beau style avec les armoiries des Prévéranges peintes sur les portières. (*Prata virida angelorum.*) Image : des ailes d'anges planant au-dessus d'un gramen vert.

Six mois n'étaient pas écoulés que Régis était l'homme le plus important de la ville.

On l'invitait de tous côtés ; c'était à qui voudrait l'avoir.

Tous les jeunes gens se modelaient sur lui.

Quant aux femmes, il leur suffisait de voir le brillant étranger se promener en public, en calèche découverte, pour avoir la tête tournée.

Ce fut une frénésie lorsqu'on sut que le comte était un homme à marier.

— M. de Prévéranges est un vieux garçon, disaient les mamans, oui, tant qu'on voudra ; mais n'est-on pas jeune au fond, quand on est riche à ce point-là ?

On le voit, l'exilé volontaire n'avait jamais été si choyé. De temps en temps, peut-être, un nuage de mélancolie s'étendait sur le front de Régis. A quoi ou à qui pensait-il ? Revoyait-il le lointain passé de France, la mort de Gontran et les injurieux dédains de Frédérique ? Mais ce n'était qu'un point noir, vite effacé. Tout lui souriait dans le présent. Il ne faisait point un pas à Québec sans rencontrer une fête. Il n'entrait pas dans une maison sans y être accueilli par des poignées de main amicales ou salué par des sourires. Comment s'y serait-il pris pour s'attrister, même une minute ?

Ces Françaises de l'Amérique du Nord sont en général d'une très-grande beauté. Nous l'avons déjà dit, beaucoup s'étaient étudiées à plaire à ce voyageur qui paraissait avoir à la main la baguette magique des fées.

En se voyant si bien accueilli, Régis se décida comme par enchantement.

— Si je dois, un jour, me marier, se disait-il ; si j'ai à aimer une femme, ce sera probablement à Québec. Voilà bien des figures fraîches, bien des têtes souriantes. Laquelle choisir ? Laissons agir le hasard, ce ministre de la Providence. Tous les deux sont plus sages et plus habiles que moi.

Dans le faubourg de Montcalm, au fond d'une résidence modeste, vivait un vieux gentilhomme dont la famille était originaire de Normandie. Ce vieillard n'avait pas de fortune, mais il était demeuré veuf avec une jeune fille qui passait pour une merveille.

Cette jeune Française à la fois jolie et belle, on aimait à la suivre des yeux à la promenade et au théâtre. Sur

son corps de statue vivante, la mode cherchait des ins-
pirations pour la toilette des autres.

En ce qui concerne les dons de l'esprit et les qualités
du cœur, Mlle de Reverville n'était pas moins remarquable.

— Voilà la femme qu'il me faut, se dit Régis, un beau
matin.

Il demanda sa main et l'obtint sans difficulté.

— Chose étrange! Tout ce que je désire m'arrive à
souhait depuis que je suis en Amérique, reprenait-il
parfois en se parlant à lui-même Heureux homme que
je suis !

Ces belles paroles, il ne devait pas les répéter longtemps. Un moment, il est vrai, tout Québec envia le bonheur de ce Français qui avait la plus belle femme du
pays et l'une des plus grosses fortunes du monde connu,
mais il ne fallait qu'un caprice du sort pour que cette
brillante situation changeât de face.

Un jour, le marquis de Reverville, en se promenant à
cheval, tomba de sa monture sur un roc et se cassa la
cuisse. On dut lui couper la jambe. L'opération fut mal
faite et entraîna la mort du vieillard.

En voyant succomber son père, la comtesse de Prévéranges éprouva un de ces chagrins que les femmes ne
parviennent pas toujours à dominer. Elle était enceinte,
ce qui aggravait son état. Sous le coup de ce funeste
événement, elle eut des couches hâtives; elle mit au
monde une fille, mais pour mourir bientôt elle-même à
la suite d'une fièvre de lait.

— Morte, ma belle Canadienne, morte ! Est-ce que je ne
suis pas un être maudit ?

XVIII

A la suite de ce funèbre événement, Régis de Prévéranges éprouva une très-vive tristesse. Il aimait très-
sérieusement sa femme. En la perdant, il voyait tomber
à terre tout son bonheur comme un enfant voit, en se
jouant, s'écrouler le rêve de bonheur qu'il avait péniblement édifié.

Dans sa pensée, il ne devait pas quitter Québec ; c'était
là qu'il vieillirait ; c'était sur cette terre qu'il voudrait
mourir.

Il y deviendrait le chef d'une grande famille, le premier d'une race tout à la fois antique et nouvelle, et qui
compterait, plus tard, de nombreux rejetons.

Tout cela n'était plus qu'un vain espoir, puisque sa
femme était morte.

Dès ce moment, le séjour de l'Amérique lui devenait
pénible.

Régis ne se sentait plus la force de fouler de ses pieds
le pavé de Québec.

En ce moment, Laurianne, sa fille, avait à peine deux
ans. En la voyant si frêle, il se dit qu'il devait sans doute
demeurer encore au Canada, mais un accès de nostalgie
l'emporta sur tout.

— La France! Il me faut la France, ou il me faut
mourir! s'écriait-il en marchant en long et en large.

Dès le lendemain, il mettait en vente tout ce qu'il possédait. Au bout d'un mois, ayant réglé ses affaires, il s'embarquait avec Laurianne, sa fille, sur un des bateaux de la compagnie Transalantique, à destination du Havre. Dix ou douze domestiques des deux sexes l'accompagnaient pour donner des soins tant à lui-même qu'à son enfant.

Un jour du mois de juillet 1850, on aurait pu voir déboucher dans la grande cour de Prévéranges, un certain nombre de fourgons, précédés d'une berline à portière armoriée. De cette élégante voiture descendaient Régis, Laurianne et une gouvernante. Des autres véhicules sortaient tous les gens de service.

Tout compte fait l'exil du comte n'avait pas duré moins de quinze ans. Que de choses arrivent en tant d'années ! Mais le vieux château avait conservé sa physionomie superbe et austère. Tel son maître l'avait quitté, tel il le retrouvait. C'était comme au lendemain du procès en cour d'assises.

Une émotion d'un sentiment presque religieux s'empara de la pensée du gentilhomme au moment où il revit ces pierres qui portaient le nom de sa famille, ces toits sous lesquels il était né, la flèche de cette chapelle sous les dalles de laquelle dormaient de leur dernier sommeil ses pères et les derniers de sa race. — Un moment, il eut l'illusion de revoir quelques-uns d'entre eux; mais, quoi qu'en disent les poètes, les morts ne sortent jamais de leurs tombeaux. Il ne se rencontrait qu'avec des souvenirs de jeunesse.

Peu d'instants suffirent pour que toute la caravane d'Amérique fût installée.

— Retrouverai-je le bonheur dans ces vieux murs ? se demandait le voyageur.

Ainsi qu'on a pu le voir par tout ce qui précède, l'intendant lui était entièrement dévoué.

En faisant le tour du parc avec lui, Régis l'interrogea sur ce qu'il pouvait être survenu dans les environs pendant sa longue absence.

Sur plus d'un point, le personnel des châteaux n'avait pas bougé ; c'étaient toujours les mêmes propriétaires, les mêmes résidents ; seulement tels et tels étaient morts et se trouvaient représentés par leurs enfants ; quelques autres étaient cloués sur leurs fauteuils par la goutte ou par les autres infirmités de la vieillesse. Il ne retrouvait personne de son temps.

Mlle Frédérique d'Outrepont s'était mariée à un conseiller d'État qui l'avait emmenée à Paris. C'était tout au plus si l'on se rappelait son nom.

Quant aux paysans qui entouraient le domaine, ils étaient demeurés les mêmes, en sous-entendant que ceux qui avaient eu l'âge d'homme quinze ans auparavant, avaient évidemment veilli et perdu la mémoire.

— Monsieur le comte ne les reconnaîtrait pas et ils ne reconnaîtraient pas monsieur le comte, ajouta l'intendant.

En groupant ces divers renseignements dans sa pensée, Régis de Prévéranges se reporta pour un moment à l'époque du retour de Bourges, après son acquittement.

— Tout cela doit être oublié, pensait-il.

À l'avenir, tout serait pour le mieux. Le sentiment d'hostilité ou de défiance qui s'était manifesté autour de sa personne n'avait plus désormais de raison d'être. On était si loin de la mort de Gontran!

Le temps avait fait pousser l'herbe sur le drame de la nuit du 5 octobre. Est-ce que les voisins du château, tout entiers à leurs propres intérêts, se rappelleraient cette vieille affaire si embrouillée et que, du reste, avait suivie un verdict éclatant de non-culpabilité?

En homme délié, Régis de Prévéranges avait, au surplus, adopté une règle de conduite propre à ne pas trop réveiller les échos du passé. Au château un peu restauré, mais rien qu'un peu, on ne ferait presque pas d'éclat. Quoique riche à millions, le gentilhomme prendrait sur lui de ne mener à l'avenir qu'une vie calme et retirée, très-peu bruyante. Il n'attirerait pas l'attention des voisins, du moins tant que durerait l'enfance de Laurianne.

— Voilà qui est décidé, je serai tout entier à l'éducation de ma fille, disait-il pour se condamner à une sorte de solitude.

En ce temps-là l'enfant, rose et souriante, commençait à marcher.

Régis souriait d'aise.

— Elle aura la beauté de ma jolie Canadienne, répétait-il.

A mesure qu'elle grandissait, il l'aimait plus de jour en jour.

— Qu'on n'épargne rien pour Laurianne! répétait-il.

Ce château, ses domestiques, ses chevaux, ses chiens, son va-et-vient aristocratique, ce beau parc, planté d'arbres séculaires, tout parsemé de fleurs des deux mondes, tout cela enchantait l'œil de la petite fille.

Un jour, accompagnée de deux servantes, Laurianne parcourait le domaine, mais en courant à deux cents pas du comte.

Des glaïeuls qui avaient fleuri sur la marge de la pièce d'eau frappaient ses regards. Elle tendait ses petites mains comme pour en cueillir.

Naturellement les deux femmes qui se trouvaient près d'elle se préparaient à contenter son envie, quand un spectacle étrange les effraya, elles et Lauriane.

Au moment où l'une d'elles se courbait sur la touffe qu'il s'agissait d'entamer, un bruit étrange se fit entendre. En même temps, une forme humaine sortit tout à coup de derrière un saule-pleureur qui plongeait dans l'eau ses longues branches pendantes. C'était une femme âgée, couverte de haillons, avec de grands yeux étonnés et hagards.

Aucune des deux suivantes ne la connaissait.

Comment cette femme était-elle dans cette partie du parc ?

Qu'y faisait-elle ?

En voyant apparaître d'une manière si soudaine cette inconnue aux longs cheveux gris épars, ayant les bras levés en l'air, montrant des yeux qui roulaient dans leurs orbites, la petite fille ne put s'empêcher de pousser un cri d'effroi.

— A moi, Marianne ! A moi, Gertrude !

A ce bruit, accoururent bientôt le comte Régis et l'intendant.

— Qu'y a-t-il ? Qu'arrive-t-il à Laurianne ? demandait le gentilhomme éperdu.

Il n'avait pas fini de parler qu'il apercevait et reconnaissait Maguelonne-La-Mal-Bâtie.

— Ah ! s'écria l'intendant, toujours cette maudite folle ! Qui a laissé entrer ici, malgré mes ordres, cette horrible sorcière ? Va-t-en, vipère ! Voyons, disparais d'ici ! sors vite !

Maguelonne, — car c'était bien elle, — on l'a deviné, — ne bougeait pas plus de place que le saule contre lequel elle était appuyée. En dardant ses deux grands yeux blancs sur le groupe qui se tenait devant elle, la vieille femme ressemblait au sanglier, qui lorsqu'il se sent acculé à un mur ou précipité dans une mare, se retourne, se redresse, montre ses boutoirs et menace une meute entière. Allant tour à tour de la petite fille au comte, du comte à l'intendant, elle s'arrêta plus particulièrement à ce dernier, puisque c'était lui qui venait de la poursuivre de ses invectives.

— Mon fils, dit-elle, tu juges à propos de me donner le nom de vipère. Allons, tu n'es pas dans le vrai. Pardieu, tu dois savoir, en effet, que s'il y a des serpents dans ce parc, je ne suis pas de leur race, moi ! Regarde donc un peu ailleurs, pas très-loin, et tu trouveras, j'en suis sûre, ah ! ah ! ah !

Et, en ayant l'air de désigner Régis de Prévéranges, elle fit entendre un grand et sinistre éclat de rire.

— Ah ! triple coquine ! reprit l'intendant qui voulait avoir l'air d'un serviteur dévoué, ne cesseras-tu pas de remuer le vilain chiffon rouge qui est dans ta bouche ? Encore une fois, va-t-en ou je fais lâcher les chiens de garde après toi !

— Oui, s'écria à son tour le comte, pantelant de co-

lère, va-t-en, monstre! Disparais et sans retard, ou sinon...

— Ou sinon, le beau Monsieur, on tirera sur moi un
coup de fusil, peut-être? Ce sera comme jadis, comme
du temps d'un certain Claude Pescheux.

— Tais-toi, sorcière, tais-toi !

— Un coup de fusil, comme au bord de l'étang? Est-ce
là ce que vous voulez dire?

Elle fit un mouvement comme pour se retirer.

— Ah ! soyez sans crainte, monsieur de Prévéranges,
je m'en vais et, du moment que vous êtes revenu dans le
château, je n'y remettrai plus les pieds. Ah ! ah ! ah ! le
beau monsieur, votre rencontre me rappelle trop de
choses!

En achevant ces paroles, elle se disposait, en effet, à
se retirer, mais, pour gagner une des portes de sortie, il
lui fallait passer près du sentier où était Laurianne.

Pâle d'épouvante, en voyant la vieille venir à elle, la
petite fille s'était vite jetée entre les bras de l'une de ses
servantes.

— Eh bien, n'aie pas peur de moi, petite ! reprit la
Mendiante en s'efforçant d'attendrir sa voix. Je ne suis
pas aussi méchante que j'en ai l'air. D'ailleurs, ce n'est
pas à toi que j'en veux. Tu es innocente, toi. Tu es innocente et cependant ce sera à toi à payer la dette du
passé. Je sais cela, moi !

— En voilà assez; en voilà trop ! reprit l'intendant.
Va-t-en, va-t-en, sorcière ! Va-t-en, ne mets pas à bout
notre patience !

— Ne vois-tu donc pas que je m'en vais, mon fils?

reprit Maguelonne, et en regardant l'enfant avec une implacable fixité, elle ajouta :

— Eh ! eh ! regardez donc ! Cette petite a une tache de sang naturelle sur le derrière du cou ! Une tache héréditaire ! monsieur le comte, ne dirait-on pas le doigt de Dieu ?

— Rentrons au château, dit Régis qui était devenu pâle comme un suaire.

— Monsieur le comte peut être tranquille, reprit l'intendant, nous allons prendre des mesures pour que de telles scènes ne se reproduisent plus.

DEUXIÈME PARTIE

———

I

— Comment! si jeune, si jolie, si riche, et elle ne trouve pas à se marier?

— Mon Dieu, non.

— Pourquoi donc ça?

— Ah! c'est toute une histoire.

Abel était piqué au jeu par ce peu de paroles.

— Une histoire! une histoire! il y en a dans toutes les familles, surtout quand il s'agit de marier les jeunes filles. Qu'importe un conte bleu sur le grand-père ou quelque fable sur la grand'maman, si la belle enfant n'a personnellement rien à se reprocher?

Peut-être allait-il continuer, peut-être allait-il démasquer le vif désir qu'il éprouvait d'apprendre quelque chose du secret qu'on avait l'air de lui promettre; mais à ces mots qu'il avait eu l'indiscrétion de faire entendre

« la belle enfant », son interlocuteur, fermant avec un
certaine vivacité la petite tabatière d'or niellé qu'il avai
à la main, fit mine de reprendre sa canne à pomme d'i
voire et de se lever. Abel comprit alors qu'il était all
trop loin et qu'en effet il avait voulu pénétrer trop vit
dans des mystères qu'on ne voulait pas lui faire con
naître, peut-être parce qu'on n'avait pas le droit de le
lui révéler.

— Docteur, reprit-il, je vois que j'ai abusé de votr
bienveillance. Vous me le pardonnerez. Je n'ai l'honneu
de n'être connu de vous que depuis quelques jours seu
lement. Il n'y a donc pas à s'étonner que vous vous tenie:
avec moi sur le pied d'une très-grande réserve. Tou
cela, voyez-vous, c'est la faute du hasard plutôt que l
mienne. J'avais aperçu Mlle de Prévéranges et sa dam
de compagnie, ce matin, au bord du Gave, où elles s
mettaient les mains dans l'eau fraîche. Un mot de l
jeune fille a attiré mon attention.

—«Cette eau-là, ce sont des diamants qui coulent.» —
Il y avait une très-douce musique dans cette voix. Là-
dessus je vous ai rencontré sur ce banc ; je m'y suis assis,
près de vous, sans façon. C'est alors que je vous ai fait
une question indiscrète. Au fond, que Mlle de Prévéranges
se marie ou qu'elle coiffe sainte Catherine, que m'importe? Parlons d'autre chose, si vous le voulez bien, cher
docteur.

Cette scène se passait en 1875, à Pau, dans le parc
d'Henri IV, qui, tout l'été, est plein de promeneurs.

On touchait au milieu du mois de septembre.

Déjà les feuilles des marronniers et des platanes commençaient à s'entourer d'un petit liséré couleur de

rouille, tandis que les pampres de la côte de Jurançon s'empourpraient d'un rouge sang-de-bœuf. Les hirondelles allaient partir. Matin et soir, une petite brise aiguë, qui descendait des Pyrénées, paraissait être comme le prélude de l'automne.

Tous les jours, il passait par le chef-lieu du Béarn des caravanes de touristes et de baigneurs, malades d'esprit plutôt que de corps, toujours par voies et par chemins, et ne se trouvent bien qu'aux lieux où ils ne sont pas. Ces troupeaux d'ennuyés venaient de Barèges ou de Bagnères-de-Luchon. L'année d'avant, ils étaient aux eaux d'Auvergne ; l'année d'après, ils devaient aller sans doute aux eaux des Vosges ou du Dauphiné.

Pau est une ville à part, moins brillante et, par conséquent, plus douce aux malades que Nice. Un paysage presque toujours vert et la douceur de son climat lui ont donné un très-grand renom dans toute l'Europe du Nord ; c'est ce qu'on appelle une *station d'hiver*. Il y a déjà trente ans que les Anglais ont adopté cette ville comme un pied-à-terre à ne point quitter pendant la saison des brumes et des neiges. C'est là que les médecins de la Grande-Bretagne envoient les phtisiques désespérés. Les Russes, ces imitateurs de tout le monde, viennent à leur tour à Pau, un peu pour fuir leurs horizons glacés, un peu aussi pour y voir les autres et pour y être vus.

— On y a presque pour rien deux choses qui coûtent ordinairement fort cher, a dit l'un d'eux dans une lettre rendue publique : l'air de la France et le soleil d'Espagne.

Celui des deux interlocuteurs qui figure le premier au commencement de ce chapitre, n'était ni un Anglais,

ni un Russe. Il se nommait Abel Ramière; c'était un
jeune homme qui marchait sur ses vingt-sept ans.

Grand, assez beau, il était du nombre de ceux qu'on
appelle les heureux du jour. En d'autres termes, il était
né avec une figure aimable et une fortune de quarante
mille livres de rente. Sans parents, presque sans amis,
chose rare pour un jeune homme riche, il laissait sa vie
aller au caprice des événements.

A vingt-deux ans, sorti sous-lieutenant de l'école de
Saint-Cyr, il avait fait la petite guerre en Afrique, mais
bien plus pour amuser son désœuvrement que pour faire
l'apprentissage sérieux du métier de soldat.

C'était même pour cela qu'il avait voulu tâter, comme
on dit, de la vie militaire active, en faisant partie des
campagnes de la Kabylie.

— A la bonne heure, disait-il, en campagne, on n'est
plus seulement un buveur d'absinthe en uniforme; on
marche, on s'agite, on espère, on se bat, on tue ou l'on
est tué. Pour un soldat, c'est vivre, cela.

Très-peu de temps après avoir tenu ce beau langage,
Abel reçut un magnifique coup de cimeterre d'un Arabe
irrégulier. L'arme ayant porté sur le coude du bras
droit, on craignit un instant d'avoir à lui faire une amputation, chose toujours affligeante pour un jeune
homme. Par bonheur pour lui, le sous-lieutenant eut
affaire à un chirurgien-major qui aimait mieux l'art de
guérir que celui de couper. Ramière garda donc son bras
droit. Cependant, comme il lui restait une forte entaille
et qu'un des nerfs extenseurs avait été légèrement
offensé, il demanda un congé, revint en France et, pour

terminer sa guérison, il voulut tour à tour prendre les eaux des Pyrénées à Cauterets et à Barèges.

Pendant qu'il achevait de se remettre, il fut nommé lieutenant et, vu sa blessure, on lui donna le ruban rouge.

— Très-certainement la vie militaire a des charmes, se dit Abel. Il est beau de se battre pour empêcher un voisin de mettre le pied sur le sol du pays. Il est très-noble de se faire tuer pour quelque grande idée d'indépendance ou de liberté, d'accord ; mais quand la guerre se réduit à un jeu d'escrime entre dix mille Français d'un côté et dix mille Arabes de l'autre, la chose n'a plus tout à fait le même caractère. J'ai été blessé et je ne m'en plains pas ; mais il eût été désagréable de me faire couper le bras à cause de la question Kabyle. J'ai fait mes preuves. Eh bien, en voilà assez. J'ai versé un peu de mon sang pour mon drapeau. Personne ne pourra me reprocher de manquer de bravoure. A présent, je me retire. Me voilà lieutenant et chevalier de la Légion d'honneur. Mon ambition n'en demande pas plus. J'ai tantôt vingt-sept ans et quarante mille livres de rente. Essayons d'être un homme heureux, si c'est possible.

Le même jour Abel envoya au ministre de la guerre sa démission de lieutenant.

Après trois mois de bains, de massages, de douches et de promenades aux sources, l'ex-officier voyait à la fin sa blessure se fermer pour tout de bon. La saison s'avançant, il descendit des montagnes du Béarn dans la plaine ; c'est ainsi qu'il se trouva à Pau. L'endroit lui plut. On sait qu'il n'y en a guère de meilleurs.

— Pourquoi ne passerais-je pas l'automne par ici ?
se dit le jeune homme. Toutes les journées y sont dorées
par un doux soleil. L'air est sapide ; les habitants ont
de la gaîté ; les étrangers sont jolis, quoique Anglais
pour la plupart. On nous apporte de l'autre côté des
monts de ces merveilleux raisins d'Espagne qui ont la
réputation de rendre les morts à la vie. Allons, c'est bien
décidé, je reste à Pau pour une saison ou deux.

Trois jours s'étaient à peine écoulés qu'il était effrayé
de l'engagement qu'il venait de prendre ainsi envers
lui-même. La vie de province ne lui était pas familière.
Qui sait si ce goût auquel il venait de céder ne finirait
pas par lui devenir à charge ? Se guérir des suites d'un
coup de sabre est bien ; mais si, pour y parvenir, il
fallait se condamner à l'ennui mortel qu'un esprit délicat éprouve dans une bourgade de Béotiens, le remède
deviendrait réellement pire que le mal.

Abel se disait donc que la vie en Béarn est invariablement la même tous les jours que Dieu fait, et l'épouvante redoublait en lui. Par bonheur, à force d'aller du
parc au Gave, du château à la ville, il avait fini par
faire connaissance d'un habitant du pays, lequel était
aussi le meilleur des hommes. Il s'agissait d'un vieillard
qui pouvait lui servir à deux fins, et comme conseiller
intime et comme médecin. Ce précieux ami se nommait
le docteur Saint-Esteben, un disciple de Casimir Broussais, c'est-à-dire un enragé raisonneur, un de ces rares
praticiens si utiles aux autres, un de ces savants qui se
prêtent encore plus à faire de la philosophie pratique
que de la médecine.

Tout bien compté, le docteur avait dépassé la soixantaine. Une belle tête couronnée de cheveux blancs, une figure toujours souriante, beaucoup de douceur dans la parole, une mise un peu surannée, mais qui n'avait pourtant rien de ridicule ni de sévère, un jonc d'un mètre et demi, un chapeau à larges ailes, tout cela résumait le vieillard encore vert auquel l'ex-lieutenant s'était adressé pour terminer sa convalescence.

Après deux ou trois heures de conversation, Abel avait été à même de constater que le vieux médecin était un homme d'une portée supérieure. Selon l'âge, le caractère, le génie de son malade, il ordonnait non une saignée, ni une potion, mais une lecture, un concert ou une promenade. Il en résultait qu'à Pau et dans les environs, il ne comptait guère qu'une très-petite clientèle, parmi les indigènes, du moins. Qu'est-ce qu'un médecin qui n'envoie pas sans cesse ses patients chez le pharmacien ? Qu'est-ce qu'un guérisseur qui fait disparaître la maladie rien qu'à l'aide du plaisir ? Mais, hâtons-nous de le reconnaître, les Anglais, la colonie russe et les autres étrangers n'avaient pas tardé à apprécier, suivant son mérite, cette méthode aussi accommodante qu'originale.

— Après tout, Saint-Esteben a cent fois raison, disaient les confrères. Il agit comme un homme qui n'aurait à traiter que des malades de cœur et d'esprit ; et, pour la plupart de ces riches désœuvrés que la mode envoie par ici, presque toutes les affections ne sont logées, en effet, que dans la tête et dans le cœur. L'exercice, tantôt à pied, tantôt à cheval, la musique, la gaieté, de rares et généreuses lectures, le whist, où l'on ne parle pas, pour les laryngites, voilà ce qu'il se borne à prescrire: et, au bout d'une saison, il signe d'une main triomphante un *exeat* à l'adresse de ses clients. Allons, Saint-Esteben est un maître homme.

On citait surtout un cas qui avait grandement aidé à populariser la réputation du docteur.

En 1853, un jeune Russe, le fils du prince de T..., était arrivé de Paris dans un état de décrépitude qui ne laissait plus rien espérer. Perdu d'ivrognerie et de débauche, il avait la tête hébétée et les jambes titubantes, à peu près comme les *tériaki*, ces buveurs d'opium que le voyageur rencontre sous les portiques de Constantinople.

Presque toutes les célébrités de la Faculté de Paris avaient tenté de refaire cette existence si profondément désorganisée et elles y avaient échoué. Saint-Esteben prit le pauvre Scythe entre ses mains, et, à force de soins, il réussit peu à peu à le remettre sur pied.

Pour y parvenir, il ne lui avait fallu que deux promenades d'un quart d'heure chaque jour, au parc, à l'heure du soleil, une nourriture très-mince, mais très succulente; des tranches de chevreuil et de sanglier fort savamment épicées; du lait des montagnes, d'abord; du vin de Médoc, ensuite; et à la fin, pour réveiller l'esprit trop *incrassé* du sujet, des albums d'Achille Devéria, des stances de Byron et de Lamartine.

Un beau jour, le prince russe, pareil au paralytique de la légende, jeta ses béquilles à vingt pas de lui et se retrouva debout, comme à l'heure de sa première et verte jeunesse.

— Docteur, avait dit alors le jeune prince, je vous dois plus que la vie. Non seulement vous m'avez fait renaître dans mon corps ruiné à trente-cinq ans comme celui d'un vieillard, mais encore vous m'avez rendu l'usage de mon âme, que j'avais perdu à la suite des plaisirs qui changent l'homme en bête. Disposez de moi comme vous l'entendrez.

— Vous me devez cent roubles argent en guise d'honoraires, répondit Saint-Esteben en riant ; mais si j'ai jamais besoin de vous, je vous le ferai savoir, soyez-en sûr.

Ce trait et dix autres de même genre faisaient que tous les naufragés de la vie élégante s'adressaient de préférence au vieux médecin.

Ainsi recherché, Saint-Esteben occupait donc à Pau une situation des plus heureuses pour un homme de son métier. Pas de jour qu'on ne lui envoyât des malades de la nature la plus intéressante. C'était ainsi qu'un vieux gentilhomme du centre de la France, le comte Régis de Prévéranges, retenu dans son château par la goutte, lui adressait sa jeune fille, Laurianne de Prévéranges, sous la conduite d'une vénérable dame de compagnie. Cette fois-ci encore, il s'agissait d'un cas pathologique peu répandu et que l'excellent docteur se mettait à traiter par les moyens à son usage, c'est-à-dire par la lecture, par la promenade, par la musique, et, en un mot, par tout ce qui est de nature à réveiller l'esprit assoupi d'une jeune organisation, prématurément brisée par la souffrance.

Cependant, dès les premiers moments du séjour de la jeune fille à Pau, après un sérieux examen, l'habile médecin hocha la tête d'un air non équivoque de découragement et de stupeur.

— Eh ! eh ! disait-il en se parlant à lui-même à demi-voix, voilà un cas que je n'avais jamais rencontré et qui pourra bien résister à la bonté ordinaire de mon système.

II

Un moment même, après une conversation d'un quart d'heure avec la jeune malade, Saint-Esteben eut peur.

Il avait beau fouiller au fond de sa mémoire, il ne parvenait pas à y rencontrer un souvenir qui pût lui offrir rien d'analogue à ce qu'il voyait.

De quoi souffrait donc Mlle de Prévéranges ?

C'était ce que se demandaient tous ceux que le hasard avait placés près d'elle.

A première vue, en la suivant du regard, rien qu'en spectateur curieux, on ne pouvait supposer qu'elle souffrît d'aucun mal un peu grave. Bien au contraire, tout en elle annonçait la force et la santé. En voyant arriver tout à coup cette jeune provinciale, qui cessait à peine d'être une enfant, les riches nomades de la ville, courbés tous plus ou moins sous le faix d'infirmités évidentes, se demandaient pour quel motif mystérieux on leur envoyait une nature si verte et un museau si rose.

Mlle de Prévéranges, brillante du trésor de ses vingt ans, était grande, élancée, avec des bras robustes, quoi-que se terminant par de petites mains blanches, finement fuselées. D'abondants cheveux noirs s'enroulaient autour de sa tête; elle avait de grands yeux bleus fort clairvoyants, et le long des joues ce vermillon du printemps de la vie qui va si bien aux jeunes filles de grande maison.

A la vérité, la sérénité habituelle de cette figure se dérangeait de temps en temps pour laisser percer un accès de subite et indéfinissable tristesse. Du jour au lendemain, ce charmant visage n'était plus du tout le même. La veille, elle souriait et caquetait à la manière d'un pinson qui babille sur la haie des prés; le lendemain, sans qu'on sût pourquoi, une taciturnité presque sinistre liait sa langue et scellait ses lèvres. La veille, l'azur transparent et virginal de ses yeux laissait presque voir l'azur de son âme; le lendemain, un voile de mélancolie s'étendait de ses cils à ses paupières et enlevait tout son éclat à cette noble physionomie.

Au parc, dans les lieux de promenade et de réunion des riches malades, on avait fini par remarquer ces dissonances bizarres qui déparaient ainsi l'harmonie d'une belle nature. Là-dessus, les mauvaises langues qui se trouvent un peu partout, toujours, pour médire, se mettaient à jouer aux conjectures.

— Il était inconcevable qu'une si belle personne changeât ainsi à vue d'œil, du soir au matin. Et puis, pourquoi, étant du centre de la France, c'est-à-dire d'un pays déjà éloigné, pourquoi n'était-elle accompagnée d'aucun membre de sa famille? A la vérité, on apercevait toujours auprès d'elle une dame d'allures respectables qui disait être quelque chose comme une chanoinesse d'Auvergne et se nommait Mlle ou Mme Véronique de Champ-Sablé. Mais le soin même que cette virago mettait à ne pas laisser seule Mlle de Prévéranges annonçait quelque chose de louche ou de peu compréhensible.

— Assurément, il y a quelque chose là dessous, se disaient les désœuvrés et les asthmatiques.

Mlle de Prévéranges, qui était à mille lieues de supposer qu'on s'occupât d'elle, avait fait meubler une jolie petite maison en dehors de la ville et qui donnait sur la route des Pyrénées. C'était une résidence bourgeoise, se rapprochant volontiers, comme étendue, des chalets qu'on a, depuis quelques années, mis à la mode aux environs de Paris. Indépendamment de Mlle de Champ-Sablé, sa demoiselle de compagnie, Laurianne y recevait les soins de deux domestiques, une femme de chambre et un cocher, car il y avait une élégante berline sous la remise·

Pour le reste, la vie de Mlle de Prévéranges était d'une très-grande simplicité. La jeune fille allait un peu dans le monde, un peu au théâtre et un peu à l'église. Le surplus du temps se passait en promenades dans les alentours qui sont égayés par un paysage longtemps vert et toujours varié. Aussitôt le soir venu, la petite maison fermait ses portes. Alors Mlle de Champ-Sablé servait le thé et faisait une lecture à haute voix, ou bien encore travaillait à une pièce de tapisserie, tandis que sa jeune maîtresse se mettait au piano.

La seule visite qu'on reçût était celle du docteur, mais elle se renouvelait tous les jours. Il arrivait même que Saint-Esteben se présentait plusieurs fois.

En province, chez ceux auxquels la fortune sourit, on jouit de toutes les libertés, excepté de celle qui consiste

à cacher sa vie. Dès la première semaine de son séjour
à Pau, Mlle de Prévéranges avait accusé le désir de ne
voir personne que le vieux médecin. Si elle quittait le
château, son vieux père, ses affections et ses habitudes,
ce n'était point pour mêler son existence à celle des inconnus et des indifférents ; mais simplement pour se
guérir du mal dont elle souffrait et pour quitter au plus
vite cette ville qui ne disait rien à son cœur. Il avait donc
été convenu qu'elle vivrait le plus possible à l'écart, sans
fuir, mais aussi sans rechercher le monde. Mais la belle
enfant comptait sans l'insatiable curiosité de la province.

Elle ne savait pas que, dès le premier jour de son arrivée, tous les yeux des oisifs de l'un et de l'autre sexe
seraient braqués sur sa personne et sur ses gens. Elle
ignorait que, dès le second jour, on mettrait vingt es-
pions en campagne, afin de se renseigner sur la nouvelle
venue, sur son origine, sur ses mœurs, sur la raison plus
ou moins cachée qui l'amenait en Béarn. Elle était surtout bien éloignée de croire qu'on eût l'audace de se présenter chez elle, alors qu'elle avait la volonté de ne se
présenter chez personne. Et, au bout de huit jours, elle
pouvait voir que ses projets de solitude étaient un rêve
auquel il lui fallait renoncer.

En effet, sous prétexte de tombola, — pour une bonne
action à faire, — deux belles dames à l'œil de basilic et
un brillant cavalier étaient venus sans façon sonner à la
petite maison de Mlle de Préveranges. Au second coup
de sonnette, Cécile, la femme de chambre, avait fini par
se montrer sur le seuil de la résidence, en essayant de
faire une petite moue de colère.

— Mlle de Prévéranges ne reçoit pas, disait cette fille, la main sur le loquet de la porte.

— Dites que c'est pour une œuvre de charité, une famille sans soutien à tirer de la misère, objecta l'une des deux belles dames.

— Ajoutez, reprit l'autre, que l'usage des gens de bon ton qui viennent séjourner à Pau est de prendre des billets à ces sortes de loterie.

En entendant ces paroles convenablement emmiellées de philanthropie, Cécile qui n'était pas très-forte quand il s'agissait de jouer le rôle de parlementaire, Cécile poussa légèrement la porte et laissa pénétrer les trois visiteurs jusque dans le corridor. Il ne restait plus que quelques pas à franchir pour arriver jusqu'à la mystérieuse étrangère et l'on regardait déjà, bien entendu, la place comme étant prise.

— Mlle de Préféranges vous prie de vous donner la peine d'entrer, dit la femme de chambre en reparaissant.

Ces scènes se passaient au milieu de la journée, en septembre.

Au moment où l'ambassade entra, Laurianne était assise sur un grand fauteuil à la Voltaire, la tête pâle, la bouche attristée, les yeux péniblement baissés sur un livre nouveau. Elle venait de subir le contre-coup d'une de ces crises étranges dont il a été question plus haut. Dans le premier moment, elle tenta de se lever, afin d'aller à la rencontre des visiteurs ; mais, sur un geste de Mlle de Champ-Sablé, elle resta en place, rougissant et pâlissant en même temps.

— Mademoiselle, vous ne pourrez pas comprendre que nous ayons pris la liberté de nous présenter chez vous sans permission, dit une des deux pies-grièches avec un air béat ; mais comme il s'agit d'une bonne action à faire, nous espérons que vous nous pardonnerez une si grande incartade aux règles de la politesse.

— Mlle de Prévéranges est un peu souffrante, ce matin, se hâta de répondre la dame de compagnie ; aussi, regrette-t-elle, Mesdames, de ne pas vous faire tout l'accueil qui vous est dû. Cependant, s'il s'agit d'une loterie pour les pauvres, inscrivez-la, dès à présent, pour dix billets.

En prononçant ces paroles, la chanoinesse, très-habile sur l'escrime du geste et de l'intonation, donnait clairement à entendre qu'on venait de se livrer à une démarche importune et que le seul moyen qu'on eût d'être agréable à Laurianne était qu'on se retirât le plus tôt possible.

Il faut croire que les intentions de Mlle de Champ-Sablé furent vite comprises, car une triple révérence, suivie de quelques mots sans ordre, qui passent pour de la politesse, précédèrent d'un instant la sortie des visiteurs. On était désolé, disait-on, d'avoir osé se présenter ainsi ; on ne savait pas que la demoiselle était indisposée à ce point-là ; on regrettait infiniment la démarche inconsidérée à laquelle on venait de se livrer, mais néanmoins on se hâtait de se retirer.

— Eh bien, bon voyage, disait *in petto* la dame de compagnie.

Mais il était clair qu'on était venu bien plus pour voir ce qui se passait que pour recueillir une aumône.

Sur ces entrefaites, le docteur arriva, afin de faire sa visite du matin.

Aussitôt qu'il fut au fait de l'incident, il jeta feu et flamme contre cette race sempiternelle et incorrigible des curieux, la pire des espèces aux yeux d'un sage. Une fois sa colère apaisée, il conseilla d'agir avec infiniment de prudence envers ces esprits si dangereux. Eclairé par une longue expérience, il n'ignorait pas que le trio qu'on lui avait signalé pouvait causer, par ses médisances traîtresses, le plus grand mal à Mlle de Prévéranges.

— Ce qu'il faut éviter avant tout, disait-il, c'est que ces langues de vipère n'aillent raconter en tout lieu leur visite d'une minute, en exagérant ce qu'elles ont vu. Notre malade vient de traverser une crise grave ; mais, ce soir, il n'y paraîtra plus. Demain matin, Laurianne aura sa figure de tous les jours. Il faudra donc que, toute affaire cessante, elle se présente, parée et souriante, aux personnes qui sont venues sous prétexte de lui offrir des billets de loterie. En la voyant si jeune et si jolie, l'effet des médisances et des conjectures blessantes qu'on a dans doute déjà préparé et grossi s'arrêtera court. Cela étant fait, nous verrons quelle conduite il conviendra de tenir désormais.

Mlle de Champ-Sablé aidant, Laurianne exécuta de point en point l'ordonnance de son médecin.

Le lendemain donc, on se prépara pour aller rendre la visite conseillée.

Jamais Mlle de Prévéranges n'avait été si jolie. En descendant de voiture, suivie de sa dame de compagnie, elle avait réellement un très-grand air, et sa figure, entièrement remise des assauts de la veille, brillait de tout l'éclat de ses vingt ans. Elle se présenta chez les deux dames qui paraissaient être comme les chefs du camp des curieuses, et, ouvrant avec une grâce charmante son porte-monnaie en cuir de Russie, elle en tira dix louis qu'elle tendit pour les dix billets de la tombola.

A cette soudaine apparition, assurément fort inattendue, les deux dames, n'en croyant pas leurs yeux, étaient comme interdites et muettes.

— Il était bien juste, Mesdames, ajouta Laurianne en faisant un gracieux salut, que je vinsse vous rendre l'agréable visite que vous avez bien voulu me faire dans la journée d'hier.

Ces paroles étaient-elles une ironie ou simplement une marque de politesse ? Les curieuses hésitaient à se prononcer. Toutefois une chose était certaine, c'est qu'elles ne pouvaient se défendre du charme souverain que la belle enfant apportait partout avec elle. Leur étonnement, d'ailleurs, était tout à la fois de réunir leurs pensées et de dire un seul mot. Toutes deux se demandaient si cette brillante personne était bien la jeune malade qu'elles avaient vue, la veille, lorsque, assise sur un fauteuil à la Voltaire, elle était plongée dans un état d'affaissement comparable à celui que fait naître la catalepsie. Bien certainement, tout cela leur paraissait tenir du sortilège.

— N'importe, c'est la plus charmante des étrangères qu'il y ait en ce moment à Pau, disaient-elles.

En présence de ce subit enthousiasme, il y avait bien aussi pour les deux dames un certain embarras. La veille même, en sortant de la petite maison, la langue leur démangeant, elles avaient parcouru la ville en disant à qui voulait les entendre, d'abord ce qu'elles avaient vu, et aussi et surtout ce qu'elles avaient cru

voir. Usant de l'art que possèdent si bien les bavards de
faire faire les plus vilaines conjectures rien qu'en faisant
des réticences, elles avaient déjà amené l'opinion des
sots à broder toutes sortes d'inventions misérables sur le
compte de Mlle de Prévéranges.

Pour les uns, la jeune personne était une fille de noble maison sujette à de fréquents accès d'aliénation mentale. C'était même durant une de ces soudaines éclipses
de sa raison que l'avaient surprise les dames patronnesses
au moment où elles étaient venues lui proposer des billets de loterie. Pour les autres, toujours d'après ces caquets, il y avait quelque roman d'amour sous jeu. Est-ce
qu'elle n'aurait pas été, avant de venir à Pau, la victime
d'une trahison ou d'un délaissement ? A l'heure de la visite, l'étrangère était tout à la fois pâle, muette et troublée. Une des commères avait même trouvé moyen de
commenter la relation dans un sens tout à fait dramatique.

— Je m'y connais, moi, disait-elle. Voilà l'attitude
qu'on garde quand on cherche à dissimuler une gros-
sesse.

Bientôt l'une et l'autre suppositions, emmanchées tout
à coup dans les ailes de la médisance, s'étaient mises à
faire le tour de la ville.

L'écho de ces méchancetés arriva vite jusqu'à Abel
Ramière.

Ce jour-là, justement, le docteur Saint-Esteben se trouvait sur le chemin de l'ex-officier.

— Ah çà, docteur, dit le jeune homme, quel cas y a-
t-il à faire de tous ces bruits ?

— Il n'y a qu'à les mépriser, mon jeune ami.

— Ainsi, Mlle de Prévéranges n'est ni folle ni grosse ?

— Assurément, non.

Et à demi-voix :

— C'est bien assez pour cette adorable jeune fille d'avoir un double.

Abel, distrait comme on l'est à son âge, n'avait prêté que peu d'attention aux dernières paroles du vieux médecin. Cependant ce qu'il avait retenu de cette causerie s'embrouillait pour lui dans une confusion bizarre. Une première fois, Saint-Esteben lui avait affirmé que de toutes les étrangères, qui se trouvaient pour le moment à Pau, Mlle de Préveranges était celle qui se portait le mieux, de même qu'elle était la plus jolie. D'autre part, le savant docteur venait de parler d'un cas bizarre, tout à fait exceptionnel dans la science : d'un double.

— Mlle de Préveranges a un double, avait-il dit.

Pendant quelques instants, Ramière, vivement étonné, s'était demandé ce que ce pouvait être qu'un double.

Nos temps nouveaux sont mêlés de choses bizarres.

Depuis une quarantaine d'années, on a inventé en Europe un certain nombre d'affections mystérieuses dont le vieil art n'avait jamais songé à faire mention. Les moyens curatifs ont été aussi d'une étrangeté notoire. Il n'y a pas bien longtemps, on voyait passer à Paris, dans une voiture à deux chevaux blancs, une sorte de docteur allemand, croisé de juif, qui prétendait supprimer la cécité en faisant avaler une perle aux aveugles.

Il y a eu, un peu après, le docteur Noir qui se flattait d'enlever l'incurable cancer, uniquement à l'aide de plantes tropicales. On a vu ensuite les spirites rétablir

l'équilibre du corps et de l'esprit au moyen d'ordonnances surhumaines, dictées et écrites par les esprits
frappeurs. Un zouave, venu de l'armée d'Afrique, gué-
rissait, par la seule imposition des mains, les paralyti-
ques abandonnés par les médecins en réputation. A la
honte des positivistes de l'école de Charles Comte, l'em-
pirisme, la sorcellerie et l'extase se sont ainsi mêlés à
la médecine pratique et l'ont, par moments, fait oublier.

Abel avait bien entendu parler de toutes ces fantaisies du moment, mais il ignorait absolument ce que ce
pouvait être qu'un double.

— Au bout du compte, reprit-il bien vite, il n'y a pas
à me mettre martel en tête. Je suis ici pour mon compte
personnel, afin de faire disparaître au plus vite les suites
de ma blessure, et je n'y suis pas pour autre chose. En
vérité, je ne me suis déjà que trop occupé de cette petite
châtelaine. Ce vieux Saint-Esteben est une manière d'en-
chanteur. Il remet sur pied tous ses malades. S'il s'est
engagé à guérir cette jeune fille de son double, eh bien,
il la guérira. Ce sont là leurs affaires à tous deux et non
les miennes.

On le voit par ce petit discours, l'ex-lieutenant était
bien résolu, dès ce moment, à ne penser qu'à lui-même.
Y avait-il à l'en blâmer ? Dans des villes telles que Pau,
refuge de malades et d'oisifs, où la société est si mêlée,
le va-et-vient continuel, pour l'homme de bon sens,
l'égoïsme devient une règle de conduite. Il n'y a que les
sots pour s'en plaindre. Aux eaux ou en villégiature, on
se rencontre pour un temps, pendant un temps, à la
source, au parc, à la table d'hôte, et l'on finit par vivre
sur le pied d'une certaine égalité. On dit, à tout pro-

pos : — « Mon cher voisin », et un peu plus, on dirait :
« Mon ami » ; — mais...

Mais un mois s'écoule vite pendant ces loisirs. Une
saison a déjà passé. Des lettres vous arrivent de Paris
un mati net, le soir, on part, souvent sans avoir pu dire
un mot d'adieu à ceux parmi lesquels on se trouvait encore la veille C'en est fait de ces attachements d'une
contexture si légère. On était pour ainsi dire à tu et à
toi ; eh bien, voilà qu'on ne se connaît plus. S'il reste
au fond de la mémoire la sihouette d'un compagnon de
promenade ou le souvenir d'une voisine de la table commune, c'est tout au plus.

— Mlle de Prévéranges est venue ici en septembre pour
repartir en octobre, peut-être en novembre, pensait
Abel. Eh bien, après ? En quoi un tel fait pourrait-il influer sur ma vie ? Je suis moi-même ici comme l'oiseau
sur la branche. Un caprice de ma volonté ou un soubresaut du sort peut m'emporter demain à cent lieues du
Béarn. Vivons donc en convalescent, qui, par situation,
ne doit se faire aucun souci. Il n'y a pour moi qu'à jouir
en paix de ce doux pays et des derniers beaux jours de
la saison.

Et, en même temps, à la vue d'un ciel de saphir, splen-
didement éclairé par le soleil du midi, il murmurait les
jolis vers de l'Anacréon de notre âge :

> Soleil si doux au déclin de l'automne,
> Arbres jaunis, je viens vous voir encor.

Abel Ramière gravissait un sentier boisé et, de dix
pas en dix pas, il fouettait avec une houssine les feuilles
que le vent commençait à détacher des arbres. En errant,

il marchait à petits pas, mais sa pensée ne pouvait pas
se nourrir seulement des beautés de l'infini ni de la poésie des paysages. L'ancien officier n'était point de cette
pâle famille des Obermann qui tombent en extase des
jours entiers à propos d'une branche de sapin rompue
par l'orage ou qui pleurent sur un aster qui a pu fleurir
dans le creux des rochers. Il se sentait au cœur un fonds
de passion d'une allure tout humaine. Il se croyait créé
pour aimer autre chose que des aspects de la nature et
des sujets d'élégie.

Dans notre dix-neuvième siècle, vu la liberté hâtive
qu'on donne à la jeunesse, chacun a son histoire à soi
de très-bonne heure. A vingt-cinq ans, petit ou grand,
quel est l'homme qui n'ait pas déjà beaucoup vécu ? Il en
est même qui comptent leurs années par leurs aventures, ou, comme on dit dans un certain monde, par leurs
romans. A vingt-cinq ans, on a voyagé, on a aimé, on
a trompé, ou bien on a été trompé. De toute manière,
on a eu à souffrir ; on sait ce que c'est qu'un duel, une
trahison, un procès, une lettre perdue, une amitié dé-
chirée. On connaît presque l'inutilité des efforts d'un
vaillant cœur qui se débat contre la mesquinerie du
monde moderne. On est à demi-blasé. On se donne pour
un vieillard anticipé.

Abel Ramière avait été souvent à même de connaître
ce train de vie pour l'avoir mené par lui-même. Les
aventures qu'il avait eues ne l'empêchaient pas d'être
encore tout neuf. Cela venait sans doute de ce que, depuis sa sortie de Saint-Cyr, son métier de soldat avait
pris le meilleur de son temps. En réalité sa vie s'était
écoulée dans un campement de l'Atlas ou dans quelques-

unes de ces bourgades d'Afrique qui en sont encore aujourd'hui au point où elles en étaient à l'époque des
guerres qu'a racontées Salluste.

De l'amour, il ne connaissait que ces grossiers épisodes
de la vie de garnison, qu'un homme bien né ne se rappelle jamais qu'avec dégoût. Sans doute il s'était dit
qu'il devait y avoir autre chose dans le rapprochement
de deux cœurs encore jeunes ; il avait deviné qu'une
flamme pure devait jaillir de l'union des âmes fraternelles qui se rencontrent ici-bas ; mais cette notion
n'existait chez lui qu'à l'état de pressentiment, et c'était
tout au plus s'il songeait à arrêter parfois son esprit sur
un tel sujet.

— Non, n'ébauchons ici aucune amourette, se disait-
il, toujours en gravissant la montagne. Un peu plus
tard, dans un mois ou deux, quand je serai tout à fait
guéri, j'aurai à apprendre ce que je ne sais pas. Je suis
jeune, je suis riche, je suis fort. En d'autres termes, j'ai
tout ce qu'il faut pour me mettre en campagne. Eh bien,
à Paris ou ailleurs, peu importe, j'irai vaillament au-
devant du monde comme je suis allé autrefois l'épée à
la main au-devant de l'Arabe. J'aurai un amour. Je ferai la guerre de sentiments. Nous verrons bien si j'en
reviendrai blessé.

A force de marcher, l'ex-lieutenant était parvenu à
ce point de la montagne qu'on appelle la Fleur-d'Ortie ;
c'est une sorte de pic dentelé, tout hérissé d'escarpe-
ments étranges. Une tradition rapporte qu'en passant
par là pour courir à ce choc héroïque où il trouva la
mort, Roland-le-Paladin s'arrêta en cet endroit et y
planta son épée. Le roc en conserve une gigantesque

entaille. Il y a onze siècles que ces choses se sont passées, et la Fleur-d'Ortie effraye toujours les touristes qui
s'aventurent de ce côté-là.

Ramière s'avançait afin de bien examiner ce site dans
tout son contour. Quoiqu'on fût au milieu du jour, un silence de plomb enveloppait cette solitude. Seulement
en élevant les yeux vers le sommet du pic, le promeneur
se trouva en face d'un spectacle qui captiva tout d'abord
son attention, mais en faisant courir sur tout son corps
quelque chose comme un frisson d'épouvante.

A l'un des étages les plus élevés de l'escarpement, un
enfant d'une quinzaine d'années, un petit montagnard
des environs, les pieds, la tête et les bras nus, s'était
hissé jusqu'à une excavation que le temps avait creusée
en forme d'ogive. C'était un de ces oiseleurs que l'on
désigne dans le pays sous le nom de *dénicheurs d'aigles.*
N'ayant pour toute arme qu'un bâton et un couteau vulgaire, ils grimpent de roc en roc jusqu'à l'aire des terribles oiseaux, plongent la main dans le nid, en retirent
les petits et vont les vendre ensuite aux Anglais qui sé-
journent dans la ville ou dans la vallée. Mais il arrive
souvent que leur témérité leur coûte cher. Ainsi plus
d'une fois, au pied de la Fleur-d'Ortie, on a trouvé le
cadavre d'un dénicheur d'aigles, horriblement mutilé et
aux trois quarts dévoré.

Celui que l'ex-lieutenant venait d'apercevoir était en
lutte avec un oiseau de taille formidable. Un moment,
Abel essaya de lui crier d'avoir à se retirer d'un combat
où les forces n'étaient pas égales ; mais comment se
faire entendre distinctement en un tel lieu, à trois cents
pas de distance ? Comment, du ras du sol, où était l'an-

cien officier, porter secours à près de soixante mètres
de haut où était le chasseur ? Si seulement Ramière
avait eu à la main une carabine ou tout autre arme à
feu, il aurait peut-être pu détourner le péril qui fondait
sur le pauvre imprudent ; mais que faire avec une frêle
houssine de coudrier ?

Depuis quelques instants, le petit montagnard, ayant
en face son terrible ennemi, songeait à la retraite. Un
bâton ferré et son bras gauche arrondi comme un bou-
clier autour de sa tête la garantissaient des premières
atteintes de l'oiseau de plus en plus irrité. Il descendait
bien du pic, mais lentement et avec de prudentes précautions. Mais bientôt le danger devenait double. Il s'agissait d'éviter à la fois le bec de bronze de l'aigle et le
vide, l'abîme béant sous ses pieds. D'un coup d'aile, la
bête pouvait le jeter à bas, ou bien encore lui ouvrir le
crâne avec ses serres, ou encore lui crever les yeux,
ainsi que la chose n'est arrivée que trop souvent. Déjà
même, prévoyant son sort, l'enfant poussait un cri de
détresse.

— Au secours ! disait-il. A moi ! Je suis perdu !

Au même instant, une détonation dont l'écho redoubla la sonorité se fit entendre ; c'était un coup de fusil
qui partait d'une des anfractuosités du pic. Touché sous
l'aile gauche par une balle conique, l'aigle tournoya un
moment dans l'espace et finit par tomber au pied du
roc, à très-peu de distance du lieu d'où le coup de feu
était parti.

Ce miracle — car c'en était un — sauva la vie au dénicheur, qui une fois délivré, s'empressa de descendre.

Abel, comme on le pense bien, était curieux de savoir

d'où venait cette intervention presque céleste. En cor
tournant un peu le pic, il trouva un sentier qui descer
dait par des plis de serpent jusque dans la vallée, e
guidé, tant par les dernières vibrations de l'écho qu
par l'odeur de la poudre, il ne tarda pas à découvrir c
qu'il cherchait.

A cent pas de distance, il apercevait une jeune femm
en costume d'amazone, ayant un fusil Remington à l
main.

C'était Mlle de Prévéranges.

Tout près d'elle, un valet en livrée tenait les rênes d
deux chevaux tout sellés.

Un pareil coup de théâtre était bien fait, on en con
viendra, pour piquer la curiosité du promeneur.

En s'approchant de plus en plus, le jeune homme tir
son chapeau de dessus sa tête et salua avec empresse
ment, de manière à être vu de la jeune fille.

Après avoir jeté sa carabine sur l'herbe, Lauriann
s'était approchée de l'aigle. Elle paraissait contemple
l'oiseau vaincu qui se débattait tout sanglant sur de
pierres ébréchées et qui était mortellement blessé.

— Mademoiselle, dit Ramière aussitôt qu'il fut à por
tée de voix, permettez à un ami du docteur Saint-Este
ben de vous féliciter de ce que vous venez de faire. Er
frappant cet aigle, vous avez sauvé la vie à l'un des enfants de cette montagne. C'est tout à la fois un trait de
courage et une bonne action.

— Il n'y a pas grand mérite à moi dans ce que vous
venez de voir, répondit Mlle de Prévéranges avec un sentiment de modestie qui n'avait rien d'apprêté. Au Berry,
dans le pays où j'ai passé mon enfance, terre des grands

chênes et des chasseurs, on apprend de bonne heure
aux femmes à se servir d'un fusil. C'est ce qui est arrivé
pour moi comme pour vingt autres. Tout à l'heure, en
me promenant, j'ai été témoin de la détresse de ce petit.
Eh bien, je suis descendue de cheval ; j'ai visé juste, et
j'ai tiré à temps. Voilà tout le secret de cette prouesse,
Monsieur.

Abel insista pour rappeler ce qu'il y avait de louable
dans un exploit qui venait d'arracher un enfant à une
mort certaine. Mais en esprit délicat qui ne s'arrête pas
à écouter les compliments d'un inconnu, Laurianne ne
prêtait à ce que disait l'ancien officier qu'une demi-
attention.

— Jean, dit-elle au valet, attachez les chevaux pour
un instant à un arbre et ramassez cet aigle. Il est évident qu'il n'a plus que quelques minutes à vivre. Je
veux l'emporter à la ville.

Et, en ayant l'air de s'adresser à Abel :

— Au retour, je le donnerai à mon père, qui le fera
clouer, les ailes étendues, sur les grandes portes du château.

L'ordre fut obéi presque aussitôt que donné.

Jean descendit donc dans la ravine et revint chargé
de l'aigle, qui, en effet, avait cessé de vivre ; mais l'oiseau aux longues ailes formait un grand et lourd fardeau.

Il ne fallait pas longtemps pour préparer le départ.

Au bout de quelques instants, M¹¹ᵉ de Prévéranges,
ayant mis son fusil en bandoulière, remontait à cheval ;
Jean fit comme elle et se chargea de l'oiseau.

— Nous retournons à Pau, Monsieur, dit Laurianne à

Abel. Si vous voyez avant moi le docteur Saint-Esteben, veuillez être assez bon pour lui dire que c'est pour me conformer à ses prescriptions que je suis venue faire par ici une promenade à cheval. Sans son ordonnance, je ne me serais pas livrée au fait d'armes qui m'a valu le plaisir de recevoir vos compliments.

Elle n'avait pas plus tôt fini de parler qu'elle se mit à éperonner sa monture.

Jean fit comme elle et ils eurent bientôt disparu l'un après l'autre, par le tournant du sentier.

— L'adorable créature ! se dit Ramière en s'efforçant à la suivre quelque temps des yeux.

III

Abel était comme ébloui.

Deux ou trois fois déjà, ainsi que nous avons eu occasion de le dire, l'ancien lieutenant de l'armée d'Afrique avait pu voir Mlle de Prévéranges, et, comme tout le monde, il n'avait pu se défendre de la trouver charmante, mais il n'avait jamais encore été à même de la contempler de si près, ni de lui adresser la parole. Le costume d'amazone qu'elle portait pour la première fois en Béarn lui séyait à ravir. Un petit chapeau style Louis XV, surmonté d'une plume de héron, lui donnait en outre un air de chasseresse qui s'accordait merveilleusement avec ce paysage des Pyrénées et le ton dramatique d'une scène de montagne.

Cependant, ce qui avait encore le plus frappé Ramière dans tout cela, c'était la musique de la voix.

— Il n'y a décidément rien de vulgaire dans cette belle enfant, se disait-il en revenant lui-même à la ville.

Il eut beau faire, il ne put de toute cette journée penser à autre chose qu'à ce dont il avait été témoin près de la Fleur-d'Ortie.

— Que se passe-t-il donc en moi ? se demandait-il de temps en temps.

Aussitôt qu'il revit Saint-Esteben, il n'eut rien de plus pressé que de lui raconter l'aventure de l'aigle si vaillamment abattu par un coup de fusil. Tout en cherchant à maîtriser son trouble, il ajouta que Laurianne lui avait fait l'honneur de lui adresser la parole. En bonne règle, son récit aurait dû s'arrêter à cet endroit. Ramière alla plus loin et ne tarit pas sur la beauté et le grand air de Mlle de Prévéranges. Il ajouta que, si elle était charmante à pied, elle était incomparable à cheval, avec un costume d'amazone et un fusil en bandoulière.

— Et, poursuivit-il, — moins pour faire une disgression que pour interroger son vieil ami, — et, cher docteur, quand on voit cette personne éperonner sa monture d'une façon si dégagée, on se demande comment cette autre Diana Vernon peut être malade ?

— Malade ! repartit en souriant le vieux médecin, — en souriant avec un peu de malignité, — malade, mon ami ! Croyez bien que Mlle de Prévéranges n'est pas seule à l'être.

— Que voulez-vous dire ? reprit l'ex-lieutenant en sentant une soudaine rougeur monter de son cœur à son front.

13*

— Rien, cher ami.

— Mais vous venez de lancer un mot ?...

— Ce n'est rien. Je faisais en moi-même une de ce réflexions qu'au théâtre on appelle *un aparte*.

Puis changeant tout à coup de ton :

— Abel, est-ce que vous seriez amoureux de Mlle d Prévéranges?

— Amoureux, docteur, ce serait beaucoup dire. Ce pendant je dois reconnaître que jamais encore un femme n'a produit sur moi autant d'effet que cette jeun fille.

— Eh bien ! c'est un commencement, cela. Mais, écou tez, mon jeune ami. Puisque ma jeune cliente excite e vous un si vif intérêt, il faut que je vous fasse une con fidence. A tout autre que vous, je prendrais un très-grand soin de taire les choses que je vais vous révéler. Avan tout, vous êtes un homme de cœur, incapable d'abuse jamais d'un secret. En second lieu, dans nos première causeries sur l'étrangère, je vous ai fait la promesse d vous donner quelques détails et je veux la tenir.

En prononçant ces paroles, Saint-Esteben s'assurai par un coup d'œil à droite et à gauche, que ce qu'il avai à dire ne serait entendu de personne.

— Tout dernièrement, reprit-il, en m'occupant avec vous de Laurianne, je vous disais : — Mademoiselle de Prévéranges « a un double ».

— Il est vrai, docteur.

— Ce n'était rien vous apprendre, car cela n'a pas de sens pour la plupart des hommes.

— Aussi, cher docteur, je n'y ai absolument rien com pris.

— Eh bien, je vais vous expliquer ce que ces paroles signifient.

— Dites donc.

— Vous connaissez, Abel, la prodigieuse et terrible histoire de l'homme qui avait perdu son ombre ? C'est le chef-d'œuvre d'Adalbert de Chamisso, un Français d'origine, né en Allemagne. Ce malheureux sans reflet a des aventures dont le récit donne la chair de poule au lecteur. Pour Mlle de Préveranges il se passe quelque chose d'absolument opposé, un fait mystérieux et qui tient tellement du prodige qu'il déconcerte toutes les ressources de la science.

— Mais qu'est-ce donc, docteur ? Laurianne serait-elle donc vouée au diable ou ensorcelée ?

— C'est quelque chose comme cela.

— En plein dix-neuvième siècle, dans le temps de la philosophie expérimentale, vous, docteur, vous, un sage, vous, un savant, vous me diriez de ces sornettes ?

— Il ne s'agit pas de sornettes, Abel.

— Allons, expliquez-vous vite, cher docteur, et nettement.

— Soyez sans crainte, j'y mettrai toute la clarté désirable.

Il y eut ici un petit temps d'arrêt, après quoi le vieux médecin reprit :

— Quand je dis que ma cliente a un double, je veux exprimer une chose bien insolite. En venant au monde, Mlle Laurianne de Préveranges a trouvé près d'elle une sœur invisible et pourtant apparente, en tout semblable à elle. Si j'osais même, pour me faire mieux entendre, j'ajoûterais que la belle personne est partagée en deux.

— Docteur, je comprends de moins en moins.

— Ne m'interrompez donc pas. Oui, rien de plus certain; il existe une seconde Laurianne. Deux gouttes d'eau ne sont pas plus pareilles. Cette deuxième réside on ne sait où, dans des zones qui n'appartiennent à aucune géographie connue, dans la région des esprits ou des spectres? C'est ce qu'on n'a pas pu préciser jusqu'à ce jour. Tantôt, ce second exemplaire de la jeune fille se montre aux yeux de son aînée; tantôt, il disparaît, et toujours, en revoyant ce portrait inattendu et terrible, M\u1d48e de Prévéranges, émue jusqu'à en mourir, tombe dans des attaques de nerfs d'où un médecin a grand'peine à la tirer.

— Ah! docteur quelle horrible chose, si cela est vrai!

— Si cela est vrai! Croyez-y bien, Abel. Tenez, moi qui vous parle, en ma qualité d'élève de Casimir Broussais, je ne suis guère disposé à ajouter foi aux écarts d'imagination ni aux billevesées de la sorcellerie. Quand, il y a deux mois et demi, le comte Régis de Prévéranges m'a écrit du fond du Berry pour me confier sa fille et pour la guérir de ce dont je vous parle, mon premier mouvement a été de me révolter et de sourire de pitié. Il me semblait que le vieux gentilhomme se moquait de moi. Mais, mon jeune ami, mon incrédulité ne pouvait tenir contre des faits positifs et qui se sont répétés cinq ou six fois en ma présence.

— Comment, docteur, vous avez vu le double?

— Je l'ai vu comme je vous vois.

— En chair et en os?

— C'est sur ce point-là que les forces de mon entende-

ment commencent à fléchir et à s'embrouiller. Me tenant auprès de la malade au moment d'une crise, je la
traitai de visionnaire ou d'esprit faible, portée à l'extase
ou à l'évocation du merveilleux. Pour la calmer, je pré-
parais une potion, moitié tilleul, moitié fleur d'oranger,
sucrée avec du miel. Or, en lui tendant la tasse, je la vis
tout à coup pâlir avec une rapidité surprenante : «— Eh !
voyez donc, docteur, s'écria-t-elle d'une voix mourante,
voyez donc, là ! là ! à ma gauche ! LA voilà ! c'est
ELLE ! » Je regardai de tous mes yeux, ainsi que vous
pouvez bien le supposer, et, très-effectivement, j'aperçus
près de la jeune malade, à cinq pas de sa dame de compagnie, une troisième femme, une demoiselle de son âge,
ayant ses traits, sa taille, son costume.

— Vous ne rêviez pas ?

— J'étais fort éveillé, Abel. Cette autre Laurianne
nous fixait d'un air grave en posant un doigt sur sa bouche comme pour nous dire : « Taisez-vous ! » L'apparition se tint ainsi debout pendant une minute.

— Une minute ! N'y avait-il donc pas assez de temps,
docteur, pour l'interpeller et pour marcher droit sur
elle ?

— J'essayai de faire l'une et l'autre chose, Abel. —
«Fantôme, d'où viens-tu ? Qui es-tu ? Que veux-tu ?» m'é-
criai-je. Et je me portai en avant ; mais la vision s'enroula alors sur elle-même, du côté de la porte et disparut.

— Êtes-vous bien sûr de n'avoir pas été vous-même
le jouet d'une hallucination ? demanda l'ex-lieutenant.

— La chose s'est renouvelée une autre fois, il y a fort
peu de temps, le jour où des indiscrets ont cru devoir

s'introduire chez Mlle de Prévéranges, sans en avoir demandé la permission.

— Vos souvenirs ne vous trompent-ils point ?

—Ce jour-là, Mlle de Champ-Sablé et moi, nous faisions une partie de trictrac, tandis qu'à deux pas de la table de jeu. Laurianne s'amusait à feuilleter un album de dessins et de photographies. J'avais le cornet à la main. Je jetais les dés sur l'échiquier et je ne pensais à rien autre chose. Plus attentive à ce qui se passait autour de nous, la dame de compagnie me poussa tout à coup du coude, mais assez fortement pour me faire lever la tête.

» — Voyez donc, docteur, ajouta-t-elle d'une voix défaillante et tout à fait agitée. »

— Tout à côté de Mlle de Prévéranges, le double opiniâtre s'était encore une fois levé. Il posait sa tête redoutable de la même façon que la jeune fille, suivant du regard les mêmes pages de l'album, mais en tournant peu à peu sur lui-même de manière à se trouver bientôt vis-à-vis d'elle.

«— Ah ! mon Dieu ! Elle ici ! Toujours Elle !»s'écria la pauvre enfant en pâlissant comme une morte et en laissant s'échapper le livre des mains.

A ce spectacle, nous nous levâmes à la hâte, Mlle de Champ-Sablé et moi, afin de porter secours à la malade et de repousser l'effroyable fantôme. En nous voyant venir à lui, le spectre se retira à reculons, en riant, et disparut insensiblement comme le ferait une vaine vapeur.

— Tout cela est plus qu'étrange, tout cela est inexplicable, ajouta Abel. Mais est-il possible à des esprits

sensés d'ajouter foi à tant de surnaturel se produisant
au milieu de la vie réelle que l'on mène à Pau ?

— Cher ami, je vous répéterai jusqu'à satiété que j'ai
été le premier à révoquer en doute les incroyables rapports qu'on est venu me faire sur Mlle de Prévéranges.
Comme vous, je riais d'abord, et je m'indignais ensuite.
Comme vous je me demandais à quoi peut servir la raison humaine et de quel emploi peut être la science si elles
sont impuissantes à nous débarrasser de contes ridicules
ou de grossières rêveries. Mais, après un lent et sérieux
examen, ayant vu par moi-même, j'ai été confondu de ce
qui se passe autour de cette belle enfant. Voilà deux
mois que je me demande tous les jours ce que signifie
cette terrifiante aventure.

Si Laurianne seule voyait le double, la question serait
vite tranchée. Je dirais : Ou c'est une fêlure au cerveau,
ou ce sont des mouvements d'extase, ou bien des symp-
tômes de nymphéomanie. » Dès lors, le remède serait
logiquement indiqué. Mais, en cela, il n'y a rien d'un tel
cas. Nous sommes, Mlle de Champ-Sablé et moi, des témoins intrépides et désintéressés. J'étais là, vous dis-je;
j'y étais avec la dame de compagnie. Bien mieux, et c'est
là ce qui afflige le plus le vieux comte, il est arrivé plus
d'une fois aux domestiques de sa fille de se trouver en
face du double. Ce qui a eu lieu à Prévéranges s'est re-
nouvelé à Pau.

Pour le coup, l'ancien soldat ne savait plus que penser
ni que dire.

En prêtant l'oreille à tout ce que venait de lui révéler
Saint-Esteben, il croyait être redescendu à cet âge enfan-
tin où les récits de nourrice charment les longues veillées

d'hiver. D'un autre côté, son imagination, profondément remuée, lui soufflait d'étranges paroles, telles que
celles-ci :

— Est-ce que cette jeune fille n'aurait pas été maudite
avant même de naître, à cause de quelque grande faute
des siens ?

Abel avait bien vite eu honte de s'être arrêté, même
l'espace d'une seconde, à écouter une aussi odieuse
accusation. La théorie du péché originel appliquée de
nouveau à l'innocent lui faisait horreur et il n'osait plus
s'y arrêter, même un moment. Mais pourtant que conclure de tout ce qu'il venait d'apprendre ? A quoi attribuer le retour d'un spectre aussi cruellement assidu que
celui par lequel était poursuivie Macbeth ? Qu'est-ce
qu'il pouvait y avoir de réel dans ces récits ?

— Un pédant, ajoutait le docteur, voulant expliquer
l'inexplicable, remonterait, pour sûr, à l'esprit de Socrate
et au génie du second des Brutus. N'allons pas si loin
pour prouver que ces choses-là ont une histoire en règle.
Est-ce que vous ne vous rappelez pas ce petit vieillard
mystérieux, qui à, trois reprises diverses, est venu faire
une visite à Ninon de Lenclos pour lui annoncer, de dix
ans en dix ans, les trois plus grands épisodes de sa vie ?
J'ai lu comme tout le monde les *Mémoires de Mlle Clairon*,
et j'y ai vu le fameux chapitre d'un soufflet appliqué sur
des joues vivantes par la main d'un Revenant. Est-ce
dans cet ordre de faits qu'il convient de placer le cas de
ma cliente ? Mais Mlle de Prévéranges a dix-huit ans et
n'a point de passé. Elle ne doit rien à la vengeance
divine. Chez elle, on ne trouverait rien qui pût non plus
la rattacher au monde des démons, ni à celui des om-

bres. Que veut donc dire cette vision ? En vérité, je m'y perds !

Il y eut un moment de silence.

Abel reprit le premier la parole.

— Docteur, dit-il, ignorant l'origine de ce mal étrange et de sa nature même, comment osez-vous entreprendre de le guérir ?

— Je n'ai que la prétention de le combattre, répondit Saint-Esteben. Ce que je désire surtout amener, c'est un peu de répit qui me permette de refaire les nerfs de la demoiselle. Il est constant que ces assauts et cette vision opiniâtre ont fortement agi sur l'organisation de ma cliente. Il s'en faut pourtant que ce soit un sujet débile. Dieu merci, Mlle Laurianne est d'une forte constitution et une fille de cœur. Je suis bien certain qu'un danger ou un labeur ne l'arrêterait point, s'il s'agissait d'une action d'éclat à faire.

— L'affaire de l'aigle est là pour vous donner raison, reprit vivement Ramière.

— Mais une Clélie ou une Porcia serait bien vite entamée par l'opiniâtreté d'une apparition si peu explicable. J'ai donc d'abord songé à aguerrir la belle enfant contre les visites répétées de ce double qui lui cause tant de frayeur. Impuissant à chasser pour toujours le spectre, je voudrais pour le moins mettre Mlle de Prévéranges à même de le voir venir sans qu'elle pût éprouver autre chose qu'une légère surprise. Au fond, cette incompréhensible silhouette est d'une innocuité absolue. Jamais le double n'a proféré une menace ni fait entendre un mot. Qu'importe qu'il se présente plus ou moins souvent, si l'on arrive à ne pas redouter sa présence ?

13

Et puis, en toute chose, mais surtout en médecine, le grand art est de gagner du temps.

Et, à ce propos, Abel, apprenez encore une particularité. Il est démontré que le double ne se montrait pas quand, au Canada et peu après le retour en France, Laurianne n'était encore qu'un enfant ; il ne s'est fait voir, que du jour où elle est devenue une jeune fille, douée de raison. Qui sait si cet indéfinissable phénomène ne doit pas cesser très-prochainement ? Qui sait s'il ne s'évanouira pas tout-à-fait quand Mlle de Prévéranges vivra dans un tête-à-tête de tous les jours avec un galant homme, c'est-à-dire quand elle sera mariée ?

— Mais, docteur, si j'ai bonne mémoire, vous m'avez déjà fait entendre qu'il y avait des raisons pour qu'elle ne se mariât pas ?

— Ces raisons sont ce que je viens de vous conter ; vous les connaissez maintenant. Il n'en existe pas d'autres, que je sache. On m'a aussi renseigné là-dessus. On m'a dit qu'à Prévéranges, dans le Berry, où sont situés les domaines de la famille, Laurianne avait déjà été l'objet de fréquentes poursuites de la part des jeunes gens des meilleures maisons.

— Mlle de Prévéranges est la plus séduisante des jeunes personnes qui soient au monde, docteur.

— C'était ce qu'on se disait à vingt-cinq lieues à la ronde, de Bourges à Nevers, de Châteauroux à Guéret, mais au moment où l'on arrivait au chapitre des informations, les rumeurs relatives au double, propagées par les domestiques du château, glaçaient vite tous les courages. Aussitôt les prétendants effrayés se retiraient, un à un, sous le premier prétexte venu.

— Eh bien, cher docteur, ces poursuivants étaient de grands sots, répondit Abel Ramière en allumant un cigare. Mlle de Prévéranges mérite bien qu'on l'aide à tenir tête à une vaine ombre.

Puis, il dit en s'adressant à lui-même :

— Le cas échéant, ce n'est pas le spectre qui m'arrêterait.

IV

En faisant ces confidences à son jeune ami, Saint-Esteben n'avait parlé que sommairement de ce cas si effroyablement bizarre. Au reste, il avait dit à ce sujet ce qu'il avait été à même d'apprendre lui-même, mais plus d'un détail avait dû nécessairement demeurer dans l'ombre. En conteur qui ne doit rien céler, nous devons nous étendre un peu plus, afin que cette sombre histoire soit connue de nos lecteurs dans son entier. Peut-être la marche du drame en sera-t-elle un peu ralentie, mais ce ne sera qu'un peu.

Quand Régis de Prévéranges se décida à quitter Québec pour revenir dans le château de sa famille, Laurianne était toute petite et marchait à peine seule. Il fallait donc songer à l'élever et à l'élever conformément au rang qu'elle serait, un jour, appelée à tenir dans le monde. Un homme, un ancien aventurier ne s'entend guère aux petites questions d'intérieur. Quel parti le comte devait-il prendre ? Comment l'élèverait-il ?

— Si c'eût été un garçon, se disait le comte, vu les
temps où nous sommes, il ne m'aurait pas quitté. Il
serait resté au château comme j'y reste moi-même. Mais
une fille, c'est une autre affaire. Il y faut plus de ménagements. Ça exige une grande somme de délicatesse. On
doit surtout penser à une obligation de l'avenir, celle
de la marier un jour. Par conséquent, on a le devoir
d'ennoblir son cœur et d'orner son esprit, c'est la mode.
C'est ce que j'entends faire comme tous les autres. Mais
encore, que faire ?

Elle avait de bonne heure cessé d'être une enfant. Très-
belle, avec un grand air, elle s'était vite révélée avec
toutes les grâces de la jeune fille. En elle, on croyait
voir revivre deux types en apparence contradictoires.
D'une part, elle montrait le caractère rude, brave et
altier des Prévéranges ; d'un autre côté, elle était visiblement parée du naturel enjoué et plein de douceur de
la Française de Québec, sa mère. Orpheline de ce côté-
là, presque en naissant, elle grandissait en pleine liberté
au milieu des champs, à très-peu de chose près comme
les enfants du bûcheron et du laboureur. Un savant
médecin de la contrée, consulté là-dessus, avait conseillé ce genre d'éducation agreste comme étant celui
qui convenait le plus à cet âge.

On le voit, la jeune comtesse n'avait rien de ces frêles
poupées à ressort qu'on élève aujourd'hui dans les familles riches pour n'être plus tard que des mijaurées
spasmodiques et nerveuses que rien ne satisfait et qui
mécontentent tout le monde. N'eût été la marque héréditaire de sa race, un très-beau port de tête, l'œil
vif, le geste rapide, on l'eût prise pour une petite

paysanne, tant son visage était vermeil et sa lèvre rose.

— Voilà bien la fille que je rêvais, se disait le comte, mais
la société moderne a ses exigences. Il faudra apprendre
à Laurianne cette science de perroquet dont les femmes
d'aujourd'hui ne peuvent point se passer : lire, écrire,
compter ; il faudra, en outre, qu'elle reçoive, en guise
de douches scientifiques, un peu de géographie, un peu
d'histoire, un peu de peinture, un peu de musique, un
peu d'astronomie, un peu de danse, un peu de tout, et
au total, presque rien.

A l'époque où cela se passait, comme de nos jours,
il était de mode d'envoyer les filles de naissance historique dans un couvent tenu par les dames du Sacré-
Cœur, mais le comte ne voulait, sous aucun prétexte, se
séparer de son enfant, même pour quelques mois. Il
convint donc de ne pas la laisser sortir du château.

— Pourtant l'heure sonne où il faut aviser, se disait
le châtelain. Jusqu'à ce jour, Laurianne a plus ressem-
blé à un petit diable de nos campagnes qu'à une fille de
bonne maison. Si elle excelle à quelque chose, c'est à
faire tout ce que font les petits drôles qui sortent de
chez nos métayers. Tout cela était tolérable tant qu'il a
fallu grandir. Dieu merci, ma fille a maintenant bon pied,
bon œil. Voilà qu'elle dépasse sa dixième année. Le temps
est donc venu de lui apprendre qu'elle sera, un jour, comtesse de Prévéranges, c'est-à-dire la plus riche héritière de ces provinces. Il faut la polir. Il y a urgence
à en faire une pierre précieuse, ce qu'on appelle
une femme du monde, l'ornement de la société. Je ne
vois qu'un expédient : c'est de la mettre sous les ailes

d'une sorte de gouvernante, qui lui donne des maîtres et qui soit toujours près d'elle, pendant l'étude et pendant les jeux.

Vers ce même temps, le comte frisait la soixantaine. A la vue de cette enfant, grandie, embellie, il fut le premier à éprouver le charme qu'elle répandait désormais autour d'elle. Cet âpre esprit s'adoucit. Régis voyait en pleine fleur sa branche de Jessé. Il éprouvait comme un sentiment d'orgueil.

Le château, si longtemps enveloppé d'un silence voisin du deuil, prit tout à coup une physionomie plus animée. On donna à la jeune comtesse une dame de compagnie, cette même demoiselle de Champ-Sablé, dont il a déjà été question plus haut. Le nombre des domestiques fut doublé. Il y eut, en arrêt, à l'écurie, des chevaux de selle. Enfin on se mit à organiser des réceptions auxquelles furent invités les voisins de haute lignée. Laurianne aimait le mouvement ; il fut dit que, chaque année, tout l'automne serait passé en chasses et tout l'hiver en soirées.

Ce pays, d'ordinaire trop calme, souriait à la jeune fille. On n'ignorait pas que c'était aux préludes de sa majorité qu'on devait ces enchantements. Mais la petite comtesse n'oubliait pas pour cela qu'elle était femme. Elle savait qu'en la faisant naître riche, le sort lui avait imposé le devoir d'être une fée bienfaisante pour ceux qui souffrent.

Un jour, en sortant du parc, elle avait à faire une excursion à travers champs. Le ciel s'était assombri tout d'un coup ; c'était ce que les gens de mer appellent un grain. Laurianne fut surprise par une ondée. Or, le ha-

sard l'avait amenée à la porte d'une cabane grossière-
ment construite, sur le seuil de laquelle filait une vieille
femme en haillons. C'était une figure bizarre que la
jeune fille ne se rappelait pas avoir vue dans les alentours
du domaine. Par moment, la fileuse s'interrompait pour
chanter d'une voix plaintive des vers baroques et des
couplets sans suite.

— Puisque l'orage m'a poussée par ici, dit Laurianne
en tendant une pièce d'or à la vieille, tenez, ma brave
femme, prenez ça pour l'amour de Dieu.

— Merci, la belle demoiselle, répondit la pauvresse
éblouie.

Et, après avoir un moment contemplé la jeune personne :

— N'êtes-vous pas la fille du comte de Prévéranges ?

— Oui, ma bonne femme, pour vous servir.

— La fille du comte ! la fille de Prévéranges ! reprit la
fileuse en levant ses grands yeux en l'air à la façon des
pythonisses. Comment la blanche colombe peut-elle naître dans le nid des vautours ?

Et voyant que Laurianne, pâle d'étonnement, s'effrayait de ces paroles qui pouvaient cacher un secret
terrible :

— Pauvre petite, ajouta la vieille. Si jeune ! si jolie !
si pure ! et payer pour les autres ! Mais qu'y faire ? Il
n'y a pas à s'opposer à ce qui est écrit dans le grand
livre de là-haut.

En ce moment, un valet du château qui accourait, en
toute hâte, finit par arriver près de la cabane. Il entraîna alors Mlle de Prévéranges, avant qu'il lui eût été
possible d'entendre l'espèce de menace ou de prédiction

sinistre qui s'enroulait dans cette nouvelle apostrophe de Maguelonne-la-Mal-Bâtie. Néanmoins, il resta à la jeune comtesse comme un secret effroi du souvenir de la vieille et des cris énigmatiques qu'elle faisait entendre.

Le soir, lorsque Laurianne fut sur le point de se retirer dans sa chambre, M\ :sup:lle\ de Champ-Sablé la prit à part.

— Mademoiselle, lui dit-elle, on vous laisse la liberté d'aller partout où il vous plaît dans les environs du château ; cependant il y a une réserve pour la cabane auprès de laquelle vous vous êtes arrêtée pendant la pluie. Il ne faut aller en cet endroit sous aucun prétexte. Il vous est défendu de même de causer avec cette vilaine femme qui filait.

— Pourquoi donc ? demanda la jeune fille de plus en plus intriguée.

— C'est l'ordre formel de M. le comte, mademoiselle.

Laurianne se demanda un moment ce qui avait pu motiver l'interdiction que la dame de compagnie venait de lui signifier. Qu'est-ce que c'était donc que Maguelonne ? La filandière s'était-elle rendue coupable de quelque méfait dont on lui taisait le récit ? Elle était vieille, elle était pauvre. Où était la raison de ne pas lui donner les mêmes secours qu'aux autres ? A douze ans, l'esprit d'une jeune fille ne manque pas de distractions. Cet épisode devait donc être vite oublié. On s'arrangea pour que la fille du comte n'eût plus d'occasion de s'égarer du côté de la cabane. Voilà comment toute cette histoire de la sorcière fit place, dans sa pensée, à d'autres scènes et à d'autres passe-temps.

On fit des voyages d'instruction, notamment en Angleterre et en Italie.

On alla passer un hiver à Paris.

Bref, il s'écoula plusieurs années.

Mlle de Prévéranges avait dix-sept ans. Dans les châteaux de province, toutes les fois qu'elle apparaissait, précédée du vieux comte et accompagnée de Mlle de Champ-Sablé, elle produisait l'effet d'un éblouissement. Ceux qui avaient un peu de poésie dans la tête, se la représentaient telle qu'elle aurait pu être en châtelaine du Moyen-Age ou de la Renaissance.

En ne prenant même les choses qu'à dater du temps de Louis XIII, quelle brillante figure de comtesse n'aurait-elle pas eue, à cheval, en costume moitié espagnol, moitié français, avec une plume flottante à son chapeau ! De magnifiques cheveux noirs, arrangés à la manière de ceux que portaient les héroïnes de la Fronde. Les yeux grands ouverts, empreints à la fois de clairvoyance et de douceur ; une main fine, blanche, et qui, cependant, avait la fermeté de celle d'un cornette de régiment ; aucun genre de séduction ne lui aurait manqué.

Mais s'il fallait trouver en elle une femme des temps nouveaux, la contemporaine des éventées de 1874, affolées de bruit, de toilettes tapageuses et de fêtes mondaines, on devinait qu'elle avait encore beaucoup à apprendre.

On pense bien que les prétendants ne manquaient pas. Point de semaine qu'on ne fît au château quelque présentation nouvelle. Quoiqu'il fût devenu un peu moins sombre, le comte répondait à peine à ces sollicitations, qui flattaient cependant sa vanité de père et son orgueil de gentilhomme. Mais un souci qu'il cherchait à

13*

dissimuler entrait pour beaucoup dans les refus qu'il formulait sans cesse.

— Vingt me la demandent. Y en a-t-il un seul qui l'aime réellement? disait-il. Songez donc! Laurianne aura une si grosse dot! Je lui laisserai une si brillante fortune!

Aussi, quand on venait demander la main de Laurianne:

— Plus tard! plus tard! disait-il. Nous avons le temps d'y penser!

Elle-même, quoique souvent attaquée sous ce rapport, surtout par les mamans, avait fini par répéter le mot du comte, n'en connaissant pas d'autre pour formuler décemment un refus:

— Plus tard! plus tard! disait-elle en souriant.

Mais peu à peu la raison s'éveillait, le désir de plaire naissait, le besoin de voir et de se faire voir entrait dans les préoccupations de ce jeune esprit. Dans les fêtes auxquelles on commençait à la mêler, il se produisait de nouveaux couples. Les mariées de la veille prenaient la parole auprès des petites filles et parfois d'un certain air d'autorité qui attisait son envie.

— Plus tard mettra-t-il donc longtemps à venir? se demandait-elle alors. Il n'est pas sans exemple que les grands-parents arrangent un mariage cinq ou six ans d'avance. Puisqu'on me demande si souvent, pourquoi tant attendre?

Elle regardait alors le comte et paraissait l'interroger du regard, mais toujours sombre, toujours taciturne comme un hibou, M. de Prévéranges affectait de ne pas comprendre ou bien il s'efforçait de détourner le courant de ces idées. Un noir souci rendait d'ailleurs plus amères ses réflexions à cet égard. Nul ne connaissait mieux que lui les allures et les mœurs de la noblesse de race. Il savait que chez les châtelains du centre de la France, du moment qu'il s'agit d'unir deux blasons, une enquête des plus minutieuses s'établit, une information plus soupçonneuse que l'ancienne république de Venise, où tout se scrute et où rien n'est jamais omis.

Penché sur le passé, ne pouvant oublier les mauvais jours qu'il avait passés après le meurtre de Gontran, il voyait ces souvenirs prendre un corps et se dresser au milieu des familles à propos de tout projet d'union qui concernerait sa fille.

Le temps avait eu beau marcher, il se trouverait toujours des survivants pour raconter le drame de l'étang aux nouvelles générations, et dès lors son esprit était assiégé des pensées les plus cruelles. Il y avait eu un verdict d'acquittement. Aux yeux de la loi, c'en était assez pour qu'on ne lui fît pas même un reproche. En était-il de même pour les gens du monde? La conscience publique ne trouvait-elle pas toujours moyen d'exercer ses revendications?

Ce qui contribuait, d'ailleurs, à l'entretenir dans cette situation d'esprit, c'était une sorte de ligne de démarcation tracée pour ainsi dire par le préjugé entre quelques-uns de ses voisins et lui-même. Si quelques-uns des châteaux qui se trouvaient dans le cercle du sien, avaient paru oublier le procès en cour d'assises, trois ou quatre, les mieux armoriés, renseignés par des journaux de vieille date, s'obstinaient à ne point désarmer.

Rien n'était plus propre à faire une échancrure à l'orgueil du vieux gentilhomme.

Quoiqu'il eût longtemps vécu dans le Nouveau-Monde et qu'il eût accru sa fortune dans le mouvement de la plus grande démocratie du globe, il n'avait rien perdu de la superbe de ses aïeux. C'était toujours un sang aristocratique qui coulait dans ses veines. A Québec, quand il s'était marié, il avait eu bien soin d'épouser une Française de souche historique. Or, il était fort entendu d'avance que, le jour où Laurianne se marierait à son tour, elle ne serait conduite à l'autel que par un comte ou par un marquis. Tout autre qu'un homme titré ne devrait pas songer à demander sa main.

On voit d'ici, ce que cet ordre de pensées devait faire naître d'orages dans la tête de Régis. — Il ne fallait pas songer à un autre qu'un gentilhomme bien authentique ; et, d'autre part, tels et tels voisins : les Leblancs de Rochenave, les de Sagonne, les d'Urçay, ne s'étaient point rapatriés avec Prévéranges. Quand on se rencontrait à la ville voisine où à travers bois, en temps de chasse, on se saluait, et même assez froidement, et c'était tout.

— Ah ! murmurait le vieux comte en se mordant les lèvres de dépit, ils n'ont rien oublié, ceux-là !

A la vérité, en dehors de ces esprits hautains, les partis ne manquaient pas. C'est, du reste, ce que nous avons déjà eu occasion de dire. Il s'agissait, sans doute, de châtelains un peu parvenus. Ceux qui venaient, chapeau bas, saluer le comte et demander à faire leur cour n'auraient peut-être été que la petite monnaie de l'aristocratie locale, mais ce qui était certain, c'est que

Laurianne, si belle et si riche, ne pouvait pas courir le risque de *coiffer* Sainte-Catherine, comme on dit.

Au besoin, c'était là un cataplasme que le comte pourrait appliquer sur les blessures de son amour-propre. D'ailleurs, tout ce qui se rapportait à l'avenir de sa fille, était une affaire trop âpre pour qu'il se décidât du premier coup. Cette échéance était donc sans cesse ajournée.

Aux alentours de Prévéranges se trouve le hameau de la Riffardie, réunion d'une trentaine de maisonnettes pour les paysans de l'endroit. Un soir, en revenant d'une promenade à pied avec sa dame de compagnie, Laurianne vit qu'on y dansait sous un quinconce d'ormes, au son de la musette. Avec la permission de Mlle de Champ-Sablé, elle obtint de s'y arrêter quelques instants.

Cette fête avait lieu à cause d'une noce de village. La gaieté brillait dans les yeux de tous les danseurs.

— Avec quel entrain ces bonnes gens s'amusent ! pensait la jeune comtesse.

En ce moment un petit pauvre, nu-pieds, nu-tête, s'approchant d'elle, en lui tendant la main, prononça les mots bien connus, toujours les mêmes :

— Mademoiselle, un petit sou, s'il vous plaît; ça portera bonheur à votre mariage.

— A son mariage ! riposta vivement une voix de crécelle.

A ce nouveau cri, Laurianne se retourna vivement et aperçut, en tête d'un groupe, Maguelonne-la-Mal-Bâtie. Comme toujours la vieille mendiante, roulant ses yeux

blancs dans leurs orbites, levait au ciel ses longs bras
décharnés.

— Le mariage de la belle demoiselle! reprit-elle en
ricanant d'une manière sinistre. Eh! petit, la belle demoiselle ne se mariera jamais !

V

Mlle de Prévéranges avait eu à peine le temps de porter la main à son aumônière, d'y prendre une pièce de
monnaie, la première venue, et de la jeter au petit pauvre. Ce don était à peine fait que, cette fois-ci encore,
Mlle de Champ-Sablé faisant acte d'autorité, saisissait
Laurianne par le bras et l'entraînait presque de vive
force sur le chemin qui mène au château.

— Vous savez bien, mademoiselle, que la volonté
expresse de M. le comte est que vous ne vous arrêtiez
jamais auprès de cette horrible créature, ajouta-t-elle.
Quant à ce qu'elle vient de dire, il n'y a pas même
à chercher ce que cela signifie. Ce sont les paroles sans
suite d'une folle. N'y pensez donc plus, je vous prie,
mademoiselle.

Laurianne répondit qu'elle était disposée à obéir, les
désirs de son père étant des ordres pour elle; mais, au
fond, un sentiment de curiosité bizarre inquiétait sa
pensée. Pour la seconde fois, la vieille mendiante lui
avait fait l'effet d'être repoussante à voir. Elle éprouvait

pour elle autant de répugnance que d'effroi. Mais, en dépit de ses efforts, elle ne parvenait point à effacer de sa mémoire les paroles que Maguelonne venait de proférer : — « La belle demoiselle ne se mariera jamais ! »

Où voyait-elle cela ? Pourquoi le disait-elle ? Est-ce qu'elle avait le privilège de lire couramment dans le livre de l'avenir ? Au fait, cela se pouvait, puisque les paysans de l'endroit s'accordaient à la regarder comme une sorcière.

Dès qu'elle se trouva seule, au château, affranchie pour un moment de la surveillance de la dame de compagnie, Mlle de Prévéranges revint malgré elle sur cet incident de la promenade à la Riffardie. Elle se demandait alors, mais sans pouvoir se répondre, pour quel motif Maguelonne semblait s'acharner à sa propre personne. En quoi sa destinée regardait-elle la vieille mendiante ? Pour sûr, il n'y avait entre elles aucun lien de parenté, apparent ou secret.

Déjà, dans une première rencontre, Maguelonne, en la voyant, avait fait entendre des paroles de pitié, finissant par une sinistre prophétie. « Pauvre petite ! elle paiera pour les autres ! » Ces mots, après tout, étaient fort vagues ; Laurianne n'y avait pas prêté une bien grande attention. Cette fois, en vue de cette noce de village, elle venait de se montrer plus menaçante encore.

Elle avait précisé. — « La belle demoiselle ne se ma» riera jamais ! » — Comment ! quand on la sollicitait de dix côtés à la fois d'accorder sa main à une élite du pays, à celui-ci ou à celui-là, elle ne devait pas se marier ! Pourquoi donc et comment la Mal-Bâtie, comme on l'appelait, pouvait-elle connaître un secret qui n'appartenait qu'à Dieu ?

De souriante et d'enjouée qu'elle avait été jusqu'à ce jour, Laurianne devint tout à coup pensive. Ce changement n'échappait point à l'œil si clairvoyant du comte. Pour combattre le penchant à aimer la solitude qui s'accusait de plus en plus chez elle, le vieux gentilhomme donna ordre à Mlle de Champ-Sablé de multiplier les jeux ou les exercices dans lesquels il fallait être plusieurs. Mais la tendance à la rêverie ne se calmait point pour cela. A plusieurs reprises, on avait remarqué que la jeune comtesse se laissait aller à parler seule. Une suivante, qui ne connaissait pas le fait dont il vient d'être question, avait recueilli et vite rapporté à qui de droit un lambeau de monologue : « La belle demoiselle ne se mariera jamais ! »

Le comte, incomplètement informé, voulut être mis tout à fait au courant. Il fallut donc que la dame de compagnie, qui était forcément devenue sa confidente, lui racontât l'aventure. Mise au pied du mur, elle dut lui répéter coup sur coup les deux apostrophes prononcées à deux reprises diverses par la sorcière. Il serait difficile d'exprimer la colère qui s'empara de Régis. L'indignation étranglait sa voix dans son gosier.

A ce récit, il ne parlait que de courir sans retard au bout du parc, d'aller droit à la cabane de la Mal-Bâtie et, là, de l'étrangler de ses mains. Mais peu à peu le sang-froid lui revint. En projetant, malgré lui, un coup d'œil sur le passé, il se rappela l'histoire déjà si chargée d'une première affaire dans laquelle Maguelonne avait joué un rôle ; il revit l'enquête faite au château après la mort de Gontran, son arrestation, son transfèrement dans les prisons de Bourges et sa comparution en cour d'assises.

— Ah ! la misérable ! murmurait-il entre ses dents, elle sait bien qu'elle est en dehors de mes atteintes !

Fallait-il pourtant que l'état de choses qu'on venait de lui dépeindre se prolongeât? Est-ce que Laurianne ne pourrait plus faire un pas en dehors du domaine sans être exposée à faire la rencontre de la Mendiante et à endurer ses insultes? Il se trouverait bien des gens prétendus sages pour lui dire : « — Eh ! monsieur le comte, » adressez-vous à ceux qui représentent la loi. Plaignez-» vous ! »

Mais M. de Prévéranges bondissait de fureur à cette seule idée. Voyez-vous l'héritier d'un des plus grands noms de la province en antagonisme devant les tribunaux avec la dernière des pauvresses, avec une mendiante, avec Maguelonne-la-Mal-Bâtie ! Il déposerait une plainte. On ferait comparaître la vieille femme par devant trois magistrats aux trois quarts endormis. Ceux-ci, en les supposant aptes à bien comprendre ce que c'est que le point d'honneur chez un gentilhomme offensé, constateraient l'existence du délit et ils ouvriraient le Code afin d'appliquer la peine.

Eh bien, la peine, quand il ne s'agit pas d'une insulte caractérisée, quand il n'y a qu'une simple injure, entraîne une amende de seize francs au maximum. Sans doute, seize francs et les frais, ce serait la ruine pour une mendiante ; mais qui sait même si Maguelonne serait condamnée? Un esprit d'insoumission et d'égalité sans règle souffle en ce moment sur le monde européen.

Il y a des magistrats qui sont nés du peuple ou qui font la cour au peuple. Pourquoi ne s'en trouverait-il pas un pour tonner au nom des idées nouvelles sur la misère des masses et sur le peu d'importance à attacher aux paroles d'une indigente, qui, du reste, ne paraissait pas jouir de la plénitude de sa raison ? Pourquoi n'obtiendrait-il pas l'acquittement de la prévenue, dont il aurait ensuite à se prévaloir comme d'un triomphe ?

Le comte allait plus loin ; il se disait alors :

— Admettons le contraire de ce que je viens de dire ; supposons qu'il se rencontre un procureur de la République aussi indigné que moi-même des injures dont la jeune comtesse est devenue le point de mire, qu'arrivera-t-il ? Rien ne pousse à l'excès de zèle comme un débordement d'éloquence. Cet autre magistrat s'emportera avec une très belle véhémence contre cette vieille folle qui fait voir les grands opprimés par les petits. Oui, ce sera un thème excellent à développer. Le procureur de la République flétrira Maguelonne en très beau langage, mais aussitôt qu'il aura fini, du fond du prétoire il se lèvera un jeune avocat, un stagiaire, pressé de faire du bruit et ayant besoin qu'on prononce son nom. Celui-là, plaidant d'office, c'est-à-dire gratuitement, ne pouvant avoir d'argent, voudra avoir du scandale, car c'est là une monnaie qui a grandement cours, sur la fin du dix-neuvième siècle. Instruit par sa cliente, il rappellera donc les choses d'autrefois. Il racontera à sa manière comment la mendiante et la maison de Prévéranges se sont rencontrés, un jour, devant la justice et pour quelle cause. C'est-à-dire que le remède sera cent fois pire que le mal.

Touté une affaire dont je cherche à ne plus entendre parler, la fin de mon frère, sera un épisode ressuscité et rajeuni de manière à me remettre moi-même sur la sellette. Non ! non ! pas de procès à la sorcière !

Cependant, à force d'y réfléchir, le comte s'était arrêté à un expédient d'une autre nature. Il se disait que ce qu'il ne pouvait gagner par la force, ni en s'adressant à la justice, il l'obtiendrait probablement par la ruse. Il faudrait faire de la diplomatie et ne pas craindre les sacrifices d'argent. Le lion se couvrait de la peau du renard. C'est pourquoi il appela l'intendant et le chargea d'une mission secrète. Il s'agissait d'aller trouver la pauvresse de la part du châtelain et de lui demander d'aller résider dans une contrée voisine, dans le Bourbonnais, ou dans le Nivernais, par exemple. Pour faciliter ce projet, en guise d'arrhes, il envoyait une bourse pleine d'or.

Au moment où l'envoyé du comte se présenta à la cabane, Maguelonne posait un mauvais poêlon en terre cuite sur du bois mort, ramassé dans la forêt. Dans ce poêlon étaient des légumes avec de l'eau et du sel. Après avoir battu le briquet, la Mal-Bâtie venait de mettre le feu à son foyer. En relevant tout à coup la tête, elle aperçut l'intendant du château, personnage qu'elle connaissait depuis de longues années.

L'homme s'efforçait de sourire, afin de la bien disposer.

— Ah ! c'est vous, monsieur le majordome ? dit-elle en reprenant l'éclat de rire qui était l'accompagnement obligé de tous ses discours. Que se passe-t-il donc que vous veniez par ici ? Avez-vous perdu quelque chose ou bien y a-t-il du neuf au château ? Mais comment se fait-il que vous ne soyez pas suivi des chiens que vous lancez si bien d'ordinaire après la pauvre vieille femme? Voyons, qu'est-ce qui vous amène par là ?

— Maguelonne, répondit l'intendant, je viens vous apporter une bonne nouvelle.

— Une bonne nouvelle de la part des gens du château? Ah! par exemple, ce serait fort, cela.

— C'est pourtant comme j'ai l'honneur de vous le dire.

La flamme ayant pris à son bois mort, elle se releva vivement.

— Eh bien, de quoi s'agit-il ? Parlez.

— Maguelonne, il est question de faire votre bonheur.

— Comment ça ?

— Maguelonne, habitant ici une mauvaise cabane ouverte à tous les vents du ciel, vous êtes mal logée. Est-ce que vous n'êtes pas lasse d'être ainsi, à la corne du bois, exposée aux coups des malandrins qui passent l'été, et pouvant être la proie des loups l'hiver?

— Lasse de cet abri, quatre baliveaux, des branchages et du torchis? Ma foi, non. J'y suis faite. Vous parlez des malandrins : ce n'est pas aux gueuses de mon espèce qu'ils en veulent. Les loups seraient volontiers mes amis. Ils m'ont fait moins de mal que les hommes.

Elle avait fait cette réponse avec une certaine lenteur. Quand elle l'eut finie, elle reprit avec plus de vivacité :

— Mais où voulez-vous en venir, monsieur le majordome?

— A vous proposer une vie plus douce. Ecoutez-moi donc.

— Soit. Dites ?

— Vous voilà âgée ?

— Quatre-vingts ans à la fin de l'automne. Tout le monde sait ça.

— A un tel âge, on ne peut rien faire, ni tendre la main pour s'adresser à la pitié des autres.

— Ça dépend. J'ai encore bon pied, bon œil, moi.

— Oui, mais le premier rhume de cerveau qui passera par ici peut vous mettre à bas.

— Eh bien, je me jetterai pour un jour ou deux sur un lit de feuilles sèches et ça passera, comme toujours.

— Ça passera pour recommencer. Tenez, il y a mieux à faire. Si l'on bâtissait exprès pour vous dans un joli village, une petite maison de paysan, à toit rouge et à contre-vents verts ? Il y aurait une basse-cour pour la volaille. A côté, une étable pour une vache et un cochon. Derrière la maison, un jardin, planté d'arbres fruitiers et une treille. Est-ce que ce ne serait pas préférable, tout cela ?

A mesure que l'intendant énumérait ces diverses merveilles, Maguelonne, éblouie, ne pouvait maîtriser une émotion des plus vives. Un éclair de joie éclairait ses yeux blancs et se reflétait jusque sur ses joues flétries.

— Une maison à toit rouge, dans un village, et d'où cela me viendrait-il ?

— D'une personne qui a déjà cherché à vous faire du bien.

La Mal-Bâtie eut l'air de chercher dans sa tête.

— Mais qui est-ce ? reprit-elle. Franchement, je ne devine pas.

Ici l'intendant s'approcha un peu plus et, en baissant la voix :

— Maguelonne, reprit-il, est-ce que vous vous rappelez la belle demoiselle qui, ici-même, un jour, en visitant votre cabane, vous a mis un louis dans la main ?

— La belle demoiselle, la fille du château ! s'écria-t-elle en reprenant son éclat de rire ; ah ! si ! je me la rappelle, et le louis aussi. Mais, pauvre chère âme, pourquoi veut-elle me faire tant de bien ?

— Parce que c'est son plaisir de venir en aide aux malheureux.

Voyant qu'elle se taisait, il poursuivit d'une voix très-vive :

— Non seulement elle vous fera cadeau de la petite maison, de l'étable, de la vache, du cochon et du jardin, mais encore elle joindra à ce cadeau la bourse que voilà, où se trouvent vingt louis d'or.

— Vingt louis d'or, Jésus-Maria !

Il était aisé de voir que la Mendiante était de plus en plus éblouie, fascinée, séduite.

Elle ne se lassait pas d'énumérer ce qu'on venait de lui dire : — une maison, — un jardin, — une cour, — une étable, — une vache, — un cochon ; — plus une somme de vingt louis d'or !

C'était pour la vieille la fortune dans ce qu'elle avait de plus séduisant.

Mais tout-à-coup, en remuant sa marmite en terre cuite au fond de laquelle cuisaient des pommes de terre pelées, elle s'écria :

— Mais dites-moi, monsieur le majordome, faites-

moi donc comprendre pourquoi la belle demoiselle veut
me donner tout cela ?

— Je vous l'ai déjà dit : c'est pour soulager votre
vieillesse.

— Elle ne demande rien en retour ?

— Rien du tout.

L'intendant se rapprocha encore en montrant la bourse
à demi-ouverte.

— Non, elle ne demande rien. Seulement, pour que
vous fussiez plus à l'aise, elle désirerait que la maison
fût construite dans un autre pays que celui où nous
sommes.

— Où donc ça ?

— Où vous voudriez. Par exemple, du côté de Nevers,
ou bien dans le Bourbonnais, à votre choix. Qu'en dites-
vous ?

Ici Maguelonne revint à sa cuisine et garda un moment le silence.

L'intendant reprit, toujours sur le même ton :

— Si elle souhaite ce changement de lieu, c'est par
un surcroît de bonté pour vous, voyez-vous, Maguelonne.
Dès que vous aurez la maison, en effet, vous ne serez
plus la femme malheureuse que vous êtes. On n'enten-
dra plus sur votre passage les polissons et les ivrognes
s'écrier : — « Ah ! voilà la vieille mendiante ! Ah ! voilà
» la sorcière ! » Ce sera tout simple, si vous allez vivre,
par exemple, à dix ou douze lieues d'ici, où l'on ne
vous connaît pas.

Il n'avait pas fini que l'éclat de rire de la Mal-Bâtie se
remit à résonner.

— Qu'est-ce que vous dites là, mon fils ? s'écria-t-elle
alors en prenant un ton de persiflage imprégné de colère. Que je quitte ce pays où je suis venue au monde et
où j'ai toujours vécu ? Autant me demander tout de suite
d'aller me cacher comme si j'étais en faute. Mais qu'est-
ce que ça peut lui faire à la belle demoiselle que la
maison qu'elle offre soit là ou là ? Du moment qu'elle la
donne pour soulager ma misère, ça devient mon affaire
à moi et ça n'est plus la sienne. Est-ce que ma présence
lui fait peur à la jeune comtesse ?

— Je ne dis pas cela, Maguelonne. Je me contente de
vous apprendre la condition.

— Ah ! c'est une condition ! reprit la mendiante avec
un grand éclat de voix. Eh bien ! à présent, je commence
à comprendre. C'est que ma vieille figure gêne ou offusque ; c'est que mes paroles blessent ; c'est qu'on veut
m'envoyer à tous les diables sous prétexte de bien à
faire. Et, tenez, reprit-elle, je vois de plus en plus clair là-
dedans, moi. Ce n'est pas la belle demoiselle, mais plutôt
c'est monsieur son père qui a pensé à me faire déloger d'i-
ci. Voyez-vous le bon cœur ! Il craint que je sois mangée
par les loups ! Il a peur pour moi des malandrins ! Monsieur le comte, ne dépensez donc pas ainsi toute votre
pitié pour une vieille mendiante ; gardez-en un peu pour
vous et pour les vôtres ! Voilà ce que vous conseille Maguelonne-la-Mal-Bâtie, et elle sait ce que parler veut
dire, allez !

Ici l'intendant, prévoyant qu'elle pourrait être entendue par quelque passant attardé, s'efforça de la calmer.
Il chercha d'abord à lui faire entendre combien elle se
méprenait. Pour sûr, les gens du château n'étaient pous-

sés que par de bonnes intentions. Rien de plus facile que d'interroger les environs. Elle apprendrait d'eux que Prévéranges n'était occupé qu'à donner du matin au soir aux pauvres pour cette seule raison qu'ils étaient pauvres. Pourquoi donc serait-elle exceptée ? Est-ce qu'elle n'était pas la plus indigente et la plus âgée du canton ? Par conséquent l'offre était ce qu'il y avait de plus dans l'ordre.

A ces paroles prononcées avec une mansuétude étudiée, l'homme d'affaires crut devoir ajouter un expédient qui, d'ordinaire, au milieu des campagnes, a plus de succès que tous les moyens oratoires réunis. Il tira de sa poche une petite bourse en filet, pleine d'or et l'exhiba de façon à en faire briller tous les reflets.

— Maguelonne, reprit-il, admettons que l'affaire de la petite maison du côté de Nevers ou dans le Bourbonnais ne vous convienne pas ; eh bien, tout sera dit làdessus. Nous n'en parlerons plus. Mais, entre nous, ce n'est pas une raison pour que vous refusiez un secours que vous envoie Mlle de Prévéranges. Tenez, prenez toujours cette bourse en attendant mieux. Ça vous donnera le temps de réfléchir.

Toute sorte de monnaie est douée d'une vertu magique chez les paysans. L'airain, l'argent grisent leurs yeux. En ce qui concerne l'or, on l'aime aussi grandement à travers les campagnes, mais on l'aime avec une ferveur mêlée d'épouvante.

A la vue de la bourse en filet, c'est-à-dire assez transparente pour laisser voir le métal fauve qui s'y trouvait, Maguelonne ressentit comme une secousse imprimée par une pile électrique. Ses yeux s'étaient ouverts tout grands. N'ayant plus l'air de songer à sa cuisine, elle subissait l'invincible attrait que l'aimant exerce sur le fer. Elle était attirée comme malgré elle-même.

— Qu'est-ce que c'est que ça ?

— Vous le voyez bien ; c'est de l'or !

— Combien y a-t-il là-dedans ?

— Dix louis, autrement dit deux cents francs.

— Deux cents francs en or ! Miséricorde ! Et à quelle fin me montrez-vous cela, monsieur le majordome ?

— Mais, je viens de vous le dire très nettement : c'est un cadeau que Mlle de Prévéranges vous envoie. Vous pouvez ne pas accepter l'offre de la maison, puisque ça change vos habitudes. Rien ne vous justifierait de refuser ce secours.

En prononçant ces dernières paroles, il lui tendait l'objet de manière même à le lui mettre dans la main. Un moment, il crut que la vieille mendiante allait s'empresser de prendre le présent et de faire entendre un remerciement. Elle s'était tue, en effet ; elle regardait ; elle semblait se consulter. Prendrait-elle le cadeau ? Ne le prendrait-elle pas ? Tout à coup elle fit un mouvement de dégoût, quelque chose comme un haut-le-corps, et repoussa vivement la main de l'intendant.

— Toute réflexion faite, reprenez vos dix louis, monsieur. Vous avez beau dire que ça vient de la belle demoiselle. Je n'en crois rien. Ah ! je m'y connais : c'est toujours le vieux maître du château qui est là-dessous. Pourquoi ? Pour me faire du bien ? Allons donc, il m'a toujours eu en horreur. Tout le pays sait bien qu'il aimerait mieux avoir la peste pour voisine que moi. Ah ! dame, rien de plus simple qu'il cherche à me donner une

maison à dix lieues d'ici. Un long ruban de chemin
ferait qu'on ne se rencontrerait plus. Je ne veux pas de
sa maison ; je préfère ma cabane.

Je ne veux pas non plus de sa bourse, quoiqu'elle soit
jolie à voir. De l'or, dix louis d'un coup, il y en a un,
par le monde, auquel il faisait de ces cadeaux et qui les
recevait, et il y avait une raison de compagnonnage à
ça. Mais c'est fini, puisqu'il y a eu un jugement : je ne
reviendrai pas là-dessus. Dix louis d'or ! Mais, j'y pense,
est-ce que ce ne serait pas un piège ?

Si je les prenais, qui sait ? Les gendarmes ou d'autres
viendraient peut-être me fouiller, et trouvant la somme
sur moi, ils diraient : « — D'où tiens-tu ça ? A coup sûr,
tu ne l'as pas gagné. Il faut donc que tu l'aies volé. »
Et ils m'arrêteraient pour me mettre au bloc. Une belle
maison, je n'y tiens pas, mais je ne puis me passer du
grand air, des chemins, des arbres. Je connais le prix
de tout ça depuis qu'on m'a menée à Bourges, en prison,
et justement avec le vieux comte. Je mourrais s'il fallait
y retourner. Eh bien, non, non, je ne veux pas des dix
louis. Remportez votre bourse, monsieur le majordome.
Maguelonne tient à dormir tranquille.

L'intendant se retira en grommelant :

— Décidément, il n'y a pas moyen de venir à bout de
cette vieille folle !

VI

Au moment où les scènes que nous venons de décrire s'étaient passées, Laurianne avait dix-huit ans pleins ; Mlle de Prévéranges était déjà une femme. Très-douce, très-affectueuse, elle combattait une légère tendance à la mélancolie par certains exercices qui ne sont guère que ceux des garçons, mais en considérant qu'elle était née en Amérique, le comte avait voulu qu'on lui donnât une éducation sévère, presque celle d'un jeune homme. L'équitation, la natation, l'escrime alternaient pour elle avec la danse. Au reste, fidèle à son role, Mlle de Champ-Sablé ne la quittait pas une seule minute pendant qu'elle prenait ses leçons.

— Prenez garde, cher comte, disait la chanoinesse d'Arfeuilles, une vieille parente : Laurianne pourra prendre goût à toutes ces pratiques et vous en ferez une virago, c'est-à-dire la pire des femmes.

— Chère marquise, reprenait le comte, je désire surtout en faire une Française qui sache tenir tête aux malignités du sort.

Au début, Régis pouvait se féliciter ; son système d'éducation faisait merveille. Nul ne montait mieux à cheval que Mlle de Prévéranges. Quand on la menait au Cher, le plus célèbre des affluents de la Loire, elle y nageait comme une dorade dans la pleine mer. En fait d'escrime, elle avait la prestesse d'un maître d'armes.

Empressons-nous de reconnaître que ces diverses attitudes n'excluaient pas les grâces de la jeune fille. La petite comtesse dansait comme un sylphe des ballades ; elle jouait du piano et chantait avec autant d'art qu'en peut avoir une pensionnaire des Oiseaux.

Il ne lui manquait rien de ce qui distingue le grand monde.

— Peut-être faudrait-il souhaiter pour elle la dépense d'un peu d'enjouement. disait-on en chœur autour d'elle.

Cette remarque tenait de ce qu'en grandissant la belle personne était devenue sérieuse presque tout d'un coup. Jeune, belle, bien douée, titrée, riche, fêtée, qu'avait-elle donc à regretter où à demander à la destinée? On cherchait mais en vain, car il était visible qu'elle avait tout pour elle. Cependant la gravité qui lui était venue presque en même temps que sa dix-huitième année ne faisait que s'accroître.

Ceux qui observent avec une attention jalouse ce qui se passe chez les autres prétendaient que cela devait être un trait de caractère résultant d'atavisme. La mère de Laurianne, Française du Canada, ne devait pas être fort éloignée de ressembler aux quakeresses de Boston ou de Philadelphie. Cette propension à ne point se dérider le front à la française avait donc pu être transmise à la belle enfant par voie d'hérédité.

Voilà ce qu'on se mettait à dire parmi les hommes et un peu aussi dans le coin des femmes, mais à mesure que le temps marchait on dut avoir recours à un autre genre d'explication.

Ainsi que nous avons eu occasion de le noter, Laurianne

avait été fort surprise, d'abord, par l'apostrophe de Maguelonne à la Riffardie :

— La belle demoiselle ne se mariera jamais.

A la longue, après qu'elle se fut mise à commenter ces paroles, son étonnement s'était changé en tristesse, et sa tristesse en chagrin.

— Qu'est-ce que cela voulait dire? Pourquoi la mendiante la recherchait-elle, car c'était la seconde fois qu'elle faisait entendre son étrange oracle? Une rêverie noire était donc résultée de cette circonstance, mais ce n'était pas tout.

Depuis quelque temps, des rumeurs confuses circulaient autour du château. Les domestiques se parlaient à l'oreille. Une femme de chambre avait été renvoyée pour avoir fait des caquets qu'on disait ne reposer que sur des contes absurdes. L'intendant avait juré qu'on ferait maison nette, s'il le fallait, en congédiant un à un ou en masse tous ceux qui reproduiraient ces fables ou qui en propageraient de semblables.

Bref, tout le château avait reçu ordre de ne plus ouvrir la bouche de ce qui se passait à propos de la petite comtesse.

On sait ce qui arrive d'ordinaire en ce qui touche ces sortes de prohibitions. Comme elles se rapportent au fruit défendu, elles ont tout le monde contre elles. On les transgresse, mais avec tant d'habileté que les contrevenants ne sont jamais ni vus, ni entendus. Il suit de là que les rumeurs qu'on avait eu en vue d'arrêter redoublent d'intensité et sont partout grossies par toute sorte de commentaires.

C'était ce qui devait arriver pour le cas de Mlle de Prévéranges.

— Elle est sérieuse, dites-vous. Eh! l'on aurait la figure grave à moins!

D'ordinaire, les confidences commençaient sur ce ton-là. Aux questions qui ne manquaient pas de suivre cette invite à carreau, on répondait par toute une série de racontars à faire dresser les cheveux sur la tête.

— Mais, voyons, qu'a-t-elle donc la pauvre demoiselle?

— Une chose telle qu'on n'en a jamais vu de semblable.

— Ah! mon Dieu! Et qu'est-ce donc?

Homme ou femme, valet ou soubrette, on entamait alors un récit terrible; mais sous le sceau du secret et presque sur la foi du serment. La chose se subdivisait en plusieurs aventures, toutes plus surprenantes les unes que les autres.

Par exemple, cela remontait à trois mois; c'était, un matin, en juillet; Mlle Laurianne se trouvait seule dans sa chambre, au premier étage du château paternel, occupée à déchiffrer une romance nouvelle, arrivée récemment de Paris. Absorbée, par ce travail de tête, elle entendit un bruit strident. Il s'agissait d'un carreau de vitre qu'on brisait à l'une des fenêtres du salon, placée au rez-de-chaussée. En s'interrompant dans son étude, la jeune comtesse se dit:

— Quel bonheur que je sois ici, dans ma chambre! Si j'étais au jardin, mon père m'accuserait du coup qu'il expliquerait par une balle ou par une pierre lancée comme lorsque j'étais enfant!

Une minute après, Mlle de Champ-Sablé, la dame de compagnie, entre et la gronde, en effet, sur le carreau cassé, lui disant qu'un tel jeu n'est plus de son âge; Mlle Laurianne laisse là sa romance et se justifie. On lui répond qu'on l'a vue dans le salon, il n'y a pas plus de cinq minutes et qu'elle a sans doute monté l'escalier quatre à quatre afin de se soustraire aux reproches. Elle nie de nouveau, se débat; on insiste, on lui dit que c'est mal de persister dans un mensonge si évident, elle ne cède pas ; bref, la dame de compagnie finit par lui dire :

— Il ne m'appartient pas de vous punir, Mademoiselle, mais je ferai mon rapport à monsieur le comte. Il verra ce qu'il a à faire.

Le comte fit une sorte d'enquête. — Cinq personnes furent tour à tour interrogées.

— Qui a cassé le carreau de vitre?

— Mademoiselle de Préveranges. Je l'ai vue à la fenêtre du salon comme je vois en ce moment monsieur le comte, dit un palefrenier.

Les quatre autres firent une déclaration en tout point pareille.

Laurianne, les yeux gros de larmes, était dépitée.

— Mais qu'y faire, puisqu'ils affirment tous qu'ils m'ont vue?

Cette première affaire passa.

On n'y pensait plus du tout, quand, un mois après, jour pour jour, Mlle de Préveranges, ayant besoin de se recueillir, entrait dans la chapelle du château. Elle y était seule ou, du moins, elle croyait y être seule, lorsqu'elle recula à la vue d'une fille de son âge, ayant ses

traits, sa taille, sa parure, et qui priait agenouillée sur
une tombe, la tombe de Gontran. La naïveté, la simplicité d'esprit de Laurianne, si l'on veut, la sauva d'un
mouvement de terreur et ne lui laissa voir dans ce fait
qu'un moyen solennel de justification. Elle avait envie
de questionner l'inconnue et de lui dire :

— Qui êtes-vous, mademoiselle ?

Mais, pressée avant tout de se justifier au sujet de
l'histoire du carreau de vitre, elle se recule, sort du saint
lieu, court à Mlle de Champ-Sablé lui apprendre ce qui
se passe et lui demande quelle peut être cette jeune personne si semblable à elle-même.

A ce récit, la dame de compagnie, confondue, frémit,
se lève d'une table de travail devant laquelle elle cou-
sait, suit sa jeune maîtresse et va à la chapelle. Mais on
n'y voyait plus rien. Cependant Laurianne affirmait avec
tant de détails ce qui s'était offert à elle que l'aventure
donna fort à penser.

On en parla, non seulement au château, mais un peu
aussi dans les environs. Le curé de la paroisse de Vallenay
et son vicaire s'en mêlèrent. Leur prudence conseilla
d'attendre. On n'eut pas besoin d'attendre longtemps.

Un jour de grande fête, le Vendredi-Saint qui suivit,
le susdit curé de Vallenay, faisant office de chapelain, et
une des femmes de service étaient dans la chapelle, l'un
occupé à confesser l'autre. Ils virent alors très-distinctement de la tombe de Gontran, signalée par Mlle de Prévéranges, s'élever un être tout semblable à la fille du
comte Régis, qui traversa silencieusement la nef et disparut.

Oh ! pour cette fois, on ne douta plus du prodige ! On

entoura Mlle Laurianne de soins pour empêcher qu'elle
ne se trouvât seule à l'avenir. Il fut aussi convenu qu'on
ne l'effraierait pas en attirant son attention sur ce
bizarre phénomène, s'il venait à se reproduire près
d'elle.

Un jour que la petite comtesse se regardait en toilette
de bal dans un miroir de Venise, elle s'y vit double. Un
cri horrible lui échappa alors, et cette nouvelle apparition fut constatée par la femme de chambre qui venait
de coiffer sa maîtresse. Depuis ce temps-là, la même
figure, le même double se représenta de loin en loin,
toujours dans des circonstances solennelles. A la fin, au
bout de six mois, Mlle de Prévéranges finit par être en
proie à un sentiment d'épouvante qui devait influer sur
son caractère.

Fort alarmé à son tour, le comte Régis ne voulait pas
se contenter de ce que disaient le curé et son vicaire, lesquels conseillaient des prières, des messes, des neuvaines
et des pèlerinages. Il fit venir un médecin, un savant.
Mais celui-là était un organicien, hostile à tout ce qui
touche aux mystères du mysticisme. Il nia.

— Mais, docteur, voilà vingt personnes qui ont vu
exactement comme Laurianne.

— Dites que ces vingt personnes ont cru voir, monsieur le comte. — Ce que je vois là-dedans, ajouta le
médecin, c'est que l'imagination de Mlle de Prévéranges
est péniblement affectée ; que cette jeune fille, probablement frappée par des contes de nourrice, se croit sous
l'influence d'un mauvais esprit, et que cette pensée la
mine, la dévore, la fait s'exfolier et pourrait, si l'on n'y
mettait bon ordre, la conduire au tombeau. Néanmoins,

attendons encore pour agir qu'il se produise un incident nouveau, mais un épisode bien constaté par des témoins dignes de foi.

Le savant partit, le soir même.

Un incident nouveau, la chose n'a pas manqué.

Dans un concert donné à Néris, station thermale du Bourbonnais, le jeune marquis de Nesmond avait entrevu Mlle de Prévéranges. Presque au même instant, il en était devenu éperdûment amoureux. Néris n'est qu'à une courte distance du château. Il demanda au comte la permission de lui faire une visite.

— Venez à Prévéranges quand il vous plaira, monsieur, répondit Régis.

La semaine d'après, le marquis était installé à la résidence, mais en visiteur.

Vingt-quatre heures ne s'étaient pas écoulées, que, ne se sentant pas la force de maîtriser son amour, le jeune homme se présentait au châtelain et, par lui-même, sans préparation, lui demandait la main de sa fille.

— Adressez-vous d'abord à Laurianne, monsieur le marquis, répondit le vieux gentilhomme. C'est d'elle qu'il s'agit, c'est elle qui doit dire oui ou non.

Dans la même journée, le marquis de Nesmond, admis auprès de Mlle de Prévéranges, lui fit l'aveu direct de son amour et lui dit que son ambition serait de l'avoir pour femme.

Laurianne soupira et répondit :

— Monsieur le marquis, j'espérais qu'instruit par les gens du château de ma situation pénible, vous reculeriez devant la pensée d'associer votre sort au mien.

— De quoi parlez-vous, mademoiselle? De co[r]
sans fondement. Ce que l'on raconte fût-il vrai, je
verrais qu'une raison de m'attacher de plus en plu[s]
vous.

— Comment! monsieur, vous épouseriez une omb[re]
La mort me suit et me touche de près. Que vous sen[s]
du double qui me poursuit ?

— Mademoiselle, Blaise Pascal, ce puissant gé[nie]
croyait voir sous ses pas un précipice toujours ouv[ert]
creusé pour l'engloutir. Le maréchal Fabert s'im[agi]
nait avoir signé un pacte avec le diable. Il y a d[ans]
l'histoire vingt exemples d'hallucinations sans por[tée]
Ne nous inquiétons pas de ces choses-là.

— Mais, monsieur le marquis, ne vous moquez [pas]
Ici, au château, plusieurs de nos domestiques [ont,]
comme moi, vu le double.

— Ceux-là sont des trompeurs ou des trompés,
demoiselle.

M. de Nesmond allait sans doute ajouter que[lque]
chose à cette négation, lorsque, levant les yeux [vers]
ceux de Mlle de Prévéranges, il vit derrière elle et en[?]
de lui-même une figure entièrement semblable à [celle]
de la jeune comtesse. La taille, le vêtement, les chev[eux]
tout était pareil. Quelle que pût être l'énergie [de]
ce jeune homme, il était trop peu préparé à cette v[ision]
inattendue et sinistre pour contenir son étonnem[ent.]

En voyant le trouble de sa figure, Laurianne [n'eut]
pas grand'peine à deviner la cause d'une si sou[daine]
consternation. Elle tressaillit. Une morne pâleur [cou]
vrit ses joues. Puis ramassant autant de sang-[froid]
qu'une femme de son âge pouvait en rassembler :

— Eh bien, monsieur le marquis, reprit-elle, tenez-vous encore à votre mot: « Ce sont des trompeurs ou des trompés? »

Il voulait, mais il n'osait pas répondre. Il cherchait à douter, mais il ne le pouvait guère en face de la réalité la plus positive. Mais, pour être bien sûr qu'il n'était pas à son tour la dupe d'un jeu de son imagination, il ne cessait point d'attacher ses regards sur l'être incompréhensible, sur ce double debout, immobile et pourtant animé. Cette personnalité muette ne s'agitait pas; elle vivait néanmoins, puisqu'il sortait des flammes de ses yeux.

M. de Nesmond ne put y tenir. Il se leva, marcha vers le fantôme et, à mesure qu'il le poursuivait, il remarqua que ses formes s'évanouissaient, s'effaçaient, et, lorsqu'il fut tout auprès, il ne vit plus que la muraille recouverte d'une tapisserie d'Aubusson. En même temps, Mlle de Préveranges poussa un cri. Le marquis se retourna vivement comme pour venir à son aide. Alors il retrouva le spectre placé vis-à-vis de sa victime, laquelle l'examinait avec une morne stupeur, et tout cela ne dura que deux ou trois secondes. Le double se perdit ensuite dans le vague de l'air.

— Eh bien, Monsieur, reprit Laurianne, vous le voyez maintenant, ce qu'il y a de mieux pour vous et pour moi-même, c'est de renoncer à votre projet.

Voulant agir en tout en homme délicat, le marquis murmura quelques paroles d'excuse et de compliment.

Le lendemain matin, après avoir fait remettre au comte une lettre de remerciement sur l'hospitalité qu'il avait reçue au château, il fit seller son cheval et repartit. On n'entendit plus parler de lui.

15

Par contre, il n'était plus question, dans toute (
zone du Berry, que de l'apparition qui faisait la guer
la fille du châtelain.

Mᴵˡᵉ de Champ-Sablé, qui avait mission même
couter aux portes pour savoir que faire, entendi
soir Laurianne, dans sa chambre, s'écrier en pleura

— Il faut croire que la vieille mendiante a dit la
rité ; je ne me marierai jamais.

VII

En quittant le château, M. de Nesmond avait-il
de ces diverses particularités ? Non, sans doute. Le
marquis pouvait craindre la rencontre d'un être imm
riel, mais il se flattait d'être un galant homme et il
gardé un religieux silence. Cette réserve n'avait pa
péché l'histoire en question de circuler dans le pay

Ainsi que cela ne manque jamais d'arriver, elle s
considérablement augmentée, cette histoire. On s
plu, çà et là, à l'entourer de détails, tous bien prop
glacer le sang dans les veines, même d'un Africa
Zanzibar. Le comte Régis, qui aimait à être rens
sur tout ce qui se rapportait à Prévéranges fut mis
au courant de l'aventure. C'est pourquoi on le surpr
par moments en train de prononcer des mots incom
hensibles.

— Est-ce que l'horrible sorcière aurait dit vrai ? se demandait-il avec inquiétude : Laurianne est-elle condamnée par le sort à ne pas se marier ?

Sur ces entrefaites, il fit rappeler le savant auquel on
s'était déjà adressé une première fois.

On rapporta très-fidèlement à ce guérisseur ce qui
s'était passé pendant la visite du marquis de Nesmond.

— Allons, monsieur ! dites-moi maintenant ce que
vous pensez à cet égard ?

— Monsieur le comte, je ne veux pas vous voler votre
argent. Je n'ai rien à dire, parce que je ne sais rien de
rien sur de telles choses. Que diable voulez-vous qu'un
simple carabin tel que votre serviteur fasse contre des
esprits ? Non, non, je n'ai aucune prescription à faire,
mais, attendez, il y a moyen d'arranger les choses : ce
que je n'ose par moi-même, j'espère qu'un de mes confrères le fera.

— Que voulez-vous dire ?

— Tenez, monsieur le comte, il existe dans une ville
de plaisance, à Pau, un habile confrère, beaucoup plus
ferré que les autres sur la nymphéomanie, sur l'hystérie
et sur la névralgie appliquée au mysticisme. A force
d'étudier ces matières si peu commodes à aborder pour
un praticien, il a fini par apprendre mille et une choses
dont la science officielle n'a jamais constaté l'existence.
Voulez-vous lui confier le soin de guérir mademoiselle de
Prévéranges ?

— Je veux, docteur, tout ce qui sera propre à délivrer
Laurianne des monstrueuses obsessions qui enveloppent
sa vie.

— Fort bien. Adressez-vous à Saint-Esteben, alors.

En quelques mots qui ne sentaient, bien entendu, ni le charlatan, ni l'illuminé, le docteur expliqua que son confrère de Pau, fort considéré dans tout le Midi, s'était acquis le nom de guérisseur d'âmes malades. Il ajoutait que si le diable pouvait être chassé ou paralysé, ce serait pour sûr par l'homme d'élite qu'il venait de nommer.

Séance tenante, il écrivit aux vieux médecin un billet véritablement épique :

« Cher ami,

» M. le comte de Prévéranges a un important service à vous demander. Il s'agit de sauver sa fille, une très-belle personne, que poursuivent des apparitions surhumaines. Je ne sais pas ce que c'est, mais il y a des chances pour que vous le deviniez.

» Cette lettre, ainsi qu'une autre, écrite par le gentilhomme en question, ne vous sera pas remise par lui-même, attendu que l'âge, la goutte et les besoins de surveiller quelque peu son domaine, lui font une loi de ne pas s'écarter un seul jour du château de Prévéranges ; mais il sera représenté dans la ville d'Henri IV, par Mlle de Champ-Sablé, femme de très-haute distinction, qui tient lieu de dame de compagnie à la jeune malade.

» Cher ami, je ne saurais trop vous recommander Mlle de Prévéranges. Le cas, du reste, vous paraîtra un des plus intéressants qu'il soit possible d'imaginer. Quel honneur pour vous, quelle ressource pour l'humanité si vous parveniez à venir à bout de ce mal ! En

:as d'affirmative, la France et le monde vous dresse-
raient des autels !

» Agréez, cher confrère, mes sentiments affec-
:ueux.

» CYPRIEN ARNOBAT.

» *D. H. P. à Cosne (Nièvre.)* »

On fit des préparatifs de voyage, et, à cinq jours de
à, Laurianne de Prévéranges arrivait à Pau, accompagnée de Mlle de Champ-Sablé.

Tout ce qui s'était passé pendant le séjour des deux
emmes vient d'être raconté. Nous en sommes mainte-
aant à ce qui va suivre l'intervention d'Abel Ramière
lans le récit.

Abel, à son tour, avait cédé au charme souverain que
a petite comtesse répandait immanquablement autour
le sa jeunesse. A première vue, il avait trouvé la
eune personne déjà fort belle. Après la promenade au
ied du pic de la Fleur-d'Ortie, il se tenait pour frappé
au cœur, presque autant que l'aigle que la jeune ama-
:one avait si bien visé.

Mais cette passion naissante persisterait-elle après les
:onfidences que Saint-Esteben avait jugé à propos de
aire ? Un double, une apparition de femme, c'était
ien fait, sinon pour troubler, du moins pour gêner la
:onscience d'un jeune homme qui, jusqu'à ce jour,
a'avait éprouvé de goût un peu constant que pour le
olaisir.

Les choses en étaient là, mais la guérison de la petite
:omtesse n'avait pas beaucoup marché. Pour tout dire,

Saint-Esteben désespérait de parvenir jamais à un heureux résultat. Mais, en praticien que les obstacles et le
déconvenues ne décourageaient pas, il se promit d
faire de nouveaux efforts. Revenant à sa pensée d
recréer le système nerveux de sa jeune cliente, il recom
manda avec insistance l'idylle et l'action combinée
les promenades à cheval et le lait d'ânesse, et, pou
chasser toute idée de mélancolie, quelques visites che
les mondaines, mais des visites qui ne dépasseraient pa
dix minutes ou un quart d'heure.

Huit jours de ce système démontraient que tant d
ménagements n'aboutiraient à rien de satisfaisant. Mlle d
Prévéranges avait beau sortir de la ville, à cheval o
en calèche : le double la suivait dans ses promenades o
se montrait tout à coup à elle au pied d'un arbre ou dan
le pli des vallées. Il fallait ramener à Pau la petite com
tesse plus morte que vive, pâle, désolée et s'écriant san
cesse :

— Est-ce que cette vision me poursuivra toute l
vie ?

Pour le coup, se voyant à bout de moyens, le vieu
docteur allait, comme on dit, jeter le manche après l
cognée. Il ne lui restait donc plus qu'à reconnaître
l'impuissance de ses efforts. Mais avant d'abandonner l
partie, il voulut agiter une dernière fois la question
avec Abel. Puisqu'il avait fait de l'ex-officier de l'armé
d'Afrique son confident en tout ce qui concernait l
jeune malade, il était bien naturel qu'il le mît au cou
rant de ce qui se passait.

— Docteur, lui dit Ramière, il est évident que vou
n'avez pas l'ombre d'un reproche à vous faire. Vou

avez tout tenté. Si le mal persiste, la faute en est à l'insuffisance des ressources scientifiques. Il ne pourra donc venir à l'esprit du comte Régis ni de tout autre d'exercer contre vous le blâme ni la critique. Cependant comme vous me faites l'honneur de me consulter, voulez-vous me permettre de vous donner mon avis ?

— Mais sans aucun doute, reprit le vieux médecin ; c'est même pour que vous me fassiez part de vos observations que je vous ai dit en quoi consiste la situation présente.

— La situation est désespérée, ou, du moins, ce qui revient au même, le double reparaît. Que faire donc ? En général, quand vos confrères ont usé de tout et que le mal persiste, il n'ont plus qu'une manière de sortir d'embarras ; c'est de prescrire quelque lointain climat, les brises de la mer de Nice ou le soleil des Açores.

— Il est vrai, cher ami.

— Dans le cas actuel, puisque nous sommes à Pau, c'est-à-dire sous un ciel d'une incomparable douceur, c'est à un autre expédient que je conseillerais d'avoir recours.

— De quoi s'agirait-il donc, Abel ?

— Tout simplement d'ordonner le contraire de ce qui a été essayé.

— Que voulez-vous dire ?

— Écoutez-moi donc. Suivant votre langage, vous avez commencé par conseiller le calme. La recette n'a pas été favorable. Supposant qu'il fallait modifier le régime, vous avez voulu mêler la promenade au repos, l'action à l'idylle. Ce second point n'a pas plus réussi que le premier. Le double revient fréquemment et Mlle de

Prévéranges n'a pas les nerfs assez forts pour braver ça.

— Ce que vous dites là est encore l'expression de la vérité pure, Abel.

— Eh bien ! faites de l'allopathie violente en administrant les contraires, cher docteur.

— Je ne vous comprends pas, reprit le vieux médecin.

— Rien n'est pourtant plus simple. Le sujet est robuste. Point de doute là-dessus. S'il faiblit par quelque chose, c'est uniquement lorsque la vision se présente. En d'autres termes, Mlle de Prévéranges est devenue fort impressionnable. Un rien lui donnerait volontiers ce que le peuple appelle une attaque de nerfs. Que votre ordonnance de demain inaugure un nouveau genre de vie. Il faut appeler à votre aide le mouvement, l'agitation, la fatigue.

Peut-être ce que j'indique là n'est-il pas d'accord avec les principes de l'art. Peut-être un de vos confrères de la Faculté de médecine qui m'écouterait se croirait-il en droit de me traiter d'insensé. Mais que voulez-vous ? Je parle ici bien plus suivant le sentiment que selon le savoir. Ce qu'il y a d'urgent, c'est d'aider la plus charmante des femmes à tenir tête à une bizarrerie du sort dont elle est obsédée. Or, il n'y a pour cela qu'un remède héroïque. Voilà, du moins, ce qu'incline à penser un ignorant de ma trempe,

— Pas si ignorant, répondit Saint-Esteben. Mon Dieu, j'avais déjà pensé à ce que vous venez de détailler. Seulement, j'ai reculé en reconnaissant que c'était aussi aller par trop à l'aveuglette. A la vérité, on pourrait objecter que les opérateurs ne procèdent jamais autrement. Mais dans cette affaire, je me suis dit que j'avais une bien grande responsabilité. Qui sait si ce nouveau système ne tuerait pas la malade ?

— Qui sait s'il ne la sauverait pas ?

— Si le père de la jeune fille, si le comte Régis était près de moi, je lui dirais tout, je lui confierais mes idées et mes scrupules, et suivant la réponse, j'agirais sans broncher.

— Docteur, il vous a laissé carte blanche, ne l'oubliez pas.

— Oui, c'est vrai, ajouta le vieux médecin en ayant l'air de se jeter dans une méditation de quelques instants. « Monsieur le docteur, tout ce que vous ferez sera « bien fait. » Rien de plus net, je suis couvert, même au point de vue des cas de conscience. Au fait, pourquoi n'oserais-je pas ?

Ici Saint-Esteben tendit amicalement la main à Ramière.

— Laissez-moi vous remercier du plus profond du cœur, ajouta-t-il. En vous, j'ai cru d'abord ne rencontrer qu'un homme frivole comme on en trouve tant dans le monde d'aujourd'hui. Le conseil que vous m'avez donné me fait voir à quel point je m'étais mépris. Toute la sagesse d'un philosophe réside au fond de votre boîte osseuse. J'hésitais, vous venez de me fortifier. Je marchais à tâtons, vous m'avez éclairé en me traçant la route à suivre. Je vais faire entrer vos conseils dans mes ordonnances.

Dès le jour même, Saint-Esteben se rendit à la petite maison ; il emmena avec lui Ramière, sous prétexte de prendre le thé. Laurianne, encore émue au sou-

15

venir d'une crise récente, était pâle et presque muette.
Mais, à la vue des deux visiteurs, un éclair de joie
illumina tout à coup ses yeux. En observateur à qui
rien ne devait échapper, le vieux médecin dut retenir ce
fait comme une indication favorable à la nouveauté
qu'il se disposait à expérimenter.

— Il faut supposer, pensait-il, que le mouvement et le
spectacle du monde lui conviennent mieux que la solitude.

Au bout d'une demi-heure de causerie insignifiante, à
un moment où la jeune fille montrait des feuillets d'album à l'ancien officier, le docteur prit à part Mlle de
Champ-Sablé et lui dit ce qu'exigeait à l'avenir la
suite du traitement.

— Dès demain, poursuivit-il, tout changera pour
Mlle de Prévéranges. On aura à régler la journée de façon
qu'elle n'ait plus une heure de loisir. Ni piano, ni lecture, ni sieste sur la chaise longue, ni bouquets faits
dans la vallée ou cueillis dans le jardin. Du matin au
soir, il faudra songer à se donner beaucoup d'exercice.
On sera presque continuellement à cheval ou en calèche.
Ce ne seront plus des promenades de petite pensionnaire
mais des courses où l'on aura à peine le temps de
souffler. Il sera urgent de revenir à la maison harassée
de fatigue et couverte de sueur. La guérison de notre
chère malade est à ce prix,

— Si la guérison doit en résulter, que votre volonté
soit faite, répondit la gouvernante.

Tout en servant le thé et en s'étudiant à être plus
enjouée, Mlle de Champ-Sablé fit part à Laurianne de ce
que venait de lui dire le docteur. Ainsi donc, il y avait

pour ainsi dire contre-ordre. La modération était mise de côté. Ce serait sérieusement qu'on ferait des courses dans les Pyrénées sans craindre les précipices ni la rencontre de ces audacieux bandits qu'on nomme les Trabucayres.

En prenant connaissance de ce détail, Mlle de Prévéranges était aux anges. Trop de prudence lui pesait. Elle eût été désolée de passer pour une virago ou pour une hommasse ; mais elle ne redoutait pas moins d'avoir la tenue d'une petite châtelaine pâle, émaciée et toujours craintive. C'est pourquoi elle remercia vivement le docteur de faire passer son traitement au régime de l'action.

— Vous verrez, dit-elle en souriant, que les choses n'en iront que mieux.

Il n'en était plus du séjour à Pau comme de la vie libre que la jeune châtelaine menait d'ordinaire à Prévéranges. En Béarn, jusqu'à ce jour, on l'avait tenue pour ainsi dire en laisse. Elle se comparait tristement à la chèvre qu'on attache à un piquet et qui ne peut aller plus loin que la corde à laquelle elle est attachée.

La belle avance d'être mise en regard des grands sites, si l'on ne peut choisir à son gré l'escarpement le plus propre à les bien contempler ! Au milieu de ces monts sourcilleux, il y a des cascades d'une incomparable beauté ; il n'était point permis de les voir de trop près. Défense de dépasser certaines limites à cause des précipices.

Interdiction de s'attarder plus de dix minutes en raison de mauvaises rencontres. Laurianne savait que ces

rigueurs étaient exigées par sa situation de jeune fille
sans parents, par conséquent sans guides ; elle n'ignorait
pas que Mlle de Champ-Sablé avait répondu d'elle corps
pour corps, âme pour âme. Mais à l'aspect de ce beau
pays dont il ne lui était pas possible d'étudier à l'aise
tous les enchantements, elle n'en était pas moins sous le
coup d'une contrainte lourde à porter. Aussi applaudit-
elle de toutes ses forces au changement dont le docteur
venait de parler.

On se le rappelle, l'enfance de Mlle de Prévéranges
ayant eu pour gymnase les campagnes du Berry, avait
été celle des petits paysans de cette âpre contrée. Voilà
pourquoi une longue traite à cheval à travers les soli-
tudes des Pyrénées n'aurait pas eu de quoi l'effrayer.
Ainsi la seule pensée de courir en amazone à travers le
vent, la pluie et le soleil souriait à cette Bradamante
qui, depuis ses premières années, était familière avec les
passe-temps de la vie agreste. Mais Saint-Esteben se
hâta de tempérer le lyrisme de cette belle fougue en lui
disant que si, à l'avenir, liberté lui était concédée d'aller
au loin et de prendre le galop, ce serait toujours avec
un accompagnement obligé.

— Mais je sais bien, répliqua-t-elle ; Jean ne cessera
pas de me servir d'écuyer.

— Sans doute, répondit le vieux docteur, Jean sera
toujours là ; mais il n'y aura pas que lui.

Le docteur compléta l'explication par quelques paroles.

Quand on se promènerait en calèche, Mlle de Champ-
Sablé serait assise auprès de Laurianne. Quand on cour-
rait à cheval, Mlle de Prévéranges verrait à ses côtés un

ami de fraîche date, mais un ami sûr, M. Abel Ramière.

La jeune fille salua en signe d'assentiment.

— Au fait, ajouta-t-elle en souriant, il faut bien qu'une femme soit protégée contre la rencontre possible des Trabucayres.

VIII

Ce que la jeune fille venait de dire était d'abord lancé sur le ton d'une ironie. A la fin, on aurait pu croire que c'était une question.

Saint-Esteben ne fit aucune difficulté d'en convenir : ces mesures de sûreté avaient surtout en vue de faire face à cette affaire de MM. les Trabucayres, Espagnols de la lisière, moitié contrebandiers, moitié voleurs de grands chemins.

— Est-ce que ces histoires de chevaliers de la montagne sont bien vraies ? demanda la jeune fille d'un air railleur.

— Ce qu'il y a de plus vrai, mademoiselle, répondit Saint-Esteben. Je sais que ces hardis chenapans eux-mêmes ne vous feraient pas peur. J'ai vu dans les fontes de votre selle deux superbes revolvers de fabrique américaine, deux jouets d'enfant dont votre main blanche saurait faire bon usage à l'occasion. Mais il ne faudrait pourtant pas prendre cette chose-là trop à la légère. Les messieurs dont nous parlons ne craignent ni dieu, ni diable, ni le fer, ni le plomb. S'ils ont un peu de respect pour le bourreau, c'est seulement le jour où ils sont entre ses mains. Et quel raffinement de cruauté ils s'entendent à mettre dans leurs allures. Vingt faits venant d'eux, vous donneraient la chair de poule.

— Vous croyez? riposta vivement Mlle de Prévéranges.

— J'en suis sûr. — N'avez-vous pas entendu parler d'une aventure sinistre, celle qui concerne les deux oreilles d'un banquier de Paris?

— Mon Dieu, non, cher docteur.

— Eh bien, accordez-moi cinq minutes d'attention et je vais vous la dire.

Mlle de Champ-Sablé servit de nouveau du thé, après quoi l'excellent médecin raconta l'histoire.

Cela se passait sous le second empire. Il y avait alors à Paris, rue Chauchat, un banquier nommé André Dumesnil. Plus romanesque que ne le sont d'ordinaire les gens de sa profession, cet homme d'argent et d'or avait voulu aller de France en Espagne dans sa voiture, seulement conduite par un cocher. Or, en arrivant près de la Bidassoa, petite rivière qui sépare les deux pays, l'équipage avait été tout à coup enveloppé par dix ou douze chenapans en guenilles.

On devine que ces gentilhommes, tous armés jusqu'aux dents, appartenaient à l'honorable tribu des Trabucayres.

— Que voulez-vous, Messieurs? dit le banquier. Apprenez que mes papiers sont en règle.

Il fut répondu à ces mots par un tonnerre d'éclats de rire. Mais cette explosion d'hilarité n'était qu'une préface. Bientôt le financier de la rue Chauchat, plus mort que vif, vit douze tromblons le mettre en joue.

— A bas les armes ! dit-il. Est-ce qu'on ne peut parlementer par ici ?

— Si, seigneur, répondit le chef en portant révérencieusement la main à son chapeau.

Sur ce, cet homme fit un geste : les douze armes se relevèrent tandis que lui-même s'approchait de la voiture.

— Monsieur, reprit le voyageur qui prenait la bande pour un groupe de carlistes soutenant la bonne cause, il doit y avoir méprise. Je m'appelle André Dumesnil. J'exerce, à Paris, rue Chauchat, 3, la profession de banquier fort honorablement coté à la Banque de France et sur toute la place.

— Un banquier ! répartit le chef. Soyez le bien-venu. Vous êtes un friand morceau, monsieur.

On visita la voiture. Il n'y avait que peu de chose : quinze cents francs en espèces et des obligations du chemin de fer de Saragosse.

— Si c'étaient des chèques sur la maison Salamanca, nous nous en contenterions, mais tous ces chiffons-là n'ont pour nous qu'une valeur très-aléatoire. Il n'en faut pas. Pourtant il y a moyen de s'arranger, monsieur le banquier. Si vous nous donnez une garantie de 100, 000 francs, nous vous rendons la clé des champs et des monts.

— Cent mille francs ! M. André Dumesnil répondit qu'il n'avait pas 100, 000 francs sur lui.

— Eh bien, envoyez un télégramme à madame votre épouse ou bien à votre commis principal pour qu'on

vous fasse tenir la somme sans retard. Don Antonio,
mon lieutenant, qui est bon marcheur, ira à San Isidore,
le dernier poste, porter la dépêche à destination. En
sorte qu'on pourra vous répondre sous cinq heures d'ici,
sous six heures, au plus tard.

— Soit, répondit le banquier avec un soupir.

— Il rédigea, en effet, un petit télégramme très-pres-
sant : Don Antonio porta ce texte au dernier poste
télégraphique de la frontière. Tout cela en vain. Au
bout de six heures, il n'était venu aucune réponse. Au
bout de dix heures, non plus.

— Eh bien, mon cher monsieur, reprit le chef, j'en
suis bien fâché pour vous, mais vous comprenez, j'ai
une grande responsabilité : j'ai douze bouches à nourrir
chaque jour. Il faut donc que je m'arrange de façon à
nous faire payer.

— Rien de plus juste, répondit le Parisien. Mais le
moyen ?

— Le moyen, mon cher monsieur ? Eh ! par la très-
sainte dame d'Atocha, vous allez voir en quoi il consiste.

Sur ce, il fit signe à l'un de ses suivants de bien aigui-
ser la lame de son sabre, laquelle était en pur acier de
Tolède.

— Pourquoi cette opération ? demanda le banquier.

— Pour vous couper l'oreille gauche, monsieur.

L'oreille gauche ! Mon Dieu, c'est bien le cas de le
dire, le financier n'entendait pas de cette oreille-là. Il
se débattit avec une énergie de désespéré. Il jura sur
son baptême qu'il ferait donner les cent mille francs.
Peine superflue. En voyant qu'on s'approchait, la lame

étendue, il dit que, puisque l'usage de ces messieurs
était de couper quelque chose aux voyageurs, on pouvait
prendre de préférence l'oreille gauche à son cocher :
que ce serait la même chose, au fond, et que, d'ailleurs, il
en faisait son affaire. À cette proposition il fut répondu
que, sans doute, l'objection pouvait être présentée, mais
que cette offre ne saurait être acceptée. En effet, pour
agir sur les siens, à Paris, rue Chauchat, c'était son
oreille à lui et non l'oreille d'un autre qu'il fallait envoyer. Il n'y avait donc pas moyen d'agir autrement.

Un instant après, l'amputation était faite, étanchée
avec des herbes aromatiques et de l'eau fraîche, et
l'oreille coupée soigneusement serrée et empaquetée dans
un foulard de soie. Une lettre, sorte de procès-verbal de
la chose, accompagnait ce témoignge du sacrifice. On y
disait que si l'on avait répondu au premier télégramme,
il n'y aurait pas eu d'opération. Il était recommandé
d'envoyer la somme au reçu du colis, faute de quoi,
sous trois jours, on risquerait de recevoir un second
envoi, celui de l'oreille droite.

MM. les Trabucayres, ayant des intelligences partout,
le paquet fut envoyé à Bayonne et de là rue Chauchat.
Il paraît que Mme André Dumesnil prit la chose tout de
travers. Sachant que son mari était un esprit jovial,
elle s'imagina qu'il avait voulu rire et qu'il lui faisait
une charge de fumiste. D'autre part, après avoir examiné l'oreille, elle ne la reconut pas. En sorte qu'elle
ne fit pas de réponse.

— Point de réponse ! s'écria le chef en redressant ses
sourcils d'un air de mauvaise humeur. Ça ne peut pas
aller comme ça. J'en suis pour mes débours, puisque je

nourris en plus, monsieur, vous, votre cocher et votre cheval. Il faut donc recourir au grand moyen, c'est-à-dire couper la seconde oreille.

M. André Dumesnil recommença à faire entendre de véhémentes protestations.

C'était comme s'il eût chanté. Vint le camarade au sabre. La seconde oreille fut abattue.

— Monsieur, poursuivit le chef, remarquez que c'est encore le procédé le plus doux. Il y a des coins de l'Espagne où l'on vous couperait le nez par-dessus le marché.

Un second colis fut donc empaqueté. On l'accompagna d'une seconde missive, écrite par le banquier lui-même et ainsi conçue :

« Si dans cinq jours, les 100,000 francs ne sont pas » envoyés, en napoléons, à l'adresse précitée, on me cou- » pera le nez comme on m'a déjà coupé les deux oreilles.

» ANDRÉ DUMESNIL. »

Pour le coup, la maison de banque de la rue Chauchat, après avoir confronté la signature et examiné de plus près la seconde oreille, se déclara convaincue et fit diligence pour envoyer le stock d'or demandé. Vers la fin du cinquième jour, Don Antonio annonça qu'il avait avis d'un chargement sérieux. Dans la matinée du sixième jour, l'encaissement était fait.

— Mon cher monsieur, dit alors le capitaine au banquier, vous êtes libres, vous, votre cocher et votre cheval. Vous me voyez désolé de ce qui est survenu entre nous, mais vous conviendrez que, s'il y a eu un malentendu, il n'y a pourtant rien de ma faute. J'ai une maison de commerce. Je dois la mener avec ordre, célérité et discrétion. Vous comprenez ça, à demi-mot, puisque nous sommes à peu de chose près confrères. Si l'on eût fait honneur du premier coup à votre signature, aucun désagrément, aucun protêt n'en serait résulté. Racontez bien cela, je vous prie, à vos amis et connaissances pour que ces sortes de difficultés ne se produisent que le moins possible.

Là-dessus, il lui donna une fraternelle poignée de main et lui dit :

— Que Dieu vous ait en sa sainte et digne garde! Adieu, mon cher monsieur. Bien des choses à madame votre épouse, quand vous serez de retour rue Chauchat.

Ce récit avait eu beau être fait sur un ton léger, il n'en était pas moins empreint d'un sentiment dramatique des plus émouvants. Il n'en fallait donc pas plus pour que Laurianne comprît que MM. les Trabucayres ne sont pas un conte bleu et qu'ils représentent presque toujours des compagnons de route fort peu agréables. Cela lui fit voir aussi que la présence d'Abel ne serait pas, le cas échéant, une aide à dédaigner.

La nouvelle méthode n'admettait pas de retard. Il fallait commencer, dès le lendemain, la vie active que le docteur avait si formellement recommandée. Dès le lendemain donc, tout était sens dessus dessous dans la petite maison. Mˡˡᵉ de Champ-Sablé, faite depuis longtemps à l'obéissance passive, mit de côté les cartes, le tric-trac, les échecs, en même temps que les instruments de musique. Toute son attention se tourna, comme par enchantement, vers l'équitation et la voiture.

Personne ne l'ignore, ce climat des Basses-Pyrénées est bien l'un des plus doux du monde connu et permet qu'on sorte à peu près tous les jours. Au petit jour, on attelait la calèche ; Laurianne y prenait place et sa dame de compagnie s'asseyait près d'elle. Ramière, à cheval, d'un côté, et Jean, de même, de l'autre, formaient l'escorte, et l'on partait. Une autre fois, la petite comtesse était en selle sur une magnifique jument anglaise, se plaçant sur la même ligne qu'Abel, tandis que Jean galopant à cent pas en avant, avait l'air de former l'avant-garde d'une expédition. Cette fois-là, Mlle de Champ-Sablé demeurait au logis.

Au début, Mlle de Prévéranges, altière comme devait l'être une fille de sa race, n'avait vu Abel chevaucher près d'elle qu'avec indifférence ou même avec une certaine froideur. Qu'était-ce que ce cavalier ? Il n'était pas son parent ni son compatriote ; il ne pouvait pas même se flatter d'être un ami, puisqu'il n'avait été admis à causer avec elle que trois ou quatre fois au plus. Que voulait-il donc ? A quel titre se présentait-il donc à la petite maison ? A la vérité, Saint-Esteben l'avait fait agréer comme un porte-respect pour la jeune malade, et, au besoin, ce serait un aide, un protecteur.

N'ayant point perdu de vue cette recommandation, la petite comtesse était portée à voir en lui plutôt un régent qu'un ami. A son gré, dans la circonstance, il serait comme homme ce que sa gouvernante était comme femme. C'est dire qu'elle se croyait tenue de lui obéir, mais elle était bien éloignée d'éprouver pour lui autre chose qu'un peu de respect. Mais, au bout de

quelques jours, à force de marcher près de lui, dans le
creux des vallons ou sur les glaciers des pics, elle dé-
couvrit en lui un personnage dont elle n'avait pas
d'abord soupçonné l'existence.

Nous avons déjà eu occasion d'en faire la remarque :
Abel était un assez beau cavalier. Aussitôt qu'il était à
cheval, l'ancien officier de l'armée d'Afrique ne manquait pas d'allure, mais c'était surtout dans la causerie
intime qu'il laissait voir une haute distinction. Kotze-
bue, dans ses Notes sur Mme Récamier, a laissé une
observation d'une très-grande finesse. « Il n'y a pas
» de moyen plus sûr, dit-il, pour connaître le degré
» d'esprit d'un homme qu'une conversation suivie à
» cheval ou en voiture (à moins que le sommeil ne s'en
» mêle ;) c'est là qu'un causeur doit se développer ; c'est
» là que la confiance doit naître entre gens qui se pro-
» mènent ou qui voyagent. »

Abel, quoiqu'il n'eût pas encore beaucoup vécu,
puisqu'il était encore jeune, avait à dire à cette belle
enfant mille choses qu'elle ignorait, et il trouvait moyen
de les lui dire de manière à satisfaire cet esprit neuf et
désireux d'apprendre. Il lui racontait tour à tour et
parfois pêle-mêle l'Afrique et Paris, le désert et le
monde, et, peu à peu, sans le vouloir, il émerveillait la
jeune malade. Pendant ce temps-là, les heures s'écou-
laient sans ennui, avec une rapidité féerique. On avait
vu de prestigieux paysages ; on avait respiré un air pur
et sapide ; on rentrait dans Pau avec un de ces salu-
taires appétits qui font qu'on trouve tout bon à table.
Là, les souvenirs de la dame de compagnie ravivaient
encore la conversation et, quand on se séparait pour

passer la nuit chacun chez soi, Mlle de Prévéranges se
disait :

— Cette journée a été une heureuse journée !

Par l'effet d'une recurrence obligée, Laurianne revoyait en pensée les incidents de la promenade et ne
manquait pas d'en attribuer le plus grand charme à
ce cavalier qui montrait tant de complaisance envers
elle. Plus on allait, plus la familiarité se nouait entre
elle et lui, plus ces causeries devenaient un aliment
nécessaire à son esprit. De toute façon, cette vie nouvelle devait lui paraître plus propre que l'ancienne à
sa guérison et au besoin qu'elle avait de refaire ses
nerfs. Un soir que Saint-Esteben était venu prendre le
thé, elle ne se sentit pas la force de se taire et manifesta très-vivement sa reconnaissance par un cri.

— Docteur, lui dit-elle, vous êtes un grand médecin
du corps et de l'âme !

En l'écoutant s'emporter sur ce ton, le disciple de
Casimir Broussais ne put s'empêcher de dresser l'oreille
comme un cheval de combat qui écoute tout à coup
la trompette. — Qu'y avait-il donc ? Est-ce qu'au bout
d'une semaine de marches et de contre-marches elle
était déjà régénérée, fortifiée, sauvée ? — Est-ce qu'elle
se moquait du double, en admettant que le double re-
parût ?

Tout entier à cet objet, le vieux médecin trouva
moyen d'interroger Mlle de Champ-Sablé et celle-ci lui
dit que, depuis quelques jours, le spectre ne s'était plus
montré.

— Il y a, du reste, dit la dame de compagnie, beaucoup plus d'enjouement dans l'esprit de Mlle de Prévé-

ranges. Je suis portée à croire que si le fantôme se montrait, notre amazone serait maintenant capable de lui rire au nez.

— A merveille ! s'écria le praticien en se laissant aller à un légitime accès d'orgueil. Tout ce que vous me dites là prouve clairement la bonté du nouveau système. Continuons les exercices violents.

Pour obéir au docteur, on reprit donc de plus belle les courses lointaines. Les Pyrénées sont un monde. Très-souvent, après un chemin taillé dans le roc, on trouve un vallon qui paraît être un abrégé de l'Eden. D'autres fois le Gave court en chantant sur le lit de cailloux, entre les deux rives ombragées par les mélèzes. Toute une flore diaprée, riche en senteurs exquises, sollicite la vue et enivre l'odorat. De temps en temps, on aperçoit un isard qui se sauve jusque sur la crête des glaciers ou un troupeau d'outardes fuyant à tire-d'ailes l'aigle et les vautours. Le drame de la vie est partout.

Un matin, on visitait le Val d'Amboz, une des plus belles nappes de verdure qu'il y ait sur le continent européen. Tout à coup, la calèche dut s'arrêter. Le cocher signalait un mouvement inusité ; Jean, qui était parti en éclaireur, comme d'habitude, avait dû tourner bride et revenir sur ses pas, presque au galop.

— Qu'y a-t il donc ? demanda Abel en cherchant à rejoindre l'écuyer.

— Est-ce un campement de Trabucayres ? demanda Mlle de Champ-Sablé avec un léger tremblement dans la voix.

— Serait-ce un ours ? demanda Laurianne à son tour.

— Rien de tout cela, mesdames, répondit Jean ; c'est une pièce d'eau qui barre le chemin. Tenez, à vingt pas d'ici, voilà un pâtre qui garde des chèvres. Il a crié dès qu'il m'a vu. Et quoique son baragouin ne soit guère compréhensible, j'ai deviné qu'il ne fallait pas s'aventurer plus loin.

Sur l'ordre d'Abel, Jean se remit en marche afin d'amener le pâtre.

— Beaux messieurs, belles dames, dit tant bien que mal le petit berger, croyez-moi, arrêtez-vous. Vous voilà sur les bords de l'étang d'Eram (d'Abdérame). Tout ce que vous pouvez faire après être descendus de votre voiture, ce sera de vous promener tout autour et encore pas trop longtemps, parce que c'est un endroit enchanté, où le diable se montre, et il pourrait vous y arriver malheur.

— Le diable ! Est-ce que tu as vu le diable, toi, par ici ? demanda Ramière.

— Mon bon monsieur, les gens d'ici sont exempts de le voir.

— Pourquoi donc ça ?

— Parce chacun d'eux porte autour du cou, comme moi, un chapelet bénit par l'ermite de Bétharam, et ça suffit, voyez-vous, pour les mettre hors d'atteinte des griffes du maudit.

Ici tous les promeneurs regardèrent le petit pâtre. Effectivement, il portait autour du cou, à la manière d'un collier, un chapelet à très-gros grains en bois tourné et peint en noir.

— Veux-tu me vendre ton chapelet ? s'écria Laurianne poussée par un caprice de jeune fille.

— Non, la belle dame. Je ne vous le donnerais pas
pour cent francs en or.

Et, en même temps, il tourna l'index de la main
droite, vers un point d'un vert foncé.

— Mais, reprit-il en s'adressant à la petite comtesse,
si vous désirez avoir le pareil, vous le trouverez dans
l'île de l'Etang, où il y a quelqu'un qui en vend.

— L'île de l'Etang, qu'est-ce que c'est que ça ? demanda Abel.

Le pâtre fit voir au cavalier un rondeau de terre
entouré d'eau de tous côtés, et, par conséquent, situé
au milieu de l'étang.

— Est-ce qu'on va par là, petit ?

— Sans doute, mon beau monsieur.

— Par quel moyen ?

— Par le bateau d'un passeur, mais ça coûte cher.

— Combien donc ?

— Un petit écu de trois francs pour trois personnes.

— Et qu'est-ce qui conduit le bateau ?

— Un passeur, donc.

— Et où est-il, le passeur ?

— A cent pas d'ici.

— Tu peux l'aller trouver et le faire venir ?

— Oui, mon bon monsieur.

— Tu le connais donc ?

— Je crois bien, puisque c'est mon père.

— Eh bien, reprit Abel, va dire au passeur de venir
par ici avec son bateau.

IX

Ramière s'était mis de lui-même à donner ces ordres, sans avoir pris soin de consulter personne, tant il était certain que pour le moment, voir l'étang d'Abdérame était ce que Laurianne désirait le plus au monde. En effet, Mlle de Prévéranges eut l'air de l'approuver en montrant dans ses yeux et sur son front un vif éclair de contentement. Mais, pour sûr, il n'en était pas de même pour la dame de compagnie. Soit que les paroles légendaires du petit gardeur de chèvres sur l'apparition du diable eussent frappé son esprit, soit qu'elle n'eût, ce jour-là, aucun goût pour une promenade nautique, Mlle de Champ-Sablé donnait à comprendre que le mieux était de ne pas faire venir le bateau. Elle aurait assurément préféré se promener sur les rives du petit lac, assez belles pour fixer l'attention pendant un quart d'heure.

— Voyez donc les superbes glaïeuls qu'il y a par là, au milieu de ces touffes de cresson ! disait-elle à demi-voix.

— Nous trouverons certainement mieux dans l'île, repartit Laurianne en cherchant à voir au loin en tirant une longue-vue de son étui.

— Mais si le petit pâtre n'avait pas tout dit, si nous avions à y rencontrer quelque danger inconnu ?

— Soyez sans crainte, mademoiselle, riposta vivement Abel en montrant un revolver, je suis armé jusqu'aux dents.

Et il accompagna ces derniers mots d'un de ces francs sourires avec lesquels les soldats assaisonnent souvent leurs discours.

Mlle de Champ-Sablé comprit qu'il n'y avait plus d'opposition à faire au projet ; d'ailleurs, des coups d'aviron et un sillage d'écume blanche annonçaient que le passeur s'avançait près de l'endroit où ils étaient. Encore quelques minutes, et la barque venait s'amarrer au tronc coupé d'un arbre qui servait de poteau.

Voici, d'ailleurs, ce qui fut convenu.

Pendant le temps que durerait l'excursion, Jean resterait sur le bord de la pièce d'eau avec le cocher et le petit pâtre, afin de garder les chevaux et la voiture. Par suite de cet arrangement, Mlle de Prévéranges, Mlle de Champ-Sablé et Ramière faisaient seuls partie de l'expédition.

Aussitôt après l'embarquement, le batelier, béarnais gai et loquace, assez bon causeur pour tenir lieu aussi de *cicérone*, se mit à donner des notions de toute sorte sur l'île.

— Joachim a parlé à ces dames et au monsieur du diable et des chapelets bénits, dit-il, mais on trouve encore autre chose dans l'île.

— Quoi donc ? demanda Laurianne.

— Les plus belles marguerites de la province, où il y en a de si belles, ajouta le passeur.

Et il se mit à ramer.

Voyant que cet homme était en disposition de causer,

Abel lui demanda si l'île n'était pas renommée pour quelque fait curieux ou extraordinaire.

— Si fait bien, dit-il d'un ton narquois: il y a l'aventure de l'ours.

— Comment, monsieur, s'écria Mlle de Champ-Sablé en portant un petit flacon d'éther à ses lèvres, il y a des ours dans les lieux où vous nous menez?

— Tout beau, madame. Je ne dis pas qu'il y en ait; je dis qu'il y en a eu. Du moins l'histoire rapporte qu'il y en a eu un, au temps jadis, il y a de ça vingt ans.

— Il y a de ça vingt ans! Qui vous assure, monsieur, qu'il ne s'y trouve pas toujours, lui et sa famille?

— Permettez, madame, reprit le Béarnais en ravivant le feu qu'il avait mis à une petite pipe de terre cuite déjà fortement culottée, — permettez, cet ours était un célibataire, très original en toute chose. Il était venu visiter l'île en touriste, absolument comme le ferait un Anglais désœuvré. Il en repartit, un beau jour, de son propre mouvement pour retourner dans la montagne de ses pères.

— Est-ce que vous l'avez connu, monsieur? demanda Abel.

— Pas précisément, attendu qu'au temps dont je vous parle, je demeurais aux Miquelets, c'est-à-dire à quinze lieues d'ici; mais j'en ai beaucoup entendu parler.

— Ainsi, c'était un maître ours?

— Oui, monsieur, un ours qui sortait tout à fait du commun. Tout à l'heure, avant d'avoir été interrompu par l'une des deux belles dames, j'ouvrais la bouche pour vous conter son aventure. Dame, c'est une histoire qui a fait du bruit. On en a rendu compte jusque dans les gazettes.

— Eh bien, racontez-nous ça, si c'est intéressant.

— Vous allez en juger.

— Il ôta alors sa pipe de sa bouche, en fit tomber dans l'eau les cendres encore tièdes, remit l'ustensile à fumer dans la poche de son veston, et, tout en ramant, commença son récit.

— C'était donc il y a vingt ans. Comme aux jours où nous sommes, les curieux prenaient plaisir à venir voir l'île d'Eram, où, du reste, il n'y avait pas encore un dépôt de chapelets faits par l'ermite de Bétharam. C'était simplement un site agréable. Ce qu'il y a de sûr, c'est que notre ours y était déjà. Il vivait là, à travers les fourrés, de framboises, de fraises, de miel, tout entier à ses pensées comme un solitaire. Comment y était-il venu ? Quelques-uns ont prétendu que c'était la nuit, en nageant. D'autres ont supposé qu'ayant déjà vécu quelque part, sans doute en état de civilisation, il avait détaché, un matin, la barquette du père Planchut, le passeur d'alors, qu'il avait ramé et abordé ni plus ni moins qu'un homme. Mais rien n'est venu démontrer l'exactitude de cette seconde version. Contentons-nous de noter qu'il avait pris possession de l'île.

— Est-ce qu'il en était le seul maître ?

— Un maître très généreux et des plus libéraux, ainsi que vous allez le voir. S'il aimait la solitude, il n'abhorrait pas la société, au contraire. Sachant que les touristes, les pèlerins, les voyageurs tenaient à voir l'île, il ne gênait aucun arrivant par sa présence. Dès que la barque de Planchut cinglait sur l'eau, il entendait le bruit des rames, il se retirait discrètement dans les halliers, comme pour dire aux visiteurs :

— Entrez. Ne vous gênez pas. Faites ici comme chez vous.

— Voilà un brave homme d'ours, par exemple ! s'écria Abel.

— Monsieur, vous ne le connaissez encore que fort incomplètement. Avant de le juger, laissez-moi donc le temps d'arriver à la fameuse aventure.

— Ah ! c'est juste ! Parlez.

— En 1863, sur la fin de l'été, il était venu un artiste, avec son bagage de peintre sur le dos. Il paraît que c'était un paysagiste qui voulait remporter le principal site de l'île à Paris. Au petit jour donc, il avait planté toutes ses bucoliques en terre, un grand parasol, un chevalet, une toile, un tabouret, ses vessies pleines de couleurs, sa palette, ses pinceaux. Tout étant prêt, il se disposait donc à travailler et d'arrache-pied à son paysage. Il avait commencé, mais vous savez, ces gens-là ont des caprices. Il ne se trouvent pas en état de travailler tous les jours. Celui-là était distrait ou mal éveillé. Le fait est qu'au bout d'une heure, voyant que l'ouvrage marchait mal, que *ça ne lui disait pas*, il posa sa palette sur une pierre, se coucha lui-même sur l'herbe et s'endormit, mais d'un très-fort sommeil.

— Le fainéant !

— Ne le plaignez pas trop. Cinq minutes ne s'étaient pas écoulées, qu'un bruit assez léger se faisait entendre dans les broussailles voisines ; c'était l'ours qui sortait de sa retraite. D'abord il marchait à pas assez bruyants, mais ayant vu l'homme endormi, il se fit un cas de conscience de le réveiller et ne s'avança plus qu'avec lenteur et avec les précautions qu'on prend d'ordinaire dans la chambre d'un malade. Aussitôt qu'il se fût approché, il vit tout et comprit bien vite qu'il s'agissait d'un artiste en train de prendre, comme on dit, *un bain de lézard.*

— C'est-à-dire un petit temps de paresse ?

— C'est ça même. Mentalement sans doute, l'ours se dit : — « Pauvre diable ! s'il dort au lieu de travailler, comment gagnera-t-il son pain ? » Ce fut alors qu'il eut la pensée d'achever le travail du peintre.

— Mais c'est prodigieux ce que vous nous dites là, passeur !

— C'est l'exacte vérité, monsieur ! Je continue donc. — L'ours se rapprocha du chevalet ; il se dressa lestement sur ses pieds de derrière ; il saisit dans ses griffes la palette, les pinceaux ; il visa le ciel, les bouleaux, l'herbe, les fleurettes, le bord de l'eau, les hirondelles, tout ce qui se trouvait sous le coup de ses deux petits yeux de diamant, et tout cela fut rendu sur la toile avec autant de rapidité que d'exactitude. De temps en temps, il y avait bien un vert, un jaune, un rouge ou un noir qui ne lui allaient pas. Alors il saisissait le couteau à lame flexible et il grattait la toile comme un praticien consommé. Mais, en définitive, étant l'hôte assidu de ce canton, il était apte à rendre, mieux que tout autre, le paysage qui n'avait pas de secret pour lui.

— Il l'a achevé, passeur ?

— Il l'a achevé en trois heures de temps, et, ce qu'il y a eu de plus remarquable, c'est qu'il y a ajouté des accessoi-

res sur lesquels l'artiste lui-même n'aurait pas osé compter. Par exemple, la scène était animée par une volée
d'oiseaux. Le travailleur improvisé y avait ajouté le
paysagiste en personne, endormi sur l'herbe, en train
de faire de doux rêves, moins beaux pourtant que la
réalité. Enfin on y voyait à son tour, debout devant une
toile, l'ours peignant, et je vous prie de croire que
cette partie du tableau était traitée de main de maître. A
la fin, quand l'œuvre fut terminée, il remit tout en
place, se retira à reculons, et, avant de disparaître dans
les halliers, fit entendre une sorte d'éternuement assez
sonore pour réveiller le dormeur. Effectivement ce
dernier, n'ayant d'ailleurs plus besoin de repos, se
frotta les yeux, en disant:

— Qu'est-ce que c'est ? Qu'y a-t-il ? Qui me parle ?

Il se leva ensuite et, ainsi qu'on l'a deviné, il alla machinalement à ses ustensiles, à tout son fourniment.
Vous voyez d'ici, belles dames et mon bon monsieur, la
frimousse qu'il fit à l'aspect de son tableau. Rêvait-il encore? Le fait est que cela tenait du sortilège. Un tableau ! Un paysage ! Mieux que ça; un ours qui les
dessinait lui-même pendant qu'il était endormi et le tout
formant un chef-d'œuvre ! Seulement, en guise de signature, il n'y avait qu'un coup de griffe.

— Il y avait de quoi perdre la raison, se hasarda à
dire Mlle de Champ-Sablé.

— Pendant dix minutes aussi le peintre était comme
fou. Il se disait: « — On prétend qu'il y a des apparitions
« dans cette île; eh bien voyons, cet ours-là est-il un
« ours des Pyrénées ou bien le diable? » Par bonheur
il vint un chasseur de bécassines qui le rappela au bon

sens en lui disant le plus grand bien de l'animal qui
habitait ces parages. « — Croyez bien que c'est l'ours,
« lui dit-il, et si vous y tenez, en parcourant l'île en
« tout sens, vous finirez par le rencontrer. — Ma foi non,
« répliqua l'artiste. Au bout du compte, j'aime mieux
« le croire que d'y aller voir. » — Sur ce, il fit un paquet
de toutes ses mécaniques, héla le père Planchut, le
batelier de cette époque, et rentra dans Pau avec le
chef-d'œuvre, qu'il vendit le lendemain, deux mille écus
à lord Cochrane, un Anglais de distinction. — Et voilà
comment un jeune peintre de Paris a été enrichi par la
collaboration d'un ours. Je ne dis rien que de très-réel,
foi de passeur !

En ce moment, on abordait. L'homme poussa vigou-
reusement la petite embarcation.

— Nous voilà dans l'île, belles dames et bon monsieur.
Attendez : je vais vous en faire voir toutes les curiosités.

Par suite d'un oubli injuste, l'île d'Eram ne figure
point sur la carte de Cassini ; mais peu importe, puisque
sa réputation est universelle. Quand on se met à parcourir cette langue de terre, on ne s'étonne plus de
l'engouement des touristes. Des bouquets d'arbres
séculaires, des pins, des bouleaux, des chênes sont en-
cadrés dans des massifs de myrtes et de lauriers-roses.
On assure que, durant toute la domination des Maures
en Espagne, il y a eu là un palais de plaisance pour l'un
de leurs rois, palais qui a été emporté par les révolutions
dont la contrée a été le théâtre. Est-ce un fait certain ?
Est-ce une fable ? Le nom que porte l'île tendrait assez
à faire supposer qu'il y a quelque chose de réel dans
cette tradition.

Mais dans les temps nouveaux, répétons-le, l'île n'est plus que le but d'une promenade pour les ennuyés et pour les malades. On y va manger sur l'herbe. Une manière d'auberge qui y est ouverte, de mai à septembre, y sert aux arrivants de très-bonnes truites, pêchées dans les torrents du voisinage, et des écrevisses frites, venues du lac lui-même. Ainsi que cela a été dit, il y a dans l'établissement une petite boutique où, moyennant la moitié d'un écu de cinq francs, on achète un chapelet bénit par l'ermite de Bétharam. Tous les touristes font une emplette de ce genre, même les protestants, même les juifs, même les libres-penseurs. Histoire de rapporter un souvenir de ses courses.

Guidé par le passeur, la petite caravane visita tout, fort minutieusement. On fit une station à l'auberge, on mangea des écrevisses, on acheta trois chapelets. En dépit des protestations de la dame de compagnie, Laurianne demanda à s'arrêter à l'endroit précis où l'ours avait peint le paysage dont il a été parlé tout à l'heure. Le site fut reconnu pour être une des plus belles pages du grand livre de la nature.

Abel, qui avait des souvenirs classiques, se rappela tout à coup deux vers d'un de nos poètes :

Mais, sans examiner si, vers les antres sourds,
L'ours a peur du passant, ou le passant de l'ours.

Et Laurianne, entrant dans sa pensée, ajouta :
— Quel dommage que cet illustre plantigrade n'ait pas laissé son nom sur le tableau ! Il a fait preuve d'assez de génie pour être immortel.

Il n'y avait pas à donner suite à ce caquetage, car le

passeur courait déjà à sa barque. Le moment était arrivé de repartir. Cela était d'autant plus urgent que le ciel avait changé avec une certaine brusquerie. Quelques points noirs se montraient à l'horizon. Un vend du Sud-Ouest, d'abord très-léger, prit peu à peu une intensité inquiétante.

— Hâtons-nous, monsieur, dit tout bas le batelier en s'adressant à Ramière. D'ici à quelques instants, il pourrait bien survenir de l'orage.

Tous les passagers sautèrent dans le bateau, les yeux tournés sur le rivage, sauf le passeur qui ramait à la poupe.

Plus on allait, plus le vent sifflait dans les branchages des arbres et dans les roseaux. Vingt sortes d'oiseaux, grands et petits, voletaient autour de l'esquif en faisant claquer leurs becs.

— Voilà le gros temps, reprit le batelier, mais ne vous effrayez pas, mesdames, il n'y a aucun danger.

Puis toujours en remuant l'aviron :

— Nous serons vite à destination : ce sera l'affaire de quelques minutes.

Un éclair partagea la nue en deux ; le tonnerre se fit entendre ; de grosses gouttes de pluie commençaient à tomber en faisant des ronds dans le lac.

Abel couvrit d'un plaid écossais, qu'il portait, Mlle de Prévéranges, déjà un peu mouillée.

En ce moment un cri d'effroi sortit de la poitrine de la jeune fille.

— Qu'avez-vous, Laurianne ? demanda Mlle de Champ-Sablé éperdue.

— Là ! là ! voyez donc ! répondit la petite comtesse en pâlissant.

Elle était toute tremblante.

— Qu'est-ce donc ? demanda Ramière à son tour.

— Là ! là ! reprit-elle, tenez, devant moi, Monsieur !

Abel fixa les yeux sur la proue de la barque. Debout, droite, les mains croisées sur la poitrine, une autre Laurianne, en tout semblable à la réelle, se tenait en observation, les yeux grands ouverts. Elle ne prononçait aucune parole, elle ne faisait pas de gestes, elle ne menaçait, ni ne souriait : seulement elle regardait avec une fixité étrange.

Mlle de Prévéranges était plus morte que vive.

— Va-t-en, fantôme ! va-t-en ! s'écriait-elle d'une voix défaillante.

Pour mettre fin à ses transes, Abel eut comme une inspiration de soldat.

Il tira de sa poche son revolver et visa le spectre.

A la détonation, le double s'enroula sur lui-même et s'évanouit en moins d'une seconde.

— Revenez à vous, mademoiselle ; tenez, vous en voilà débarrassée.

Pour aider Laurianne à se remettre, Mlle de Champ-Sablé lui fit respirer des sels.

Au même instant, quelque chose d'ailé et de velu tombait du haut des airs dans le bateau qu'il mouchetait de petites taches de sang.

— Pardieu, dit le batelier en ramassant un oiseau mortellement blessé, c'est le martinet des grèves, un piaillard et un pillard, l'ennemi des chardonnerets et des fauvettes. Tenez il a un bec en croc et des griffes au bout des pattes. Toutes les fois qu'on en tue un par ici, cela passe pour porter bonheur.

— Que Dieu vous entende, brave homme! répartit la
dame de compagnie à voix basse.

X

— Voyez, le martinet des grèves est mort, dit Abel.

— Cet oiseau mort, c'est signe de bonheur, répétait le
passeur.

Laurianne était encore toute pâle ; Mlle de Champ-Sablé avait eu beaucoup de peine à la faire revenir à elle.
Jamais, en effet, la petite comtesse n'avait éprouvé tant
d'émotions contraires coup sur coup. En premier lieu,
l'histoire de l'ours l'avait fort amusée, le passage
de l'île l'avait charmée; toute cette expédition l'é-
gayait.

— A la bonne heure, voilà ce que doit être le mouvement de la vie, pensait-elle.

Or, au moment où elle s'y attendait le moins, elle revoyait le double. Elle le retrouvait jusque sur un lac des
Pyrénées, toujours le même et s'asseyant à deux pas
d'elle, sur le bateau, comme pour la braver. Comment
l'imprévu d'une telle apparition n'aurait-il pas effrayé
l'imagination d'une jeune fille jusqu'à la pousser au désespoir ? Mais c'était en cet instant qu'un autre fait lui
était venu en aide. Un revolver, tiré par une main amie,
avait mis en fuite, peut-être même blessé le fantôme,
cet implacable ennemi de ses jeunes années.

17

Sans doute, cette action avait bien un peu l'allu
théâtrale d'une scène de mélodrame; sans doute, il
avait quelque chose de puéril à décharger un pistol
sur un spectre formé d'une vaine vapeur ; mais tout e
tière à la vivacité de ses impressions, M{}^{lle} de Prévérang
n'aurait pas eu le loisir ni le sang-froid qu'il eût fal
pour faire de l'analyse à ce sujet. Dans l'événement, el
ne voyait que l'intervention armée d'un ami; c'était to
ce qu'elle y avait d'abord aperçu, et elle ne voulait pa
y voir autre chose.

Le passeur payé, on se remit en voiture et l'on parti
Abel faisant, comme Jean, office d'écuyer. A Pau, quan
on fut de retour sur le seuil de la petite maison, Lau
rianne, en descendant de la calèche, tendit amicalemer
la main à l'ex-lieutenant :

— A demain, lui dit-elle.

Ce geste fraternel était tout à la fois un remerciemen
et une promesse, du moins ce fut dans ce sens que Ra
mière l'interpréta. Il y avait près d'un mois qu'il étai
admis dans l'intimité de M{}^{lle} de Prévéranges; il avai
reçu très-bon accueil à la petite maison, où l'on com
mençait à le traiter à peu près sur le même pied qu
Saint Esteben, mais jamais encore la belle personne n
s'était départie en sa présence des grands airs qu'ell
tenait de ceux de sa race.

Abel, qui avait une si grande tendance à l'aimer, er
était parfois rebuté. Il s'imaginait alors que cette jeun
fille, si superbement douée, n'était qu'une statue d
marbre, une Galathée qui n'avait probablement pas d
cœur. En même temps, il songeait aux préjugés aristoc
cratiques dans lesquels le comte Régis, son père, l'avai

élevée, et il se disait qu'il existait ainsi bien des raisons pour qu'il ne pensât plus à elle.

Mais les épisodes qui venaient de marquer cette journée et, surtout, ce serrement de main suffisaient pour faire renaître ses espérances.

Quant à Mlle de Prévéranges, se passait-il donc quelque chose de nouveau chez elle? Laurianne avait dix-huit ans, nous le savons; c'est l'âge où une voix secrète parle à l'oreille des jeunes filles pour leur apprendre ce que sont les premiers combats et les premières joies de la vie. Mais dans le grand château où elle avait grandi, la petite châtelaine avait eu à soutenir une lutte mystérieuse et terrible dès le jour même où elle avait cessé d'être une enfant.

C'était à l'heure où toutes les autres n'ont à se préoccuper que de musique, de chiffons, de voyages, de fêtes et de bouquets, c'était à ce moment-là qu'une chose sans précédent s'était révélée pour elle. Un jour, ainsi que nous l'avons raconté, elle avait aperçu, vis-à-vis d'elle, une autre elle-même, une Laurianne en tout semblable à la jeune maîtresse du domaine, vêtue de même, regardant avec des yeux pareils, mais toujours taciturne et sérieuse.

L'apparition s'était reproduite partout où elle allait; elle se montrait en plein jour et en pleine nuit; elle poursuivait sa victime autant au milieu de la solitude que dans le tourbillon du monde. Qu'était-ce que ce double? Laurianne ne pouvait parvenir à pénétrer ce mystère. Mais, à la longue, tant d'acharnement avait fini par attrister sa pensée. Aux angoisss morales causées par l'aspect du fantôme se mêlait une fièvre brûlante

que ni les soins du château, ni l'art, ni la science ne
pouvaient combattre victorieusement.

Une morne tristesse assombrissait le caractère de cette
belle enfant si bien faite pour briller dans le monde et
pour embellir la vie des autres. Mais que faire ? Comment
cette riche héritière de tant de biens céderait-elle à la
mode et céderait-elle à la coutume ? On ne lui permettait
que rarement de prendre part aux fêtes.

Elle-même, sachant qu'elle était sans cesse guettée
par un ennemi invisible et invincible, n'osait pas s'avan-
turer dans un bal ni dans toute autre réunion mondaine.
Dans de telles conditions comment donc son cœur se
serait-il ouvert aux choses qui sont le charme de la
vingtième année ?

Ce qui s'était passé à Prévéranges, dans les derniers
temps, n'avait pas peu contribué à teindre ses pensées
en noir. On n'a pas perdu de vue les deux rencontres
avec Maguelonne-la-Mal-Bâtie ni les prophéties sinistres
qu'avait fait entendre la vieille mendiante : « — La belle
demoiselle ne se mariera jamais. » — Dans le premier
moment, ces paroles n'avaient causé à Mlle de Prévéranges qu'un peu d'étonnement.

Après réflexion, mais surtout en les faisant coïncider
avec l'apparition du double, elles devenaient pour la
fille du comte Régis le sujet d'une vive alarme. D'ailleurs,
ce qui paraissait donner raison à la prédiction shakes-
pearienne de la sorcière, c'était l'attitude des jeunes
gens de famille qui venaient, l'un après l'autre, briguer
la main de l'héritière et qui, après avoir parcouru le
chapitre des informations, disparaissaient pour ne plus
se faire voir.

— Est-ce que Maguelonne dirait vrai ? se demandait la petite comtesse, quand elle était seule. Serais-je donc réellement frappée d'une malédiction, mais pourquoi ?

A Pau, grâce à l'éloignement, elle n'avait plus à rencontrer sur son chemin l'affreuse pythonisse. Mais ce que la mendiante avait dit par deux fois en sa présence résonnait toujours à ses oreilles. L'oracle se retraçait à sa pensée toutes les fois que le double reparaissait, et l'on sait qu'il était revenu à plusieurs reprises. Du reste, elle avait dans la ville du Midi le train de vie d'une malade et c'était une saison seulement qu'elle était venue passer afin de refaire sa santé.

— Retournerai-je à Prévéranges guérie ou plus souffrante ? se demandait-elle de temps en temps. Mais, comment guérirais-je, puisque l'homme le plus savant ne sait pas à quoi s'en tenir sur la nature de mon mal, ou que nulle science humaine ne serait de force à le réduire ?

Les choses en étaient là lorsque Saint-Esteben présenta Ramière à la petite maison. Dans la pensée du docteur, il ne s'agissait que d'un élément de société à offrir à deux femmes désœuvrées et que l'état de l'une d'elles paraissait condamner à ne pas voir le monde, au moins pour un temps. Cette saison devait, du reste, n'être plus que de quelques semaines. Ainsi ce serait l'affaire d'un petit nombre de jours. On se verrait, on prendrait le thé ensemble, on causerait ; en d'autres termes, on tuerait le temps le mieux qu'il serait possible, et l'on arriverait ainsi jusqu'à l'heure du départ et de la séparation.

Ce que les hommes font, le hasard le défait presque toujours. Peu à peu les visites étaient devenues plus

fréquentes ; l'intimité était à la veille de venir ; ce qu
s'était passé pendant la promenade à l'île d'Eram, aller
et retour, devait en brusquer l'avènement. Nous avons
raconté ces divers incidents. Au yeux de Laurianne, le
fait le plus important était le coup de feu tiré par
Ramière sur le double. Le fantôme avait-il été blessé ?
Etait-il chassé sans retour ? La jeune fille ne s'arrêtait
pas à ces questions. Une chose était évidente, c'est qu'il
avait été repoussé victorieusement, ce jour-là, et repoussé
par Abel. Pour la première fois, elle avait été elle-même
délivré de ses obsessions dès la première minute de son
apparition.

La nuit qui suivit la promenade, Mlle de Prévéranges
cherchait vainement à dormir. Ce souvenir de la veille
la dominait au point de faire qu'elle ne pût songer à
autre chose. La tête appuyée sur son coude, elle reconstruisait toute la scène par la pensée. Tandis que le passeur,
le dos tourné, ramait avec force et que Mlle de Champ-
Sablé avait l'air de contempler l'île qui s'enfuyait,
le fantôme, sortant du tronc d'un saule penché sur la
rive, avait glissé sur les eaux et s'était avancé, avec
une rapidité de sylphe, jusqu'à la place où elle était
elle-même assise. Mais il y était à peine que l'ex-officier,
cédant à un mouvement chevaleresque, l'avait mis en
joue et transpercé par une balle de son revolver.

Laurianne ne se comparait pas tout à fait à Andromède
délivrée par Persée, mais cependant peu s'en fallait,
puisque l'horrible Chimère avait été vaincue. Un autre
point, bien digne de remarque, c'est qu'il n'y avait pas
eu de résistance. Aussitôt l'arme déchargée, la vision
avait fait entendre une sorte de cri plaintif ; elle s'était

enroulée sur elle-même et, en moins de temps qu'il n'en
faut pour le dire, elle s'évanouissait dans l'air. Jusqu'à
ce jour, au contraire, soit au château, soit dans vingt
autres lieux, le double prenait pour ainsi dire à tâche
de défier sa victime. On le suppliait, et les prières ne
servaient de rien ; on le menaçait, et il semblait se rire
des actes de violence. Quand il se décidait à se retirer,
c'était toujours après un certain délai, de son plein gré
et jamais en cédant. Cette fois, il avait obéi à l'ascendant
de plus fort que lui ; rien de plus visible.

Quoiqu'en ait dit le conteur si futile auquel nous devons
Candide, les jeunes filles sont souvent de fortes logi-
ciennes. En prenant pour point de départ tout le petit
drame du bateau, la jeune comtesse était raisonnablement
conduite à faire de l'ancien lieutenant un héros. Il faisait
ce que nul n'avait pu faire avant lui. S'il avait réussi à
repousser le spectre d'une manière si triomphante, une
fois, il pourrait renouveler cette prouesse cent fois. Il
résultait de là qu'avec lui le double n'était plus à redouter.

Ainsi qu'on l'a déjà supposé, les suites de ce raisonnement devaient conduire la belle dialecticienne bien plus
loin qu'elle ne l'aurait supposé elle-même. Sans quitter
l'ordre d'idées qui préoccupait à si bon droit son esprit,
elle trouvait que son libérateur n'était pas seulement un
homme brave. Abel, on le sait, était grand, bien fait,
d'une beauté fort correcte. Elégant sans mièvrerie, il
savait autant qu'un autre tenir le dé de la conversation.

Une seule chose peut-être l'aurait déparé aux yeux
d'une patricienne. Son nom n'était pas précédé d'un

titre nobiliaire. Mais ces sortes de préjugés, encore si vivaces dans certaines familles de province, n'avaient que peu de prise chez une jeune fille qui ne connaissait presque point le monde et qui ne l'aimait pas.

Un moraliste de notre temps a dit : « L'amour naît de tout et meurt de rien. » Avant d'aller à l'île d'Eram, Mlle de Prévéranges avait assurément distingué l'ancien officier ; elle en faisait volontiers le compagnon de ses courses en dehors de la ville ; elle était heureuse qu'il voulût bien se présenter de temps en temps, le soir, à la petite maison, pour y faire une petite partie de tric-trac ou pour y prendre le thé ; mais c'était tout. Sur la recommandation de M. Saint-Esteben, on en avait fait un ami. Mais toute cette indifférence de bon ton venait de faire place à une vive impulsion du cœur que la petite comtesse n'avait encore ressentie pour personne. Le coup de revolver tiré sur le lac avait amené quelque chose comme une soudaine transfiguration.

.D'ordinaire l'amour rend les jeunes filles rêveuses avec une petite pointe de mélancolie. En ce qui touchait Laurianne, comme il s'agissait d'un grand fait, presque d'une victoire, l'amour était de l'enjouement. Une gaieté timide, peu bruyante, mais très-réelle, rayonnait sur le front de la jeune châtelaine aussitôt qu'il était question de Ramière devant elle. Le vieux médecin n'avait pas été long à constater le point d'arrivée de cette transformation morale. Tout le monde connaît l'histoire du jeune Antiochus, malade d'amour, parce qu'il chérissait en secret la Stratonice, sa belle-mère, et l'on sait comment ce secret fut découvert, rien qu'à l'aide d'un coup d'œil par Evrasistrate, médecin du palais. Saint-Esteben aussi n'eut besoin que d'observer une minute ce qui se passait sous ses yeux.

— Elle aime Abel ! se disait-il, un soir, en rentrant chez lui.

En galant homme qu'il était il, commença par se faire de sérieux reproches. Tout roman d'amour mène inévitablement à des larmes. Qui pouvait dire ce que seraient les conséquences de celui qu'il voyait commencer ? A quoi cette rencontre de deux jeunes gens pourrait-elle aboutir ? En tous cas, il se tenait pour responsable de ce qui arriverait. A la vérité, connaissant Abel en tant qu'homme d'honneur, il savait bien qu'il ne pourrait y avoir dans une liaison entre Mlle de Prévéranges et lui rien d'inavouable ; mais ce qu'il redoutait c'était précisément cette situation d'un oisif sans titres, aimant une jeune fille de grande famille, aimé d'elle et, suivant toutes les apparences, ne pouvant pas espérer de l'avoir pour femme.

— Ils se sont serré la main tout à l'heure, devant moi, sans contrainte ; c'est donc qu'ils s'entendent, se disait-il, un autre jour. Ils s'aiment : point de doute là-dessus.

Dès lors, à force d'y penser, il finissait par voir les choses sous un autre aspect. L'homme de la science médicale reparaissait tout à coup en lui. Il trouvait que ce rapprochement n'était plus un si grand mal. Au point de vue de la guérison, l'entente de deux jeunes esprits pouvait créer une force contre le double.

On n'avait pas manqué de lui conter le pèlerinage à l'île d'Eram et tout ce qui s'y rattachait. Il savait donc l'histoire du revolver tiré à balle sur le fantôme, et la disparition subite de cette forme surhumaine. L'incident,

17

en lui-même, ne l'intéressait qu'autant que Laurianne y
participait. Elle en avait pris occasion pour moins craindre. Elle déclarait, qu'à dater de ce moment-là, il lui
semblait que le spectre pouvait être repoussé, et que,
par conséquent, il cesserait d'être à craindre. N'était-ce
pas le résultat qu'il avait demandé à toutes les études
sur le phénomène?

Tout praticien, épris de son art, ressemble à Michel-
Ange, qui, lorsqu'il avait en tête un tableau ou une statue, ne savait plus voir autre chose au monde. La guérison de la malade ne lui paraissait plus être une conjecture ni une utopie; il la tenait désormais probable. Avant
un mois, il pourrait en constater l'existence. Le beau
jour que celui où, prenant la plume d'un air de triomphe, il pourrait écrire au comte Régis, à son château:

— Monsieur le comte, il n'y a plus de doute, votre
fille est guérie!

Quinze jours s'écoulèrent, et, en effet, il y avait un
mieux toujours progressif chez la petite comtesse. Au
bout de trois semaines M\ue de Champ-Sablé prit à part
le vieux médecin pour lui conter un fait de date toute
fraîche. Dans la soirée qui avait précédé ce même jour,
au moment où Laurianne était à son piano, occupée à
faire des variations sur le *Roi des Aulnes*, de Schubert,
le double s'était montré près d'un petit meuble en pa-
lissandre sur lequel on plaçait les cahiers de musique.

Elle même, M\ue de Champ-Sablé, revisait un livre de
dépenses à l'autre bout de la pièce, en sorte qu'elle avait
pu tout voir. Quand l'apparition s'était présentée, M\ue de
Prévéranges, chose toute nouvelle, n'avait laissé voir
aucune émotion. Pourtant elle s'était arrêtée de jouer,

mais elle s'était arrêtée un instant seulement. Il semblait qu'elle fixât alors le double comme pour lui dire :

— Tu peux venir désormais tant que tu voudras : je ne te crains plus.

Avait-il été intimidé par cette attitude si résolue ? Son rôle de tourmenteur est-il terminé ? Ce qu'il y a de sûr, c'est qu'il s'était évanoui, absolument comme il l'avait fait sur la barque du passeur. Lui parti, Laurianne avait repris la suite de ses improvisations sur le piano. Jamais peut-être elle ne s'était montrée plus brillante musicienne. Elle jouait alors moins en femme du monde qu'en artiste. Elle paraissait célébrer un triomphe.

— Un triomphe, c'en est un, en effet, s'écria Saint-Esteben radieux et frappant d'aise dans ses mains, comme tous ceux qui ont bataille gagnée. Dès demain, sans plus tarder, j'écrirai au comte Régis afin de lui annoncer ce grand résultat.

Mais il n'avait pas plus tôt prononcé ces paroles qu'un coup de marteau se fit entendre à la porte. Celui des domestiques qui était de service courut ouvrir et annonça bientôt l'entrée d'un employé du télégraphe.

On apportait une dépêche à l'adresse de la dame de compagnie.

Voici ce que Mlle de Champ-Sablé y lut :

« Au reçu de la présente, revenez sans retard au châ-
» teau où un grand événement se prépare dans l'intérêt
» de Laurianne.

« Le docteur Saint-Esteben me rendra le service de
» vous accompagner jusqu'en Berry.

» RÉGIS DE PRÉVÉRANGES. »

XI

En deux mots, disons quel était le grand événement auquel faisait allusion la dépêche du comte Régis.

A six lieues de Prévéranges, dans la même province, au fond d'un château de la Renaissance, vivait la marquise de La Roche-Courneuve, douairière à vieilles armoiries.

Cette vénérable dame, fort riche, très-entichée de la noblesse de son sang, élevait près d'elle, à la mode antique, un petit-fils unique du nom de Gaston.

Gaston de la Roche-Courneuve, marquis de Morvilliers, ce nom, surmonté d'une couronne, faisait très-bien sur une carte de visite.

Marquis, le jeune homme l'était de la manière la plus incontestable et la plus incontestée, mais il n'était pas autre chose. Au physique, on peut se représenter un grand garçon assez mal sculpté, la tête peu noble, les yeux sans expression, le teint bis, point de sourire, nulle élégance. En parlant, ni savoir, ni esprit. De notre dix-neuvième siècle, si affairé, si porté au travail, il n'avait rien. Mais, au gré de la douairière, que lui importait que la consigne soit désormais de travailler, même chez les gens d'en haut ? Il n'avait pas à se donner cette peine, puisqu'il serait très-riche et qu'il était déjà marquis.

— Marquis tant qu'il vous plaira, disaient les voisins : il n'y a aucune différence entre lui et un lourdaud.

Répétons-le, on l'avait élevé suivant l'ancienne méthode en usage dans les classes aristocratiques. En d'autres termes, comme il eût été malséant qu'un rejeton de souche historique allât au collège, il avait eu un précepteur à part, lequel n'était autre qu'un petit abbé, à peine sorti du séminaire.

On sait en quoi consiste l'espèce au point de vue des lettres, des sciences et des arts. Le Fénelon de ce dauphin au petit pied n'était que peu de chose. En huit années de pédagogie, le prestolet réussit à faire un gentillâtre qui était d'une certaine force sur le blason, mais qui, en toute autre science, était d'une nullité complète.

« Tout oiseau trouve son nid beau ! » dit un proverbe. Pour la douairière, Gontran, le jeune marquis, était une des merveilles du monde moderne.

Il faut tout dire : grâce à deux autres maîtres, qu'on lui avait données en dernier lieu, il s'entendait assez bien à tirer le fleuret et à monter à cheval.

Que faut-il donc de plus à un vrai gentilhomme pour bien tenir sa place au milieu des gens de bon ton ?

En 1872, un jour d'octobre, au milieu d'une Saint-Hubert, Gaston fit la rencontre du comte Régis de Prévéranges ; ce dernier, par politesse, engagea le jeune hobereau à venir, très-prochainement, passer quelques jours au château, où l'on chassait, du reste, de temps en temps.

Ce fut alors que le petit marquis aperçut pour la première fois Laurianne.

Il en fut vivement épris, et au retour, il en parla à sa grand'mère, Mme de La Roche-Courneuve.

— Est-ce que, sérieusement, cette petite te tient au

cœur? demanda la douairière, en s'arrêtant tout-à-coup de lire l'*Univers*, son journal favori.

— Si Mlle de Prévéranges serait de mon goût? Mais cent fois oui, bonne maman. Quand vous la verrez, vous comprendrez ça du premier coup. Elle est si belle !

— Elle est belle. elle est jeune, elle est noble, elle est riche, mon gars ! Ainsi, à tous égards, c'est un friand morceau. Mais n'importe. Un marquis de Morvilliers peut prétendre à tout. Laisse-moi agir. J'en fais mon affaire.

Dès le lendemain, la douairière se mettait en campagne.

— Je sais bien, pensait-elle, que les Prévéranges sont la pie au nid et pourtant il y a bien chose à dire sur la famille. Si j'ai bonne mémoire, le comte Régis n'a pas la réputation d'un ange. On n'a pas tout à fait oublié une histoire fort dramatique et qui s'est dénouée, il y a une trentaine d'années, en cour d'assises. Mais comme il y a eu acquittement formel, il peut se flatter d'être blanc comme neige. En toute chose, du reste, je suis pour qu'on ne réveille pas le chat qui dort. Ainsi laissons cela et voyons à mener à bien le projets de notre Gaston.

Le surlendemain, la vieille dame alla aux enquêtes, mais, cette fois, à propos de la jeune fille du château.

— Ecoute, dit-elle à son petit-fils, tu sais que je suis trop portée à te traiter en enfant gâté ; mais, après examen, j'ai bien envie de ne pas aller plus loin dans cette diablesse d'affaire.

— Pourquoi ça, bonne maman ?

— Parce que, comme on dit, j'ai trouvé une mouche dans la jatte de lait.

— Expliquez-vous plus clairement, je vous prie, chère bonne maman.

— Eh bien, il est vrai, la petite comtesse est charmante. Il n'y a qu'une voix là-dessus. Et c'est précisément ce qui m'a fait ouvrir les yeux. Comment se fait-il qu'une aussi belle personne monte en graine sans rencontrer d'épouseur? Je me suis informée. Ah! mon enfant, on m'en a dit de belles! Note bien qu'en te parlant ainsi, je ne fais pas allusion à l'affaire du comte, une accusation d'assassinat, du reste, mal fondée, puisqu'il y a eu acquittement. Non, cela regarde uniquement Mlle de Prévérangss elle-même, en chair et en os?

— De quoi s'agit-il donc? demanda ici le jeune homme frémissant. Est-ce que?...

— Pas de vilains commérages sur la vertu de la belle personne; non, non, je me hâte de te dire qu'il n'y a rien, sous jeu, de ce genre. Mais ce qu'on m'a dit n'en vaut pas mieux pour cela. A Barsage, à Coudron, à Urçay, partout où je suis allée aux renseignements, on m'a fait remarquer, d'abord, que depuis deux ou trois ans, dix jeunes gens des meilleures familles du Cher, de l'Indre et du Nivernais s'étaient présentés et, que, presque au lendemain d'une première entrevue, tous les dix, à tour de rôle, s'étaient retirés.

— Tous les dix, grand'maman?

— Oui, mon petit, tous les dix. Or, tu penses bien que l'opinion publique a dû s'émouvoir en raison de la singularité du fait. On s'est dit, non sans motif: « Il faut qu'il y ait quelque chose là-dessous. » Ce qu'il y a, paraît-il, c'est quelque chose de si terrible que ça ne peut pas se raconter.

— Ah ! mon Dieu, chère bonne maman, que dites-vous là !

— Je répète tout ce que les gens les plus respectables de ce pays se racontent. La belle Mlle de Prévéranges, celle que tu aimes, est vouée au diable, c'est-à-dire ensorcelée.

— Ensorcelée !

— On narre à ce sujet des histoires qui seraient de nature à faire dresser les cheveux sur la tête. Le château qu'elle habite est ce qu'on appelle un lieu hanté. Il y revient des fantômes, presque toutes les nuits. On en cite un, surtout, particulièrement attaché à la jeune personne. Il a la forme d'une femme et il suit la fille du comte partout, même à la chapelle.

— Même à la chapelle ! répéta machinalement le jeune marquis qui se demandait s'il ne devait pas faire le signe de la croix.

— S'il n'y avait que les voisins pour rapporter ces choses-là, on pourrait n'y prêter que peu d'attention ; car enfin les cancans ne sont pas toujours une vérité historique, mais les domestiques les plus fidèles de la maison entrent là-dessus dans des détails qu'on ne peut énumérer sans éprouver le frisson. Mieux que cela encore, le curé de Valney, qui fait à Prévéranges office de chapelain, assure avoir vu le spectre auquel est vouée la demoiselle.

— Le curé de Valney, grand'maman !

Gaston était atterré.

— Eh bien, tu le comprends, reprit la douairière, c'en est assez, c'en est trop pour expliquer comment dix prétendants à la main de la petite se sont retirés dès le len-

demain même du jour où ils s'étaient présentés. Moi-
même, ta grand'mère, j'en tremble encore. Je n'irai donc
pas plus loin là-dessus, car enfin je ne suppose pas que
tu veuilles être le onzième poursuivant ?

Gaston se voyait mis au pied du mur.

— Pourtant, répliqua-t-il en balbutiant, pourtant, elle
est bien belle !

— Oui, mais une fille ensorcelée ! Est-ce que tu aurais le courage d'avoir des enfants qui, d'avance, seraient voués au diable ?

A ces derniers mots, l'élève du petit abbé réduit *à quia*,
ne savait réellement plus que répondre. Les idées du ca-
tholique dévot primaient chez lui toutes les autres. Gaston était à cent lieues de savoir ce que c'est que la philosophie expérimentale ni en quoi consiste l'ironie
voltairienne. Croyant fermement à l'enfer, il ajoutait foi
à tous ses compartiments, à toutes ses annexes, à toutes
ses chaudières, et il n'abordait jamais cette matière sans
éprouver le contre-coup d'une profonde terreur.

Le récit qu'on venait de lui faire le touchait doublement. Il y voyait l'intervention d'une force majeure qui
dérangeait ses projets de bonheur sur cette terre et qui,
en même temps, lui montrait la damnation éternelle
dans l'autre monde. Un moment, il parut hésiter ; mais
après un instant de méditation, il se décida nettement
pour n'être pas, un jour, un prisonnier de Satan.

— Oui, sans doute, reprit-il, oui, elle est bien belle,
mais je dirai comme ont dit les dix autres : on ne peut
pas se marier avec une ensorcelée.

Le colloque s'arrêta donc en cet endroit, du moins
pour ce jour-là.

Il s'écoula une année.

Pour obéir à sa grand'mère, Gaston prenait grand soin de ne jamais se promener ni chasser aux environs de Prévéranges.

— Fort bien, mon fils, lui disait la douairière pour l'encourager dans cette règle de conduite, une de perdue, deux de retrouvées. Je t'en dénicherai une autre, en bon lieu. Tu verras que tu n'auras pas lieu de regretter celle-là.

Tout allait donc pour le mieux, quand, au bout d'un an et demi, se trouvant à souper avec d'autres gentilshommes chasseurs, chez le baron de Sept-Chênes, un Esaü du pays, Gaston vit qu'au dessert on se remettait à parler de mariage. Un des convives, qui appartenait au monde diplomatique, prononça tout à coup le nom de Mlle de Prévéranges.

— Messieurs, dit-il, je n'ai fait que l'entrevoir, l'autre jour, dans les bois de Noirlac. Eh bien, je déclare que c'est un miracle de beauté. Beaucoup d'imbéciles prétendent qu'elle est ensorcelée. On rirait bien du mot sur le boulevard des Italiens. Nous autres, gens de Paris, nous ne craignons pas le diable au point de fuir les jolies femmes. Pour mon compte, je déclare que je braverais cent fois l'enfer pour être le mari de celle-là.

Cette tirade, fort joliment dite, à l'heure où la mousse du Moët couronnait les coupes de cristal, fut applaudie par tous ceux qui étaient à table, sauf par Gaston.

Au fond, le marquis était peut-être de l'avis du jeune diplomate, mais cependant certains scrupules religieux agitaient encore sa conscience. Belle, merveilleusement belle, Laurianne l'était. Point de doute là-dessus. Mais,

voyons, ce fantôme dont parlaient tout le voisinage du
château, tous les domestiques de la résidence et jusqu'au
prêtre qui desservait la chapelle, n'était-ce donc rien ?
Serait-ce agréable pour un mari de voir que sa femme
fût suivie, nuit et jour, par un revenant ?

Au moment des cigares, quand les buveurs, sur la fin
d'une orgie, changent de place pour causer plus intime-
ment deux à deux, Gaston, s'autorisant de l'usage, s'approcha de celui qui venait de laisser tomber de ses lèvres un si joli discours.

— Vous voulez me parler, marquis ? lui dit le diplomate.

— Mon Dieu, oui, cher monsieur de Nangis !

— Eh bien, ne vous gênez pas, dites.

— Cher monsieur, c'est à propos de Mlle de Prévéranges dont vous faisiez si bien l'éloge il n'y a que quelques
instants.

— Marquis, mon opinion formelle est qu'on ne saurait dire trop de bien d'une si superbe créature. Est-ce
que vous ne partagez pas ma manière de voir à cet
égard ?

— Si, cher monsieur. Seulement, voyez-vous, il y a
le double.

— Le double ! Qu'est-ce que vous appelez le double,
marquis ?

— Le fantôme qui poursuit Mlle de Prévéranges.

Ici le diplomate regarda le gentilhomme entre les deux
yeux, très-fixement ; puis en lui tournant le dos, afin de
causer avec un autre :

— Mon cher, fit-il, ne me dites donc pas de bêtises.

— Des bêtises ! pensa Gaston rebuté, presque honteux,

des bêtises, les revenants, l'enfer, la damnation éternelle, le diable ! A la vérité, ce Nangis est un Parisien.
Dès lors il n'y a plus à s'étonner. — Et, en remettant
son cigare à la bouche : Mais, après tout, pourquoi les
gens de Paris seraient-ils plus bêtes que les gens de la
province ? Qui sait s'ils n'ont pas leurs raisons pour prétendre que l'enfer est un mot dénué de sens et le diable
une fable ? Qui a fait Mlle de Prévéranges ? Est-ce Dieu ?
Est-ce Satan ? Si c'est Dieu qui l'a faite, ce doit être pour
qu'elle vive et pour qu'elle fasse le bonheur de quelqu'un. C'est clair comme de l'eau de roche, cela.

Et, pour arroser son raisonnement, le marquis vida
d'un trait un dixième verre de champagne.

Cinq minutes ne s'étaient pas écoulées qu'il ne pouvait
plus remuer que la langue, encore très-difficilement.
L'amour et l'aï lui montaient de concert à la tête. Gaston
était saoul comme une grive au moment des vendanges.
Tout en cherchant à fumer un nouveau cigare, il prononçait des mots sans suite, mais au milieu desquels on
finissait par démêler ce sens :

— Mlle de Prévéranges est la plus belle comtesse du
monde connu.

Le surlendemain, quand il fut entièrement dégrisé, il
alla trouver Mme de La Roche-Courneuve.

Cela se passait à l'heure où la douairière prenait son
chocolat en lisant l'*Univers*, passe-temps obligé de toutes ses matinées.

— Grand'maman, lui dit-il, j'ai à vous parler.

— Soit, mon fils, je t'écoute.

— Grand'maman, depuis avant-hier au soir, onze
heures trois quarts, je ne crois plus à l'enfer.

— Qu'est-ce que c'est que ça ?

— Par conséquent, je n'ajoute plus foi à l'existence du diable.

— Mon petit-fils est un homme perdu !

— Mais, attends, grand'maman, et écoute bien.

— J'écoute, monsieur.

— Je crois très-fermement, par exemple, que Mlle de Prévéranges est la plus belle des femmes et je te supplie d'aller le plus tôt possible pour moi la demander en mariage au comte Régis.

— Jésus ! Marie ! Joseph ! ayez pitié de nous ! s'écria la douairière, le malheureux a perdu la raison !

XII

Gaston était-il donc devenu fou ? Mon Dieu, il était fou d'amour ; tout l'annonçait assez. Mme de la Roche-Courneuve ne savait rien de ce qui s'était passé, la surveille, au dîner des chasseurs. Il lui aurait donc été difficile de comprendre comment il s'était opéré chez le jeune marquis un si brusque changement. Ce ne fut qu'après avoir longuement interrogé son petit-fils qu'elle eut la clef de cette énigme.

— On l'a grisé, se disait-elle, et c'est pour cela qu'il va m'échapper.

Le vin de champagne délie les langues. En sa qualité de femme du monde, la douairière connaissait ce détail ; mais les idées, mais les principes d'éducation, mais les préjugés, il n'y a que les poisons d'une autre Circé qui puissent les réduire. Or, la tirade de Nangis sur la débilité du diable avait été, cette nuit-là, quelque chose comme la coupe de la magicienne. Chez Gaston, nature primitive, esprit inculte, tête sans force morale, ces paroles ironiques de l'attaché d'ambassade ne pouvaient que produire un désastreux effet.

Ne croyant plus au diable, il ne croirait plus à rien. Ainsi vingt années d'efforts, des prédications non interrompues, faites à temps par un petit abbé trié sur le volet, des patenôtres de grand'mère, cent messes dites spécialement, tout cela disparaissait en un soir, sous la langue de vipère d'un jeune Parisien, élégant et beau diseur !

A la vérité, lorsqu'elle accusait l'attaché d'ambassade de cette noirceur, la vieille marquise ne mettait pas en ligne de compte qu'il y eût eu un premier amour sous jeu. Ah ! le premier amour, quel philtre ! Ce mouvement magique avait agi même sur un être aussi opaque que l'était Gaston. Ce fut un éclair de sa mémoire. Tout à coup, en écoutant son petit-fils, en voyant son emportement, sa conviction, sa foi vive, elle se rappela que les premières vibrations de ce jeune cœur avaient été pour Mlle de Prévéranges.

— Cette tendresse s'est réveillée en sursaut pendant que l'autre discourait, pensait-elle.

Par voie de récurrence, à l'âge de plus de soixante-quinze ans, Mme de La Roche-Courneuve revit ce qui se passait pour elle, à cinquante ans en arrière.

— Il est vrai, pensait-elle, quand l'amour vous tient, on ne sait plus ni ce qu'on fait ni ce qu'on dit.

A cinquante ans en arrière, on était en pleine Restauration. Or, en ce temps-là...

— En ce temps-là, je ne l'ai pas oublié, j'étais amoureuse, et ce n'était pas du marquis Hélion de La Roche-Courneuve, mon mari.

Ces ressouvenirs charmaient et embarrassaient en même temps sa pensée. Mais la faiblesse des uns est-elle une excuse pour la faiblesse des autres ? Néanmoins, sentant ses vieilles paupières se mouiller à l'évocation de tant d'années envolées, elle se répétait qu'il faut se montrer indulgent pour ceux qui sont jeunes. Après tout, sont-ils réellement responsables ? Pensent-ils, rêvent-ils, parlent-ils, agissent-ils comme les autres ? Pour les faire divaguer, il n'est pas besoin de vin de champagne. L'amour suffit. L'amour est le grand coupable et il est aussi la grande excuse.

Le résultat de ces réflexions fut que la marquise changea tout à coup ses batteries.

— Eh bien, Gaston, se prit-elle à dire, voyons, puisque tu ne peux te défaire de l'image de Laurianne, parle-moi de Mlle de Prévéranges.

— Grand'mère, je l'aime et je vois bien que je n'aimerai jamais qu'elle.

Il avait fallu au marquis une grande somme de témérité pour recommencer cet aveu.

La douairière le regarda avec ses yeux ridés, recouverts de sourcils blanchis par l'âge. Elle n'en revenait pas. Ce gros garçon, si peu poétique, était pour ainsi dire transfiguré. Il y avait une flamme sur son front, un éclair de volonté dans ses yeux, du feu sur ses joues d'ordinaire si froides, de l'éloquence sur ses lèvres. Songez donc ! Il venait d'entendre prononcer le nom de celle qu'il aimait, et il avait à répondre, à dire ce qui se passait à ce sujet au fond de lui-même, et cette scène avait lieu devant une femme, sa grand'mère, et sa grand'mère, cessant d'être hostile, paraissait être disposée à servir ses amours.

— C'est bon, reprit-elle. En voilà assez. Je vois qu'il ne s'agit pas d'un jeu d'enfant. Eh bien, laisse-moi faire et la chose ira comme sur des roulettes.

Mais afin de faire taire les derniers scrupules de son esprit, elle voulut savoir à quoi s'en tenir sur ce qu'on disait à propos du double. Voilà pourquoi elle se rendit, le lendemain, sous un prétexte, chez le curé de Valney.

Un sécateur à la main, le vieux prêtre était au fond de son jardin, occupé à émonder un arbre à fruits.

Dès qu'il eut aperçu la marquise, il jeta de côté son outil, vint à elle, la salua, et, par déférence, voulut l'emmener dans une sorte de petit salon, le plus bel appartement de son presbytère.

— Du tout, monsieur le curé, se hâta de répondre la douairière. Je vous avouerai même que nous sommes mieux dans ce jardin qu'en tout autre lieu, car il ne faut pas qu'on puisse entendre ce que j'ai à vous dire.

En l'écoutant, il croyait d'abord que la grande dame, sa paroissienne, venait pour quelque objet se rapportant à la confession.

— Non, dit-elle, mais ce n'est pas moins grave, puisqu'il est question de mariage.

Elle prit place sur un petit banc de pierre, ombragé par un chèvrefeuille.

— Monsieur le curé, reprit-elle, vous connaissez Mlle de Prévéranges, la fille du comte Régis ?

— Assurément, madame, puisque je suis le chapelain du château.

— Cette jeune personne a mille qualités, sans contredit. Elle est fort belle, c'est évident. Néanmoins, on s'étonne grandement, dans le pays, qu'elle ne soit pas encore mariée. Savez-vous la cause réelle du peu d'empressement qu'on met à demander sa main ?

— Ce ne sont point là mes affaires, madame la marquise.

— D'accord. Mais je viens vous demander un service, parce qu'il y a des projets dans notre maison. J'ai un petit-fils. Gaston est en âge de s'établir. Évidemment la jeune comtesse serait fort de son goût.

— Je souhaite que cette union se fasse, madame la marquise.

— Un instant ! N'allons pas si vite, je vous prie. Je viens justement auprès de vous me renseigner.

Elle fit mine d'essuyer un peu de sueur qu'il y avait sur son visage.

— Entre nous, monsieur le curé, il court en ce pays des rumeurs bizarres.

— Oui, je sais, madame la marquise.

— Tout le monde parle à demi-mot d'un fantôme qui, depuis plusieurs années, poursuivrait Mlle de Prévéranges.

— Il est vrai.

— Eh bien, croyez-vous à la réalité de cette apparition, monsieur le curé ?

— Oui, madame la marquise, j'y crois.

18

— Suis-je bien ou mal informée à cet égard ? Ce fantôme, on assure que vous l'avez vu ?

— Je l'ai vu, madame.

— En ce cas, vous avez eu le temps de bien le fixer.

— Oui, madame.

— Comment est-il fait ?

— Comme Mlle de Prévéranges elle-même.

— Même figure ?

— Même figure, madame la marquise, même costume, mêmes gestes.

— Voilà qui est bien surprenant.

Elle eut l'air de réfléchir un moment ; puis, elle reprit :

— Est-ce que la religion n'a pas de moyens propres à se débarrasser de ce fantôme ?

— J'ai exorcisé ce démon, madame la marquise, et il n'a pas obéi à mes injonctions de sortir. Toutes les cérémonies ont été vaines.

— En ce cas, vous le considérez comme invincible, ou, en d'autres termes, vous pensez qu'il reviendra toujours ?

— Pour ça, non, madame la marquise, je ne le crois pas.

Le vieux pasteur parla alors de la science moderne, qu'il regardait comme étant pourvue de très-grandes ressources. Le comte Régis de Prévéranges n'ayant pas fait mystère de ce qu'il méditait, le bon curé raconta alors qu'on était sur le point d'avoir recours aux lumières d'un savant médecin résidant à Pau, où il avait obtenu des guérisons qui pouvaient passer pour des prodiges. Deux ou trois mois, au plus, suffiraient pour cette cure.

Suivant toute apparence, la jeune malade partirait pour le Béarn dans une semaine.

— Mille remerciements, monsieur le curé, dit la douairière. Voilà tout ce que je désirais savoir.

Elle se leva, salua en grande dame et, avant de sortir du jardin, déposa entre les mains du vieux prêtre un petit rouleau d'or.

— Monsieur le curé, ajouta-t-elle, c'est pour vos pauvres.

Ainsi qu'elle venait de le dire, elle savait tout ce qu'elle désirait savoir. Laurianne était en proie à un mal mystérieux et étrange, mais à un mal qui pouvait être réduit par la science. Dès lors, il n'y avait plus à ses yeux aucune raison de ne pas demander la petite comtesse en mariage. Son petit-fils étant tout pour elle, et le gaillard étant amoureux, il n'y avait pas à hésiter ; il fallait se mettre en campagne sans retard, car enfin il pouvait survenir d'inquiétantes rivalités.

Mais comment s'y prendre ? Faire le siége du château n'était pas chose des plus faciles. Fallait-il aller tout bonnement trouver le comte et lui tenir le langage dont on se sert en pareille circonstance ?

En vieillissant, le châtelain était devenu morose, fantasque, peu accessible. D'autre part, comme il avait bonne mémoire, il n'avait pas oublié que quarante années auparavant, lors de l'affaire en cour d'assises, les La Roche-Courneuve étaient du nombre des voisins qui avaient boudé Prévéranges, même après l'acquittement. Toutefois, il y avait un atout dans le jeu de la marquise, c'était le faible de Régis pour le blason. Il était clair que les La Roche-Courneuve étaient presque

d'aussi bonne maison que les Prévéranges et, du reste,
puisqu'il y avait à peu près égalité de dot, l'arrangement pourrait aisément se faire.

Un second motif, frivole pour tout autre, mais très-
puissant aux yeux du comte, pouvait décider le vieux
gentilhomme à faire bon accueil à la demande. Il s'agissait du droit de chasse dans la forêt de la Boësse. Les
bois désignés sous ce nom sont les plus giboyeux du
pays. Il n'est pas un chasseur, digne de ce nom, qui ne
connaisse ce détail.

Ils sont, en outre, contigus au domaine de Prévéranges ; mais un poteau en forme de croix annonce qu'il
est interdit à tout autre qu'aux La Roche-Courneuve d'y
pénétrer un fusil à la main et un chien à ses trousses.
Cent fois le vieux comte, de retour d'Amérique, s'était co-
gné à cette défense si formelle, et il n'avait pas manqué
de pester à ce sujet. Si le mariage qu'on avait en tête
s'effectuait, la légende du poteau serait effacée, du
moins, en ce qui concernait Régis, et ce serait un des
petits bonheurs de sa vie.

— Pour sûr, se disait la douairière, c'est là un poids à
mettre dans la balance.

En fine mouche qu'elle était, la marquise n'avait pas
mal calculé. Régis lui fit un bon accueil. Quoique souf-
frant d'un rhumatisme opiniâtre, il s'était levé d'un fauteuil à la Voltaire sur lequel il maugréait, et il était allé
très-courtoisement à la rencontre de la visiteuse. Une La
Roche-Courneuve chez lui ! On lui faisait grand honneur,
à sa fille et à lui. Mais que souhaitait-on ? Dès les premières paroles, il avait paru faire la grimace ; mais peu
à peu il s'était déridé. Au moment où il avait été ques-

tion des bois de la Boësse comme apport du fiancé, son œil d'Esaü s'était allumé comme par enchantement. Mais, tout à coup, une sorte de nuage s'était montré sur son front.

A quoi pouvait-il bien songer ? Était-ce au passé ? La démarche qu'on faisait auprès de lui, lui donnait à comprendre que les voisins du château ne pensaient plus au drame d'autrefois. Était-ce au cas de Laurianne, à cette apparition surhumaine qui lui avait déjà donné tant de soucis ? Déjà un grand nombre de jeunes gens de famille s'étaient fait présenter chez lui, et, sans doute, après avoir prêté l'oreille aux racontars de la domesticité ou des envieux, ils s'étaient retirés pour ne plus revenir. Est-ce qu'il n'en serait pas de même pour le petit-fils de la marquise ? Est-ce que la chose dégénérerait en habitude ?

Tout cela n'était pas écrit en grosses lettres sur le front, dans les yeux ni sur les lèvres du vieux châtelain, et pourtant la douairière le lut aussi couramment que si c'eût été exprimé en caractères typographiques. Mais, y avait-il à persévérer dant ces craintes puisqu'on était à la veille de suivre un régime qui ne manquerait pas d'amener une complète guérison ?

Pour rien au monde la marquise n'aurait consenti à faire allusion à ce qui faisait l'objet des amères préoccupations du vieux Régis ; mais, au contraire, elle trouva moyen de dire qu'elle était fort heureuse de l'accueil qu'elle venait de recevoir ; qu'elle en tirait bon augure ; qu'on n'était pas pressé ; que les La Roche-Courneuve étaient faits pour attendre le bon plaisir des Prévéranges ; que, s'il fallait ajourner, eh bien, on s'y prête-

1.

rait avec plaisir, et que, dès à présent, Gaston était le très humble serviteur des gens du château.

Quand les femmes se mêlent de faire de la diplomatie, elles n'y sont pas maîtresses, elles y sont triomphantes. Cette série de concessions tacites, si habilement présentées par la marquise, était, en effet, ce qui était le plus propre à séduire l'esprit du comte. Le temps marchait ; il se faisait vieux de vingt-quatre heures en vingt-quatre heures. Mourrait-il donc sans assurer le sort de sa fille, la seule attache qu'il eût dans le monde ? A cette seule conjecture, son cœur se fondait de tristesse.

Aussi désirait-il ardemment qu'un parti sortable se présentât, mais que d'obstacles il y avait à rompre pour qu'on arrivât à ce fait ! Régis avait à son compte l'imputation d'assassinat sur son frère, et, en dépit du verdict de non culpabilité, c'était une tache, car nos mœurs sont faites ainsi : l'homme déclaré indemne par la justice n'est pas toujours acquitté !

Il trouvait un second empêchement dans l'apparition du double, cause de tant de récits.

Sous le coup de ces pensées, il se rappelait la menace proférée par Maguelonne-la-Mal-Bâtie, et il disait : « Je ne marierai pas Laurianne. » Dix ou douze essais étaient là pour démontrer que ses appréhensions à cet égard n'étaient que trop fondées. Mais tout à coup une marquise de vieille souche arrivait ; elle venait parler au nom de son petit-fils, et le petit-fils apporterait en mariage une forêt dans laquelle le vieillard avait toujours eu le désir de chasser. Jugez si cette femme devait être la bien-venue !

Provisoirement on ne voulait qu'ébaucher la négociation. Si l'affaire se faisait, ce ne serait que plus tard, après le retour de Pau ; il fut donc convenu qu'on ne procéderait en tout cela qu'avec une sage lenteur. Il suffisait que les deux jeunes gens se revissent, ne fût-ce qu'un instant.

L'entrevue eut lieu, à quelques jours de là, à la Bertonnerie, où l'on faisait l'inauguration d'un pont récemment jeté sur le Cher.

Tous les gens comme il faut des environs accouraient au susdit endroit comme à une fête. Gaston, à cheval sur un très-bel alezan, y accompagnait sa grand'mère, laquelle était en calèche. Pour le comte Régis et sa fille, ils y étaient venus l'un et l'autre à cheval avec une suite assez nombreuse.

— Laurianne, que dis-tu du jeune marquis de La Roche-Courneuve ? demanda machinalement le comte Régis à sa fille.

— Cher père, je n'en dis rien.

— Il monte supérieurement à cheval.

— Cela se peut.

— Il a bel air en saluant.

— Cela se peut, cher père.

— Tu sais qu'il est de très-bon lieu.

— Je le sais, mais cela ne me touche que fort peu.

— Allons, elle est de glace pour lui, se dit le comte. Propos de jeune fille ! Et puis, il n'y a guère pour le moment que le double qui la préoccupe d'une manière un peu sérieuse. Tout cela changera naturellement après la guérison. Envoyons-la au plus vite dans le Béarn. Elle en reviendra transformée.

Au bout de trois jours, en effet, Mlle de Prévéranges partit pour Pau, en compagnie de Mlle de Champ-Sablé. sa dame de compagnie.

XIII

On est maintenant à même de saisir le sens de la dé-pêche qu'on venait de remettre à Mlle de Champ-Sablé.

Si le comte Régis rappelait sa fille avec tant de hâte, ce ne pouvait être que pour reprendre les négociations autrefois entamées par la marquise de la Roche-Cour-neuve. Toute affaire cessante, la dame de compagnie devait faire faire les paquets de la petite caravane et re-venir au château. Dans sa précipitation à rédiger les termes de ce message, le vieux gentilhomme ne s'arrê-tait même pas à demander où en était la santé de Lau-rianne.

Y avait-il, sous ce rapport, quelque changement ? Constatait-on un mieux ? Les dernières communications du docteur n'en étaient qu'à formuler un espoir. Mais peu importait. Le châtelain avait ses idées sur l'étrange maladie ou, si l'on veut, sur le cas de sa fille. Il pensait que le mariage modifierait l'état de choses actuel. Cela était pleinement sous-entendu dans le télégramme en-voyé à Pau.

On a déjà pu voir que d'autres motifs, non moins puissants, faisaient agir le comte Régis. Depuis qu'il était seul à Prévéranges, la chasse et la promenade à cheval à travers ses domaines n'étaient pas son unique loisir. Il n'avait point dans la vie d'affection plus sérieuse que sa fille. Aussi se mettait-il à méditer souvent sur l'avenir de cette enfant, qu'il voulait savoir plus heureuse que ceux de sa race. Après être sorti de table, quand, en passant, avant d'aller à sa chambre à coucher, il se regardait dans les glaces de la grande salle, il trouvait que le temps neigeait de plus en plus sur lui et, comme on dit, il lui semblait vieillir à vue d'œil.

Il vieillissait, l'âge amenait une recrudescence dans ses rhumatismes ; tout, en un mot, l'avertissait qu'il était sur le soir des années. Alors, il lui venait de soudaines épouvantes sur le sort de la petite comtesse. A ces causes d'effroi se mêlait, sans doute, le souvenir de l'apparition. Eh bien, si le double continuait à se montrer, ne serait-ce pas une raison de plus pour donner un protecteur à sa fille ?

En tout état de cause, ce qu'il fallait, sans retard, c'était de ne pas exposer Laurianne à être seule au monde ; c'était de ne pas se laisser surprendre soi-même par la mort.

Au surplus, après mûr examen, il trouvait que les La Roche-Courneuve étaient en droit d'attendre qu'on ne leur fît pas faire pied de grue. En d'autres termes, le parti proposé lui paraissait de plus en plus acceptable. Il y avait rapport d'âge, de noms, de convenances, de fortune et de voisinage.

Quoi de plus ? Trouverait-on jamais mieux ? Il faut savoir saisir l'occasion aux cheveux, si l'on ne veut pas qu'elle s'échappe. Eh ! sans doute la cure confiée aux soins de Saint-Esteben était commencée, mais non près de finir. Pourtant elle s'annonçait bien. On était, du moins, autorisé à compter sur un heureux résultat, puisqu'on ne recevait pas de lettres contenant de mauvaises nouvelles ; mais quoi ! cette même cure, qui empêcherait de la reprendre après la cérémonie nuptiale ?

Après tout, Régis ne cesserait pas d'être le maître dans le rayon de la nouvelle famille. Il s'arrangerait pour donner le ton à la douairière, laquelle n'aurait qu'un mot à dire pour que Gaston reconduisît la jeune femme à Pau, aussitôt les noces finies. Laurianne serait alors accompagnée d'un mari au lieu d'avoir près d'elle une dame de compagnie. Voilà seulement en quoi différait la situation.

Bref, tout s'arrangeait ainsi à souhait dans la tête du vieillard.

— Que le mariage se fasse d'abord, disait-il ; le reste ira tout seul.

Il n'y avait qu'une chose à laquelle il n'eût point pensé : c'était aux préférences de sa fille.

Au premier moment, il se rappela un mot de la jeune fille à propos d'une première entrevue avec Gaston, mais les impressions d'une jeune femme sont ce qu'il y a de plus mobile au monde. Jusqu'à ce jour, Laurianne s'était montrée docile envers son père au point de ne laisser supposer l'idée d'aucune opposition d'aucun genre. Pour sûr, elle serait la même.

Sa volonté était une cire molle qu'il pétrirait sous ses doigts et à laquelle il imprimerait la forme qu'il voudrait. Au surplus, la petite comtesse était pleine de raison. Il serait donc facile de lui faire admettre tous les avantages de l'union projetée.

Dès que la dépêche fut lue, Mlle de Champ-Sablé interrogea Saint-Esteben du regard. Il n'en fallait pas plus pour que le vieux médecin devinât qu'il y avait dans l'affaire quelque chose comme un imbroglio. Cet ordre de départ arrivait bien mal après la promenade à l'île d'Eram.

— Si l'on rappelle Mlle de Prévéranges si vite, s'il est question pour elle d'un grand événement, ajouta-t-il à part lui, évidemment cela signifie qu'il est question de la marier. Au point de vue scientifique, en considérant l'affaire du double, la marier serait, sans contredit, ce qu'il y aurait de mieux à faire. En tant que médecin, non seulement je ne m'y opposerai pas, mais encore je serai le premier à conseiller le sacrement. Mais les nécessités du traitement m'ont poussé à introduire Ramière dans la petite maison, où il a été une distraction et un ami. A présent, si j'ai de bons yeux, je vois que les choses se compliquent d'un amour, qui, en quelque temps, à mon regret, a fait les progrès d'un incendie. Si l'on est obligé de quitter Pau dès demain, que va devenir Abel ? Que va dire Laurianne ?

De son côté, Mlle de Champ-Sablé manifestait par un soudain effarement les mêmes inquiétudes ou à peu près. La dame de compagnie avait vu Mlle de Prévéranges depuis assez de temps et assez de près pour savoir à quoi s'en tenir sur son cœur et sur son esprit. Elle la tenait pour très-noble dans ses instincts et pour très-ferme dans ses résolutions. L'intérêt que la petite comtesse portait de plus en plus à l'ancien lieutenant de l'armée d'Afrique ne lui avait pas échappé.

Tous les incidents de la promenade tant au milieu d
l'île que sur le bateau se déroulaient encore devant se
yeux et, avec sa perspicacité de femme, elle y reconnaissai
un de ces amours naissants, un de ces premiers amour
qui se jouent de tous les obstacles. De même que l
docteur, elle était effrayée à l'idée d'une séparation à
laquelle rien n'avait préparé les deux nouveaux soupi-
rants.

— Que va-t-il arriver de tout cela? se demandait-elle
en pâlissant.

Lorsqu'après un coup de marteau, on avait apporté
la dépêche, ainsi que nous l'avons déjà rapporté, Mˡˡᵉ de
Prévéranges était à son piano. Elle y jouait une des
merveilleuses Fantaisies que Chopin a composées à Ma-
jorque auprès de George Sand. Il n'y a jamais rien eu de
comparable pour remuer l'âme. Pour Abel et pour la
jeune fille, il n'était plus question en ce moment d'autre
chose au monde. Ils n'avaient d'yeux, d'oreilles et de
cœur que pour cette divine musique. Mais, au fond,
était-ce bien de musique qu'il s'agissait entre eux? Ils
s'aimaient et ils cherchaient à se le dire. Tout était bon
pour cela. Tout leur servait de langage.

Pendant la promenade à l'île d'Eram, les arbres, le lac,
les légendes de l'endroit, le vent qui passait dans les pins
et qui leur rapportait une forte senteur de résine, les
incidents du petit voyage, le retour à terre, mais surtout
mais avant tout, le coup de revolver tiré sur le fantôme
et qui l'avait mis en fuite; ces divers épisodes avaient été
pour eux une longue et enivrante occasion de se rap-
procher, de se parler, de s'entendre, de s'aimer. Il ne
pouvait plus y avoir de méprise là-dessus, ils s'aimaient;

et tandis que la petite comtesse était à son piano, leurs yeux, bien plus encore que leurs bouches, faisaient dire tout bas à l'un et à l'autre :

— Eh bien, oui, nous nous aimons.

Chez nous, en pleine civilisation, à quoi sert la musique, si ce n'est d'excitant à l'amour ?

Ce qui venait d'arriver intéressait trop directement Mlle de Prévéranges pour qu'on ne l'interrompît pas ; mais encore fallait-il y mettre des ménagements. Au moment où il y avait comme un temps de repos dans le morceau joué, Mlle de Champ-Sablé s'approcha du piano et fit de la main un petit geste amical pour donner à entendre qu'elle avait quelque chose de pressé à dire.

— Qu'est-ce donc, mademoiselle ? demanda Laurianne.

— Une dépêche du comte.

— Que dit-elle ?

— Tenez, mademoiselle, voyez vous-même, répondit la dame de compagnie en tendant le télégramme.

Abel ne s'était d'abord que fort peu ému. Tout entier à son rêve, il était à mille lieues de craindre que le *statu quo* pût être dérangé. Le comte Régis envoyait une dépêche ; quoi de plus journalier ? C'était sans doute pour se plaindre qu'on ne lui écrivît pas assez souvent ou pour tout autre motif de cette importance. Il n'y avait assurément pas lieu de s'inquiéter pour si peu.

Quinze jours auparavant, dans une lettre venue par la poste, il avait écrit qu'il viendrait peut-être voir un instant sa fille à Pau. Peut-être cette dépêche était-elle une confirmation de cette nouvelle ? Peut-être le châtelain annonçait-il le jour prochain de son arrivée ? Eh bien,

19

s'il en était ainsi, ce serait tant mieux, puisque Ramière trouverait dans cette circonstance une occasion toute naturelle de faire connaissance avec le châtelain.

En se laissant aller à ces conjectures, peu propres troubler sa pensée, Ramière suivait des yeux les mouvements de Laurianne. Ce n'était jamais sans une vive émotion qu'il arrêtait son regard sur ce visage de jeune femme qui devenait de plus en plus un culte pour lui. Cette fois, il n'y retrouvait plus la sérénité de tous les jours. Qu'avait donc Mlle de Prévéranges? Il vit se sourcils remuer, ses joues changer de couleur. Ce télégramme n'était pas l'innocent message qu'il avait d'abord supposé. L'attitude décontenancée de Mlle de Champ-Sablé et le silence du docteur lui disaient le reste. Il ne pouvait être question là-dedans que d'une fâcheuse nouvelle.

Qu'y avait-il donc sous jeu?

A son tour, il perdit presque toute son assurance et laissa voir son trouble. Ce qui contribuait surtout à l'inquiéter, c'était de voir Laurianne recommencer la lecture de la dépêche, ainsi qu'on a l'habitude de faire, quand on veut se pénétrer du sens caché ou peu clair d'une communication pénible. Tout à l'heure, la petite comtesse, interprétant en artiste l'œuvre d'un grand pianiste, se laissait emporter dans les régions innommées de la rêverie, sur les ailes du lyrisme; à présent, redevenant une femme de prose, elle chiffonnait un papier vulgaire et paraissait lui en vouloir d'avoir interrompu son voyage dans le bleu. Mais cet envoi venait du comte, son père, et elle devait obéir avec une respectueuse déférence aux ordres qu'il lui apportait.

— Rien de plus formel, dit-elle tout à coup à voix haute ; c'est bien un ordre de départ. Le comte nous enjoint de revenir au château sans retard.

-— Sans retard ! objecta Abel.

En même temps, il cherchait des yeux Saint-Esteben comme pour lui dire :

— Voyons donc, docteur, intervenez. Est-ce que, en votre qualité de médecin, vous n'avez rien à objecter à cela ?

Saint-Esteben paraissait changé en statue de sel.

— Mais pourquoi ce départ si inattendu ? reprit l'ex-officier.

— Monsieur le comte, dit M{ᵉ} de Champ-Sablé, doit avoir ses raisons. La dépêche parle d'un grand événement qui se prépare au château dans l'intérêt de M{ᵉ} de Prévéranges.

Ces paroles, prononcées d'une voix mal assurée, presque tremblante, réveillèrent tout à fait Abel de son sommeil poétique. Ramière savait ce que parler veut dire. En cela, l'allusion était des plus transparentes. C'était bien certainement d'un mariage qu'on voulait parler.

Assis près de Laurianne, il y avait une demi-heure qu'il nageait en pleine ivresse. La musique avait fait pour lui ce que l'opium fait pour les orientaux. La magicienne l'encourageait à rêver. Ses pieds ne foulaient plus la terre ; il avait la tête dans les cieux.

— Nous commençons à nous aimer ; nous nous aimerons toute la vie, lui disaient les yeux de la jeune fille tout chargés de flamme.

Jugez du coup de théâtre !

Ce que venait de dire M{ᵉ} de Champ-Sablé le faisait

tomber lourdement du haut de l'éther sur les sentiers poudreux de la réalité.

— Un mariage ! c'est pour la marier qu'on la rappelle !

Ces paroles empreintes de tant de tristesse, il ne les prononçait pas, mais il en laissait voir le sens sur ses traits entièrement bouleversés.

Au demeurant, il n'avait pas le droit de se plaindre. A qui s'en prendre ? Dans l'origine, le vieux docteur avait cherché à le détourner d'aimer une fille d'un autre rang que le sien et qui, d'ailleurs, paraissait marquée au front par le sceau d'une mystérieuse fatalité. Mlle de Champ-Sablé hésitait à le laisser venir, même en qualité de visiteur indifférent. Il n'y avait pas jusqu'à Mlle de Prévé-ranges elle-même qui n'eût montré longtemps beaucoup de froideur, toutes les fois qu'il se présentait.

Pourquoi donc avoir persisté ? Pourquoi avoir voulu marcher contre vent et marée ? En ce moment, on rappelait la jeune femme qu'il aimait, on la rappelait très-probablement pour un mariage, et, il fallait le supposer, pour un mariage avec un personnage de son monde. Quant à lui, en dépit de son amour si emporté et de ses mouvements chevaleresques, il serait vite rejeté et vite oublié. — Y a-t-il rien de plus conforme à ce qui doit se passer dans le monde actuel ?

Il ne faut qu'une seconde pour que tout un ordre d'idées traverse l'esprit d'un être pensant. Ce que nous venons de dire passa, en effet, dans la tête d'Abel avec la rapidité de l'éclair. Il revit donc, un à un, tous ces faits ; il se fit tous les reproches qui résultaient de cette situation ; il comprit combien était grand le tort qu'il avait eu de s'attacher à une affection qui ne pouvait que lui amener des mécomptes ; il accusa tout à la fois le destin qui l'avait amené à Pau à telle date ; il s'en prit aussi à sa mauvaise étoile qui lui avait fait rencontrer Mlle de Prévéranges dans un moment où son cœur à lui-même avait besoin de se fondre ; il s'emporta enfin contre la sérénité du sort qui plaçait auprès de lui le docteur Saint-Esteben, un vieillard pétri de bienveillance, un philosophe qui ne cherchait que le bien, le meilleur des hommes.

— Pourquoi n'a-t-il pas agi de rigueur ? disait-il. Pourquoi ne m'a-t il pas pris par le collet pour me dire :

« — Tu n'entreras pas dans cette petite maison, où tu « ne trouveras qu'à souffrir ! »

Depuis que le monde est monde et que les hommes se sont groupés en état de société, les métaphysiciens de tous les temps et de toutes les zones ont composé mille traités de psychologie, afin d'expliquer ce qui se passe ou ce qui doit se passer dans le cœur et dans la tête du fils d'Adam. Mille volumes, et ils n'ont rien dit ; mille volumes, et il resterait, si l'on voulait bien, encore mille volumes à écrire.

Et tout ce fatras bien ordonné, on n'aurait pas tout dit et il resterait toujours quelque chose à dire. Abel Ramière accusait le ciel et la terre ; il s'en prenait aux autres et à lui-même de cet amour qui tourmentait déjà ses jours et ses nuits et qu'il tenait pourtant comme étant la plus grande chose qu'il eût entreprise depuis qu'il avait l'âge de raison.

— Voilà un obstacle, voilà une difficulté, voilà une

opposition, pensait-il encore. Mais qu'importe, aprè
tout, si Laurianne m'aime?

En ce moment, le voyant replié sur lui-même, abîm
dans un accès de mélancolie, Mlle de Prévéranges juge
sans doute que c'était à elle de le relever. Elle prit don
tout à coup la parole :

— Ecoutez bien, dit-elle. Vous tous qui êtes ici, vou
pouvez ignorer pour quels motifs on me rappelle brus
quement en Berry. Je vais vous dire ce que je suppose e
ce que je suppose doit être la vérité. Dans ces dernier
temps à Prévéranges, j'ai eu à rencontrer un jeune lourdaud de famille nobiliaire, M. le marquis de la Roche-
Courneuve. Ah ! c'est un marquis authentique, ce qu'il
y a de plus marquis ! Mais il n'est que cela et il ne sera
jamais autre chose. Il paraît que ce pauvre garçon,
après avoir levé les yeux sur moi, m'a trouvée à son
goût et déjà demandée en mariage. Consultée, j'ai répondu par un refus assez faible, ainsi que peut le faire
une jeune fille dont le cœur n'a pas encore parlé. Mais
depuis ce temps-là il s'est passé de grandes choses
dans ma vie.

Je suis venue à Pau ; j'y ai rencontré un homme de
savoir et de bonne volonté, qui est le docteur Saint-
Esteben ; j'y ai vu aussi, j'y vois encore un très-noble
cœur, un jeune soldat, que j'aurais ardemment souhaité
d'avoir pour frère ; c'est M. Abel Ramière, vous l'avez
deviné. Je le recevais en ami. Des faits qui se sont passés,
il y a quelques jours, font que j'ai à le considérer sous
un autre aspect.

Sur ces entrefaites arrive le télégramme de mon père.
Le comte Régis me rappelle au château et il m'y rap-

pelle pour me marier au marquis dont je vous ai parlé.
J'obéirai à mon père jusqu'au retour inclusivement,
parce que je ne sais rien refuser au comte de ce qui est
juste. Mais, je ne fais aucune difficulté de le déclarer
devant vous, si, par ces mots : « Un événement qui intéresse Laurianne », il veut dire qu'il me mariera avec
le jeune marquis ; je lui répondrai par un refus formel
et, en lui montrant M. Abel Ramière, je lui dirai :

— Cher père, voilà le mari que vous me donnerez et,
pour sûr, je n'en aurai pas d'autre.

XIV

Sans aucun doute ceux qui assistaient à cette scène
savaient que Laurianne aimait Abel ; néanmoins pas un
d'eux ne s'attendait aux paroles qu'elle venait de faire
entendre. Pour Mlle de Champ-Sablé, un langage si net
était un étonnement ; pour le docteur, c'était la suite
d'une étude sur le cœur humain ; pour Abel, c'était un
éblouissement.

— Elle ne sera jamais qu'à moi, pensait-il.

Ces mots magiques étaient comme fixés à son oreille.
Il en était tout ensoleillé.

Mais que répondre en un tel moment à une telle déclaration ?

Avant d'intervenir, Saint-Esteben attendait que les
choses prissent une allure plus décidée.

— Ainsi, poursuivit Laurianne, puisque mon père

nous fait une loi de quitter Pau sans retard, rien ne s'oppose à ce que nous lui obéissions. Nous partirons donc, dès demain, par l'express.

— Permettez, mademoiselle, se hasarda à dire Ramière ; il faut partir, tout l'exige. Cependant, j'entrevois plus d'obstacles que vous ne le supposez, du moins en ce qui me concerne.

Et, en s'enhardissant :

— Si fort de votre adhésion que je puisse être, ajouta-t-il, je ne dois pas oublier que le comte Régis de Prévéranges ne me connaît ni d'Ève, ni d'Adam. Il serait donc fort malséant de dépasser le seuil du château sans présentation préalable. Me voyez-vous, entrant chez le gentilhomme, demandant à le voir et, après l'avoir salué, lui disant : « Monsieur le comte, je me nomme Abel Ramière, ex-lieutenant de chasseurs d'Afrique. Mon » nom vous est inconnu, mais peu importe. Je n'en viens » pas moins vous demander la main de votre fille. » Imaginez que les choses se passent ainsi ou à peu près ainsi ; monsieur votre père ne pourrait guère se dispenser de me faire jeter à la porte de chez lui par ses valets comme un mauvais plaisant ou comme un malôtru.

Ici il se tourna du côté du vieux médecin.

— Voyons, docteur, poursuivit-il, n'est-ce pas là le dénouement qu'aurait un tel acte d'audace, si j'allais jusqu'à le tenter ?

— Oui, cela arriverait infailliblement, répliqua Saint-Esteben, mais attendez, Abel. Si, pour aplanir les difficultés, il ne faut qu'une présentation au comte, j'ai un moyen tout simple de vous en offrir une.

— Qu'est-ce donc, docteur? demanda Mlle de Prévé-ranges.

— Donnez-vous la peine de relire les derniers mots du télégramme et vous verrez.

Laurianne prit le papier bleuté et y lut à voix haute cette recommandation :

« Le docteur me rendra le service de ramener ces dames. »

— Eh bien, reprit le vieux praticien, quoi de plus facile que d'opérer une substitution? Tenez, voici la lettre que je vais adresser à M. de Prévéranges :

« Pau, le 3 octobre 1875.

» Monsieur le comte,

» Pour se conformer à ce que vous demandez, Mlle de Prévéranges et Mlle de Champ-Sablé se mettent en route aujourd'hui même, afin de rentrer au château. Cette lettre ne les précédera que de quelques heures.

» J'aurais vivement souhaité de les accompagner, ainsi que vous en exprimez le désir, mais les devoirs de ma profession me retiennent à Pau, où, comme vous ne l'ignorez pas, j'ai une nombreuse clientèle. Croyez pourtant que ces dames n'y perdront rien. Je leur donne, en effet, pour compagnon de voyage un autre moi-même, un de mes amis, M. Abel Ramière, ancien officier de l'armée d'Afrique, chevalier de la Légion d'honneur. Il n'y a pas au monde de plus galant homme; c'est ce dont vous ne manquerez pas de vous convaincre, quand vous aurez pu le voir de près.

19*

» Je ne dois pas vous laisser ignorer que M. Abel Ramière est particulièrement connu de ces dames qui ont
été à même de l'apprécier pendant leur séjour ; c'est l'estime qu'elles paraissent faire de lui qui m'a surtout dé-
terminé à le prier de me remplacer dans la mission que
vous avez bien voulu me confier.

» Veuillez agréer, monsieur le comte, l'assurance de
mon entier dévouement.

» Saint-Esteben,

» D.-P. »

Après avoir donné lecture de cet écrit, le docteur se
tourna d'une manière marquée du côté de Laurianne.

— Êtes-vous d'avis que j'envoie cette lettre ? demanda-t-il.

— Je la trouve tout à fait correcte, docteur.

Il n'y avait plus qu'à s'occuper des préparatifs du départ. On sait avec quelle rapidité se font de nos jours
ces choses-là. Dix colis ne demandent pas plus de dix
minutes. Il était convenu, du reste, que la domesticité
et les chevaux suivraient le train à petites journées.

Dès le lendemain, dans l'après-midi, on prenait l'express.

Le jour d'après, à la même heure, la petite caravane
arrivait au château.

Suivant les calculs du docteur, la lettre au comte était
parvenue à son adresse en temps utile. C'est dire que
l'ex-lieutenant reçut un cordial et chaleureux accueil.

— Monsieur Ramière, dit le gentilhomme à son nouvel hôte, le docteur Saint-Esteben vous présente à moi

comme un de ses amis et comme étant même celui de
ces dames. Veuillez vous considérer, à Prévéranges,
comme étant chez vous, je vous prie.

Abel s'inclina en balbutiant quelques mots d'un remerciement banal. Au fond, il était singulièrement ému.
Dans tout ce qui venait de se passer depuis trois ou
quatre jours, les bons points abondaient. Jamais la fortune ne lui avait prodigué tant de sourires, mais la fortune est femme et, comme telle, constamment chan-
geante.

Quoique l'ancien officier n'eût pas une très-grande expérience des choses de la vie, il savait que, pour une
chose heureuse, il survient à tout coup cent mécomptes
coup sur coup. La promenade à l'île d'Eram avait commencé la série de ses petits bonheurs ; ce que Laurianne
lui avait dit à Pau, en présence de témoins, prouvait
encore qu'il était en veine de bonnes chances. En ce
moment même, l'accueil qu'il recevait achevait de lui
faire voir que le sort le traitait en enfant gâté.

Mais tout cela durerait-il ?

Si, à l'école, à l'armée et dans la vie de Paris, l'ancien lieutenant de chasseurs n'avait vu les hommes que
par échappées, cependant le soin qu'il avait pris de les
étudier sérieusement lui avait appris que, pour eux, il y
a, pour les mots, un endroit et un envers. Ainsi le comte
de Prévéranges le recevait en ami. « Tout mon château
est à vous, » lui disait-il.

Rien de plus flatteur. Mais, dans la circonstance, il ne
s'agissait pas uniquement d'une substitution d'accompa-
gnateur, ainsi que l'avait dit Saint-Esteben. Abel, épris
au-delà du possible, avait une autre ambition que celle

qui consistait à ramener Laurianne à son père. L'aimant
et étant aimé d'elle, il aspirait, on le sait, à l'avoir pour
femme. Or, dans ce château historique, tout brodé de
devises héraldiques, cette seule idée d'aspirer à la main
de Mlle de Prévéranges le faisait frémir des pieds à la
tête. Nul ne savait mieux que lui en quoi consistent les
préjugés de l'aristocratie actuelle, de l'aristocratie ter-
ritoriale surtout.

Pour la fille d'un comte d'origine historique, un prince
n'aurait pas trop de relief. Tous les jours, à propos de
mariages dans le grand monde, l'amour est forcé d'a-
baisser pavillon devant l'orgueil de race. Ce qui est de
règle pour tous les autres serait aussi une loi pour lui.
On lui dirait : « Où sont vos parchemins ? » et il n'aurait jamais à montrer qu'un brevet de petit officier et
un diplôme de chevalier d'un ordre depuis longtemps
prodigué à pleines mains à tout le monde, dans tous les
rangs et jusque chez les bohèmes. Ce serait comme s'il
exhibait une feuille de chêne jaunie par la rouille de
l'automne.

Dès les premiers moments du séjour à Prévéranges,
ces idées, allant et venant au fond de lui-même, sa pensée se teignait d'une teinte de mélancolie. Un vilain, aspi-
rant à se marier avec la fille des plus hauts barons d'une
ancienne province, ce serait encore le ver de *Ruy Blas*
amoureux d'une étoile. On lui avait parlé vaguement des
prétentions d'un jeune gentillâtre des environs, on avait
même prétendu que le personnage était un lourdaud.
Un lourdaud tant qu'on voudra : ce rival était un marquis. Ah ! Ramière savait bien que l'ordre social a grandement changé depuis quatre-vingts ans.

Par exemple, les marquis n'ont plus de marquisats. Il ne possèdent plus qu'une valeur nominale. Ils sont marquis de la même façon que les autres sont Duval, Dumont ou Dupuis. Oui, rien de plus réel. Mais, que voulez-vous ? Dans cette société française du dix-neuvième siècle qui se vante de pratiquer l'égalité avec ferveur, par le fait d'une inexplicable contradiction, un titre nobiliaire est ce qui séduit le plus. Tous y sont sensibles, depuis le bourgeois enrichi jusqu'au prolétaire illettré. Un duc ! un comte ! un marquis ! Allez, c'est à qui s'inclinera.

Tout Paris connaît l'histoire de cet ancien contremaître, qui est sorti de fort bas lieu. Pendant trente ans, il a usé son corps et son âme à devenir millionnaire. Aussitôt qu'il a eu cent mille livres de rentes, il n'a plus eu qu'un souci, celui de faire de sa fille une comtesse. Il s'est donc cherché pour gendre un monsieur à particule, et, en effet, il a fini par trouver un duc ruiné, enchanté de pouvoir redorer son blason. Dans le même temps, un petit juif de Bordeaux, à figure de renard, a trouvé moyen de marier sa fille à un prince, fils du premier ministre du dernier cabinet du roi Charles X. Si ces travers ont tant d'empire sur les classes d'en bas, à plus forte raison doivent-ils fleurir dans les classes d'en haut.

En parcourant les allées du parc, une houssine à la main, Abel méditait là-dessus. Pour tout autre motif que l'amour de Laurianne, lui, fils de 89, allaité par la philosophie voltairienne, il aurait abandonné la partie, tiré sa révérence au châtelain, et serait retourné à Paris ; mais l'image de la belle patricienne remplissait tout son être. En longeant les quinconces, dont le vent d'automne commençait à émonder les arbres, il en était à regretter la modestie de son origine.

— Que ne suis-je marquis ? murmurait-il de cent pas en cent pas.

Plus il allait, plus ce regret était vif en lui, plus il avait l'air de se plaindre de n'être qu'un homme de roture. Né de bourgeois, il avait, il est vrai, passé par l'école militaire de Saint-Cyr ; il avait traversé tour à tour et très-rapidement deux grades ; il avait été officier et sa belle conduite l'avait poussé à être chevalier de la Légion d'honneur. Au surplus, il possédait une jolie fortune. En tant qu'homme du monde, il pouvait passer partout avec distinction. Mais qu'est-ce que tout cela aux yeux des représentants de la vieille aristocratie ? A la demande en mariage, s'il osait la faire, le père de Laurianne lui fermerait la bouche rien qu'avec un mot :

— Sans doute vous seriez un parti très-sortable, mais, mon cher monsieur, vous n'êtes pas un gentilhomme.

Il lui restait une fiche de consolation, il avait pour lui les paroles que Mlle de Prévéranges avait dites à Pau. Qu'il y eût une grande sincérité dans la bouche de Laurianne, il n'en doutait pas. Mais qu'est-ce qu'une parole ? Combien d'engagements qui ont été pris avec solennité et qui n'ont jamais été tenus ? Au château, sous les yeux de son père, entourée d'influences nombreuses, celle qu'il aimait ne pourrait plus être ce qu'elle était dans le Béarn.

Bref, tout ce qui se passait semblait lui prédire une défaite certaine. Plutôt que d'aller au devant d'une telle honte, ne ferait-il pas mieux de se retirer sous un pré-

texte ? Il écrirait un billet d'adieu, très-court, mais très-
digne, que M{llo} de Champ-Sablé ne refuserait pas de remettre à la petite comtesse ; il en adresserait un autre,
de pure politesse, au vieux châtelain et, le lendemain
matin, il reprendrait la route de Paris.

— Voilà, ajoutait-il en se parlant à lui-même, la seule
conduite à tenir. Il n'y a que cela de faisable.

Au moment où il s'arrêtait à ce plan, il arrivait à un
point du parc où, en s'entre-croisant, plusieurs sentiers
formaient ce qu'on appelle une patte d'oie.

Trois personnes marchaient de front sur l'un de ces
sentiers, de façon à se rencontrer avec lui-même.

A vingt pas de distance, Abel reconnut le comte
Régis de Prévéranges.

A sa droite, était une femme d'un certain âge ; à sa
gauche, un jeune homme costumé suivant la mode du
jour.

Abel s'empressa de saluer, en ne cessant pas de tenir
son chapeau à la main.

Dès qu'on se trouva à portée de la parole, le comte fit
une double présentation :

— Monsieur Abel Ramière, ancien lieutenant de l'armée d'Afrique, dit-il en s'adressant à la vieille dame.

Puis en désignant les deux personnes qui l'accompagnaient :

— Mon cher hôte, ajouta-t-il, permettez-moi de vous
présenter Mme la marquise de La Roche-Courneuve, et
M. le marquis Gaston de La Roche-Courneuve, son petit-
fils, je dois dire aussi mon futur gendre.

Abel s'était incliné deux fois de suite, ainsi que le veut
l'usage ; mais, aux derniers mots prononcés par le châ

telain, il n'avait plus été assez maître de lui-même. Une soudaine pâleur s'étendait sur son visage et laissait voir ou soupçonner tout ce qui pouvait se passer en lui-même.

— Son futur gendre !

L'antagonisme, qu'il n'avait fait que redouter, se montrait à lui, sans préparation, sans ménagement, sous le couvert d'une double égide : une grand'mère titrée et le comte lui-même. Il n'y aurait même pas à essayer de soutenir une lutte contre un tel rival. Abel serait battu d'avance.

Muet de stupeur, ne sachant plus s'il devait continuer sa promenade solitaire ou se joindre à ceux qu'il venait de rencontrer, il paraissait attendre un signe du comte, quand un bruit de pas se fit entendre tout à côté de cette scène, sur des feuilles sèches.

— Ah ! voilà Laurianne qui nous cherche, s'écria le comte. Par ici, ma fille, par ici !

Effectivement la petite comtesse courait à travers les allées, nue tête, les cheveux au vent, un peu distraite, un peu troublée.

On aurait dit une biche effrayée, poursuivie par les chasseurs.

— Est-ce donc encore la vieille mendiante qui t'a fait peur ? reprit M. de Prévéranges en baissant un peu la voix.

— Non, répondit vivement la jeune fille ; je n'ai même pas aperçu Maguelonne depuis mon retour de Pau ; mais je me suis trop attardée à la Faisanderie où j'avais à jeter du pain blanc à mes pintades.

En parlant ainsi, elle s'était tout à fait rapprochée du groupe.

Reconnaissant alors l'ancien officier, elle fit un petit salut de la tête, et en lui tendant amicalement la main :

— Excusez-moi, monsieur Ramière, dit-elle, de ne pas vous avoir encore souhaité le bonjour.

— Mademoiselle, c'était à moi à m'incliner devant vous, répondit-il en saluant.

Ils se regardèrent, et, en un coup d'œil, il se dirent tout ce qu'ils avaient à se dire.

Presque au même instant, la cloche du château se faisait entendre.

— C'est le déjeuner qu'on sonne, dit le comte. Rentrons au château.

Au détour d'un sentier, comme Abel était en arrière de quelques pas, Laurianne, faisant mine de ramasser des brindilles de sapin, lui dit, de manière à n'être entendue que de lui :

— Abel, quoi qu'on dise ou qu'on fasse devant vous, croyez à ce que je vous ai dit à Pau.

XV

Abel était redevenu radieux. Quelques mots avaient suffi pour le transformer.

— Puisque Laurianne le veut, se disait-il, je ne pars plus ; je reste au château.

Elle lui recommandait de ne tenir compte de rien de

ce qu'il verrait et de ce qu'il entendrait ; c'était pour ainsi dire répéter ce qu'elle lui avait déjà fait entendre lorsqu'on était à Pau. On voulait la marier, mais était-elle de celles dont on dispose contre leur gré ? Elle reproduisait par ses regards la promesse déjà faite :

— Abel, je ne serai pas la femme d'un autre que vous.

Rien de plus formel. Il résultait de là une ivresse dont il n'aurait pas pu rompre le charme ; mais le propre de l'ivresse est de s'évaporer vite. En regard des paroles de la jeune fille, il y avait ce qu'il avait entendu dire au comte Régis :

— Monsieur Ramière, j'ai l'honneur de vous présenter le marquis Gaston de la Roche-Courneuve, mon futur gendre.

Rien de plus net non plus qu'un tel engagement. Entre gentilshommes les paroles ont une valeur qu'on ne discute pas. Le châtelain était lié autant qu'un homme loyal peut l'être. Il fallait qu'il donnât au jeune marquis la main de sa fille ou bien qu'il se reniât lui-même.

En s'arrêtant à l'examen de cette situation, Ramière vit bien qu'il avait mis trop grand empressement à crier victoire.

En dépit des apparences, il n'avait point du tout bataille gagnée.

Une prédilection de jeune fille peut être prise en considération dans le monde, quand il s'agit du caprice d'une enfant gâtée. Mais tout le monde sait que les familles aristocratiques ont une discipline à part. Il est certain que l'autorité paternelle, se fondant sur la tradition des ancêtres, a plus de vigueur dans ces hautes régions sociales que dans les autres classes.

Chez les bonnes gens, un mouvement prononcé du cœur devient souvent la loi déterminante d'un mariage. Chez les nobles de province, surtout chez ceux qui ont de vieux parchemins, le contrat est presque toujours dicté par l'orgueil ou par l'intérét. Alors quand la mariée refuse, on lui dit : « — Je veux ou j'ordonne »; quand elle insiste, on la laisse dire, et l'on commande tout de même la corbeille de noces; quand elle pleure, on lui dit : « Pleurez : vous en serez quitte pour avoir » les yeux rouges en venant à l'autel. » Tout cela arrive journellement chez les châtelains.

Ramière n'avait fait qu'entrevoir le comte Régis. Cependant deux ou trois entrevues d'un quart d'heure et l'occasion de se rencontrer avec lui à table le mettaient à même de comprendre à quel homme il pouvait avoir affaire. Quoi qu'il fût dans l'hiver de l'âge, M. de Prévéranges était encore vert. Tout accusait en lui une très-grande somme d'énergie. Deux yeux quelque peu inquiets, mais toujours grands ouverts, un nez en bec d'aigle, un menton prolongé, indice lavatérien d'une forte volonté, la voix sonore, presque métallique, ses traits si accentués s'accordaient à indiquer une nature peu encline aux faiblesses du sentiment. Lorsqu'il arrivait au châtelain de donner un ordre, c'était d'un tel air de maîtrise qu'il n'avait pas à le donner deux fois.

— Est-il donc supposable qu'un tel homme promette pour ne pas tenir? reprenait Abel. Il a dit que le marquis Gaston de la Roche-Courneuve serait son gendre.

Peut-il mentir à la parole donnée, et donnée avec tant d'éclat ?

Un coup d'œil jeté sur le prétendant achevait de lui faire voir, sous ce rapport, les choses en noir.

Que Gaston de La Roche-Courneuve ne fût pas un aigle ni même un homme d'esprit, la chose était évidente, mais qu'est-ce que cela pouvait faire dans la circonstance ? Il était jeune, grand, bien planté sur ses jambes, d'une très-bonne santé. Peut-être la figure était-elle trop massive, l'œil un peu éteint, la bouche immobile, la parole incolore. Mais qu'importait ? Il n'entendait pas grand'chose aux délicatesses de la vie intime, telle que l'a faite la civilisation moderne.

Les livres nouveaux l'intéressaient peu ; il n'aimait pas les tableaux, ni la musique, ni les voyages envisagés au point de vue de l'histoire et du pittoresque. Mais combien d'autres jeunes gens du monde sont logés à la même enseigne ! L'essentiel était d'avoir suffisamment d'apparence. Eh bien, il faisait faire ses habits par un des tailleurs en vogue du boulevard des Italiens qui les lui expédiait de Paris. Même chose pour le chapeau, pour les gants, pour la canne et pour le lorgnon. En telle sorte que physiquement parlant, le jeune gentillâtre était un exemplaire à peu près parfait du cocodès de l'empire.

Que demander de plus à un jeune homme du jour ?

Au surplus, il avait des qualités de plus d'un genre. Par exemple, il passait pour se connaître en fait de chevaux, ce qui est de haut prix dans les milieux aristocratiques. D'autre part, s'il ne brillait pas par la vivacité de l'esprit, il se montrait fier de la force de ses biceps et il ne craignait pas qu'on le citât à ce sujet.

Deux ou trois fois, à travers ces campagnes, il avait eu à démontrer à des gens du peuple qu'il ne craignait personne en fait de pugilat. Un porcher de la Brinballe-rie qui avait refusé de le laisser passer dans un sentier avait été à peu près assommé par lui d'un seul coup de poing. Une autre fois, il avait laissé pour mort, sur les bords du Billeron, un muletier qui s'était permis de rire du cheval qu'il montait.

Tout cela constituait une sorte d'originalité.

Une nature telle que Laurianne n'était guère faite sans doute pour apprécier, suivant toute sa valeur, ce grand et fort garçon, plus formé pour la vie du moyen âge que pour les mièvreries de notre temps. Mais ceux qui voulaient ce mariage ne s'étaient pas dispensés de faire ressortir les divers avantages qui résulteraient pour la fille du comte Régis d'une alliance avec les La Roche-Courneuve. Premièrement, la famille en ques-tion était l'une des plus anciennes de la province. Secon-dement, le prétendant, enfant chéri de la douairière, sa grand'maman, aurait une dot de gros calibre. Troisiè-mement, il était marquis, et les marquis sont rares en France : ils n'y sont pas plus nombreux que les ducs.

Que de raisons pour que Laurianne consentît !

Ces motifs, tous fort bien déduits, très méthodique-ment détaillés, eussent séduit toute autre que la petite comtesse. On ne l'a pas oublié, bien avant le séjour à Pau, au sortir d'une première rencontre, Mlle de Prévé-ranges n'avait pas regardé le jeune poursuivant d'un très-bon œil. En lui la figure, le ton, la parole, lui avaient déplu de concert. Riche ! Et que lui importait qu'il fût riche ? Elle l'était assez par elle-même. Marquis ! Il était marquis !

Eh bien ! qu'est-ce donc qu'un marquis aujourd'hui qu'il n'y a plus de marquisat que sur le papier ? Il était fort, d'une musculature robuste, capable de se mesurer victorieusement avec les rustres et de les laisser tous, les uns après les autres, sur le carreau ?

En vérité, ce genre de supériorité la touchait peu, et elle aurait cent fois préféré un ami moins taillé en Hercule et plus propre à marcher côte à côte avec elle dans un musée et à travers les autres sujets d'étude de notre siècle.

En dernière analyse, les impressions subites ne sont pas une chimère. A première vue, Gaston n'avait pas plu, et il était difficile de supposer que Laurianne revînt sur ses impressions.

Au retour, après le petit voyage en Béarn, c'était bien autre chose. Comme un amour naissant s'était mis de la partie, comme la jeune comtesse avait rencontré Abel Ramière et qu'elle l'aimait, il n'y avait plus à parler du petit-fils de la douairière de La Roche-Courneuve : il était déjà le point de mire d'une manière d'antipathie.

Dans la première semaine qui avait suivi la rentrée au château, le comte Régis voulut avoir une conversation avec la demoiselle de compagnie.

La scène se passait chez lui-même, dans un petit salon où il ne recevait jamais personne.

Aussitôt que les portes furent fermées, le vieux gentilhomme, baissant un peu la voix, entama un sujet délicat, celui du mal étrange pour lequel on avait envoyé Laurianne à Pau.

— Eh bien, mademoiselle, dit-il, veuillez m'apprendre où en sont les choses. Le docteur Saint-Esteben vient de m'écrire une nouvelle lettre, autre que celle qui annonçait le retour. Il m'y dit qu'il y a dans l'état de Laurianne quelque chose de plus fort qu'un mieux ; il a l'air d'affirmer que la guérison est aux trois quarts faite. Qu'avez-vous à me dire là-dessus ?

— Monsieur le comte, le docteur n'a rien exagéré : Mlle de Prévéranges est bien près d'être guérie.

— Est-ce que l'apparition a cessé ?

— A peu près, monsieur le comte.

— Votre réponse semble indiquer que le double revient encore. Est-ce donc vrai, cela ?

— Oui, monsieur le comte, mais...

— Mais, quoi, mademoiselle ? Parlez, je vous prie.

— Le double revient, en effet, de temps en temps, mais ce n'est plus dans les mêmes conditions.

— Que voulez-vous dire ?

— Je veux exprimer, monsieur le comte, que Mlle Laurianne n'est plus effrayée à sa vue. Bien mieux, elle le domine.

— Je ne comprends pas.

— Eh bien, j'ai vu cela plusieurs fois ; quand il se montre, elle le repousse de la main, très-énergiquement ; elle lui dit : « Va-t-en ! » et il se retire.

— Est-ce bien exact, ce que vous me rapportez là, mademoiselle ?

— J'ai l'honneur de répéter à monsieur le comte que, plus d'une fois, j'ai été moi-même témoin de ce fait.

— Et à quoi attribuez-vous ce grand résultat ? Est-ce au régime imposé par le docteur Saint-Esteben ?

— Monsieur le comte, c'est à ce régime sans doute, mais je crois que c'est surtout à ce qui s'est passé, un jour, avec M. Abel Ramière.

Ici, le vieux gentilhomme ne put s'empêcher de tressaillir, mais ce ne fut que l'affaire d'une seconde.

Ne comprenant pas suffisamment ce que venait de lui dire la dame de compagnie, il lui demanda de s'expliquer plus clairement et sans aucune réticence.

— Dites tout, apprenez-moi tout, mademoiselle.

Mlle de Champ-Sablé raconta alors, sans rien omettre, la promenade faite à l'île d'Eram, en insistant, bien entendu, sur la scène du bateau à la suite de laquelle le double avait été repoussé par un coup de revolver qu'avait tiré l'ex-officier. C'était depuis ce temps-là que Mlle de Prévéranges était plus aguerrie et en était arrivée à braver la présence du fantôme.

L'entretien finit là ; Mlle de Champ-Sablé ne dit rien de plus et, du reste, le comte ne lui aurait pas donné le loisir d'aller plus loin.

Une seule chose paraissait le toucher ; le double était devenu impuissant à tourmenter Laurianne.

Dès lors, tout changeait pour sa fille. Du moment qu'elle était affranchie de ce qui lui causait d'ordinaire un si grand effroi, il n'y avait plus à retarder l'accomplissement des projets qu'on avait formés pour elle. Le temps était venu de la marier. Il ne restait plus qu'une chose à faire : c'était de la mettre au courant de ce qui se passait au château.

Dans la soirée du jour où le comte avait interrogé la dame de compagnie, il fit appeler Laurianne.

— Chère enfant, lui dit-il, la dépêche que j'ai envoyée à Pau te parlait d'un grand événement qui te concerne. Avec ta pénétration de jeune fille, tu auras sans doute deviné de quelle chose il est question. Mme la marquise de La Roche-Courneuve et moi, nous nous sommes occupés du soin d'arranger ton bonheur.

— En d'autres termes, vous voulez me marier, mon père ?

— Tu l'as dit. Est-ce que ce projet ne te sourirait pas ?

— Cela dépend, mon père.

— Expliquons-nous sans détour, toi et moi, Laurianne. Point de réticence ; c'est le seul moyen de bien nous entendre.

Il reprit en mettant plus de netteté à prononcer les mots :

— Tu es en âge de t'établir, n'est-ce pas ? Eh bien, Mme la marquise de La Roche-Courneuve a appris que le jeune marquis Gaston, son petit-fils, t'avait vue ; qu'il te trouvait fort à son goût et qu'il souhaiterait de t'avoir pour femme. Elle m'a donc demandé ta main. Je n'ai pas besoin de te dire qu'il s'agit là d'une alliance des plus honorables. Elle te convient sous tous les rapports, de même qu'elle est à mon gré. Aussi, pressentant bien que nos vues seraient les mêmes, j'ai cru devoir accepter en ton nom.

— Mon père, en toute chose, ce que vous faites est bien fait ; mais, cette fois, permettez-moi de vous le dire, vous vous êtes trop avancé. Je n'ai rien à dire con-

tre M. de La Roche-Courneuve, mais je ne serai jamais
sa femme.

— Hein ? Que dis-tu là ?

— La seule chose que je doive vous dire pour répondre à votre question, mon père.

— Mais pourquoi le refusez-vous, mademoiselle ?

— Mon père, parce que je ne l'aime pas.

Une pensée, rapide comme l'éclair, traversa alors
l'esprit du vieux gentilhomme.

— Elle ne l'aime pas !

— Je ne l'aime pas, dit-elle.

— Dans la logique des jeunes filles, cela signifie :
« J'en aime un autre ! » Mais quel est cet autre ?

— Est-ce que ?...

Il craignait, sans doute, d'être allé trop loin dans le
champ des suppositions, car, en interrompant sa courte
rêverie, il reprit à voix haute :

— Laurianne, tu viens de dire, en parlant de Gaston :
« Je ne l'aime pas ! » Ce n'est là qu'une réplique de
petite pensionnaire, à peine sortie du couvent. A présent
tu es une grande personne. Par conséquent, tu dois
écouter la voix de la raison. Déjà, par échappée, tu as
été à même de voir ce qu'est le monde. Ce qu'on appelle
l'amour, ce n'est qu'une chose en l'air, bonne à mettre
dans les romans et au théâtre. Le sillage d'un navire sur
l'eau, le parfum qui s'évapore d'une fleur, le son d'un
instrument de musique sont moins fugitifs et laissent
plus de trace de leur passage. Aussi, dans le monde
terrestre, les têtes sensées préfèrent-ils l'estime, je veux
dire l'accord d'un homme et d'une femme, réunis par
le besoin de s'entr'aider et bénits par un prêtre.

— Je ne suis pas opposée à une telle combinaison, mon père, répliqua vivement la jeune fille.

— Eh bien, dès lors, pourquoi ne pas accepter le jeune marquis ? Il a tout ce qu'il faut en lui et dans les siens pour faire naître l'estime dont je viens de parler.

— Cela se peut, mais, je vous l'ai déjà dit, mon père : je ne l'aime pas.

— Allons, s'écria le comte en levant les bras en l'air, voilà que cela recommence et nous causerions un an de suite là-dessus, qu'elle répondrait sans cesse : « Je ne l'aime pas ! »

— Il est vrai, mon père, répliqua-t-elle.

— Mais, malheureuse enfant, je te le répète, j'ai promis ta main.

— S'il en est ainsi, cher père, vous avez promis une chose qui n'est pas à vous, mais qui m'appartient en propre.

— Soit, mais je suis lié par ma parole.

— Cher père, vous vous dégagerez.

— Comment donc ?

— Par un refus motivé.

— Impossible. Un gentilhomme de vieille roche ne peut pas revenir sur ce qu'il a promis.

— Je prendrai tout sur moi. Je refuserai moi-même.

— Tu te feras deux ennemis irréconciliables : la douairière et son petit-fils.

— Cher père, depuis le séjour à Pau, je ne crains plus rien ni personne.

— Comment cela

— Cher père, en m'enseignant à repousser le double,
on m'a appris à être brave.

Déjà à demi-éclairé par le récit de Mlle de Champ-
Sablé, le comte Régis comprit, cette fois, tout à fait.

Il se rappelait ce qui lui avait été dit touchant la
promenade à l'île d'Eram et l'intervention de l'officier
de l'armée d'Afrique, dans l'affaire du spectre.

— Je l'avais bien pressenti, reprit-il *in petto*, c'est
cet étranger qu'elle aime !

XVI

Ceux qui ont suivi avec quelque attention les incidents de ce récit ont pu voir qu'il y avait dans Régis
de Prévéranges deux hommes : un Châtelain qui, par
les racines de son passé, tenait aux temps anciens ; un
ex-pirate, qui, par les hasards de sa destinée avait,
pour un moment, aux États-Unis, donné la main aux
idées nouvelles. Depuis qu'il avait quitté l'Amérique, le
gentilhomme, se retrouvant sous le toit de ses ancêtres,
avait entièrement repris le dessus. Il était comte de
vieille souche et il entendait bien que Laurianne saurait
garder son rang dans la noblesse de cette vieille terre
où, près de Charles VII, la Hire, la Trémouille et Xan-
trailles, avaient jadis groupé une armée de gentilshommes.

La possibilité de déroger était une chose qui ne venait même pas à sa pensée. Aussi fit-il d'abord difficulté

d'admettre que Laurianne pût jamais devenir la femme d'un homme sans naissance. Qu'est-ce qu'un officier de l'armée sans blason ? Qu'est-ce qu'un oisif sans particule ? Abel Ramière avait à sa boutonnière un bout de ruban rouge. Le plus mince des parchemins, couvert de la poussière de trois ou même de deux siècles, aurait eu plus de valeur aux yeux des gens de son monde. Sa fille, se mariant à un bourgeois ; sa lignée, s'égarant dans des enfants désignés sous des noms de roture, était-ce seulement concevable ?

Quand il était en camp volant sur la terre de Washington, il avait, par moments, ri de ces préjugés qui veulent que tel sang de tels fils d'Adam soit d'une source plus noble que le sang de tels autres. Mais, à cette époque-là, il vivait au milieu d'une démocratie encore toute neuve, où le dernier des citoyens peut aspirer à être chef de l'Etat, où il n'y a ni parchemins, ni titres, ni privilèges d'aucune sorte, où l'on n'admet qu'à grand'peine la supériorité même de l'argent. Mais alors aussi il était loin de la vieille Europe ; il parcourait un territoire où les Mormons s'amusent à refaire le commencement des sociétés ; il côtoyait à chaque instant le Missouri et l'Ohio, où vingt races sont confondues ; il traversait les Montagnes Rocheuses, où le voyageur rencontre des campements de sauvages, c'est-à-dire des hommes primitifs, n'ayant pas la moindre notion d'aristocratie.

Dans ce temps-là, peut-être, cédant à l'ascendant de l'exemple, s'il avait eu une fille à marier, il n'aurait pas parlé du recueil de titres qui lui venaient de ses pères ; il eût fait ce que font les riches planteurs de la

Floride et de la Louisiane, il eût choisi son gendre parmi les hardis trappeurs de ces contrées. Et même n'était-ce pas bien sûr, puisque pour lui-même, lorsqu'il était allé chercher un refuge à Québec, son premier soin avait été de se donner pour femme la fille d'un noble Normand, transplanté au Canada. Ainsi donc, il était des pieds à la tête imbu d'idées patriciennes.

— Elle aime cet ancien officier, pensait-il ; soit, mais cette fantaisie ne peut ni ne doit aller jusqu'au mariage. Toute l'histoire des Prévéranges se lèverait pour l'empêcher de tomber dans une si grande déchéance.

Au reste, comme elle n'avait encore indiqué personne, ni prononcé aucun nom, il ne pouvait que s'échapper dans de vagues conjectures ; ce qu'il fallait, avant tout, c'était savoir à quoi s'en tenir sur le fait. Elle aimait un homme, mais qui était-ce ? Etait-ce l'ancien lieutenant ? Etait-ce un autre ?

Il prit sur lui de l'interroger formellement à cet égard.

— Chère enfant, reprit-il, vous venez de prononcer des paroles dont je ne comprends pas fort bien le sens. En me disant qu'une double inimitié ne vous ferait pas peur, vous avez ajouté qu'*on* vous avait appris à repousser le double. *On*, qui est-ce ? A qui donc avez-vous fait allusion ? Est-ce à un homme ?

— Sans doute, cher père, j'ose dire même à un fort galant homme.

— Et ce galant homme, je le connais ?

— Oui, depuis quelque temps.

Le rouge de la colère montait au front du comte.

— Son nom ?

—- Mon père, c'est M. Abel Ramière.

— Très-sérieusement vous l'aimez, Laurianne ?

— Je l'aime, oui, mon père, et je n'aimerai jamais que lui.

— M. Abel Ramière ! Une Prévéranges aime un ancien lieutenant des chasseurs d'Afrique !

— Oui, mon père.

— Un simple bourgeois !

— Oui, mon père.

— Un homme sortant de rien !

— On commence toujours par là, mon père.

— Et vous comptez l'épouser ?

— J'épouserai celui-là, ou je n'en épouserai pas d'autre.

— Mais écoutez donc ! il n'a pas de titre !

— Je me suis informée, mon père ; nous autres, les Prévéranges, nous en avons à revendre des titres.

— Eh bien, après ?

— Eh bien, au moyen de certaines démarches en chancellerie et grâce à la bonne volonté du garde des sceaux, on peut faire attacher son nom à l'un de ces titres.

— Mais cela fera rire toute la noblesse des environs.

— Toute la noblesse des environs aura bien du temps à perdre, si elle s'occupe de ces choses-là. Et puis, si elle rit de cet insignifiant détail, elle nous donnera, à nous, par voie de représailles, le droit de rire de travers bien plus graves qui se passent, paraît-il, chez elle.

— Vous voilà bien savante, ma fille.

— Je cherche à me défendre, voilà tout.

— Eh bien, défendez-vous donc contre moi, si vous l'osez, Laurianne. Je vous déclare net, que, moi vivant, vous ne serez pas la femme de ce Ramière. Je m'y oppose.

— Comme vous voudrez, cher père. Tous vos ordres sont sacrés pour moi. Ainsi, je vous obéirai. Mais, je vous le répète, si je n'épouse pas M. Abel Ramière, je n'en épouserai aucun autre. Au reste, je le lui ai dit à lui-même.

— Vous lui avez dit ?

— En propres termes, mon père.

En écoutant ces révélations, le comte était hors de lui-même. Que s'était-il donc passé à Pau? Il fallait qu'on eût bien pris plaisir à abuser de sa confiance pour que Laurianne, jusque-là plus réservée qu'une nonne, pût rencontrer un ancien officier de l'armée d'Afrique, s'aboucher avec lui, faire des promenades sur la montagne et sur l'eau et, en définitive, nouer avec cet inconnu un roman d'amour. Est-ce donc que Mlle de Champ-Sablé avait prêté les mains à une intrigue? Est-ce que le docteur Saint Esteben aurait poussé l'imprudence ou l'improbité jusqu'à jouer un rôle en une telle affaire ?

Furieux, perdant toute mesure, il se jetait déjà à son bureau, d'abord pour écrire un mot, un seul, à l'ex-lieutenant à l'effet de lui ordonner de sortir du château sur l'heure, sans explications, ainsi que le ferait un laquais ou un voleur. Il déclarait qu'il agirait de même pour la dame de compagnie dont la conduite lui paraissait être des plus répréhensibles. Enfin il en-

verrait aussi un billet au docteur Saint-Esteben pour lui
démontrer à quel point il était coupable à ses yeux,
puisqu'il avait contribué à pervertir les idées de sa fille
jusqu'à faire qu'elle oubliât toute dignité.

Laurianne le laissa dire.

Après qu'il eût donné à son emportement le plus
d'éclat possible, elle lui fit signe de la main qu'elle
avait à parler.

— Cher père, dit-elle, dans quelques instants vous
vous serez calmé. Aussitôt que vous aurez recouvré
votre sang-froid, vous serez le premier à voir que la
situation n'est pas telle que vous la jugez être, puisqu'il ne s'est rien passé que d'avouable, et que, par
conséquent, il n'y a de blâme à exercer contre personne. Mlle de champ Sablé n'a pas cessé de veiller sur
moi en gouvernante vigilante et dévouée. Il ne s'est
rien dit, il ne s'est rien fait en sa présence qui ne
puisse se faire et se dire encore.

Le docteur Saint-Esteben, à qui vous aviez demandé
la guérison de votre fille, je le sais, par tous les moyens
possibles et impossibles, ne pouvant toujours être libre
de protéger deux femmes, s'est fait représenter auprès
de nous par un ami sur la loyauté duquel il avait lieu
de compter. Il se trouve que cet ami est un homme de
cœur et de la plus haute distinction d'esprit. C'est
grâce à lui que je suis délivrée d'une tyrannie mystérieuse et terrible qui vous tourmentait vous-même
presque autant que moi. Et vous savez que si la chose
eût duré, j'aurais fini par mourir d'épouvante, ou, pis
que cela, par devenir folle. Oui, c'est lui qui m'a déli-

vrée, mon père. Fallait-il donc ne pas reconnaître le service qu'il m'a rendu ?

J'aurais voulu être ingrate que je ne l'eusse pas pu. Je l'ai aimé, je l'aime et je l'aimerai toute ma vie, et j'ajoute que c'est tout au plus s'il le sait. Mais vos idées, que je respecte sans les partager, ne vous permettraient point, dites vous, de l'accepter pour gendre, parce qu'il n'est pas gentilhomme de naissance. A votre aise. Je ne m'insurge pas contre vos antipathies. Seulement, je vous déclare que, n'épousant pas M. Abel Ramière, je resterai fille. Voilà tout ce qu'il y a là-dedans. Est-ce donc aussi horrible que vous le supposiez tout à l'heure ?

Laurianne ne s'était pas trompée. A mesure qu'elle parlait, le comte voyait s'éteindre la fougue de sa colère. Avec le sang-froid la raison lui revenait. Tous les faits qui défilaient sous ses yeux étaient, d'ailleurs, conformes à tout ce qu'il avait pu apprendre. Effectivement il n'y avait personne à blâmer là-dedans. Cette circonstance de l'apparition repoussée et du courage communiqué à la jeune fille n'échappait pas à son examen. Très-certainement c'était là un signalé service. Abel Ramière n'était ni comte, ni duc, ni baron, ni marquis, et c'était là son unique tort. S'il eût été simplement vicomte, non seulement il aurait paru tout naturel qu'on lui accordât d'emblée la main de Mlle de Prévéranges, mais encore on n'aurait pas admis qu'il pût en être autrement.

Si Régis voyait désormais un peu plus clair dans cet imbroglio, il objectait pourtant à sa fille qu'il n'était pas pour cela sorti d'embarras. Aux instances de la marquise il avait répondu par un oui formel. Sous quel prétexte pourrait-il reprendre sa parole ? Il est rare qu'une vieille femme sache retenir sa langue. Du jour où le comte avait fait revenir sa fille de Pau, la marquise avait parlé du prochain mariage et cette confidence, passant à l'état de rumeur publique, avait bien vite poussé ses échos jusque dans les gentilhommières, sises à six lieues à la ronde. Tant de bruit était comme une rallonge à l'engagement pris. En tout cas, cela devenait une complication de plus.

Par surcroît, l'Esaü souffrait aussi et très-vivement de cette situation déjà si embrouillée. Point de mariage, point de droit de chasse. Jamais la forêt de la Boësse ne serait réunie au domaine. Ainsi le vieux chasseur devait renoncer au plaisir de tirer un seul coup de fusil et de poursuivre un seul sanglier à travers ces halliers qu'il avait si longtemps fixés d'un œil d'envie.

— Au diable soit le sort qui a mis cet étranger sur le chemin de ma petite folle ! ajouta-t-il.

A la fin, craignant de s'attrister, il cherchait à écarter de son esprit toute cette affaire qui prenait une tournure si opposée à ses désirs. Laurianne s'était retirée, non sans s'être jetée d'abord à son cou pour démontrer que ces scènes n'avaient en rien atteint l'affection qu'elle portait à son père. Demeuré seul, il marchait en long et en large dans le petit salon, mais ce n'était là qu'une agitation factice. Cette question du mariage reparaissait toujours. A quel parti s'arrêterait-il ? Romprait-il brusquement avec les La Roche-Courneuve ? Congédierait-il Ramière ?

— Laissons faire le temps, se dit-il. Un proverbe italien assure que le temps est galant homme. Je veux espérer que le temps viendra à mon aide.

De tout ce que Laurianne lui avait dit pendant cet entretien, ce qui l'avait le plus péniblement affecté, c'était ce cri poussé par elle : « — Je resterai fille ! » — Ne pas voir les Prévéranges se continuer, n'avoir pas de descendance masculine, c'était déjà, pour lui, le motif d'une profonde tristesse. Pourtant à la longue, en voyant grandir sa fille, il avait fini par se consoler à ce sujet.

Mais entendre dire à Laurianne que la famille elle-même finirait avec elle, puisqu'elle ne se marierait pas, c'était une sorte de menace qui lui allait droit au cœur. En même temps, ces paroles si désolantes pour le chef d'une famille aristocratique lui rappelaient la sinistre prédiction naguère émise par Maguelonne-la-Mal-Bâtie :

— La belle demoiselle ne se mariera jamais !

A ce souvenir le comte Régis sentait tout son être frémir d'indignation et de fureur. Est-ce que la vieille mendiante savait ce qu'elle disait? Laurianne était guérie ou à peu près de ce qui avait éloigné d'elle les jeunes gens de famille. Par conséquent, elle était de plus en plus épousable. Eh bien, si elle persistait à ne vouloir pas de Gaston, si lui-même parvenait à la faire renoncer à l'ancien officier de l'armée d'Afrique, il ne manquerait pas d'autres partis. Il n'y avait qu'à attendre un peu, et cette grosse affaire serait reprise et vite menée à bonne fin.

En attendant, il n'oubliait pas le devoir qui lui incombait.

— Les La Roche-Courneuve me pressent de répondre. Il y a là une grand'maman qui demande surtout à être fixée. Un refus à colorer demande de la réflexion. Je ne répondrai donc qu'après la chasse au sanglier.

XVII

Trois jours environ après les événements dont il vient d'être question, le château de Prévéranges était sens dessus dessous.

On s'y occupait de ce qu'on appelle une Saint-Hubert.

Il s'agissait d'une chasse au sanglier, la chasse favorite du comte Régis.

Tout le long de la grande cour, ce n'étaient qu'allées et venues.

Sur le haut du perron, l'intendant en costume d'apparat recevait les invités du voisinage, hobereaux, qui, suivant l'usage, se présentaient l'un après l'autre.

Un piqueur essayait une fanfare sur le cor. D'autres accouplaient les chiens.

Bref, c'était un brouhaha à assourdir le diable, s'il eût été là.

Se sentant reverdir, comme s'il revenait tout à coup à ses vingt ans, le comte cherchait à avoir l'œil à tout et donnait ordres sur ordres.

Au nombre de ceux qui devaient prendre part à cette journée se trouvaient naturellement Abel Ramière et Gaston de la Roche-Courneuve.

En habile politique, le vieux châtelain leur avait confié une mission des plus délicates, celle qui consistait à se tenir aux côtés de Laurianne, car, elle aussi, avait voulu être de la fête.

Costumée en amazone, armée d'un Remington, mais pour la forme seulement, elle devait suivre à cheval le gros des chasseurs.

— Je veux voir l'affût, l'attaque, la poursuite et l'hallali, disait-elle. Peu importe qu'il y ait du danger.

— Doucement, ma fille, répliqua le comte, doucement. Tu assisteras à tout, mais après les précautions prises.

Se tournant ensuite vers les deux jeunes gens, il leur assigna le poste de confiance, ou, si l'on veut, la consigne dont nous venons de parler. Avait-il donc calculé que Laurianne ne pouvait pas mieux être gardée à vue que par les deux prétendants ? Etait-ce une simple malice de vieillard qu'il entendait faire ?

Tous deux, on le devine, avaient accepté l'emploi avec empressement.

Pour la première fois, M. de Prévéranges jeta un coup-d'œil de complaisance sur l'ancien officier de chasseurs.

Ramière, habillé en coureur des bois, se retrouvait presque dans les exercices de la vie militaire. Nul n'avait plus belle mine. Le fusil qu'il portait en bandoulière paraissait être pour lui un outil pour un ouvrier, le plus familier des ustensiles, presque un jouet. Avec tout cela beaucoup d'entrain et une gaieté toute française. Tant de bonne humeur ne pouvait qu'attirer à lui tous ceux qui étaient là.

— Quel malheur que ce ne soit qu'un petit bourgeois ! se disait le vieux gentilhomme.

Quant à Gaston, toujours fort et toujours fier de sa

force, il ne manquait pas non plus de prestance, mais ses mouvements avaient moins d'aisance et sa parole traînante n'était pas de celles qui plaisent. Mais il n'en avait pas moins l'air fort satisfait de lui-même. En toisant son partner de haut en bas, il avait l'air de lui dire :

— Je suis marquis, cher monsieur ; ne l'oubliez pas !

En attendant que Laurianne fût prête à monter à cheval, les deux gardes du corps se tenaient dans une pièce qui précédait les appartements de la petite comtesse. Sans qu'on leur eût appris qu'ils convoitaient la même femme, ils l'avaient deviné d'instinct. Un vif sentiment de rivalité faisait donc qu'ils se regardaient en chiens de faïence, comme on dit. Puis, pour aider à passer le temps, ils se mirent à s'examiner l'un et l'autre.

Toujours très-entiché de sa puissance d'Alcide, le jeune marquis montra les deux bras qui étaient soudés à ses épaules comme par des attaches de bronze.

— Je ne conseillerais pas à n'importe quel marjolet du pays de me chercher querelle aujourd'hui, dit-il. D'un seul coup je l'étendrais à mes pieds comme un de nos petits pâtres le ferait pour une belette des champs.

— Vraiment, cher monsieur ? riposta Abel avec l'air narquois que les Parisiens savent mettre dans tout ce qu'ils disent. Eh bien, tenez, permettez-moi de vous donner un conseil.

— Lequel donc ?

— Regardez-y à deux fois avant de vous frotter, par exemple, à des gens de ma trempe, à beaucoup près moins robustes que vous.

— La raison ?

— La raison, c'est qu'ils ont appris l'art de tirer le chausson chez Claude Pisseux, professeur de savate à Paris, boulevard Saint-Michel, un très-grand maître.

— Eh bien, après? Qu'est-ce que c'est que ça, le chausson?

— Ce n'est rien ; c'est seulement un procédé à l'aide duquel, en levant en l'air le pied droit d'une certaine façon, un nain parviendrait à coucher par terre un géant.

— Cher monsieur Ramière, je crois que vous voulez rire.

— Eh bien, nous ne sommes que tous les deux ici. Conséquemment personne ne nous voit. Voulez-vous que j'essaie la méthode de Claude Pisseux sur vous? Vous tomberez, mais sans honte, puisque ce sera ignoré ; vous tomberez et, en vous relevant, vous aurez acquis la connaissance d'une vérité. Allons, voulez-vous?

— Cher monsieur, les gentilshommes de ma famille ne se battent pas ainsi, pour rire. Si c'était à l'épée...

— Si c'était à l'épée, comme ça été longtemps mon métier d'en tenir une, vous seriez embroché avant la fin de la première minute.

Et en attirant l'attention du jeune marquis sur une panoplie accrochée au mur :

— Eh ! pardieu, en voici, des épées. Le comte Régis en a mis partout dans ce château, dont vingt pièces sont des salles d'armes. Voulez-vous donc que nous nous donnions ici, réciproquement, une leçon d'escrime? Nous moucheterons les lames.

Pour la seconde fois, Gaston s'excusa en demandant

à ne faire rien autre chose que ce qu'on faisait, c'est-à-
dire à attendre Mlle de Prévéranges. La comtesse pouvait
se montrer d'un instant à l'autre. Que dirait-elle à la
vue de deux champions occupés à espadonner à sa
porte ?

Cette réplique avait son prix ; Abel la recueillit et,
après avoir encore une fois regardé son rival en face, il
lui dit, toujours en Parisien moqueur :

— Ne comptez donc pas trop, cher monsieur, sur la
puissance de vos biceps.

Presque au même instant, la porte s'ouvrit ; une portière en cachemire se souleva et Laurianne parut en costume de chasseresse.

Jamais elle n'avait été autant en beauté.

Abel lui retrouvait l'air superbe qu'il lui avait vu à
Pau, au moment où elle jouait sur son piano la fantaisie de Chopin.

Un air de trompe se fit entendre, c'était le signal du
départ.

Laurianne fut bientôt en selle, serrée de près par ses
deux cavaliers, Abel à gauche, Gaston à droite.

Tous les autres chasseurs allaient à pied, sauf le vieux
comte qui se réservait de redescendre à terre, dès qu'on
serait dans les bois.

Pendant qu'on était en marche, le marquis chercha à
entrer en conversation avec la jeune fille afin de bien
faire voir qu'il était l'objet d'une préférence.

— Très-prochainement, mademoiselle, nos chasses
auront lieu dans la Boësse.

— Qu'est-ce que c'est que ça, la Boësse ?

— Une forêt de notre famille, mademoiselle.

— Ah ! je sais maintenant. Ça longe notre domaine à nous ?

— Précisément, mademoiselle. Le comte Régis a le plus grand désir d'y chasser, il me l'a dit souvent.

— Mon père chasserait presque en océan, si on le laissait faire. Et quelle sorte de gibier y a-t-il dans la Boësse ?

— Un peu de lièvre et beaucoup de chevreuil, mademoiselle. Cela vous divertira beaucoup.

— Je ne crois pas, répondit-elle sèchement : la chasse au lièvre ne m'amuse pas et celle au chevreuil m'ennuie.

En même temps, elle se tourna avec une affectation marquée du côté de Ramière.

— Avez-vous chassé, quand vous étiez en Afrique ?

— Oui, mademoiselle.

— Quoi donc ?

— Le sanglier, qui est fort abondant dans les gorges de l'Atlas.

— Rien que ça ?

— J'ai aussi chassé la gazelle.

— Comment ! cette innocente chevrette sauvage ?

— J'en ai tué une vingtaine, mademoiselle.

— Ah ! quelle cruauté !

— Permettez. C'était pour envoyer des côtelettes à la femme de notre général qui était en convalescence.

— Massacrer ces innocentes bêtes !

— Ah ! mademoiselle, sachez tout. J'ai aussi tué un lion et des panthères.

Ces propos de soldat, Ramière les tenait en riant, mais sans s'écarter jamais du respect qu'il devait à celle qu'il avait déjà accompagnée dans l'excursion à l'île d'Eram.

On était arrivé dans les bois des Doulchards, à l'endroit désigné pour commencer la battue.

La chasse commençait.

— Mes amis, s'écriait le comte Régis, qui courait à pied à la tête des groupes, mes amis, vous savez que j'en veux surtout à un ragot qui rôde sans cesse dans ces cantons.

Nota bene. — Un ragot est un sanglier qui a quitté les compagnies, c'est-à-dire son père, sa mère, ses frères et sœurs, et qui n'a pas encore trois ans.

— Ah ! répliqua une voix, celui-là ou un autre, monsieur le comte, peu importe, nous n'épargnerons aucun de ces messieurs à la belle hure.

— Pardieu, c'est bien ainsi que je l'entends, reprit-il en riant. Seulement je voudrais qu'on s'attaquât de préférence à mon gaillard.

— Mais comment le reconnaître, monsieur le comte ? A-t-il un signe quelconque, une marque distinctive ?

— Une ligne grise, longitudinale, sur l'échine.

— Fort bien. A l'occasion, soyez tranquille, nous ne l'épargnerons pas.

Une chasse à courre, à travers les bois de haute futaie, c'est quelque chose de puissamment animé.

Pour Laurianne, qui n'avait jamais vu encore que des sangliers de marbre, dans le parc du château, et que quelques lièvres abattus sur le domaine, cette journée cynégétique tenait du prestige. Certes il y avait là bien des émotions, bien des surprises, bien des terreurs et aussi bien des rires joyeux se mêlant au son des fanfares, quand la bête était signalée et poursuivie par l'ensemble des chasseurs, hommes et chiens.

Jamais Mlle de Prévéranges n'avait ouvert ses oreilles à un pareil tintamarre.

Dix minutes après l'entrée en forêt commençait l'attaque.

Tout d'abord les chiens, lâchés, débouchèrent, l'œil en feu. Le cor les excitait.

A un certain moment on les vit remuer la queue et redoubler de vitesse.

Ils venaient de sentir l'ennemi.

— Nouvelle fanfare, Grand-Pierre ! s'écria le comte Régis.

Dès ce moment, la meute se soulevait ; elle se ralliait ; elle paraissait avoir des ailes.

Cinq rabatteurs venaient de signaler un sanglier.

— Eh ! justement, mes amis, c'est mon ragot ! reprit le comte, joyeux. Eh ! là-bas, barrez-lui le chemin.

Le sanglier s'était, un moment, laissé jeter hors du bois.

Un champ était là et, dans ce champ, un troupeau. Qu'importait ! Il se précipita, il passait tête baissée au milieu du troupeau qu'il dispersait en laissant, comme trace de son passage, plusieurs moutons étendus morts sur le sol.

Après cette prouesse, il trouva un petit amas d'eau, l'étang des Piverts, une sorte de mare assez profonde. Trois fois, il cherche à rentrer dans la forêt retentissante d'aboiements et de cris, trois fois, il est poursuivi par la meute acharnée et mis en joue par vingt-cinq fusils.

Ainsi traqué, l'animal furieux se jette tour à tour sur trois des chiens qu'il découd à coups de boutoirs. — Un des piqueurs est renversé et va être éventré à son tour.

A ce spectacle, le comte Régis, n'y tenant plus, s'élance son long couteau de chasse à la main ; mais, de la part du vieux chasseur, c'est un acte d'imprudence qui peut coûter cher. Un moment, le sanglier se dresse presque debout et va renverser le vieillard.

— Mon père ! sauvez mon père ! s'écria Mlle de Prévéranges.

Et, son cheval qui se cabre, l'emporte à vingt pas de la scène où a lieu le combat.

En ce moment, Abel Ramière la suit pas à pas. Il se rappelle la consigne qui lui a été donnée, à lui et à Gaston.

— Messieurs, vous ne quitterez ma fille sous aucun prétexte.

— Calmez-vous, mademoiselle, dit-il, il n'y a rien à craindre ; le comte est bien entouré et suffisamment défendu.

Et c'était vrai.

Mais le sanglier, se jouant des balles qui rebondissent sur son épaisse cuirasse doublée de longues soies, revient, toujours grondeur, toujours furieux, en faisant des entailles presque mortelles à tout ce qu'il rencontre.

Encore une minute et il va se jeter sur le cheval de Laurianne, que tout ce mouvement fait se cabrer encore une fois ; mais en moins de temps qu'il n'en faut pour le dire, un coup de feu part de ce point ; une balle conique a frappé le monstre à la tête entre les deux yeux.

Le ragot vient mourir tout sanglant presque sous les sabots du cheval.

— C'est vous, monsieur Abel, qui l'avez tué ! s'écrie Mlle de Prévéranges d'un air de triomphe.

Aussitôt tous les cors font entendre une sonnerie de victoire.

Le comte Régis et son état-major accourent tout émus.

— Qui l'a tué ? demanda-t-il.

— Monsieur Ramière, répond Laurianne, et sans lui, qui sait ce que je serais devenue ?

— Mademoiselle, l'ordre était de ne m'éloigner de vous sous aucun prétexte.

— Mais où est donc M. de La Roche-Courneuve, demanda le comte ? la consigne était aussi pour lui.

— Monsieur le comte, dit un maître queue, monsieur le marquis est à deux cents pas d'ici, à la Pente-aux-Morilles.

— Et qu'y fait-il ?

— Il paraît que, pendant la bagarre, Girardot, un des valets de la meute, lui a dit un mot plus haut que l'autre et monsieur le marquis est en train de lui donner une correction.

— Ah ! oui, toujours pour montrer la force de ses poignets, reprit le vieux gentilhomme en haussant les

épaules. Entre nous, il y avait quelque chose de plus
· pressé, ajouta-t-il.

— Mon père, il faut laisser à chacun sa vocation, dit
à son tour Laurianne.

Cet incident finit là.

Il y avait à songer à des choses plus sérieuses.

On fit des civières pour les blessés.

Un vétérinaire chercha à recoudre deux des vaillants
chiens qui avaient été entamés.

D'autre part, le ragot fut placé sur un brancard et
porté à bras par quatre hommes.

On allait faire l'hallali au château, où l'on devait, du
reste, passer la nuit en fête.

Quand on fut sorti du bois, au moment où l'on se
mettait sur le chemin de Prévéranges, Gaston revint
au galop et se remit aux côtés de Laurianne.

— Qui a tué la bête? demanda-t-il.

— M. Ramière, répondit la jeune fille d'un air important, mais pas à coups de poing.

Le jeune gentillâtre avait beau ne rien entendre au
langage des épigrammes, il vit bien que la jeune comtesse faisait allusion à sa fugue et qu'elle se moquait de
lui.

Un peu avant qu'on ne rentrât au château, il profita
d'un embarras de voitures pour faire demi-tour à gauche et pour disparaître.

— Bon débarras, dit Mlle de Prévéranges quand elle
put constater son absence.

Et en s'adressant à Abel:

— Voyez-vous, sa présence devenait de plus en plus
une gêne pour moi.

XVIII

Par suite d'un jeu du hasard, le comte Régis avait été un homme habile en remettant au lendemain de la chasse sa réponse à Mme de La Roche-Courneuve. La posture qu'avait tenue le jeune marquis devenait un grief à l'aide duquel on pouvait faire passer un refus. Sans doute, il n'avait pas à articuler par écrit cette cause d'éloignement; mais, si l'on arrivait jamais aux gros mots dans des explications orales, il trouverait là-dedans un sujet de réplique assez plausible.

— On ne m'accusera donc pas de dégager ma parole sans motifs, se disait-il, en jetant dix lignes sur le papier.

Ces dix lignes formaient un billet conçu dans le style des gens du monde. Cela était donc d'une diplomatie des plus raffinées. Le comte commençait par exprimer de très-vifs regrets. Il s'accusait d'avoir promis ce qui n'était pas à lui. Il ajoutait, du reste, que Mlle de Prévéranges ne songeait pas encore à se marier et qu'il était même très-douteux qu'elle y pensât de longtemps. En fin de compte, il terminait en disant que tout autorisait à croire que le jeune marquis se consolerait aisément et que, d'ailleurs, dans ce pays où les jeunes et jolies héritières étaient nombreuses, il n'aurait que l'embarras du choix.

C'était faire entendre que Laurianne n'avait pas à

compter sur un cavalier qui l'avait abandonnée aux soins d'autrui, la veille, pendant la chasse, à l'heure du danger.

Qu'on juge de l'effet que pouvait produire la lecture d'un tel message sur la douairière !

Au moment où lui avait été apporté ce pli malencontreux, la marquise, passant en revue de vieux diamants de famille, choisissait parmi ces joyaux ceux qu'elle avait le projet de donner à sa future petite-fille. Colliers, bracelets, camées, il y avait là-dedans de fort belles choses, des parures qui avaient orné les La Roche-Courneuve depuis François Ier jusqu'à nos jours.

L'arrivée de la missive prenait dans la circonstance quelque chose comme un air de mystification.

Quand la femme de Loth fut changée en statue de sel, pour sûr elle n'éprouva pas plus de surprise. La douairière comptait bien que la chose était faite le mariage décidé.

Son premier mouvement fut de se pendre au cordon d'une sonnette en carillonnant sa femme de chambre.

— Miette, faites venir M. Gaston sans retard.

Au bout de cinq minutes, le jeune marquis se trouvait devant elle.

— Que s'est-il donc passé, hier, à la chasse, Gaston ? lui demanda-t-elle.

Encore tout penaud du rôle que sa gaucherie et sa brutalité lui avaient fait jouer, le cocodès raconta les choses telles qu'elles s'étaient passées.

— Te voilà bien tout entier ! s'écria-t-elle. Monsieur est le premier élégant de la province quand il s'agit de mettre une cravate, mais il est aussi le premier butor de la contrée. Eh ! enragé boxeur que tu es, si tu avais à donner des coups de poing à un domestique, il n'y avait pas péril en la demeure. Pourquoi ne pas ajourner l'exercice ? Puisqu'on t'avait mis de planton auprès de la petite personne, il fallait y demeurer. Ce Parisien, qui n'est qu'un bourgeois sans relief, a bien compris ça, lui. Mais, au bout du compte, il n'y a pas si grand mal, puisque ni le père ni la fille n'en ont souffert. On ne rompt pas pour si peu des engagements pris.

— Bonne maman, je...

— Tu protestes au nom de ta dignité blessée. Ah ! je comprends le mouvement, mais je ne veux point m'y arrêter. Ecoute, écoute donc. Je ne tiens pas le refus pour définitif.

— Mais je t'assure, bonne maman....

— Tais toi, je t'en conjure. Il n'y a plus que moi en jeu. Je vais reprendre les négociations et les mener tambour battant.

Gaston cherchait à la calmer, mais il ne tarda pas à voir que c'était impossible.

— Dis à Pierre d'atteler, poursuivit-elle. Je vais droit au château.

Une heure ne s'était pas écoulée qu'elle se faisait annoncer à Prévéranges.

Peine perdue.

Le comte Régis fit répondre par son valet de chambre qu'il était désespéré, mais qu'une attaque de sciatique des plus vives l'empêchait de recevoir madame la marquise.

Bon gré, mal gré, il fallait avaler ce nouvel outrage et se retirer.

La douairière était rouge de fureur.

— Ah ! monsieur le comte refuse de me recevoir ! disait-elle en remontant en voiture. Au fait, les Prévéranges sont trop grands seigneurs pour les La Roche-Courneuve ! Et celui-là est d'autant mieux fondé à faire le difficile qu'il a un passé retentissant. N'a-t-il pas eu, en effet, la gloire de passer jadis en cour d'assises et d'en sortir innocenté et célèbre ? Pardieu, quoique l'aventure soit de vieille date, elle n'a pas été oubliée par tout le monde. Peut-être même qu'en cherchant bien on ne serait pas en peine de trouver de quoi la faire revivre. Ah ! il refuse de me recevoir ! Eh bien, nous allons voir s'il aura la même rigueur pour un autre !

— Pour un autre ! — La douairière prononça ces trois mots d'une étrange façon, moitié ironie, moitié menace.

En rentrant chez elle, elle revit Gaston.

— Eh bien, grand'maman ?

— Eh bien, ce modèle des chevaliers a poussé l'audace jusqu'à refuser de me recevoir.

— Vous voyez bien, grand'maman : le mieux est d'y renoncer.

— Du tout. Je veux persister, au contraire.

— Mais, bonne maman...

— Il n'y a pas de mais, te dis-je.

— Puisqu'il vous a repoussée, bonne maman....

— Puisqu'il m'a repoussée, j'entends qu'il vienne au-devant de moi.

— Pourquoi vous entêter ?

— Tu sais le proverbe : « Ce que femme veut, Dieu le veut. » Je veux que tu sois le mari de la petite et tu le seras.

— Mais, bonne maman, réfléchissez.

— A quoi ?

— A ce fait. J'ai contre moi le père et la fille.

— Ça ne fait rien. Je veux, c'en est assez.

— Comment vous y prendrez-vous donc ?

— Va, c'est mon affaire.

Et en le congédiant d'un geste de la main :

— J'emploierai les grands moyens.

XIX

On était au milieu d'octobre, ce qui revient à dire que l'automne s'acheminait vers sa fin. Un vent aigre détachait de temps en temps de la ramure des arbres les feuilles jaunies et fanées. Le ciel était d'un gris clair avec de minces éclaircies d'azur. On ne voyait plus dans le parc de Prévéranges que ces fleurs pâles de l'arrière-saison qui ne parlent pas joyeusement à l'âme.

Ramière et Laurianne traversaient en causant une des allées principales.

— Si je suis bien renseignée, disait la jeune fille, la douairière et son petit-fils sont congédiés depuis près de trois jours. Il y a lieu de compter qu'on ne les reverra plus au château ni l'un ni l'autre.

— Eh bien, répondit Abel, ne serait-ce pas le moment de demander une entrevue au comte et de lui parler de mon amour pour vous ?

— Pas encore ! Non, ne nous pressons pas tant, répliqua Laurianne. Ces La Roche-Courneuve sont opiniâtres. Ils n'abandonneront la partie que le jour où il leur sera clairement démontré qu'elle est entièrement perdue. Je crains donc leurs manœuvres. Malheureusement, le comte n'est pas toujours très-arrêté dans ses résolutions. On peut le faire fléchir, mais ce ne sera que pour un temps.

Ici elle tendit à Ramière sa main blanche et effilée.

— Abel, avant d'agir, ajouta-t-elle, accordez-moi encore quelques jours de répit. J'ai besoin de m'informer. Il a été fait beaucoup pour nous, mais il reste encore à faire.

Elle ajouta, en baissant la voix :

— Abel, vous savez que vous devez toujours compter sur moi.

Un oiseau chanteur, perché sur la pointe d'un peuplier, parut saluer ces dernières paroles d'une ritournelle rustique, comme ont coutume de le faire les pinsons, les bouvreuils, les loriots, les mésanges et les autres ténors emplumés des champs et des bois.

— Nous nous retrouverons dans trois jours au petit pavillon du parc, ma chère Laurianne ?

- - Oui, dans trois jours, Abel.

Elle fit un léger salut de la tête et disparut dans un sentier qui la ramenait directement au château.

De son côté Abel, rebroussant chemin, sortit du parc et s'en alla, une houssine à la main et un cigare aux lèvres, à travers la campagne.

Il rêvait.

Il pensait à ce qu'il projetait de faire.

Il tremblait comme la feuille à la seule pensée de se présenter au comte Régis pour lui faire sa demande.

Ah ! si le docteur Saint-Esteben était à Prévéranges, les choses ne seraient plus si embarrassantes. Le vieux médecin serait assez son ami pour faire la démarche pour lui-même. Il trouverait plus d'arguments qu'aucun autre, en ce qu'il aurait le droit de faire valoir les raisons de santé. Il saurait bien aussi faire comprendre que, de nos jours, il n'y a plus ni rôturiers, ni vilains et que tous les gens de cœur sont gentilshommes.

Tout en marchant, Abel s'animait ; passant tour à tour du noir au rose, de l'espoir au découragement.

— Mais, reprenait-il, qu'a voulu dire Laurianne tout à l'heure, quand elle a parlé des manœuvres de la douairière ? En quoi peut-elle avoir à craindre les machinations des La Roche-Courneuve ?

Il venait de sortir du parc et se trouvait bientôt à la corne du bois, près d'une cabane en torchis, la tanière de la vieille mendiante.

Maguelonne, vaquant aux choses de son ménage, n'était pas sortie de chez elle ; mais, tout près de là, un spectacle tout à fait inusité attira l'attention de l'ancien officier.

Trois jeunes paysans entouraient d'un air ébahi un Chartreux ou un Capucin, sorte d'homme qu'aucun d'eux n'avait encore jamais vu de sa vie.

Ce religieux était de haute taille, les pieds dans des sandales, nu-tête, mais couvert d'une longue et épaisse capuce brune à laquelle pendait un rosaire à grains noirs.

Tout indiquait en lui un homme d'un âge fort avancé.
Le peu de cheveux qu'il portait avait la blancheur de la
neige. Sa barbe, fort épaisse, était de la même couleur.

Abel jeta un rapide coup-d'œil sur la figure. — Il s'y
trouvait un air de dureté que cherchait évidemment à
tempérer un certain vernis de mansuétude chrétienne.

Depuis 1789, ces campagnes n'avaient pas vu de dis-
ciples de Saint-François d'Assise ou de Saint-Bruno.
Aussi les trois jeunes paysans, ouvrant de grands yeux,
manifestaient-ils un sentiment de curiosité qui n'était
pas exempt d'un peu de terreur.

D'où venait cet homme d'un accoutrement si bizarre
et que pouvait-il vouloir? Ne faisait-il que passer? Que
n'était-il allé, d'abord, frapper à la porte du curé de
Valnay?

En sortant des bois de la Tranchasse qui confinent au
département de l'Allier, il avait eu l'air de chercher un
peu comme quelqu'un qui interroge un lointain souvenir; puis, après avoir vu les trois jeunes gens, il s'approcha d'eux et leur dit :

— Mes amis, n'est-ce pas là le parc de Prévéranges?

— Oui, monsieur, répondit le plus hardi des trois en
rougissant jusque dans le blanc des yeux.

— Eh bien, s'il en est ainsi, a-t-on toujours le droit,
comme jadis, comme il y a longtemps de traverser le
parc, quand on veut aller au château ou bien faut-il aller sonner à la grille?

— Pour ça, je ne sais pas, répondit le paysan inter-
pellé. Nous autres, nous ne sommes pas des gens de jardin. Est-ce que vous avez affaire au château?

— J'ai à parler au comte de Prévéranges, répondit le capucin d'une voix pleine d'assurance.

En l'entendant, Ramière s'avança de quelques pas, et l'ancien lieutenant de chasseurs allait sans doute prendre part à la conversation, même sans y être convié, quand un des trois jeunes rustres, croyant bien faire, s'en alla cogner à la cabane.

— Voilà, ajouta-t-il, une brave femme qui est la plus ancienne du pays, monsieur ; elle vous renseignera mieux que personne, vous pouvez y compter.

Et, après avoir frappé trois petits coups :

— Eh ! eh ! Maguelonne ! ajouta-t-il, voilà un monsieur moine qui a besoin de renseignements.

A cette interpellation, la mendiante jeta de côté le balai dont elle se servait en ce moment pour nettoyer son réduit et se montra sur le seuil de la porte.

— Qu'est-ce que c'est, mes petits ? dit-elle.

Un mouvement soudain et étrange, perceptible pour le seul Abel, donna à entendre que le religieux n'était pas enchanté de la rencontre qu'un excès de zèle venait de lui ménager. Il faisait signe de la main pour exprimer qu'il ne fallait déranger personne et qu'il continuerait bien son chemin sans cela.

Mais Maguelonne-la-Mal-Bâtie, ayant fait quelques pas en avant, du côté de l'étranger, s'était mise à son tour à l'examiner. La sorcière passait pour avoir des yeux de chat. On sait ce que c'est que la prunelle des félins ; on n'ignore pas qu'elle a le privilège de voir très-rapidement les objets et même de les distinguer très-nettement au milieu des ténèbres de la nuit. Mais, comme on était en plein jour, la puissance du regard de la sorcière était pour ainsi dire doublée.

— Un capucin par ici ! s'écria-t-elle d'abord. Et voyons, qu'y a-t-il pour votre service, mon père ?

— Il demande si, de nos jours, comme dans le vieux temps, on a le droit de prendre par le parc pour aller au château.

Mais Maguelonne n'écoutait pas le jeune paysan. Les yeux fixés sur le nouveau venu, elle se tenait immobile devant le religieux, immobile et muette d'étonnement.

Cette attitude dura la moitié d'une minute. Après quoi, s'échappant dans l'éclat de rire qui lui était familier, elle se croisa les bras sur la poitrine, en disant avec un grand éclat de voix :

— Comment ! mes gars, à vous trois, vous n'avez pas su voir clair ? Vous avez pris ça pour un moine ! Ça, un moine ?

— Je me nomme Frère Sophronyme et j'arrive de l'Abbaye de Sept-Fonts, une Chartreuse bien connue, riposta le religieux.

— Bon ! bon ! tu pourrais tout aussi bien arriver de chez le diable, reprit la pauvresse, et je ne t'en reconnaîtrais pas moins, mon fils. Ah ! ah ! ah ! il ne manquait plus que ça pour compléter l'abominable farce ! Ce mécréant en capucin !

— Je prie le Dieu tout-puissant de vous pardonner vos vilaines paroles comme je vous les pardonne moi-même.

Et, se retournant du côté des jeunes paysans :

— Mes frères, je viens en ce pays pour des choses re-

latives à mon saint ministère. Enseignez-moi, je vous
prie, par où il faut prendre pour aller au château.

— Par où il faut prendre pour aller trouver le vieux
comte ? s'écria Maguelonne redevenue ironique et furieuse. Eh ! tu le sais mieux que ces trois innocents,
mon drôle ! Tu y es allé plus d'une fois au temps jadis
et surtout à une époque, tu sais bien ? Mais c'est si vieux,
cela, que ce n'est pas la peine d'en parler. Ah ! tu veux
revoir le comte Régis ! Au fait, lui et toi, vous savez
vous entendre, ah ! ah ! ah !

Ici Abel, comprenant que la pauvresse poussait ses
remarques jusqu'à l'insulte, et jusqu'à l'insulte d'un
homme qu'il avait le devoir de respecter, crut pouvoir
intervenir.

— Que dites-vous donc, la vieille ? dit-il avec un sang-
froid tout militaire. J'ignore quel est ce religieux et
pour quel motif il demande à aller au château, mais ce
que je ne vous permettrais pas, entendez-vous, ce serait
de dire du mal du comte ou de quiconque l'approche.

Un moment, Maguelonne fut interloquée, comme on
dit dans le peuple. La mendiante n'était pas habituée à
rencontrer une personne qui lui imposât silence. Cependant après avoir jeté un regard sur Ramière, elle fit le
jeu de quelqu'un qui s'efforce de se recueillir et, reprenant de plus belle l'émission de son éclat de rire :

— Ah ! ah ! ah ! s'écria-t-elle, c'est un galant, un des
jeunes messieurs qu'on a reçus au château ! Qui sait ?
c'est peut-être un de ceux qui courent après les beaux
yeux et la grosse dot de la demoiselle ? En ce cas, pa-
pillon, je dois te le dire, tu te brûleras les ailes à la
chandelle. La belle demoiselle, charmante et très bonne

personne : ça n'aura fait que du bien en passant sur la
terre. Mais que voulez-vous que je vous dise ? Ça paie
pour les autres. Ça ne sera pas heureux, non, pas heureux, surtout en amour ! C'est Maguelonne-la-Mal-Bâtie
qui vous en f..... son billet. La belle demoiselle ne se
mariera jamais ! jamais ! jamais !

Ramière vit bien qu'il serait mal séant d'insister. Il
était visible qu'avec une femme telle que la sorcière, si
habituée à pousser loin les licences de son franc parler,
nul n'aurait jamais le dernier. La pauvresse passait tout
à la fois pour une phythonisse de bas étage et pour une
folle. Un homme tel que lui serait toujours dans son tort
en entrant en lutte avec une créature de cette espèce.

Il prit donc le parti de la laisser s'emporter. Est-ce
que les cris d'une insensée ont jamais compté en bien ou
en mal ? Restait le moine qui attendait ou qui avait l'air
d'attendre. Abel, mettant fin à ses excursions, dit qu'é-
tant, pour le quart d'heure, un des hôtes du château, il
était fort naturel qu'il servît de guide pour se rendre à
Prévéranges.

— Mon frère, lui dit-il, venez ; nous prendrons par le
parc.

— Son frère ! reprit la pauvresse dès qu'ils se furent
éloignés. Eh ! je ne te connais pas, mon fils ; je n'ai aucune raison de te vouloir du bien ou du mal ; mais, par
Saint-Exapère, patron des aveugles, je ne te souhaiterais
pour rien au monde un frère de cet acabit-là ! La plus
noire des vipères mariée au plus abominable des cra-
pauds pourrait faire un œuf, après une nuit de noce.
De cet œuf il sortirait un monstre. Eh bien, ce rejeton
serait un être à adorer en comparaison de ce prétendu

frère Sophronyme, lequel porte un habit de religieux, mais n'est pas plus moine que vous et moi, mes gars !

Et croyant sans doute qu'elle en avait assez dit, elle rentra dans sa cabane, où elle se mit à chanter à tue-tête un refrain populaire dans ces campagnes :

> Le pinson et l'alouette
> Ont voulu se marier ;
> Le lendemain de leur noce
> N'avaient pas de quoi manger :
>
> Alouette,
> Ma Tourlourisette,
> Mon oiseau,
> Que tout lui faut.

— Qu'est-ce que tout cela peut bien vouloir dire ? demanda un des trois paysans.

— Cela signifie, voyez-vous, répondit un autre, qu'il y a de la gabegie au château.

— Peut-être bien, répliqua le troisième. Mais à chacun ses affaires. Allons-nous-en à notre bois mort, nous autres.

Ainsi qu'on vient de le voir, Abel était demeuré seul avec le moine.

Sans rien comprendre aux paroles énigmatiques que Maguelonne avait laissé tomber de sa bouche, l'ancien officier démêlait bien qu'il s'agissait pour le comte Régis de quelque connivence ou de quelque compromission avec le religieux. Du reste, le peu qu'il avait pu apprendre sur la pauvresse n'était pas en faveur de cette vieille femme. C'est pourquoi il ne s'arrêtait pas à creuser ses accusations. Une seule chose l'intéressait ou le sollicitait : c'était de conduire l'inconnu au château par les sentiers du parc.

— Il n'y a qu'un instant, dit-il au capucin, je sortais de Prévéranges pour venir jusqu'à cette cabane ; mais par hasard, sans aucune préméditation. Une manière de dépenser mes loisirs ou, comme on dit, de tuer le temps. A présent, ma course est finie et ma promenade ne peut plus avoir d'objet, à moins que je ne vous serve de *cicerone*.

— Une indication orale aurait suffi, monsieur... mon frère... ajouta-t-il en se reprenant. Mais puisque vous me faites l'offre de me conduire jusqu'à la porte du châtelain, j'aurais bien mauvaise grâce à refuser.

— Ainsi vous acceptez ?

— Avec empressement, mon frère.

— Eh bien, mettons-nous donc en route.

Abel dit encore :

— Ce sera l'affaire de vingt minutes de marche.

Ils prirent donc par le parc et marchèrent d'un bon pas, car le religieux avait l'air d'un homme pressé.

En perdant de vue la cabane de la vieille mendiante, ils firent environ deux cents pas sans prononcer un seul mot. Ramière, toujours observateur, profitait du silence qu'ils gardaient pour étudier un peu son nouveau compagnon de route.

A un certain moment, il crut lui voir emboîter le pas gymnastique.

— Est-ce donc que vous avez été soldat, mon frère ? lui demanda-t-il.

— Soldat, cela se peut, répondit le capucin avec une

certaine volubilité. A quoi voyez-vous cela, monsieur,
non... mon frère..., veux-je dire ?

— A votre manière d'accélérer la marche.

— Ah ! ce ne serait pas tout à fait une raison, reprit
l'homme à la capuce. Mais, d'ailleurs, voyez-vous,
soldat au fond d'une caserne, moine sous les cloîtres
d'un couvent, il existe de bien grandes ressemblances
dans les deux états, vous en conviendrez.

Puis, comme s'il en avait trop dit sur ce sujet, il rompit les chiens, comme on dit, en abordant un autre sujet.

— Est-ce que le comte Régis de Prévéranges n'a pas
une jeune fille ? demanda-t-il.

Une telle question faite par un tel homme étonnait
grandement Ramière.

C'était à un tel point qu'il se demandait s'il devait y
répondre ; mais, après tout, il réfléchit que ce mouvement d'indiscrétion n'avait pourtant rien de bien répré-
hensible et il céda à la fantaisie d'y répondre.

— Si, dit-il, le châtelain a une jeune fille, une très-
belle personne, en état d'être mariée.

Mais il vit ou crut voir que le moine, marchant toujours, avait l'allure d'un homme qui ne veut plus des-
serrer les dents.

— Au fait, comme il voudra, pensa-t-il. Je me suis
engagé à le conduire jusqu'à la porte du château et
nous y voici. Je n'ai plus rien à faire ni à dire.

Il allait donc tirer sa révérence au moine, quand ce
dernier, gravissant les marches du perron, mais en
homme qui connait les êtres, interpella le valet de service.

— Mon ami, lui dit-il d'un ton mielleux, si vous voyez le comte de Prévéranges, veuillez lui remettre ce bout de carton.

En effet, le moine venait de tirer de dessous son froc une sorte de carte de visite, sur laquelle se lisaient ces mots tracés à la main :

F. SOPHRONYME (C. P.)

De l'ordre des Frères-Minimes.

XX

Depuis près d'une heure, le comte Régis, assis dans un fauteuil de cuir, passait en une revue cinquantaine de photographies ; ces figures étaient les portraits des principaux sujets de sa meute. On devine que le vieux gentilhomme cherchait à voir si l'opérateur avait réussi à bien obtenir la ressemblance. Pour le châtelain, comme pour Crébillon, le père, les chiens étaient tout à la fois des collaborateurs et des amis. Un peu misanthrope, comme on le sait, il cherchait souvent dans leur fréquentation l'oubli du commerce forcé avec les hommes.

Il en était à examiner le portrait de Chandos, un superbe pointer d'Ecosse, quand le domestique se présenta avec le bout de carton.

— Dominique, qui vous a remis ça ? demanda-t-il en se redressant vivement de son siége.

— Monsieur le comte, c'est un moine.

— Comment, il vient des moines par ici ? Je croyais qu'on n'en voyait qu'à Bourges.

Il tourna et retourna entre ses doigts la carte du religieux, cherchant à deviner ce que pouvait lui vouloir un capucin. Au bout de quelques instants, voyant qu'il ne trouvait pas, il se mit tout simplement à supposer que, suivant les us de son ordre, le moine mendiant venait, au nom de son lointain couvent, implorer la charité et demander l'aumône. Était-il donc de rigueur qu'il se dérangeât pour si peu ?

— Dominique, reprit-il, tenez, voilà un écu de cinq francs. Mettez-le dans la main de ce quêteur. S'il a besoin de se refaire un peu, qu'on le restaure à l'office, mais qu'on ne me dérange plus.

Et il se remit à son étude de tout à l'heure. — Il avait donc repris la photographie du pointer, quand Dominique reparut, tenant toujours l'écu de cinq francs à la main.

— Qu'y a-t il donc ? demanda le gentilhomme en fronçant le sourcil.

— Monsieur le comte, le moine renvoie votre écu.

— Hein ? Qu'y a-t-il ? Trouve-t-il que ce n'est pas assez ?

— Ce n'est pas ça, monsieur le comte.

— Eh bien, qu'est-ce donc ?

— Il dit comme ça, en marmottant, qu'il a à parler à Monsieur le comte d'affaires graves et que cela presse.

Le sans-façon d'une telle réplique ne pouvait guère être du goût de M. de Prévéranges.

— Des affaires graves! Et quelles affaires peut-il y avoir entre un capucin et moi ? Cela presse! Voilà ce porte-besace qui commande chez moi. Ah çà, qu'est-ce que cela signifie ?

Il se leva en maugréant.

— Peut-être devrais-je faire chasser ce vagabond en lâchant à ses chausses les dogues de la basse-cour ; mais, après tout, dix minutes d'entrevue avec un de ces êtres crasseux, ce n'est pas la mort d'un homme. Je l'aurai, du reste, vite congédié.

Et, en se remettant entre les bras de son fauteuil :

— Allons, Dominique, faite entrer le capucin, mais après lui avoir recommandé de secouer ses scandales sur le perron.

Frère Sophronyme avait-il entendu ces paroles du vieillard ? Ce qu'il y a de sûr, c'est que, lorsque le domestique les lui avait répétées, il n'en avait aucunement tenu compte, S'il laissait quelque chose au vestibule, c'était l'air d'humilité dont il faisait montre tout à l'heure en public. Tout au contraire, en pénétrant auprès du châtelain, il marchait d'un air résolu, dressant la tête sur les épaules et, quittant son masque de Sainte-Nitouche, laissait voir une figure pleine d'arrogance.

A l'aspect de ce frocard, qui savait si bien prendre les allures d'un routier, le comte de Prévéranges, déjà si mal disposé à recevoir la visite des importuns, ne put s'empêcher de faire comme un soubresaut. Il ne comprenait pas qu'un disciple de saint François osât entrer ainsi dans un château où l'on ne venait d'ordinaire que lorsqu'on était annoncé ou attendu d'avance.

En Angleterre et, par imitation, aux Etats-Unis, tout citoyen appelle son domicile : « la forteresse » afin de donner à entendre qu'un homme doit être entièrement maître dans sa maison. Or, à voir la façon d'entrer du nouveau venu, il y avait là, aux yeux du vieux noble, quelque chose qui ne ressemblait pas mal à la violation de son domicile. Irascible comme il l'était, il allait sans doute interpeller l'insolent jusqu'à l'invective inclusivement, lorsqu'un soudain coup de théâtre arrêta sa voix sur ses lèvres.

Celui qui venait de faire l'entrée dont il vient d'être question, soulevant sa capuce, la rejeta sur une chaise et laissa voir un homme de haute taille, dans un costume de fantaisie, costume moitié militaire, moitié religieux. A côté du rosaire qui pendait jusqu'au bas des jambes se voyait un petit sabre de style espagnol, semblable à ceux dont sont armés les guerrilleros en temps d'insurrection carliste.

— Monsieur le comte, est-ce que vous ne me reconnaissez pas ? s'écria alors le moine en se croisant les bras sur la poitrine, d'une manière plus théâtrale que solennelle.

— Claude Pescheux ! s'écria Régis dont les lèvres, tout à coup pâlies, tremblaient d'étonnement.

— Oui ! Claude Pescheux, l'ancien vaurien ; Claude Pescheux, aujourd'hui le frère Sophronyme, de l'ordre des Minimes, arrivant de la révérendissime abbaye de Sept-Fonts, afin d'avoir l'honneur et le plaisir de vous revoir !

L'honneur et le plaisir de le revoir ! Ainsi qu'on l'a déjà deviné, ces paroles prenaient dans la bouche de celui qui venait de les prononcer, l'accent de la plus cruelle des ironies. Régis s'était levé de son fauteuil, et, en proie à une épouvante croissante, il était allé d'un

bond à la porte du cabinet dont il avait poussé le verrou.
Il savait bien que, même parmi ses domestiques, il ne
restait pas un seul survivant qui pût se rappeler l'ancien
vagabond.

C'était tout au plus si le nouvel intendant, le plus ancien des nouveaux serviteurs, avait en ten du prononcer
le nom de l'homme que la justice avait jadis impliqué
dans l'accusation qui leur était commune. Mais peu importait : ce nom terrible réveillait en sursaut dans sa
mémoire le souvenir des plus mauvais jours de sa vie.
Quant à l'homme lui-même, apparaissant tout à coup
chez lui au moment où il était si peu attendu, ce n'était
pas seulement un trouble-fête. Il devenait quelque chose
comme la Statue du Commandeur venant, le soir, chez
don Juan.

— Claude Pescheux ! s'écria-t-il de nouveau en l'exa-
minant avec attention comme pour s'assurer qu'il n'y
avait pas de méprise.

— Oui, Claude Pescheux, c'est bien lui, allez, monsieur le comte.

Et recommençant ses gestes de comédien, il se mit à
déclamer en parodiste cet alexandrin d'une tragédie
fameuse :

Les morts, après trente ans, sortent-ils du tombeau ?

— Quand je dis trente ans, poursuivit-il, c'est pour
ne pas déranger la structure du vers. En réalité, si l'on
compte tout, il y a bien quarante ans.

Vous pouviez espérer qu'en un si long espace de temps
votre ancien..... comment dire ça ?... votre ancien co-
accusé aurait été fauché par la Mort. Eh bien, non ; la

camarde n'a pas voulu de lui. La preuve, c'est que
voilà le drôle debout devant vous et, chose curieuse,
aussi vert et aussi gaillard que vous-même. Monsieur le
comte, vous n'avez pas de chance.

Régis, de plus en plus stupéfié, voyait, regardait,
écoutait et ne trouvait rien à riposter.

— Entre nous, poursuivit le capucin, cela vous paraît
doublement incroyable, d'abord que Claude Pescheux
reparaisse par ici sous le froc d'un moine ; et, deuxième-
ment, qu'il ait la langue aussi bien pendue qu'un avocat.
Eh ! pardieu, je vais vous dire. En quarante années, j'ai
su mettre le temps à profit. J'ai roulé ma bosse un peu
partout, en Europe et en Amérique, à peu près comme
vous, si je suis bien renseigné. J'ai fait tous les métiers,
et quelques-uns même avec succès. Vous rappelez-vous
notre dernière rencontre ? C'était deux heures avant la
descente des gens de justice, à deux kilomètres du parc,
à cent mètres de l'endroit qu'on appelle le Trou-du-
Diable. Vous m'avez glissé alors cent louis dans la main,
en me disant : — « Allez-vous-en, Claude ; partez
» vite ! Votre présence dans l'affaire pourrait tout gâ-
» ter. »

— Plus bas ! plus bas ! répliqua ici le vieux gentilhomme en pâlissant comme un suaire.

— N'ayez donc pas peur. Quand même les murs de ce
château auraient des oreilles, ce que je rappelle ne pourrait plus être compris de personne. Après quarante ans,
songez donc ! Non seulement, il y a la prescription
légale, comme disent les gens de loi, mais encore il y
l'oubli. L'herbe a poussé quarante fois sur les bords de
l'étang, vous savez !...

— Bourreau ! s'écria le comte en se mettant la tête dans ses deux mains.

— Allons, puisque cette vieille aventure vous déplaît, je n'en dirai plus un mot. Mais ce que j'en faisais, c'était pour vous mettre méthodiquement à même de connaître mes aventures. Ainsi donc vous m'avez donné cent louis au Trou-du Diable. Muni de ce viatique, j'ai pris mon élan et, sous un déguisement, grâce à de faux papiers, je me suis mis à courir la prétentaine en toute sécurité. Un beau jour, le subside étant arrivé à la fin, je ne savais plus où mordre.

L'idée m'était venue alors de reparaître et d'avoir recours à votre libéralité ; mais, si vous avez été acquitté, j'étais, moi, toujours contumax et messieurs les gendarmes me regardaient déjà d'un air qui n'avait rien de rassurant. Être libre, c'était déjà beaucoup. Je pris le parti de voir du pays. Comme j'étais sur la lisière des Pyrénées, un personnage maigre et noir, recouvert d'un grand manteau, m'inspira le désir de passer la frontière avec lui : c'était un homme d'importance, chargé, à ce qu'il paraît, de recruter des soldats pour le compte de Don Carlos V, roi *in partibus* des Espagnes.

Au bout de quarante-huit heures il m'incorpora dans un bataillon de héros déguenillés, mais très-braves, commandés par Thomas Zumalacarréguy, un général de petite stature, mais qui n'avait pas froid aux yeux.

— En voilà assez là-dessus, Claude Pescheux.

— Ah ! vous ne voulez pas non plus que je vous parle de ce que j'ai fait *Tra los montes* pour la bonne cause ? A votre aise. Mais, croyez-le, il y aurait eu d'assez bonnes histoires à vous raconter. Je suis donc resté en

Navarre et en Guipuzcoa un bon petit bout de temps. Et
puis, après cent escarmouches, la convention de Ver-
gara ayant été manigancée par Rafaël Maroto, don Carlos a dû redescendre des montagnes et venir vivre en
bon chrétien, à quelques lieues de ce château, à Bourges
même. Tout autre que moi l'eût suivi, habillé en Espagnol, et la chose pouvait réussir ; mais que voulez-vous ?
cette guerre des vallées et des collines m'ayant mis en
goût, j'ai voulu me remuer, aller sous d'autres cieux,
voir d'autres sites.

— Pourquoi ne pas vous fixer où vous étiez ?

— Parce que le gouvernement de la reine Christine
ne badinait pas avec les chevaliers errants. Si j'eusse été
pris, on m'aurait mis en chapelle comme tant d'autres
et étranglé bel et bien, puisque c'est comme ça qu'ils guil-
lotinent dans ce pays. Me voyant donc interdire l'Espagne et la France, je me suis sauvé à Gibraltar et, de là,
en Angleterre. Chez les Anglais, j'ai fait de tout.

— C'est bon, c'est bon. Allez au plus court, Claude
Pescheux.

— Ah ! je comprends ; vous avez des scrupules. Entre
nous, il y a beau temps que je n'obéis plus à cette faiblesse. De la Grande-Bretagne, où le jury vous envoie,
pour un oui ou pour un non, à la potence, j'allai en
Italie. Grande terre, admirable ciel, toujours bleu, où
l'on fait tout ce qui vous passe par la tête, à la condition de ne pas trop contrecarrer les préjugés. Avez-vous
entendu parler du Mont-Cassin ? Un couvent sans pareil,
où il y a bonne table, bonne société, belle bibliothèque.
J'y entrai, d'abord comme voyageur, ensuite comme
novice, et j'y étudiai fortement. Vous savez quel homme

j'étais en m'échappant du Berry : un chenapan ivrogne,
sale, paresseux, presque une bête féroce. Au Mont-Cassin,
je me décrassai physiquement et intellectuellement. Ce
fut alors que je devins l'homme que je suis, c'est-à-dire
un être civilisé comme un autre et en état de tenir tête
à un duc, si le duc me tarabustait.

Je passe sur mes autres aventures.

Ce serait, voyez-vous, un chapelet à n'en plus finir.
Qu'il vous suffise de savoir que ma vie a été pleine d'é-
pisodes, de voyages, de fredaines, de combats, d'incidents de tout genre. Je suis allé en Amérique ; j'ai vécu
en Orient ; j'ai vu les Turcs de près ; peut-être ai-je été
un peu musulman moi-même, à l'instar du comte de Bon-
neval. Mais, à la longue, en revenant en France, j'ai
vu arriver l'hiver de l'âge à tire-d'ailes et l'amour du
repos m'est venu. C'est pourquoi j'ai pensé à donner un
asile sûr à ma vieillesse. Je me suis donc fait introduire
dans un monastère. Je suis capucin, frère mineur. Un
capucin, le dernier des hommes aux yeux des imbéciles,
le plus calme et le moins tourmenté des contemporains,
parce que je sais me contenter de peu ! Je vous ai déjà,
il me semble, parlé de l'abbaye de Sept-Fonts ?

— Il est vrai, Claude Pescheux.

— Ne me donnez pas ce nom ; il n'est plus le mien, à
moins que vous ne commettiez la folie de me forcer à
le reprendre. Pour les miens, s'il m'en reste encore dans
ce pays, pour vous, pour tout le monde, je suis le frère
Sophronyme, résidant à l'abaye de Sept-Fonts, et je ne
suis que cela.

— Fort bien, répliqua le comte en cherchant à se
contenir, mais quelle chose vous amène au château ?

— Une affaire de la plus haute importance. Je viens
de vous dire que je réside en ce moment dans une abbaye,
à Sept-Fonts. Peut-être savez-vous que c'est une Chartreuse, située à une quinzaine de lieues d'ici, entre l'Allier
et la Saône-et-Loire? La maison est vaste, bien située
près d'un cours d'eau, encadrée dans des peupliers. On
reçoit là tous ceux qui viennent n'importe d'où, fût-ce
du bagne. Sept-Fonts est un bercail pour les brebis
égarées et un purgatoire pour les âmes damnées. Pardieu,
j'en sais quelque chose, moi. Très-bonne résidence où
l'on trouve du calme, du pain, un lit, un grand jardin
et un moyen de reblanchir son âme.

Mais le malheur est que les Pères ne sont pas riches.
Ils ont bien deux ou trois métairies et c'est l'exploitation
de ces petits domaines qui nourrit ceux qui viennent
par là chercher un refuge. Comme ce peu ne peut suffire, on a recours à des protecteurs. Il y a donc de bons
cœurs qui ont la main très libéralement ouverte pour
la sainte maison. De ce nombre je citerai une grande
dame de votre connaissance, c'est-à dire Mme la marquise
de La Roche-Courneuve...

En entendant prononcer ce nom, le comte Régis ne
put s'empêcher de faire un mouvement.

— Ah ! s'écria-t-il, c'est la marquise qui vous envoie
ici, Claude Pescheux ?

— Je vous ai déjà demandé, monsieur le comte, de
ne plus me donner ce nom. Quant à la marquise, elle
m'a confié, il est vrai, une mission, celle qui consistera
à renouer avec vous une affaire rompue. Il s'agit d'un
mariage entre le jeune marquis Gaston, son petit-fils, et
Mlle Laurianne, votre fille.

— Assez là-dessus ! s'écria le vieux gentilhomme en faisant un bond de colère et d'indignation.

La seule idée de voir Claude Pescheux entrer ainsi de plein pied dans les secrets les plus délicats et les plus intimes de son intérieur remplissait sa poitrine de honte et de dégoût. Oubliant tout, et le passé, et le lieu où il était, et l'homme auquel il avait affaire, il sortait des gonds, comme on dit.

— Non, non, reprit-il en se relevant de toute sa hauteur, non, pas un mot de plus là-dessus, entendez-vous !

Et déjà il allait saisir le moine par les épaules, afin de le jeter à la porte.

— Tout beau ! s'écria l'autre à son tour en dégaînant la lame espagnole qu'il portait au côté ; tout beau, monsieur le comte ! De vous à moi, depuis une certaine nuit, nous sommes à deux de jeu.

Et en laissant voir qu'il saurait se servir de son sabre :

— Le guerillero ne craindrait pas le corsaire d'Amérique, je vous jure.

Sachant bien que le faux capucin était homme à pousser les choses jusqu'au bout, le comte de Prévéranges jugea que ce qu'il y avait de mieux à faire, c'était encore de ruser et de parlementer.

— Allons, dit-il, je viens de m'emporter ; ça a été un tort. Entre nous, il y a mieux à faire. Vous me parlez de la marquise. Eh bien, il y a moyen de s'entendre. Que veut-elle ?

— La main de votre fille pour son Gaston, monsieur le comte, vous le savez bien.

— Soit, ne parlons pas de ça, ici. Laurianne pourrait nous entendre et, pour rien au monde je ne voudrais

23

pas la savoir au courant des choses dont nous avons à parler. Si vous le voulez bien, frère Sophronyme, nous causerons de ça dans une des dépendances du château.

— A votre aise, monsieur le comte. Mais quand ça ?

— Dans trois jours.

— Non. Trois jours ce serait trop de temps perdu. Demain soir.

— Demain soir, soit. A cinq heures.

— Eh bien, où faudra-t-il que je me trouve demain ?

— Dans le pavillon du parc, à trois cents pas de la Faisanderie.

— Vous ne manquerez pas au rendez-vous, monsieur le comte ?

— Je vous donne ma parole, frère Sophronyme.

— Au fait, si vous ne veniez pas demain soir, ajouta le moine en reprenant sa capuce, j'aurais tout le moyen de revenir ici après-demain et j'y ferais, le cas échéant, un vacarme de tous les diables.

Sur ces paroles, il fit une sorte de révérence et reprit le chemin de la porte.

— Monsieur le comte, ajouta-t-il, ne vous donnez pas la peine de me reconduire.

XXI

On ne meurt pas de colère, ni de honte, sans quoi le comte Régis eût été trouvé, à l'instant même, suffoqué, sans vie, entre les bras de son fauteuil. Claude Pescheux chez lui ! Claude Pescheux lui tenant tête et lui imposant les conditions les plus dures !

Lui-même redoutant qu'un seul mot ne fût prononcé, un mot qui lui serait allé du cœur au front en plein, semblable à une flétrissure, s'humiliant, baissant la voix et obéissant à tout ce que l'autre demandait ! Il faut donc que la vengeance d'en haut ne soit pas une vaine conjecture pour que de telles choses puissent arriver à l'heure où on les attend le moins ?

Jusqu'à ce jour M. de Prévéranges, comptant sur l'œuvre du temps, s'était endormi dans une trompeuse confiance. Lorsque dans la solitude des nuits, il venait à penser au passé, il se disait que cet homme devait être mort, à la suite de quelque lointaine aventure. Point du tout. Le chenapan, qu'un acte d'accusation lui avait jadis donné pour complice, reparaissait tout à coup et ce n'était pas là une image impalpable et fugitive comme celle qui effrayait Laurianne. Non, le vaurien était toujours lui-même ; c'était le même Claude Pescheux en chair et en os, doublé d'un routier qui avait visité deux continents, d'un moine qui avait étudié, qui s'était raffiné dans les livres et qui était organisé désormais de manière à traiter avec lui de pair à compagnon.

En moins de vingt minutes, cet étrange personnage venait de lui faire endurer mille tortures morales auprès desquelles les supplices supposés de l'enfer ne seraient que des parties de plaisir. Ah ! comme l'homme de rien se rattrapait bien sur le grand seigneur ! Claude Pescheux venait de jouer avec lui comme le chat joue avec la souris. Jamais le renard n'avait pris une tournure plus cruelle. Ce prétendu moine s'était montré blessant en tout, du commencement à la fin de l'entrevue. Auprès de cette scène, qu'était-ce que le spectre de Banco s'asseyant à la table de Macbeth, mais visible pour ce dernier seulement ?

Claude Pescheux était un être réel, ne reculant devant aucun esclandre et pouvant remplir de scandale le château tout entier. Encore s'il ne se fût occupé que des choses qui l'auraient uniquement concerné, lui et le comte ! S'il n'eût parlé que du passé ! Assurément sa présence eût été odieuse en ce cas-là ; mais il apportait dans l'entretien un surcroît d'infamie, puisqu'il croyait pouvoir entrer de plain-pied dans les secrets les plus intimes et les plus délicats d'une grande famille, puisqu'il se mêlait de renouer un projet de mariage dans lequel était en jeu de Mlle de Prévéranges !

En mesurant cet acte d'audace, le comte ne pouvait point ne pas arrêter en même temps sa pensée sur une autre personnalité, sur celle de Mme de La Roche-Courneuve. Par suite de quelle bizarrerie la marquise avait-elle fait la rencontre de ce moine ? Se rappelait-elle donc le procès de Bourges au point de savoir quels liens terribles avaient existé jadis entre le bandit et le châtelain ? En racontant sa biographie, Claude Pescheux avait bien dit ce qui se passe à l'abbaye de Sept-Fonts, toute pleine d'hommes sombres, taciturnes et inconnus les uns aux autres. Cette Chartreuse, en effet, recrute souvent son personnel autant parmi les damnés de l'ordre social que parmi les ascètes. Celui qui a fini son temps à la maison de détention ou au bagne, redoutant d'aller vivre au milieu des villes, où il est de règle de faire connaître son passé, vient ensevelir sous ces cloîtres le restant de ses jours.

La maison a donc quelque chose d'un Purgatoire. Arrivant en capuce et en sandales d'Espagne ou de Sicile, frère Sophronyme y était entré, toutes portes ouvertes. Etant vite devenu alors un des régisseurs de la communauté, car on avait reconnu en lui un homme habile, une réduction de Sixte-Quint ou de Ximenès, il avait eu à conférer avec ceux qui font des dons au monastère, et c'était vraisemblablement de cette façon qu'il avait pu ourdir avec la douairière cette intrigue qu'il voulait terminer par un mariage.

Tout compte fait, le comte se trouvait la posture d'un vaincu. Il n'osait plus se regarder dans les glaces qui garnissaient ce cabinet, où il était d'ordinaire seul avec ses pensées. Dans sa vie, déjà si longue, toujours si animée d'événements de toute sorte, il ne se souvenait pas d'avoir été jamais en butte à une telle série d'humiliations. En y réfléchissant, il s'en voulait de n'avoir pas obéi aux instincts de sa fougue naturelle qui le portait toujours à la résistance, et de n'avoir pas tenu la dragée haute à ce frère minime, vrai ou supposé, qui venait l'outrager jusque sous le toit de ses pères.

A la vérité, il s'était bien laissé aller à un soudain

mouvement de révolte, mais un peu de raison lui avait donné le salutaire conseil de ne pas avoir recours à la violence, car il aurait bien pu, en définitive, n'y avoir pas le beau rôle. En ce siècle d'égalité, on ne se courbe plus devant les grandeurs aristocratiques. Le premier venu vaut le premier venu, surtout en fait de lutte à main armée. Si le comte Régis s'entendait à manier une épée de gentilhomme ou bien un poignard d'écumeur des mers, ce capucin de hasard tenait un sabre en homme qui se rappelait les campagnes de Zumalacar-réguy et de don Ramon Cabrera, dans l'Espagne du Nord.

Après tout, l'hôte de l'abbaye de Sept-Fonts ne cou-rait que peu de risques ; il n'avait à perdre que sa peau. Quant à lui-même, le descendant des Prévéranges avait encore à sauvegarder un nom environné d'un grand prestige, une très-grande situation sociale et surtout la vie et l'avenir de Laurianne, sa fille unique. Il avait dû céder avec de sourds gémissements, mais il était excusable d'avoir cédé.

Cependant ce qui le peinait le plus, c'était de voir que l'affaire ne fût pas finie; au contraire, puisqu'il y avait la double complication d'un rendez-vous avec Claude Pescheux dans le pavillon du parc et la question de savoir ce qu'on ferait de la main de la petite com-tesse. C'était en songeant à ce second nœud de l'aventure qu'il était amené à maudire la marquise. Une longue expérience lui avait appris qu'il ne faut pas chercher à lutter avec une femme, les armes que prend une adver-saire n'étant jamais celles qu'on emploie soi-même.

Il avait, pour la dixième fois, la preuve du fait. Tout

est bon à une Médée furieuse. Mme de La Roche-Courneuve n'avait pas regardé au choix des moyens; un
coquin de la pire espèce s'étant trouvé sous sa main
pour servir ses projets, elle n'avait pas hésité, même
une seconde; elle avait dit au brigand, vite deviné par
elle:

« — Nous jouons le même jeu, vous et moi. »

Et c'était une grande dame, une marquise citée pour
la noblesse de ses sentiments et la distinction de ses
manières !

Entre deux ennemis de cette espèce, le comte se
sentait pris comme entre les deux branches d'un étau.
Pendant toute une journée, il roulait dans son esprit
le pour et le contre d'une situation si pénible. Qu'y
avait-il à faire ? En pareil cas, un galant homme n'a
pas d'autres aides que ceux qui sont chargés de protéger
la vie et le repos des citoyens. Il s'adresse aux organes
de la loi; il leur indique du doigt la toile d'araignée
qu'on est occupé à tisser contre lui dans l'ombre; il
parle de chantage, et la police accourt bien vite pour
le soustraire à l'intrigue. Mais, dans la circonstance, le
comte Régis n'aurait pas eu le franc-parler que le dernier de ses métayers aurait pu faire entendre.

S'il dénonçait les manœuvres du capucin, Claude
Pescheux intervenait et réveillait un passé douloureux,
déjà mal assoupi. Si la marquise était jointe à la plainte,
elle se redressait et par des récits bizarres, aggravait
l'état de choses en rendant publique l'histoire du double.
Qu'il y eût procès pour le bandit, c'était une occasion
forcée pour lui de comparaître, à titre de témoin, si ce
n'est de complice. Qu'il y eût scandale à propos de la

marquise, c'était un moyen sûr d'empoisonner la vie de sa fille.

En dernière analyse, il jugeait qu'il serait forcé de céder.

Ah! s'il n'avait fallu qu'un sacrifice d'argent, le comte n'aurait rien épargné. Que lui importait le plus ou le moins de richesse en vue d'un domaine de l'importance de Prévéranges, lequel avait toujours l'étendue d'une ancienne terre seigneuriale? Mais il s'agissait de sa fille. Dans le moment actuel, il éprouvait certainement à ce sujet une très-grande répugnance. La conduite de Mme de La Roche-Courneuve lui inspirait un dégoût voisin de l'horreur.

Mais, en même temps, il n'oubliait pas qu'en passant en revue les maisons nobles de la province, il avait tout récemment conseillé ce mariage à Laurianne. Quelques six mois auparavant, cette union lui paraissait des plus sortables. A la rigueur ne pourrait-on pas délier le nœud gordien en remettant l'affaire sur le tapis?

Très-certainement le vieux gentilhomme ne pensait pas à ce dénoûment sans rougir jusqu'au blanc des yeux; mais après tout, c'était encore ce qu'il y avait de mieux à faire dans une conjoncture toute parsemée de chausse-trappes pour son honneur et pour sa vie. Sa fille, d'ailleurs, n'était pas dans le secret de ces machinations. Si ce projet réussissait, une fois le mariage fait, la douarière, d'hostile qu'elle était pour le quart d'heure, redeviendrait une auxiliaire et une amie intime. Elle aidant, on n'aurait plus autant de peine à se débarrasser du moine ou, pour le moins, à acheter son silence.

Il mettait donc cette combinaison en ligne de compte,

mais après examen, il comprenait qu'il n'y avait à fonder aucun espoir là-dessus. Les obstacles surgissaient de ce côté-là comme de tous les autres côtés. Avant tout, il y avait le refus formel de Laurianne. Elle ne pouvait pas voir Gaston en peinture, surtout depuis l'aventure de la chasse. Non seulement elle n'avait aucun goût pour le jeune marquis, mais encore elle en aimait un autre et elle n'en faisait pas mystère.

Le châtelain ne se dissimulait pas les sérieux motifs qu'il aurait de s'opposer à un mariage avec cet autre, qui était de roture, mais aussitôt survenait la réplique du double.

Au gré de Laurianne, l'apparition ne pouvait être repoussée que par Abel Ramière, et cette apparition persistant, les crises nerveuses revenaient et la pauvre enfant mourait.

Ainsi, de quelque côté qu'il se tournât, le comte Régis n'entrevoyait que la perspective d'une défaite ou d'une longue suite de persécutions. Il eut beau y penser, la nuit, il ne parvenait pas à trouver mieux. Le jour vint. On était donc déjà au lendemain. Le temps pressait. Il fallait prendre parti. Irait-il au rendez-vous donné ou bien laisserait-il ses ennemis donner suite à leurs menaces ?

La journée s'écoula au milieu de transes sans nombre. Au moment où le jour baissait, c'est-à-dire où l'on approchait de cinq heures du soir, il secoua vivement toutes ses perplexités.

— Je me flatte, se dit-il, d'avoir été, toute ma vie, un homme de cœur. Est-ce donc pour avoir peur aujourd'hui d'un gredin et d'une duègne ? Non, quand tous les diables de l'enfer seraient ligués contre moi, je ne faiblirai pas. J'irai au pavillon. En guise d'arrangement, je proposerai de l'argent à donner à ce coquin, comme autrefois. De l'argent, de l'or, s'il en veut, et beaucoup ; mais rien de plus.

Là-dessus il se couvrit de son manteau, s'arma de deux revolvers et partit d'un pas ferme.

XXII

A un kilomètre du château, sur la lisière du parc, on avait construit une sorte de pavillon propre à tous les usages, suivant les circonstances ou les caprices des habitants de Prévéranges. Ainsi, on en faisait tour à tour un salon d'étude ou une salle d'armes, une serre, un atelier de peinture ou encore une salle à manger pour les soirs d'été. Laurianne avait pris en affection ce petits corps de bâtiment où elle aimait tantôt à dessiner, tantôt à classer ses herbiers.

Dans ce moment même, tout racontait que la jeune fille avait fait une récente visite à ce pavillon. Il y avait le long des murs des vues venant des Pyrénées et des souvenirs du séjour dans le Béarn.

Autre détail.

Comme la saison s'avançait, c'était là qu'on avait remisé une dizaine d'orangers en caisse du genre de ceux qu'on voit au jardin des Tuileries. Mlle de Prévéranges voulait qu'on prît un soin particulier de ces arbustes.

Trois personnes seulement avaient la clef de cet élégant et utile abri : le comte, sa fille et l'intendant du domaine. Des trois une seule s'y montrait à peu près tous les jours. On a deviné que Laurianne n'y venait que pour être seule avec ses pensées ou bien pour y recevoir quelque leçon de Mlle de Champ-Sablé.

Ce même jour, afin de pouvoir causer cinq minutes avec Ramière, Mlle de Prévéranges avait fait une promenade à cheval, à une certaine distance du château. Par convenance, l'ex-officier avait pris par un autre chemin. Pour elle, toujours accompagnée de Baptiste, son invariable écuyer, elle était venue par le parc. En longeant le pavillon, elle céda à la pensée de s'y arrêter. Elle avait donc attaché son alezan à un arbre, en recommandant au domestique de prendre les devants.

— Je vous rejoindrai au château dans un petit quart-d'heure, dit-elle.

Et, tout en faisant un peu siffler sa cravache, elle était entrée.

Dans sa pensée, ainsi qu'on vient de le voir, elle ne voulait rester au pavillon que quelques instants ; mais comment s'arracher à ces lieux qui lui retraçaient toutes les impressions de la première jeunesse ? Elle cherchait surtout des yeux les vues rapportées de son voyage. Deux ou trois de ces paysages parlaient plus vivement à sa mémoire.

— Voilà le chemin qui mène à l'île d'Eram, disait-elle, — et, un peu plus loin, — voilà l'île elle-même.

Pendant qu'elle faisait cette inspection, le crépuscule s'était insensiblement changé en ténèbres. On sait que la nuit tombe vite en nos pays, vers la fin d'octobre. Au

dehors, dans le parc, le vent de l'automne sifflait à travers les arbres qui se dépouillaient de plus en plus de
leurs feuilles. Une lune timide commençait à se montrer.
Quelques filets de nuages blancs glissaient sous la pâle
lumière des étoiles. De temps en temps, une chauve-sou-
ris venait, dans son vol désordonné et rapide, se cogner
aux vitres des fenêtres. Mais depuis la scène du bateau,
qui l'avait si bien aguerrie, Laurianne n'éprouvait plus
aucune de ces peurs de petite pensionnaire dont son enfance avait été si souvent tourmentée.

— Voilà bien, pensait-elle, une de ces nuits moitié
brillantes, moitié sombres, qui marquent le déclin de
l'année.

Et elle retombait dans son austère rêverie.

Assise sur une chaise, derrière les caisses d'orangers,
elle était repliée sur elle-même et à moitié assoupie dans
l'attitude que l'art donne à la statue de l'Inquiétude.
Qu'arriverait-il d'elle et de ses espérances ? Le comte
lui permettrait-il d'épouser Abel ? Elle rêvait à ce que
pouvait lui promettre l'avenir. Ne se rappelant plus ce
qu'elle venait de dire à Baptiste, elle allait peut-être s'endormir, quand un léger bruit de voix parvint jusqu'à
elle et lui fit tout à coup lever la tête.

Un jet de lumière, tombant de la Voie Lactée, permit
à la jeune fille de voir ce que c'était. Deux hommes venaient d'entrer dans le pavillon, et, dans l'un des deux
elle reconnut le comte Régis, son père.

Quant à l'autre, c'était un personnage qui lui était absolument inconnu. Chose bizarre, il portait le costume
des moines mendiants. Il était de haute taille, avait la
tête plus arrogante que fière. De son visage, M{^lle} de

Prévéranges n'apercevait que les yeux, mais c'en était assez pour faire supposer qu'ils n'éclairaient pas une nature d'élite.

— Par ici, frère Sophronyme, par ici ! disait le comte à demi-voix. A présent, que nous sommes sûrs d'être seuls ici, il n'est pas nécessaire d'aller jusqu'au fond de cette salle. Tenez, voilà un tabouret vis-à-vis du mien.

— Mille remerciements, monsieur le comte, répondit l'autre en faisant entendre une sorte de ricanement.

Ici la jeune fille se demanda si la bienséance ne lui faisait pas une loi de se lever brusquement et de dire aux deux interlocuteurs : « — Attendez. Vous êtes vus et entendus. » Mais le saisissement que lui faisait éprouver la brusquerie de cette scène lui avait enlevé l'usage de la parole. D'autre part, qu'avait-elle à redouter et en quoi pouvait-elle blesser les convenances en écoutant, puisque l'un de ces deux hommes était son père ?

Elle demeura donc clouée à sa place encore plus par l'émotion que par la curiosité.

— Voyons, reprit le vieux gentilhomme, voyons, mon frère, reprenons notre entretien de l'autre jour.

— Je ne suis venu que pour cela monsieur le comte.

— Frère Sophronyme, êtes-vous donc toujours dans les mêmes idées ?

— Toujours, monsieur le comte.

— Mettons bien, s'il vous plaît, les points sur les *i*, afin qu'il n'y ait pas de confusion dans ce que nous aurons à nous dire. Pourquoi vous occupez-vous de l'établissement de Mlle de Prévéranges ?

— Il s'agit de moi, pensa Laurianne.

— Pourquoi ? riposta vivement le capucin. Eh bien,

parce que, au fond, c'est de l'intérêt de notre abbaye qu'il est question. Cela touche à la religion comme vous voyez.

— Comment ! les choses saintes ont du rapport avec le mariage de ma fille ?

— Mais sans aucun doute, monsieur le comte. J'ai déjà eu l'honneur de vous dire qu'à la tête des dames patronnesses de notre monastère se trouve la marquise de La Roche-Courneuve.

— Ah ! la marquise ! C'est la marquise qui parle par sa bouche ! reprit la jeune fille *in petto*.

— Ecoutez, reprit vivemeut le comte, jouons cartes sur table et n'allons pas chercher midi à quatorze heures. Un mariage imposé ne serait pas seulement une vilaine action. Ce serait un crime.

— Au fait, riposta le moine, vous devez, comme moi, vous connaître à ces choses-là.

— Que venez-vous de dire, Claude Pescheux ?

— Monsieur le comte, riposta le moine, je vous ai déjà demandé de ne plus me donner ce nom-là. Ce que j'en dis, vous ne l'ignorez pas, c'est autant pour vous-même que pour moi. Appelez-moi donc frère Sophronyme, ou, sinon...

— Est-ce que vous me menacez ! s'écria le comte Régis en se levant de son tabouret et en montrant le double canon de ses revolvers.

Au lieu de répondre à ce mouvement par rien de semblable, le moine se borna à faire entendre un éclat de rire.

— Monsieur le comte, ajouta-il, l'autre jour, chez vous, j'avais un coutelas espagnol. Histoire de vous montrer qu'on s'entend à manier le fer tout comme un autre. Dans ce pavillon, ce soir, je n'ai rien et je ne crains rien. Croyez-moi, mettez bas vos armes, Vous me tueriez et ce serait sans témoins, n'est-ce pas? Eh! mon Dieu, je ne voudrais pas trop vous remettre en face du passé, mais pourtant l'expérience aurait dû vous apprendre un fait.

— Quoi donc?

— C'est que le corps d'un homme mort gêne bien plus que le corps d'un homme vivant.

— Misérable! me répéteras-tu donc toujours la même chose!

— Toujours, monsieur le comte, du moins jusqu'à ce que vous acceptiez la transaction que j'ai l'honneur de vous proposer.

Il y eut ici un petit temps de silence et de repos. Laurianne, aussi stupéfaite qu'effrayée, avait posé la main droite sur son cœur pour l'empêcher de rompre sa poitrine. — Que venaient-ils de se dire? De quels sinistres mystères parlaient-ils? Elle désirait comprendre et elle craignait de comprendre tout en même temps.

Le comte reprit d'une voix étranglée par la colère:

— Puisque, au fond des choses, il s'agit pour vous là-dedans d'une affaire d'argent, frère Sophronyme, eh bien, parlons argent. Mme de La Roche-Courneuve vous donne des subsides pour l'abbaye où vous êtes en ce moment et c'est dans l'intérêt de cette dame et de son petit-fils que vous agissez. Eh bien, si l'on vous donne le double de ce qu'elle distribue, quelle raison aurez-vous de persister?

— Le point d'honneur, monsieur le comte. J'ai promis.
Il faut savoir tenir parole.

— La parole d'un....

— Dites le mot, monsieur le comte, et, en bonne justice, je vous en attribuerai la moitié.

— Ah! triple coquin, je...

— Vous le voyez bien, vous revenez aux injures et à
la violence. A votre âge et dans votre haute situation,
vous devriez savoir que ce n'est pas de cette façon qu'on
fait fructueusement de la diplomatie.

— Pourquoi refusez-vous des offres très-acceptables,
frère Sophronyme?

— Je viens de vous apprendre que je suis engagé. On
m'a confié une négociation. Je cherche à la mener à
bonne fin. Quoi de plus simple? Donnez votre fille au
marquis Gaston et vous ne me reverrez plus, je le jure.
Est-ce convenu?

— Non, je refuse, et très-nettement.

— Eh bien, alors, nous mettrons en avant les grands
moyens.

— Qu'entendez-vous par là, frère Sophronyme?

— Une chose bien simple. Je vais m'arranger pour
purger ma contumace, vous savez, celle qui concerne la
mort de feu Gontran. Un cas de conscience m'y pousse.
Comme j'ai à bénéficier de la prescription trentenaire, un
acquittement formel est de règle. Ainsi je n'ai à redouter
aucune conséquence. Quant à vous, monsieur le comte,
vous n'aurez nécessairement rien à craindre non plus,
puisque vous avez été déclaré indemne, il y a quarante
ans, par le jury; mais gare au scandale.

— Oui, tu m'appelleras comme témoin?

— Comme témoin à décharge, monsieur le comte ; car, enfin, votre déposition ne pourra que m'être favorable. Mais quel remue-ménage tout cela va faire en Berry et en Bourbonnais : un moine et un comte faisant publiquement leur *Confiteor* dans l'enceinte de la cour d'assises !

Laurianne vit que le comte se tenait la tête cachée entre ses deux mains.

— Eh bien, reprit Régis en retrouvant un peu d'énergie, eh bien, tigre que tu es, en admettant que les choses arrivent comme tu le désires, tu penses bien que le mariage projeté par la marquise n'aurait pas lieu.

— Il est vrai, monsieur le comte ; Mlle de Prévéranges n'épouserait pas pour cela Gaston, mais, du moins, grâce à la grandeur du scandale, elle n'en épouserait pas d'autre non plus.

Le châtelain jugea sans doute qu'il n'y avait rien à répliquer à cette manière d'interpréter la situation, car il se tut encore une fois.

En le voyant plongé dans une sorte de somnolence, le franciscain crut sans doute qu'il était ou réduit ou presque persuadé. Prenant donc un ton de voix plus doux, il aborda la question de l'alliance avec les La Roche-Courneuve. Et, en cela, il dépensait l'éloquence qu'aurait pu y mettre un orateur de salon.

— En réalité, y a-t-il une meilleure solution de ces difficultés qu'un bon contrat, rédigé par vous de concert avec la marquise ? Gaston est un superbe jeune homme. Il est titré. Il est riche. Il ne sait rien du dessous des cartes dont nous nous occupons. Pour Mlle Laurianne, il en est de même. Qu'on les rapproche, qu'on y mette du temps et un peu d'art, et l'affaire se conclut comme par enchantement, comme dans une féerie, aux applaudissements de deux provinces à la fois. Le lendemain de la bénédiction nuptiale, les deux conjoints vont faire un voyage en Suisse ou en Italie, et quand ils reviennent, il n'y a pas même un grain de sable, pas même une ombre de quoi que ce soit qui rappelle nos démêlés.

Régis ne disait toujours rien, en sorte qu'il était permis de supposer que cette solution ne lui déplaisait pas.

A la fin, voyant qu'il ne sortait point de son mutisme, le capucin, frappant le parquet du pied, fit le bruit d'un homme qui cherche à en éveiller un autre.

— Eh bien, monsieur le comte, poursuivit-il, que pensez-vous de ce que je viens d'avoir l'honneur de vous dire ?

— Le mariage de Laurianne avec le petit marquis ?... Eh ! sans doute, cela pourrait aller, à la rigueur, quoique la grand'maman ait employé des moyens que la délicatesse n'approuverait guère. Mais il y a toujours le même empêchement. Ma fille n'aime pas ce petit Gaston ; elle en aime un autre...

— Elle en aime un autre ! s'écria le moine en faisant entendre son rire sardonique. Elle est bien bonne, celle-là, monsieur le comte. Sur mille jeunes filles qu'on marie, combien pensez-vous qu'il y en ait qui épousent celui qu'elles aiment ? Pas dix, pas cinq ! L'amour au dix-neuvième siècle, qu'est-ce si ce n'est une bulle de savon qui s'évapore aussitôt qu'elle est formée ? Un esprit sérieux ne regardera jamais ce point-là comme un obstacle. Consentez seulement, monsieur le comte. Dites

que vous ne vous opposez pas par vous-même et je vous
prie de croire que les choses iront comme sur des roulettes.

— Eh bien ! nous verrons, répondit le gentilhomme en
se levant.

— A la bonne heure, voilà qui est parler ! répliqua le
moine en se levant à son tour. Il est clair comme le
jour que tout le monde n'aura qu'à s'applaudir de l'arrangement que je vous ai proposé.

Ils se retiraient, ils étaient déjà sur le seuil du pavillon.

— Où nous retrouverons-nous, monsieur le comte,
pour terminer l'affaire ?

— Dans trois jours d'ici, à la même heure et au même
endroit.

— J'y serai, répondit le moine.

Et, en parlant à la cantonade :

— Mlle de Prévéranges est à Gaston !

XXIII

— Mlle de Prévéranges est à Gaston !

Laurianne avait-elle entendu ces dernières paroles du
moine ?

Non, Laurianne n'entendait plus rien. Une stupeur
dont aucune langue humaine ne saurait exprimer l'idée
s'était emparée de son entendement.

En moins de vingt minutes, depuis qu'elle était entrée

dans le pavillon, elle venait d'apprendre sans le vouloir le plus redoutable des mystères.

Le comte Régis de Prévéranges, son père, était un assassin ; il avait eu pour complice dans le meurtre de Gontran de Prévéranges, son frère, un gredin de la pire espèce, et ce bandit était le même homme qui se cachait sous la robe d'un franciscain !

Il n'y avait pas à admettre là-dessus le moindre doute.

Trois ou quatre fois, dans le cours de l'entrevue, le comte Régis s'était indigné jusqu'à menacer le faux religieux, mais il n'avait pas nié le fait.

En recourant à ses souvenirs d'enfance, la jeune fille y retrouvait alors quelques échos d'exclamations soudaines, des cris de son père et même des mouvements d'horreur pour lui-même. Tout cela s'était produit au seul nom de Gontran, prononcé tout à coup en sa présence.

— Ne prononcez jamais ce nom-là devant moi, avait-il dit, un jour, à l'intendant.

Laurianne se rappelait deux ou trois autres traits du même genre.

— Je ne pouvais pas encore comprendre d'où cela venait, pensait-elle. Aujourd'hui je ne comprends que trop !

Elle avait bien aussi comme une vague réminiscence d'épreuves judiciaires supportées par le comte, d'un procès lointain à Bourges, procès, il est vrai, suivi d'un acquittement. Seulement elle ignorait que cet épisode de la vie de son père dût se rattacher au drame dont le château avait été le théâtre à la mort de son oncle. Elle croyait qu'il s'agissait de chasse ou de politique.

En ce moment, si les détails lui étaient encore cachés, elle connaissait la funèbre aventure dans ce qu'elle avait de plus sinistre.

— Le comte a sur les mains le sang de son frère ; mon père est un autre Caïn ! Malheur à nous !

Puis en prêtant l'oreille aux menaces du moine, elle en était venue à penser que par contre-coup, c'était elle-même qui avait été maudite. Dans la naïveté de son esprit, elle trouvait une relation entre le crime commis à Prévéranges et l'apparition du double venant sans cesse la poursuivre elle-même.

Cette forme surhumaine qui la tourmentait, n'était-ce pas comme un dédoublement du remords allant du père à la fille ?

Tout, d'ailleurs, n'était pas fini dans cette autre tragédie des Atrides.

Depuis trois mois on se servait de l'assassinat pour contraindre le comte Régis à la marier elle-même contre son gré. L'intrigue ne rougissait pas d'aller prendre un auxiliaire dans un couvent et de dire au comte:

— Ou vous donnerez votre fille à un homme qu'elle n'aime pas, ou nous réveillerons des souvenirs qui recommenceront votre déshonneur. Choisissez.

D'un bout à l'autre, tout était odieux dans ce qui se passait.

Laurianne avait beau être douée d'une grande énergie morale, il ne se pouvait pas qu'une jeune fille ne faiblît point sous le faix de tant d'horreur.

Une seule chose aurait pu relever son courage ; c'était

l'amour d'Abel ; mais, en cela encore, elle se voyait frappée par la main de fer de la destinée. Même si elle eût été libre, elle ne pouvait pas songer à aimer Ramière et à devenir sa femme. Dans notre société si bigarrée, les préjugés qui touchent à la naissance ont encore une force presque invincible. Une comtesse de Prévéranges donnant sa main à un homme de roture, à un bourgeois sans nom, la chose ne pouvait se comprendre. Le comte Régis s'y opposait, d'une part ; d'un autre côté, toute la province aurait protesté contre un tel abandon des vieux usages. On aurait mis le nouveau ménage partout à l'index.

N'était-ce pas à en perdre la raison ?

Plus morte que vive, elle attendit que les deux causeurs se fussent retirés.

Tout en retenant son souffle, et en ne marchant que sur la pointe des pieds, afin de ne faire aucun bruit qui aurait pu leur inspirer la pensée de revenir sur leurs pas, elle les suivit des yeux et les vit se séparer à dix pas du pavillon. — Tandis que le moine prenait le chemin qui mène au dehors du domaine, le comte, visiblement préoccupé, s'égarait du côté de la Faisanderie. Il gesticulait avec force et paraissait se parler à lui-même.

Elle put donc sortir alors sans risque d'être vue, et elle le fit avec le plus de hâte possible.

Quelques instants après, retrouvant son cheval à l'arbre auquel elle l'avait attaché, elle remonta en selle et revint au château.

— Mademoiselle a été bien longtemps, lui dit la dame de compagnie.

— C'est que j'avais perdu ma cravache et que je tenais à la retrouver, répondit-elle.

Il fallait bien mentir.

En s'arrêtant près de l'écurie, au moment où Baptiste venait l'aider à descendre de sa monture, elle aperçut le comte Régis. Le vieillard était revenu à grands pas par une autre allée. M. de Prévéranges lui parut être d'une pâleur étrange. On aurait deviné qu'il était en proie aux plus vives émotions.

— Pauvre père ! pensa-t-elle.

Laurianne sentait son cœur battre avec une violence inaccoutumée. Toute la scène à laquelle elle venait d'assister se reconstruisait à ses yeux. Les menaces du moine se faisaient encore entendre à ses oreilles. Elle sentait son cœur défaillir.

— Et pourtant, c'est mon père ! reprenait-elle tout bas. Je n'ai ni le droit ni la force de le maudire !

En remontant dans son appartement, elle recommanda à sa femme de chambre de la laisser seule.

Elle était souffrante et n'assisterait pas au dîner.

— Est-ce que mademoiselle a besoin que je l'aide à se coucher ?

— Non, pas encore.

Et, en prenant une voix plus ferme :

— Allumez ma lampe. J'ai à écrire. Ne me dérangez sous aucun prétexte.

Il était tout à fait nuit.

Penchée sur sa table de travail, Mlle de Prévéranges écrivit deux heures de suite. — Quand elle eut fini, elle sonna sa caujériste qui accourut et la coucha.

— Ayez bien soin, dit-elle à cette fille, de prévenir

Baptiste de tenir les chevaux prêts pour demain matin
au petit jour. J'ai à faire une course du côté de Cre-
zanne.

— Mademoiselle sera obéie.

Ainsi qu'elle en avait donné l'ordre, le lendemain matin, le cheval de selle et l'écuyer étaient prêts de fort
bonne heure.

Laurianne, en costume d'amazone, ne dit que quelques mots à Mlle de Champ-Sablé.

Si elle sortait si tôt, c'était afin d'aller porter cinq
louis à la veuve d'un bûcheron de Crézanne dont la
grange avait été dernièrement brûlée dans un incendie.

— La course, du reste, ne serait que de quelques
heures. — Il n'y avait pas à s'inquiéter de rien ; Baptiste et elle reviendraient rapidement ; on les verrait
reparaître au moment où la cloche du château sonne-
rait l'heure du déjeuner.

— J'aurais bien désiré, ajouta-t-elle, souhaiter le
bonjour à mon père, mais le comte n'est pas encore
levé.

Sur ce, elle fit un petit salut de la main et partit
comme l'éclair.

— Voilà qui est inexplicable, se dit Mlle de Champ-
Sablé, elle assure qu'elle va porter des secours à la femme
d'un bûcheron de ce pays et, contrairement à son habitude en pareil cas, elle n'a pas son aumônière. D'ailleurs,
il y a sur ses lèvres un sourire d'une tristesse étrange,
un sourire que je ne lui ai jamais vu. Où va-t-elle ? Que
veut-elle ? Est-ce que le double aurait reparu ?

Un moment elle eut la pensée d'aller faire part de ses
observations au comte Régis, mais il était encore de

trop bonne heure pour se permettre d'aller frapper à la
porte du vieillard. Selon toutes les probabilités, le châtelain ne serait pas encore levé. D'autre part, il était
admis que la petite comtesse jouissait au château de la
plus grande liberté d'action. Elevée à la manière de ces
jeunes filles d'Ecosse qu'on voit traverser les récits de
Walter Scott, elle échappait à tout contrôle. Elle allait
et venait d'un canton à un autre, à pied ou à cheval,
sans que personne eût rien à en dire.

— Au fait, se dit Mlle de Champ-Sablé, qui, du reste,
était un peu au fait des manœuvres de Mme de La Roche-
Courneuve, au fait, ces obsessions la surmènent. Peut-
être ces courses matinales sont-elles le meilleur moyen
de secouer ces nouveaux ennuis ? Au surplus, Baptiste
est près d'elle, comme toujours.

Au bout de deux heures, deux heures et demie, un
galop de cheval se faisait entendre dans la grande cour ;
Mlle de Champ-Sablé, toujours inquiète, regarda par
l'une des fenêtres. Elle reconnut précisément Baptiste,
l'écuyer revenait au château, bride abattue.

— Comment se fait-il que vous soyez seul, Baptiste ?

Il était pâle, tout en sueur, essoufflé, incapable de répondre.

— Mais où est donc Mlle de Prévéranges ?

— Mademoiselle ! Ah ! mon Dieu ! vous ne la reverrez
plus ! Du moins, vous ne la reverrez plus vivante !

Mlle de Champ-Sablé, l'intendant et trois domestiques
étaient accourus en toute hâte.

— Que dites-vous là, Baptiste ? Est-ce que vous avez
perdu la raison ?

24

— Malheureusement non, allez ! Ce que je vous dis n'est que trop la vérité.

Il raconta alors que sa jeune maîtresse et lui, étant allés à Crézanne, ils avaient dû au retour, longer ce précipice si connu dans le pays qu'on appelle le Trou-au-diable. Tout le monde sait que c'est un abîme sans fond où, suivant les légendes, plusieurs sont tombés et ont trouvé la mort. D'ordinaire on se contente de longer cet abîme, surtout lorsqu'on est à cheval. Mais par suite d'une fantaisie bizarre, Mlle Laurianne usant de l'éperon et de la cravache, avait voulu franchir ce puits toujours béant.

— Vous pensez bien, ajoutait le pauvre écuyer, que j'ai fait l'impossible pour m'opposer à cet acte de folie. D'abord, j'ai supplié la demoiselle de reprendre le chemin ordinaire ; mais elle a fait semblant de ne pas m'entendre. Voyant qu'elle persistait à se jeter par là, j'ai piqué moi-même des deux afin de lui barrer le passage. C'était trop tard. Elle avait pris son élan, et elle et son alezan étaient déjà au fond.

— Mais pourquoi êtes-vous revenu, Baptiste ? s'écria l'intendant. Peut-être pouvait-elle être tirée de là. Peut-est-il encore possible, avec des corsages, de la faire remonter ?

— Non, cela ne se peut pas, répondit l'écuyer, pâle comme la mort. Tous ceux qui ont vu le Trou-au-Diable savent qu'il n'a pas volé son nom. Un ingénieur, qui parcourait le canton, disait dernièrement qu'il a cent vingt mètres de profondeur, et, tout le long de son parcours des pointes de rocher toutes fort aiguës. Quiconque y tombe est broyé avant d'arriver jusqu'au fond.

Quoique le récit de Baptiste fût des plus croyables, l'intendant persista dans l'avis qu'il venait d'exprimer. En tout cas, on ne pouvait se dispenser de faire des tentatives de sauvetage. Si l'on ne parvenait pas à retirer la jeune comtesse vivante de cet abîme, il fallait, du moins, l'avoir morte.

C'était ce que ne manquerait pas de recommander le comte Régis, quand il connaîtrait la sinistre nouvelle.

On envoya donc sans retard une escouade de domestiques et d'ouvriers au Trou-au-Diable, mais comment s'y prendre pour annoncer un si funeste événement au comte?

En ce moment, M. Ramière, en costume de chasseur, débouchait par une autre extrémité de la grande cour. L'ex-officier, ayant son fusil en bandoulière, venait de tirer des perdreaux du côté de la Bimballerie. Il arrivait en fredonnant un air d'opéra-comique.

En voyant un groupe tout près du perron, il devina bien qu'il devait se passer au château quelque chose d'extraordinaire. L'air de consternation qui se lisait sur toutes les figures acheva de l'inquiéter. Il devinait que quelque chose de sombre venait de se passer au château, mais il était à mille lieues de supposer ce qui était arrivé.

Il s'approchait de Mlle de Champ-Sablé et s'apprêtait à la questionner, quand une chambrière accourut en l'appelant lui-même.

C'était celle des suivantes qui était plus particulièrement attachée au service de Mlle de Prévéranges.

— Monsieur Ramière, dit cette fille, voici une lettre que, ce matin, avant de partir pour Crézanne, Mademoiselle m'a donné mission de vous remettre en main propre. — « Vous ne la donnerez pas avant que dix heures soient sonnées, » m'a-t-elle dit. Comme il est dix heures dix minutes, la voilà, monsieur.

— Une lettre écrite en vue de ce qui arrive ! dit Mlle de champ-Sablé ; c'était donc un suicide ? La pauvre enfant s'est tuée !

XXIV

Laurianne de Prévéranges à Abel Ramière.

« Prévéranges, le 22 octobre 1875.

« Abel, cette lettre n'est que pour vous, oui, pour vous seul. Aussitôt que vous l'aurez lue, vous la brûlerez. Il ne faut pas que les cendres même qui viendront d'elle puissent durer.

» Mon ami, au moment où ma femme de chambre vous remettra ces lignes, j'aurai cessé de vivre. Pour tout le monde, je serai morte à la suite d'un accident de cheval. Mais qu'importent les indifférents ? Que me font ceux que je n'aurai pas connus ? Pour un très-petit nombre, mais surtout pour vous, je me serai tuée et très-volontairement. Je sais bien qu'en prenant un tel parti, j'aurai causé autour de moi de grandes tristesses.

» Mon vieux père ne se consolera sans doute jamais du coup que je porte à son affection ; Mlle de Champ-Sablé me pleurera ; tous les serviteurs du château ne

manqueront pas de me regretter, car je me suis toujours efforcée d'être bonne pour eux. Vous, Abel, qui,
depuis notre rencontre en Béarn, vous étiez habitué à
voir en moi la femme que vous conduiriez à l'autel et
qui ne vous quitterait plus, vous ressentirez, j'en suis
sûre, la plus vive douleur. Mais chacun de ceux que je
viens de nommer, me pardonnera quand vous saurez
à quels motifs puissants d'honneur et de dignité j'ai
obéi en mettant fin à une existence qui devenait un
fardeau de plus en plus lourd à porter.

» Quand nous étions à Pau, auprès de Saint-Estebén,
vous avez été à même de voir que la destinée me frappait
plus durement qu'aucune autre. N'étais-je pas quelque
chose comme une maudite ? Une influence mystérieuse,
presque démoniaqne, me poursuivait sans relâche. Par
bonheur, l'excellent docteur et vous, vous m'avez aidée
à la combattre. Cependant ni l'un ni l'autre n'est parvenu à savoir de quoi il s'agissait, au fond, dans cette
apparition bizarre qui me poursuivait depuis mon enfance. Comme tous ceux que nous avions consultés, j'ai
cru longtemps qu'il ne s'agissait là-dedans que d'une
hallucination, d'une fantasmagorie inexplicable, uniquement née du hasard et que le hasard et le temps dissipe-
raient. Mais d'ailleurs vous aviez puissamment contribué
à m'empêcher d'éprouver aucune crainte à l'aspect de ce
fantôme muet et inoffensif.

» En retour du coup de feu tiré sur le spectre et qui
l'a mis en fuite, je vous ai donné mon amour. Je me
disais : « Beaucoup se sont présentés, mais il est le seul
» qui m'ait manifesté beaucoup d'intérêt. Il m'a délivrée.
Pourquoi ne pas continuer à m'appuyer sur lui. » Par-

24·

tant de là, je me construisais en pensée un bonheur que je supposais facile à réaliser. — Abel m'aime, je le vois bien. Il est beau, il est homme de cœur ; il a de la distinction dans l'esprit ; il a assez de fortune par lui-même pour faire voir qu'il ne me recherche pas pour ce que je possède. Il sera mon mari. — Oui, je croyais la chose très-faisable. Je ressemblais aux enfants qui supposent toujours qu'on peut faire durer un château de cartes. Au premier souffle du monde, le frêle édifice s'est écroulé.

» J'ai dû vous mettre dans la confidence d'un projet de mariage, déjà ancien de date. Une châtelaine de ce pays s'est mis en tête de me faire épouser son petit-fils, être insignifiant, maussade et peu chevaleresque, que je n'ai jamais pu sentir. Dès le premier jour, je me suis prononcée clairement. Des esprits délicats eussent pris le refus pour définitif et s'en fussent allés à une autre porte. Point du tout. Le sort, leur complice, n'a pas voulu qu'ils comprennent qu'au temps où nous sommes, on n'enchaîne pas une jeune femme malgré elle. Grand'-maman et petit-fils, ils sont revenus à la charge. Voyant cela, j'ai répondu par des dédains fort injurieux à l'endroit de ce jeune gentillâtre sans élégance et sans vertu d'aucun genre. J'avais pour agir ainsi une grande excuse et une grande force, puisque je vous aimais, Abel.

» Mais, dans les idées du monde, quand une jeune fille de famille noble veut se marier, elle ne doit, elle ne peut le faire que lorsque celui qu'elle agrée est d'origine aristocratique. L'amour n'est tenu pour rien, ni les rapports d'humeur, d'éducation et de langage. Il paraît que le blason tient lieu de cœur. On me disait : « Cela ne

» fait rien que M. de La Roche-Courneuve soit un bé-
» litre ou un sot : il est marquis de vieille roche. Est-
» ce que cela ne répond pas à tout ? » Et comme je vous
citais, comme je vous montrais, comme je prouvais
que vous aviez fait vos preuves dans le monde, à l'armée, auprès de moi-même, lors d'une promenade en bateau, on me riait au nez, en me disant : « Allons donc !
» un homme qui n'a pas même une particule devant son
» nom ! autant dire un homme qui n'a pas de nom ! Est-
» ce que c'est possible ? Est-ce que vous voudriez vous
» abaisser en vous unissant à une telle espèce ? »

» Vous me connaissez, Abel ! Vous savez ce que je
pense de ces préjugés des gens armoriés ? Tant de vanité
m'offusque ; cette arrogance me fait hausser les épaules.
Je me suis donc révoltée en répétant même à mon père
ce que je vous avais dit à vous-même : « Je serai la
femme d'Abel ou je ne serai celle de personne. » Et
j'eusse tenu parole, vous n'en doutez pas. Mais alors, je
ne sais comment, une vieille femme, une grande dame,
a ourdi la plus scélérate des intrigues à l'effet de se
jouer de mes préférences.

» Abel, vous êtes mon seul ami, mon premier et mon
dernier amour. Je puis donc vous confier ici un secret
que, pour rien au monde, je n'aurais révélé à aucun autre être vivant. A l'aide d'un bandit, qu'elle est allée
chercher dans un cloître, où, paraît-il, on en trouve
quelques-uns, elle a pesé sur la volonté du comte Régis.
Jadis, il y a quarante ans, mon père, égaré par la passion, a laissé glisser son pied dans le crime. Il a répandu
ou fait répandre le sang de son frère, et par les mains
de l'homme dont je viens de vous parler.

» Un verdict de non-culpabilité l'a déclaré indemne, mais sa conscience crie toujours et une révélation publique empoisonnerait le restant de ses jours. Sachant cette circonstance, on est donc venu à lui pour lui dire : » Tu marieras Laurianne à ce jeune marquis qu'elle re-» fuse ou bien tu seras déshonoré. » Vous voyez la si¯tuation, Abel. C'est là-dedans comme dans l'affaire du double. C'était à moi de payer pour l'assassinat d'il y a quarante ans.

» Hier même, mon ami, le hasard m'a fait connaître ces horribles détails. Croyez qu'il n'y a dans ce que je vous dis ni méprise, ni exagération. Je dis la vérité et je la dis en l'atténuant le plus possible. Mais vous pensez bien que je serais allée au-devant de tous les supplices plutôt que de me soumettre à l'arrangement infâme que l'on avait médité. Tout bien réfléchi, je n'ai vu qu'une façon de demeurer digne de moi et digne de vous : c'est de mourir. Etre la femme du marquis, je ne le voulais à aucun prix ; exposer mon père aux persécutions de ses ennemis, je ne le pouvais pas davantage. J'ai dû songer au seul dénouement qui m'empêche de rougir.

» Ne me plaignez pas, Abel. Quoique jeune, je quitte ce monde au moment où ma vie est à demi-effeuillée par des tristesses sans nom. Je vous le répète, je n'ai à re¯gretter qu'une chose : le rêve que j'avais fait d'être votre femme, un rêve puisqu'il était d'une réalisation impossible.

» Que va devenir mon père ? Cette pensée fait saigner mon cœur. Mais ce qui atténue la blessure, c'est que je pense que, vivante, je faisais naître autant de sujets de chagrin pour lui qu'il en éprouvera en me sachant

morte. Je ne souhaite qu'une chose, c'est qu'il ignore
pour quel motif réel j'ai voulu me jeter dans le Trou-
au-Diable.

» En finissant cette lettre déjà si longue, Abel, je dois
vous renouveler la recommandation que je vous ai faite
en commençant : vous brûlerez cette lettre jusqu'à son
dernier mot.

» Je n'ai fait aucune disposition testamentaire. Le
comte Régis est juste. Agissant en mon nom, il n'ou-
bliera ni Mlle de Champ-Sablé, ni les femmes qui étaient
à mon service. — Il y a dans le petit salon bleu un portrait de moi par Flandrin. Un mot de moi, écrit à part,
lui demande de vous céder ce tableau. Telle est ma dernière volonté et il ne manquera pas d'y céder.

» Adieu, Abel. N'oubliez pas trop vite la pauvre morte.

» LAURIANNE DE PRÉVÉRANGES. »

Dès les premières lignes de cet écrit, Ramière avait
compris qu'il ne devait pas se livrer à cette lecture en
présence de témoins.

Il s'était mis à l'écart pour prendre connaissance de
ce que lui disait Laurianne.

Quand la lecture fut terminée, il n'eut rien de plus
pressé que d'obéir à la morte en brûlant la lettre.

Il courut ensuite aux lieux où Mlle de Prévéranges
avait voulu mourir.

Des groupes nombreux de paysans des alentours se
mêlaient aux domestiques du château.

Tous étaient d'accord sur un point, c'est qu'il n'était
pas possible de pénétrer au fond du Trou-au-Diable.

Il fallait donc renoncer à atteindre les restes de la défunte.

Au milieu de la foule, une vieille femme gesticulait avec force en faisant entendre de stridents éclats de rire ; c'était Maguelonne-la-Mal-Bâtie.

— Quand je vous disais, s'écriait-elle, que la belle demoiselle ne se marierait jamais !

— Taisez-vous, maudite sorcière ! ripostait vivement l'intendant du château. Votre vilain chiffon rouge n'a-t-il pas déjà fait assez de mal aux gens du château ?

— Aux gens du château, mon fils ? répliqua Maguelonne toujours en riant. Ah ! ah ! ah ! il en reste un, le plus vieux, le moins innocent, qui ne mérite guère qu'on le laisse en repos ! Eh bien, ajouta-t-elle d'un air prophétique, ce sera à lui à l'avenir à recevoir la visite des fantômes !

FIN

Imprimerie de DESTENAY, Saint Amand (Cher).

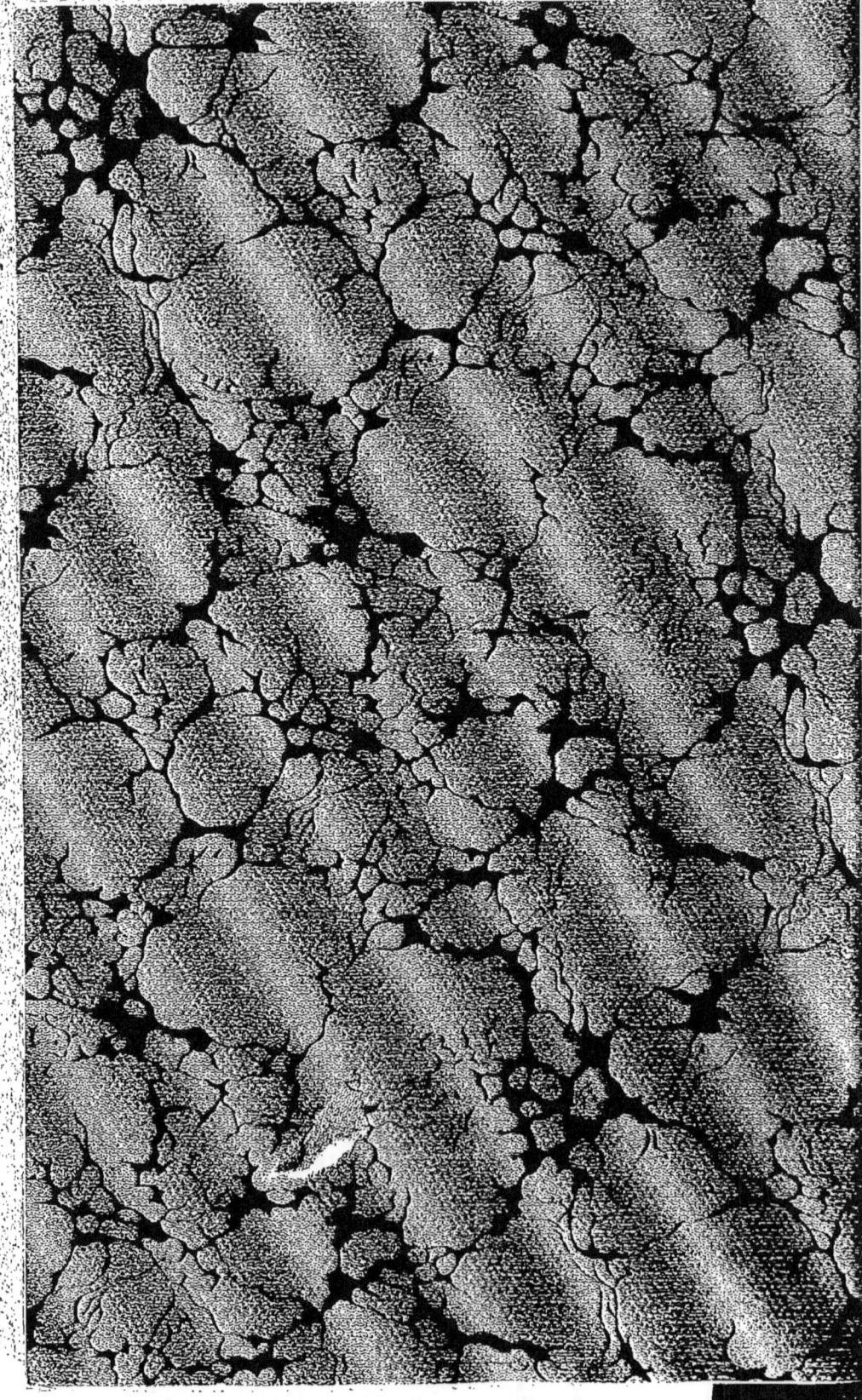

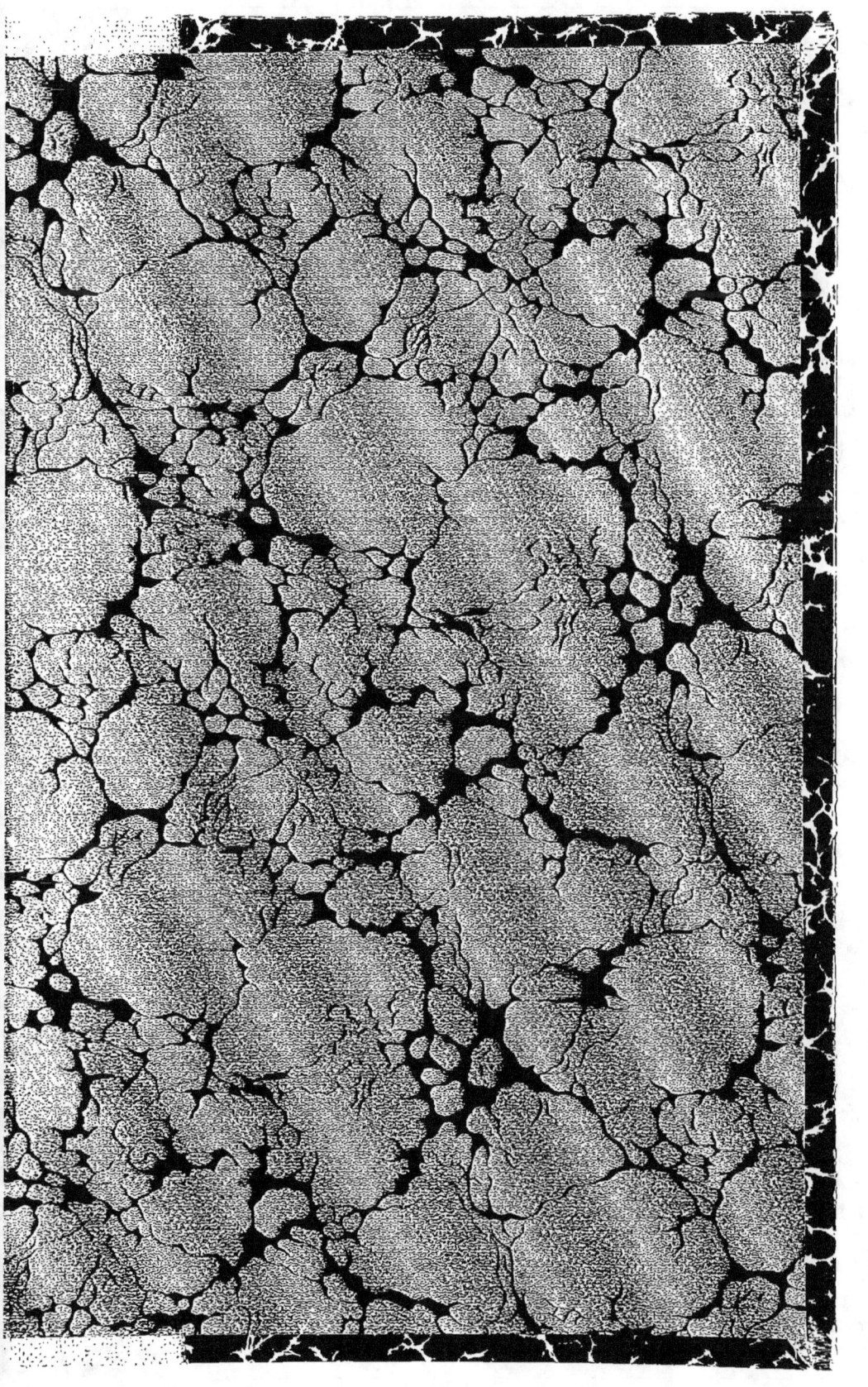

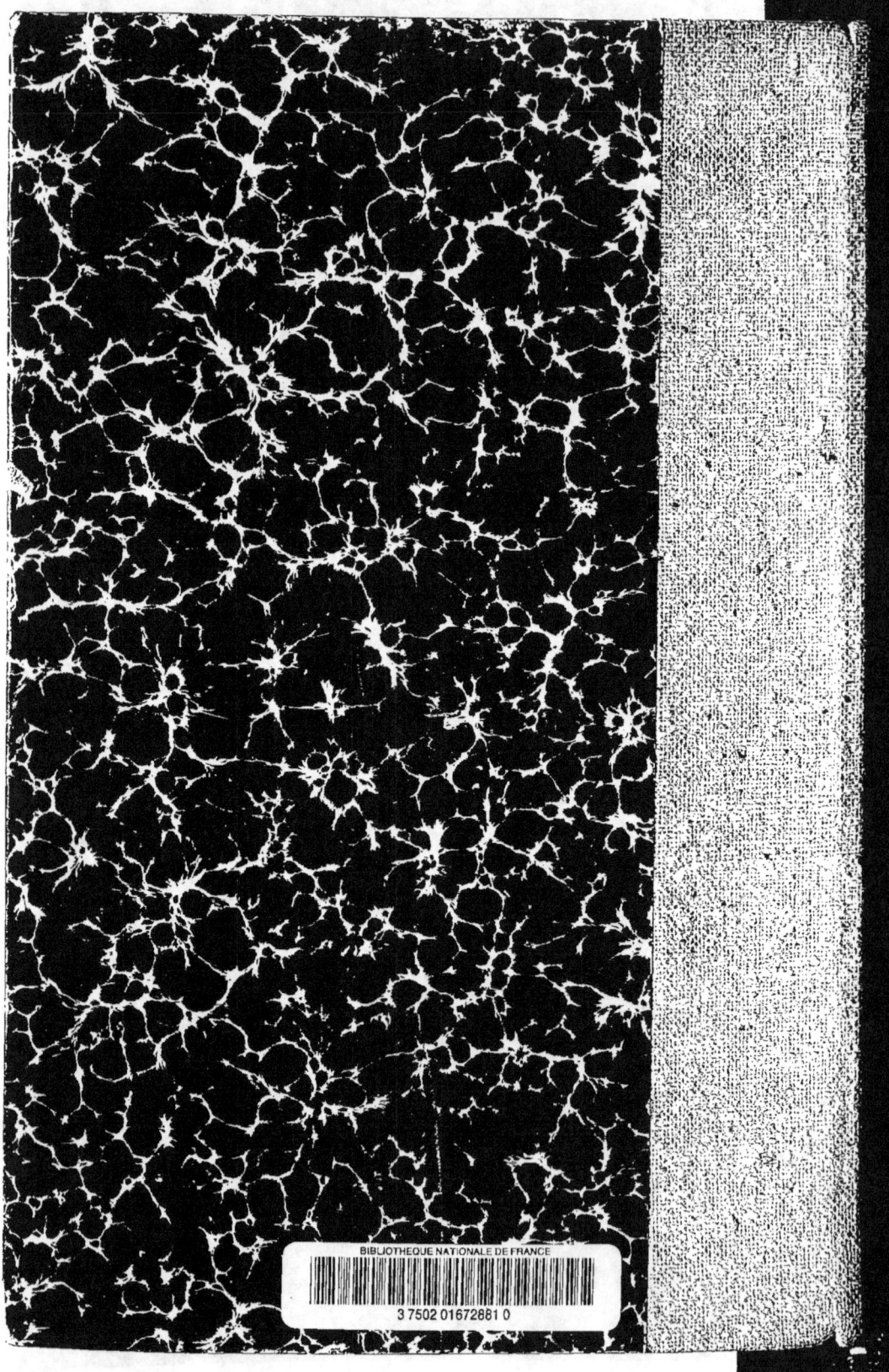